国家出版基金項目
NATIONAL PUBLICATION FOUNDATION

沈德潛全集

⑩

（清）沈德潛 編著

賀嚴 整理

鳳凰出版社

唐宋八家文讀本卷十四

歐陽修永叔著
後學沈德潛確士評點

胡先生墓表

先生諱瑗，字翼之，姓胡氏。其上世爲陵州人，後爲泰州如皋人。先生爲人師，言行而身化之，（主。）使誠明者達，（句病。）昏愚者勵，而頑傲者革。故其爲法嚴而信，爲道久而尊。師道廢久矣。自景祐明道以來，學者有師，惟先生暨泰山孫明復、石守道三人，（朱子所云『國初三先生』。）而先生之徒最盛。其在湖州之學，弟子去來常數百人，各以其經，轉相傳授。其教學之法最備，行之數年，東南之士莫不以仁義禮樂爲學。

慶曆四年，天子開天章閣，與大臣講天下事，始慨然詔州縣皆立學。於是建太學於京師，而有司請下湖州取先生之法以爲太學法，（盛事。）至今爲著令。（著爲令，故不必復詳。經義、治事二齋。）後十餘年，先生始來居太學。學者自遠而至，太學不能容，取旁官署以爲學舍。（盛事。）

禮部貢舉歲所得士，先生弟子十常居四五。其高第者知名當時，或取甲科，居顯仕。其餘散在四方，隨其人賢愚，皆循循雅飭。其言談舉止，不問可知爲先生弟子；其學者相語稱先生，不問可知爲胡公也。（極力摹寫。）

先生初以白衣見天子論樂，拜秘書省校書郎，辟丹州軍事推官，改密州觀察推官。丁父憂，去職。服除，爲保寧軍節度推官，遂居湖學，召爲諸王宫教授，以疾免。已而以太子中舍致仕，遷殿中丞於家。皇祐中，驛召至京師議樂，復以爲大理評事兼太常寺主簿，又以疾辭。歲餘，爲光禄寺丞國子監直講，乃居太學，遷大理寺丞，賜緋衣銀魚。嘉祐元年，遷太子中允，充天章閣侍講，仍居太學。已而病不能朝，天子數遣使者存問，又以太常博士致仕。

東歸之日，太學之諸生與朝廷賢士大夫送之東門，執弟子禮，路人嗟歎以爲榮。（盛事。）以四年六月六日，卒於杭州，享年六十有七。以明年十月五日，葬於烏程何山之原。其世次官邑，與其行事，莆陽蔡君謨具誌於幽堂。嗚呼！先生之德在乎人，不待表而見於後世，然非此無以慰學者之思，乃揭於其墓之原。六年八月三日，廬陵歐陽修述。

文體樸茂。

作文必尋一事作主，如歐公於蘇子美，則以不遇爲主；於石守道，則以剛介爲主；於蘇明允，則以能文爲主；於梅聖俞，則以能詩爲主；而此篇，則以師道爲主。蓋主意爲干而枝葉從之，所以能一綫貫穿也。後人草志傳，必期事事羅列，既表其言行，復揚其文章功業，本末巨細，一一兼該，如散錢無索，宜識者貶爲諛墓辭矣。

石曼卿墓表

曼卿諱延年，姓石氏。其上世爲幽州人，幽州入於契丹，其祖自成，始以其族間走南歸。天子嘉其來，將禄之，不可，乃家於宋州之宋城。父諱補之，官至太常博士。

幽燕俗勁武，而曼卿少亦以氣自豪，讀書不治章句。獨慕古人奇節偉行非常之功，視世俗屑屑，無足動其意者，自顧不合於時，乃一混以酒。然好劇飲，大醉，頹然自放，由是益與時不合。（意氣自豪者，每疏於用。曼卿兼之，所以可重。）而人之從其遊者，皆知愛曼卿落落可奇，而不知其才之有以用也。（一篇骨子。）年四十八，康定二年二月四日，以太子中允秘閣校理卒於京師。

曼卿少舉進士不第，真宗推恩，三舉進士，皆補奉職。曼卿初不肯就，張文節公素奇之，謂曰：『母老乃擇禄耶？』曼卿矍然起就之，遷殿直。久之，改太常寺太祝，知濟州金鄉縣，歎曰：『此亦可以爲政也。』縣有治聲。通判乾寧軍，丁母永安縣君李氏憂。服除，通判永靜軍。皆有能名。充館閣校勘，累遷大理寺丞，通判海州，還爲校理。莊獻明肅太后臨朝，曼卿上書請還政天子。其後太后崩，范諷以言見幸，引嘗言太后事者，遽得顯官，欲引曼卿。曼卿固止之，乃已。

自契丹通中國，（通，好也。元昊反。）德明盡有河南，（河套南。）而臣屬務休兵養息，天下晏然，内外弛武三十餘年。（内外廢弛武備，有一人籌及者又概置之，時事所以日以非也，豈獨宋代爲然。）曼卿上書言十事，不報。（虛叙。）已而元昊反，西方用兵，始思其言。召見，稍用其説，籍河北、河東、陝西之民，得鄉兵數十萬。曼卿奉使籍兵河東，還，稱旨，賜緋衣銀魚。天子方思盡其才，而且病矣。既而聞邊將有欲以鄉兵捍賊者，笑曰：『此得吾粗也。夫不教之兵，勇怯相雜。若怯者見敵而動，則勇者亦率而潰矣。今或不暇教，不若募其敢行者，則人人皆勝兵也。』其視世蔑若不足爲，及聽其設施之方，雖精思深慮不能過也。（以上詳其才之有用。）

狀貌偉然，喜酒自豪，若不可繩以法度。退而質其平生趣舍大節，無一悖於理者。遇人，無賢愚皆盡忻歡。及可否天下是非善惡，當其意者無幾人。其爲文章，勁健稱其意氣。有子濟滋。天子聞其喪，官其一子，使禄其家。既卒之三十七日，葬於太清之先塋，其友歐陽修表於其墓，曰：

嗚呼曼卿，（以下史中論贊體。）寧自混以爲高，不少屈以合世，可謂自重之士矣。士之所負者愈大，則其自顧也愈重。自顧愈重，則其合愈難。然欲與共大事、立奇功，非得難合自重之士，不可爲也。（天下無不自重而可有爲者，紛紛奔走求合之人，皆庸才耳。）古之魁雄之人，未始不負高世之志，故寧或毁身污迹，卒困於無聞。或老且死，而幸一遇，猶克少施於世。若曼卿者，非徒與世難合，而不克所施，亦其不幸不得至乎中壽。其命也夫，其可哀也夫。

章法極變化。

上書言十事，雖未詳叙，然即鄉兵一節，而應變之才可見，則十事之可施行，當類推矣。請太后還政，亦識見卓卓者，故特表之。

河南府司録張君墓表

故大理寺丞河南府司録張君，諱汝士，字堯夫，開封襄邑人也。明道二年八月壬寅，以疾卒於官，享年三十有七。卒之七日，葬洛陽北邙山下。其友人河南尹師魯志其墓，而廬陵歐陽修爲之銘。以其葬之速也，不能刻石，乃得金谷古甎，命太原王顧以丹爲篆書，納於壙中。嘉祐二年某月某日，其子吉甫、山甫改葬君於伊闕之教忠鄉積慶里。（眼目。）君之始葬北邙也，吉甫纔數歲，而山甫始生。余及送者相與臨穴視窆，且封哭而去。今年春，予主試天下貢士，而山甫以進士試禮部，乃來告以將改葬其先君，因出銘以示余。蓋君之卒，距今二十有五年矣。（全從此句生情。）

初，天聖、明道之間，錢文僖公守河南。公，王家子，特以文學仕至貴顯，所至多招集文士。而河南吏屬，適皆當世賢材知名士，故其幕府號爲天下之盛，君其一人也。（極寫盛。）文僖公善待士，未嘗責以吏職，而河南又多名山水、竹林茂樹、奇花怪石。其平臺清池上下，荒墟草莽之間，余得日從先生長者，賦詩飲酒以爲樂。而君爲人静默修潔，（接入生平。）常坐府治事，省文書，尤盡心於獄訟。初以闢爲其府推官，既罷，又辟司録，河南人多賴之，而守尹屢薦其材。君亦工書，喜爲詩，閑則從予遊。（此叙事實，從略。）其語言簡而有意，飲酒終日不亂。雖醉，未嘗頽墮，與之居者莫不服其德。故師魯志之曰：『飭身臨事，余嘗愧堯夫，堯夫不余愧也。』（以師魯志爲証。）

始君之葬，皆以其地不善，又葬速，其禮不備。（極寫哀，與前段對照。）君夫人崔氏有賢行，能教其子。而二子孝謹，克自樹立，卒能改葬君如吉卜，君其可謂有後矣。自君卒後，文僖公得罪貶死，漢東吏屬亦各引去。今師魯死且十餘年，王顧者死亦六七年矣，其送君而臨穴者，及與君同府而遊者，十蓋八九死矣。其幸而在者，不老則病且衰，如余是也。（以前如善弈者，一路閑閑布子，至後一齊收拾，閑着皆勝者矣。）嗚呼！盛衰生死之際，未始不如是，是豈足道哉？（又用撇開。）惟爲善者能有後，而托於文字者可以無窮，（自信文之不朽。）故於其改葬也，書以遺其子，俾碣於墓，且以寫余之思焉。吉甫今爲大理寺丞，知緱氏縣，山甫始以進士賜出身云。

都向改葬着意，而叙堯夫生平，語復簡略，以有師魯之誌可案也。中寫文僖賓佐僚吏宴游文酒之盛。末段以二十五年情事收攝通篇，不啻讀士衡《歎逝》，感慨淋漓，極文章之能事。

瀧岡阡表 瀧，音雙，水之奔湍處。

嗚呼！惟我皇考崇公卜吉於瀧岡之六十年，其子修始克表於其阡，非敢緩也，蓋有待也。（一篇以『有待』作主。）

修不幸，生四歲而孤，太夫人守節自誓，居貧，自力於衣食，以長以教，俾至於成人。（作法。）太夫人告之曰：『汝父爲吏，廉而好施與，喜賓客，其俸祿雖薄，常不使有餘。曰：「毋以是爲我累。」故其亡也，無一瓦之覆、一壟之植，以庇而爲生，吾何恃而能自守耶？吾於汝父，知其一二，以有待於汝也。自吾爲汝家婦，不及事吾姑，然知汝父之能養也。汝孤而幼，吾不能知汝之必有立，然知汝父之必將有後也。（能養、有後，雙提。）吾之始歸也，汝父免於母喪方逾年。（以下申明能養、有後。）歲時祭祀，則必涕泣曰：「祭而豐，不如養之薄也。」間御酒食，則又涕泣曰：「昔常不足，而今有餘，其何及也。」（血淚語。）吾始一二見之，以爲新免於喪，適然耳。既而其後常然，至其終身未嘗不然。吾雖不及事姑，而以此知汝父之能養也。汝父爲吏，嘗夜燭治官書，屢廢而歎。吾問之，則曰：「此死獄也，我求其生不得爾。」吾曰：「生可求乎？」曰：「求其生而不得，則死者與我皆無恨也，矧求而有得邪？以其有得則知不求，而死者有恨也。夫常求其生猶失之死，而世常求其死也。」（筆筆折。治獄者敬而聽之。）回顧，乳者抱汝而立於旁，（接法神來。）因指而歎曰：「術者謂我歲行在戌將死。使其言然，吾不及見兒之立也，後當以我語告之。」（語治獄下，忽接乳者抱子及術者等言，字字悲愴。）其平居教他子弟，常用此語，吾耳熟焉，故能詳也。其施於外事，吾不能知。（補得有體。）其居於家，無所矜飾，而所爲如此，是真發於中者邪。嗚呼！其心厚於仁者邪？此吾知汝父之必將有後也，汝其勉之夫！養不必豐，要於孝；利雖不得博於物，要其心之厚於仁。（仁、孝雙收。）吾不能教汝，此汝父之志也。』修泣而志之，不敢忘。（結一語，爲不辱其親作案。）

先公少孤力學，咸平三年進士及第，爲道州判官，泗、綿二州推官，又爲泰州判官，享年五十有九，葬沙溪之瀧岡。太夫人姓鄭氏，考諱德儀，世爲江南名族。太夫人恭儉仁愛而有禮，初封福昌縣太君，進封樂安、安康、彭城三郡太君。自其家少微時，治其家以儉約，其後常不使過之，（只誌一事。）曰：『吾兒不能苟合於世，儉薄所以居患難也。』其後修貶夷陵，太夫人言笑自若，曰：『汝家故貧賤也，吾處之有素矣。汝能安之，吾亦安矣。』

自先公之亡二十年，修始得禄而養。又十有二年，列官於朝，始得贈封其親。又十年，修爲龍圖閣直學士，尚書吏部郎中，留守南京。太夫人以疾終於官舍，享年七十有二。又八年，修以非才入副樞密，遂參政事。又七年而罷。自登二府，天子推恩，褒其三世，蓋自嘉祐以來，逢國大慶，必加寵錫。皇曾祖府君，累贈金紫光禄大夫，太師中書令，曾祖妣累封楚國太夫人。皇祖府君，累贈金紫光禄大夫，太師中書令兼尚書令，祖妣累封吴國太夫人。皇考崇公，累贈金紫光禄大大，太師中書令兼尚書令，皇妣累封越國太夫人。今上初郊，皇考賜爵爲崇國公，太夫人進號魏國。於是小子修泣而言曰：『嗚呼！爲善無不報，而遲速有時，此理之常也。（儲云：明繳『有待』意，而歸功祖考，字字得體。）惟我祖考積善成德，宜享其隆。雖不克有於其躬，而賜爵受封，顯榮褒大，實有三朝之錫命，是足以表見於後世而庇賴其子孫矣。』乃列其世譜，具刻於碑，既又載我皇考崇公之遺訓、太夫人之所以教而有待於修者，（繳『有待』。）並揭於阡，俾知夫小子修之德薄能鮮，遭時竊位而幸全大節，不辱其先者，其來有自。（裹結重厚有力。）

熙寧三年，歲次庚戌，四月辛酉，朔十有五日乙亥，男推誠保德崇仁翊戴功臣、觀文殿學士、特進、行兵部尚書、知青州軍州事兼管内勸農使、充京東東路安撫使、上柱國、樂安郡開國公、食邑四千三百户、食實封一千二百户修表。

不特不鋪陳己之顯揚，並不實陳崇公行事，只從太夫人語中，傳達一二，而崇公之爲孝子仁人，足以庇賴其子孫者，千載如見。此至文也。若出近代巨公，必揚其先人爲周、孔矣。按表，崇公之年長於太夫人二十九年，古人配偶，不論年齒若此。相傳龍王欲讀公此文，遣龍攫之而去，旋爲公立於墓所，故碑旁有爪角痕不磨滅也。此誕妄之語，斷不可信。

《禮樂志》論《新唐書》。

由三代而上，治出於一，而禮樂達於天下；（議論正大，筆力亦復橫絶。）由三代而下，治出於二，而禮樂爲虚名。古者，宫室車輿以爲居，衣裳冕弁以爲服，尊爵俎豆以爲器，金石絲竹以爲樂，以適郊廟，以臨朝廷，以事神而治民。其歲時聚會，以爲朝覲、聘問；歡欣交接，以爲射鄉、食饗；合衆興事，以爲師田、學校。下至里閭田畝，吉凶哀樂，凡民之事，莫不一出於禮。由之以教其民，爲孝慈、友悌、忠信、仁義者，常不出於居處、動作、衣服、飲食之間。蓋其朝夕從事者，無非乎此也。此所謂治出於一，而禮樂達天下，使天下安習而行之，不知所以遷善遠罪而成俗也。

及三代已亡，遭秦變古，後之有天下者，自天子百官名號位序、國家制度、宫車服器，一切用秦舊。其間雖有欲治之主，思所改作，不能超然遠復三代之上，而牽其時俗，稍即以損益，大抵安於苟簡而已。其朝夕從事，則以簿書、獄訟、兵食爲急，曰：『此爲政也，所以治民。』至於三代禮樂，具其名物，而藏於有司，時出而用之郊廟、朝廷，曰：『此爲禮也，所以教民。』（有其名而亡其實，所謂文具而已。）此所謂治出於二，而禮樂爲虚名。故自漢以來，史官所記事物名數、降登揖讓、拜俛伏興之節，皆有司之事爾，所謂禮之末節也。然用之郊廟、朝廷，自搢紳、大夫從事其間者，皆莫能曉習，而天下之人，至於老死未嘗見也，（暢言『治出於二』之弊。曲而能達。）况欲識禮樂之盛，曉然諭其意，而被其教化以成俗乎？嗚呼！習其器而不知其意，忘其本而存其末，又不能備具，所謂朝覲、聘問、射鄉、食饗、師田、學校、冠昏、喪葬之禮，在者幾何？

自梁以來，始以其當時所行傳於《周官》五禮之名，各立一家之學。唐初用隋禮，至太宗時，中書令房玄齡、秘書監魏徵與禮官、學士等因隋之禮，增以天子上陵、朝廟、養老、大射、講武、讀時令、納皇后、皇太子入學、太常行陵、合朔、陳兵、大社等，爲《吉禮》六十一篇，《賓禮》四篇，《軍禮》二十篇，《嘉禮》四十二篇，《凶禮》十一篇，是爲《貞觀禮》。高宗又詔太尉長孫無忌、中書令杜正倫、李義府、中書侍郎李友益、黄門侍郎劉祥道、許圉師、太子賓客許敬宗、太常卿韋琨等，增之爲一百三十卷，是爲《顯慶禮》。其文雜以式令，而義府、敬宗方得幸，多希旨傅會。（二人删去《凶禮》。終唐之世，《凶禮》殘缺。）事既施行，議者皆以爲非。上元三年，詔復用《貞觀禮》。由是終高宗世，《貞觀》《顯慶》二禮兼行。而有司臨事，遠引古義，與二禮參考增損之，無復定制。武氏、中宗繼以亂敗，無可言者，博士掌禮，備官而已。

玄宗開元十年，以國子司業韋縚爲禮儀使，以掌五禮。十四年，通事舍人王喦上疏，請删去《禮記》舊文，而益以今事，詔付集賢院議。學士張説以爲《禮記》不刊之書，去聖久遠，不可改易，而唐《貞觀》《顯慶》禮儀注前後不同，宜加折衷以爲唐禮。乃詔集賢院學士右散騎常侍徐堅、左拾遺李鋭，及太常博士施敬本撰述，歷年未就而鋭卒，蕭嵩代鋭爲學士，奏起居舍人王仲丘，撰定爲一百五十卷，是爲《大唐開元禮》。由是，唐之五禮之文始備，而後世用之，雖時小有損益，不能過也。

貞元中，太常禮院修撰王涇，考次歷代郊廟沿革之制，及其工歌祝號，而圖其壇屋陟降之序，爲《郊祀録》十卷。元和十一年，秘書郎修撰韋公肅，又録開元已後禮文，損益爲《禮閣新儀》三十卷。十三年，太常博士王彦威爲《曲臺新禮》三十卷，又採元和以來三公士民婚祭喪葬之禮，爲《續曲臺禮》三十卷。嗚呼，考其文記，可謂備矣，以之施於貞觀、開元之間，亦可謂盛矣，而不能至三代之隆者，具其文而意不在焉，此所謂『禮樂爲虚名』也！（收束前文，具有全力。）

西漢之世，禮定於叔孫通，樂定於李延年、司馬相如，具其名而精意不存矣，況漢京以後乎？作者洞徹源流，能見其大，而叙次有唐一代之禮，明整典核，議論、筆力，兩擅其勝。

《食貨志》論《新唐書》。

古之善治其國而愛養斯民君，必立經常簡易之法，使上愛物以養其下，下勉力以事其上，上足而下不困。故量人之力而授之田，量地之産而取以給公上，量其入而出之，以爲用度之數。是三者，常相須以濟，而不可失，失其一則不能守其二。及暴君庸主，縱其佚欲，而苟且之吏，從之變制合時，以取寵於其上。故用於上者無節，（此財竭之原。）而取於下者無限，民竭其力而不能供，由是上愈不足而下愈困，則財利之説興，而聚斂之臣用。《記》曰：『寧畜盜臣。』盜臣誠可惡，然一人之害爾。聚斂之臣用，則經常之法壞，而下不勝其弊焉。

唐之始時，授人以口分、世業田，而取之以租庸調之法，其用之也有節。蓋其畜兵以府衛之制，故兵雖多而無所損；設官有常員之數，故官不濫而易禄。雖不及三代之盛時，然亦可以爲經常之法也。及其弊也，兵冗官濫，爲之大蠹。（誰興兵禍？誰增冗員？究自人主之縱慾始之。此搜抉根本之論。）自天寶以來，大盜屢起，方鎮數叛，兵革之興，累世不息，而用度之數，不能節矣。加以驕君昏主，姦利邪臣，取濟一時，屢更其制，而經常之法，蕩然盡矣。由是財利之説興，聚斂之臣進。蓋口分、世業之田壞而爲兼并，租庸調之法壞而爲兩税。至於鹽鐵、轉運、屯田、和糴、鑄錢、括苗、榷利、借商、進奉、獻助，無所不爲矣。蓋愈煩而愈弊，以至於亡焉。

聚斂之臣，猶木之有蠹，而人主之肆欲無節，則根本傷壞，以至衆蠹之叢生也。論中痛切言之，見取之無節，由於用之無度，法愈煩，弊愈滋，民愈病，而國隨以亡。爲有唐一代言，不獨爲有唐一代監也。爲人君者，清心寡欲而絶聚斂之小人，則庶乎其可矣。

《藝文志》論《新唐書》。

自六經焚於秦而復出於漢，（諸論每從源頭説起。）其師傳之道中絶，（如游、夏之徒。）而簡編脱亂訛缺，學者莫得其本真，於是諸儒章句之學興焉。（如王、鄭諸家。）其後傳注、箋解、義疏之流轉相講述，而聖道粗明。然其爲説，固已不勝其繁矣。至於上古三王五帝以來世次、國家興滅終始、僭竊僞亂，史官備矣。而傳記、小説，（如《穆天子傳》《趙飛燕傳》之類。）外暨方言、地理、職官、氏族，皆出於史官之流也。自孔子在時，方修明聖經以絀繆異，而老子著書論道德。接乎周衰，戰國遊談放蕩之士，田駢、慎到、列、莊之徒，各極其辯，而孟軻、荀卿，始專修孔氏，以折異端。（歐陽子亦推荀卿。）然諸子之論，各成一家，自前世皆存而不絶也。

夫王迹熄而《詩》亡，（空中頓宕，文乃不促。）《離騷》作而文辭之士興。歷代盛衰，文章與時高下。然其變態百出，不可窮極，何其多也。自漢以來，史官列其名氏篇第以爲六藝、九種、七略，至唐始分爲四類，曰經、史、子、集，而藏書之盛莫盛於開元。其著録者，五萬三千九百一十五卷，而唐之學者自爲之書，又二萬八千四百六十九卷。嗚呼，可謂盛矣！

《六經》之道，簡嚴易直而天人備，故其愈久而益明。其餘作者衆矣，質之聖人，或離或合。然其精深閎博，各盡其術，而怪奇偉麗，（此亦不可廢。）往往震發於其間，此所以使好奇博愛者不能忘也。然凋零磨滅，亦不可勝數，豈其華文少實，不足以行遠歟？而俚言俗説猥有存者，（即前云傳記小説。）亦其有幸不幸者歟？今著於篇，有其名而亡其書者，十蓋五六也，可不惜哉。

經史子集，雖分重輕，而均不可使散亡磨滅。論中原委分明，而尊尚仍在經術。抑揚頓折，無限風神。

《伶官傳》叙論

《五代史》。伶官之嬖幸者，周匝；善俳者，敬新磨；其敗政亂国者，郭從謙、景進、吏彦瓊。莊宗寵倖之，後爲郭門高所弑。

嗚呼！盛衰之理，雖曰天命，豈非人事哉？原莊宗之所以得天下，與其所以失之者，可以知之矣。

世言晉王之將終也，以三矢賜莊宗而告之曰：『梁，吾仇也；燕王，（劉守光。）吾所立；契丹，與吾約爲兄弟：而皆背晉以歸梁。此三者，吾遺恨也。與爾三矢，爾其無忘乃父之志！』莊宗受而藏之於廟。其後用兵，則遣從事以一少牢告廟，請其矢，盛以錦囊，負而前驅，乃凱旋而納之。

方其繫燕父子以組，函梁君臣之首，入於太廟，還矢先王而告以成功，其意氣之盛，可謂壯哉！（此言『盛』。頓挫雄健。）及仇讎已滅，天下已定，一夫夜呼，亂者四應，蒼皇東出，未及見賊而士卒離散，君臣相顧，不知所歸。（李嗣源兵犯京師，莊宗走東汴。）至於誓天斷髮，泣下沾襟，何其衰也！（此言『衰』。）豈得之難而失之易歟？抑本其成敗之迹，而皆自於人歟？（歸重人事。）《書》曰：『滿招損，謙受益。』憂勞可以興國，逸豫可以亡身，自然之理也。（實指人事。）故方其盛也，舉天下之豪杰莫能與之争；及其衰也，數十伶人困之，而身死國滅，爲天下笑。（反復唱歎，逼起末二句。）夫禍患常積於忽微，而智勇多困於所溺，豈獨伶人也哉！（轉推開。妙。）作《伶官傳》。

抑揚頓挫，得《史記》神髓。《五代史》中第一篇文字。

《宦官傳》論《五代史》。

自古宦者亂人之國，其源深於女禍。女，色而已；宦者之害，非一端也。蓋其用事也，近而習，其爲心也，專而忍。能以小善中人之意，小信固人之心，使人主必信而親之。待其已信，然後懼以禍福而把持之。雖有忠臣、碩士列於朝廷，而人主以爲去己疏遠，不若起居飲食、前後左右之親爲可恃也。故前後左右者日益親，則忠臣、碩士日益疏，而人主之勢日益孤。勢孤，則懼禍之心日益切，而把持者日益牢。（以上言致病之由，以下言無方可治。）安危出其喜怒，禍患伏於帷闥，則嚮之所謂可恃者，乃所以爲患也。患已深而覺之，欲與疏遠之臣，圖左右之親近，緩之則養禍而益深，急之則挾人主以爲質。雖有聖智，不能與謀，謀之而不可爲，爲之而不可成。至其甚，則俱傷而兩敗。故其大者亡國，其次亡身，而使姦豪得藉以爲資而起，至抉其種類，盡殺以快天下之心而後已。此前史所載宦者之禍常如此者，非一世也。（至殺其種類而國與俱亡矣，前有袁紹，後有朱温、唐明宗，皆是也。）

夫爲人主者，非欲養禍於內，而疏忠臣、碩士於外，蓋其漸積，而勢使之然也。（所以受禍，在於積漸。）夫女色之惑，不幸而不悟，則禍斯及矣。使其一悟，捽而去之可也。宦者之爲禍，雖欲悔悟，而勢有不得而去也。唐昭宗之事是已。故曰『深於女禍』者，謂此也。可不戒哉！

包括漢唐史立論，非專爲五代也。逐層透入，無微不達，筆如切玉之刀，鋒不可犯。

宦官不得宮妾，猶未釀成大禍，二者合而亡身亡國之事乃決，前明客、魏，其最著也。歐公輕視女禍，豈見其一而遺其一耶？

《周臣列傳》贊《五代史》。

嗚呼！作器者無良材而有良匠，治國者無能臣而有能君，蓋材待匠而成，臣待君而用。故曰治國譬之於弈，知其用而置得其處者勝，不知其用而置非其處者敗。敗者臨棋，終日注目而勞心，使善弈者視焉，爲之易置其處則勝矣。勝者所用，敗者之棋也；興國所用，亡國之臣也。

王朴之材，誠可謂能矣，不遇世宗，何所施哉？世宗之時，外事征伐，攻取戰勝，內修制度，議刑法，定律曆，講求禮樂之遺文，所用者五代之士也，豈皆愚怯於晉、漢，而材智於周哉？（與『勝者所用』四句相應。）惟知所用爾。

夫亂國之君，常置愚不肖於上，而强其不能，以暴其短惡；置賢智於下，而泯没其材能，使君子、小人皆失其所，而身蹈危亡。治國之君，能置賢智於近，而置愚不肖於遠，使君子、小人各適其分而身享安榮。治亂相去雖遠甚，而其所以致之者不多也，反其所置而已。

嗚呼，自古治君少而亂君多，况於五代？士之遇不遇者，可勝歎哉！（結意不粘。）

唐太宗所用多隋臣，然隋亂而唐治者，用之得當與否也。封德彝、裴矩，佞人也，乃佞於隋而忠於唐，况王朴之本處忠直者哉？文雖短篇，波瀾無限。

《一行傳》叙論《五代史》。

嗚呼，五代之亂極矣，《傳》所謂『天地閉，賢人隱』之時歟！當此之時，臣弑其君，子弑其父，而搢紳之士安其禄而立其朝，充然無復廉耻之色者，皆是也。吾以謂自古忠臣義士多出於亂世，而怪當時可道者何少也，豈果無其人哉？雖曰干戈興，學校廢，而禮義衰，風俗隳壞，至於如此，然自古天下未嘗無人也。吾意必有潔身自負之士，嫉世遠去而不可見者。（所謂『風雨如晦，鷄鳴不已』。）

自古材賢有韞於中而不見於外，或窮居陋巷，委身草莽，雖顔子之行，不遇仲尼而名不彰，况世變多故，而君子道消之時乎？吾又以謂必有負材能，修節義，而沉淪於下、泯没而無聞者。求之傳記，而亂世崩離，文字殘缺，不可復得。然僅得者四五人而已。

處乎山林而群麋鹿，雖不足以爲中道，（鄭遨、張薦明皆去爲道士，故曰『非中道』。）然與其食人之禄，俯首而包羞，孰若無愧於心，放身而自得？吾得二人焉，曰鄭遨、張薦明。勢利不屈其心，去就不違其義，吾得一人焉，曰石昂。（石昂仕晉，晉亡，隱匿。）苟利於君，以忠獲罪，何必自明，有至死而不言者，此古之義士也，吾得一人焉，曰程福贇。（程福贇忠於晉，冤死，不自明。）五代之亂，君不君，臣不臣，父不父，子不子，至於兄弟、夫婦人倫之際，無不大壞，而天理幾乎其滅矣。於此之時，能以孝悌自修於一鄉，而風行於天下者，（李自倫六世同居。）猶或有之，然其事迹不著，而無可紀次，獨其名氏或因見於書者，吾亦不敢没，而其略可録者，（得之審驗，文卷中别無紀録，故云。）吾得一人焉，曰李自倫。作《一行傳》。

世教敗壞之後，不能苛求完人，有一節可以維人心、砥末俗者，必表而著之，此史氏之苦心也。低佪俯仰，頗近孟堅。

《唐六臣傳》後論《五代史》。

嗚呼！始爲朋黨之論者誰歟？甚乎作俑者也，真可謂不仁之人哉！予嘗至繁城讀《魏受禪碑》，見漢之群臣，稱魏功德，而大書深刻，自列其姓名，以夸耀於世。又讀《梁實録》，見文蔚等所爲如此，未嘗不爲之流涕也。夫以國予人而自夸耀，乃遂相之，此非小人，孰能爲也？漢、唐之末，舉其朝皆小人也，而其君子者何在哉？當漢之亡也，先以朋黨禁錮天下賢人君子，而立其朝者皆小人也，然後漢從而亡。及唐之亡也，又先以朋黨盡殺朝廷之士，而其餘存者皆庸懦不肖傾險之人也，然後唐從而亡。

夫欲空人之國而去其君子者，必進朋黨之説；欲孤人主之勢而蔽其耳目者，必進朋黨之説；欲奪國而與人者，必進朋黨之説。夫爲君子者，固常寡過，小人欲加之罪，則有可誣者，有不可誣者，不能遍及也。至欲舉天下之善，求其類而盡去之，惟指以爲朋黨耳。（所謂『我一舉網盡之矣』。）故其親戚故舊，謂之朋黨可也；交遊執友，謂之朋黨可也；宦學相同，謂之朋黨可也；門生故吏，謂之朋黨可也。是數者，皆其類也，皆善人也。故曰欲空人之國而去其君子者，惟以朋黨罪之，則無免者矣。

夫善善之相樂，以其類同，此自然之理也。故聞善者必相稱譽，稱譽則謂之朋黨；得善者必相薦引，薦引則謂之朋黨。使人聞善不敢稱，則人主之耳不聞有善於下矣；見善不敢薦，則人主之目不得見善人矣。善人日遠而小人日進，則爲人主者，倀倀然誰與之圖治安之計哉？故曰欲孤人主之勢，而蔽其耳目者，必用朋黨之説也。

一君子存，群小人雖衆，必有所忌而有所不敢爲。惟空國而無君子，然後小人得肆志於無所不爲，則漢魏、唐梁之際是也。故曰可奪國而予人者，由其國無君子；空國而無君子，由以朋黨而去之也。（六臣庸劣，不足深責，故論中不之及。）

嗚呼，朋黨之説，人主可不察哉！《傳》曰『一言可以喪邦』者，其是之謂歟？可不鑒哉！可不戒哉！

六臣者，張文蔚、張策、趙光逢、薛貽矩、蘇循、楊涉，皆唐臣而降梁者也。先是，宰相裴樞見忤於朱温，柳璨希温旨，誣樞與獨孤損等爲朋黨，同日賜死於白馬驛，朝廷正士一空。明年篡位，張文蔚、蘇循等六臣，奉册寶拜賀稱帝，唐遂以亡。則六臣皆庸懦傾險之人，而循其尤也。歐公此論，重柳璨誣稱朋黨爲主，見朋黨之説，足以戕賊君子，斲喪國家。借唐末事以鑒誡天下後世，噫嘻，意深遠矣。

唐宋八家文讀本卷十五

蘇洵明允著
後學沈德潛確士評點

議修禮書狀

右洵先奉敕編禮書，後聞臣僚上言，以爲祖宗所行，不能無過差不經之事，欲盡芟去，無使存録。洵竊見議者之説，與敕意大異。何者？前所授敕，其意曰纂集故事，而使後世無忘之耳，非曰制爲典禮，而使後世遵而行之也。然則洵等所編者，是史書之類也。遇事而記之，不擇善惡，詳其曲折，而使後世得知，而善惡自著者，是史之體也。若夫存其善者，而去其不善，則是制作之事，而非職之所及也。而議者以責洵等，不已過乎？

且又有所不可者。今朝廷之禮，雖爲詳備，然大抵往往亦有不安之處，非特一二事而已，而欲有所去焉，不識其所去者果何事也。既欲去之，則其勢不得不盡去，盡去則禮缺而不備。苟獨去其一，而不去其二，則適足以爲牴牾齟齬而不可齊一。（近日修書，每蹈此二弊。）

且議者之意，不過欲以掩惡諱過，以全臣子之義，如是而已矣。昔孔子作《春秋》，惟其惻怛而不忍言者，而後有隱諱。蓋桓公薨，子般卒，没而不書其實，以爲是不可書也。至於成宋亂，及齊狩躋僖公、作丘甲、用田賦、丹桓宮楹、刻桓宮桷，若此之類，皆書而不諱，其意以爲雖不善而尚可書也。今先世之所行，雖小有不善者，猶與《春秋》之所書者甚遠，而悉使洵等隱諱而不書，如此將使後世不知其淺深，徒見當時之臣子至於隱諱而不言，以爲有所大不可言者，則無乃欲益而反損歟？（行文必須有破的中要害處。此説到隱諱之後，轉使後人疑祖宗有不可書之事，乃破的中要害處也。）

《公羊》之説滅紀滅項，皆所以爲賢者諱。然其所謂諱者，非不書也，書而迂曲其文耳，然則其實猶不没也。其實猶不没者，非以彰其過也，以見其過之止於此也。（反對上「大不可」言。）今無故乃取先世之事而没之，後世將不知而大疑之，此大不便者也。班固作《漢志》，凡漢之事，悉載而無所擇。今欲如之，則先世之小有過差者，不足以害其大明，而可以使後世無疑之之意，且使洵等爲得其所職而不至於侵官者。謹具狀，申提舉參政侍郎，欲乞備録聞奏。

臣寮所議，欲使後世但見所行之善。不知此婦、寺之忠愛，轉啓後世無限之疑，所謂欲益反損者也。侃侃言之，詞嚴義正，是爲忠愛之大者。

上歐陽内翰書

洵布衣窮居，嘗竊自歎，以爲天下之人，不能皆賢，不能皆不肖。故賢人君子之處於世，合必離，離必合。（以『合』『離』二字引起前半。）

往者天子方有意於治，（慶曆初。）而范公在相府，富公爲樞密副使，執事與余公、蔡公爲諫官，尹公馳騁上下，用力於兵革之地。方是之時，天下之人，毛髮絲粟之才，紛紛然而起，合而爲一。而洵也，自度其愚魯無用之身，不足以自奮於其間，退而養其心，幸其道之將成，而可以復見於當世之賢人君子。不幸道未成，而范公西，富公北，執事與余公、蔡公分散四出，而尹公亦失勢，奔走於小官。（即從自己轉叙諸公。）洵時在京師，親見其事，忽忽仰天歎息，以爲斯人之去而道雖成，不復足以爲榮也。（頓。）

既復自思，（轉。）念往者衆君子之進於朝，其始也必有善人焉推之，今也亦必有小人焉間之。今之世無復有善人也則已矣，如其不然也，吾何憂焉？姑養其心，使其道大有成而待之，何傷？退而處十年，雖未敢自謂其道有成矣，然浩浩乎，其胸中若與曩者異。而余公適亦有成功於南方，執事與蔡公，復相繼登於朝，富公復自外入爲宰相，其勢將復合爲一。喜且自賀，以爲道既已粗成，而果將有以發之也。（又頓。）

既又反而思其向之所慕望愛悦之而不得見之者，（又轉。）蓋有六人焉，今將往見之矣。而六人者已有范公、尹公二人亡焉，則又爲之潸然出涕以悲。嗚呼，二人者不可復見矣！而所恃以慰此心者，猶有四人也，則又以自解。思其止於四人也，則又汲汲欲一識其面，以發其心之所欲言。而富公又爲天子之宰相，遠方寒士，未可遽以言通於其前。而余公、蔡公，遠者又在萬里外。獨執事在朝廷間，而其位差不甚貴，可以叫呼扳援，而聞之以言。（以上逐層脱卸，折入歐公。）而飢寒衰老之病，又痼而留之，使不克自至於執事之庭。夫以慕望愛悦其人之心，（並掣前文，反覆説下。）十年而不得見，而其人已死，如范公、尹公二人者；則四人之中，非其勢不可遽以言通者，何可以不能自往而遽已也？

執事之文章，天下之人莫不知之，然竊自以爲洵之知之特深，愈於天下之人。何者？孟子之文，語約而意盡，不爲巉刻斬絶之言，而其鋒不可犯。韓子之文，如長江大河，渾浩流轉，魚黿蛟龍，萬怪惶惑。而抑遏蔽掩，不使自露，而人望見其淵然之光、蒼然之色，亦自畏避，不敢迫視。執事之文，紆餘委備，往復百折，而條達疏暢，無所間斷。氣盡語極，急言竭論，而容與閑易，無艱難勞苦之態。（評論諸賢之文，如稱停而出，不差銖兩。）此三者，皆斷然自爲一家之文也。惟李翱之文，其味黯然而長，其光油然而幽，俯仰揖讓，有執事之態。陸贄之文，遺言措意，切近的當，有執事之實。而執事之才，又自有過人者。蓋執事之文，非孟子、韓子之文，而歐陽子之文也。

夫樂道人之善而不爲諂者，以其人誠足以當之也。彼不知者，則以爲譽人以求其悦己也。夫譽人以求其悦己，洵亦不爲也。而其所以道執事光明盛大之德，而不自知止者，亦欲執事之知其知我也。（折到此句，如水之赴壑。）

雖然，執事之名滿於天下，雖不見其文，而固已知有歐陽子矣。而洵也，不幸墮在草野泥塗之中，而其知道之心，又近而粗成，欲徒手奉咫尺之書，自託於執事，將使執事何從而知之，何從而信之哉？洵少年不學，生二十五年，始知讀書，從士君子遊。年既已晚，而又不遂刻意厲行，以古人自期，而視與己同列者，皆不勝己，則遂以爲可矣。其後困益甚，然後取古人之文而讀之，始覺其出言用意與己大異。時復内顧，自思其才，則又似夫不遂止於是而已者。由是盡燒其曩時所爲文數百篇，取《論語》、《孟子》、韓子，及其他聖人賢人之文，而兀然端坐，終日以讀之者，七八年矣。方其始也，入其中而惶然，博觀於其外而駭然以驚。及其久也，讀之益精，而其胸中豁然以明，若人之言固當然者，然猶未敢自出其言也。時既久，胸中之言日益多，不能自制，試出而書之，已而再三讀之，渾渾乎覺其來之易矣，然猶未敢以爲是也。近所爲《洪範論》《史論》凡七篇，執事觀其如何？噫嘻！區區而自言，不知者又將以爲自譽以求人之知己也。惟執事思其十年之心如是之不偶然也而察之！（收卷全文，簡甚，便甚。）

茅鹿門云：此書凡三段：一段叙諸賢之離合，見己慕望之切；二段稱歐陽之文，見己知公之深；三段自叙平生經歷，欲歐陽公之知之也。情事婉曲周折，何等意氣，何等風神。

從諸賢之或離或合，千回百折，折到歐公身上，極轉换脱卸之妙。以下稱歐公之文，並自道所得，末以一語收拾通篇，何等章法。

上田樞密書 名况。

天之所以與我者，豈偶然哉？堯不得以與丹朱，舜不得以與商均，而瞽叟不得奪諸舜。發於其心，出於其言，見於其事，確乎其不可易也。聖人不得以與人，父不得奪諸其子，於此見天之所以與我者不偶然也。（古人作文，極争起句，一篇都從此處，比水之有源頭，木之有本根。昌黎、老泉時有之。）夫其所以與我者，必有以用我也。我知之不得行之，不以告人，天固用之，我實置之，其名曰棄天；自卑以求幸其言，自小以求用其道，天之所以與我者何如，而我如此也，其名曰褻天。棄天，我之罪也；褻天，亦我之罪也；不棄不褻，而人不我用，不我用之罪也，其名曰逆天。（此劫持法。）然則棄天、褻天者其責在我，逆天者其責在人。在我者，吾將盡吾力之所能爲者，以塞夫天之所以與我之意，而求免夫天下後世之譏。在人者，吾何知焉，吾求免夫一身之責之不暇，而暇爲人憂乎哉？

孔子、孟軻之不遇，（孔、孟不棄天。）老於道途，而不倦不慍、不怍不沮者，夫固知夫責之所在也。（應『責』字。）衛靈、魯哀、齊宣、梁惠之徒，不足相與以有爲也，我亦知之矣，抑將盡吾心焉耳。吾心之不盡，吾恐天下後世，無以責夫衛靈、魯哀、齊宣、梁惠之徒，而彼亦將有以辭其責也，

（跌宕。）然則孔子、孟軻之目，將不瞑於地下矣。夫聖人、賢人之用心也固如此。如此而生，如此而死，如此而貧賤，如此而富貴，升而爲天，沉而爲淵，流而爲川，止而爲山，彼不預吾事，吾事畢矣。（孔、孟不棄天，自不褻天。）竊怪夫後之賢者，不能自處其身也，飢寒窮困之不勝，而號於人。嗚呼！使吾誠死於飢寒困窮耶，則天下後世之責將必有在，彼其身之責不自任以爲憂，（就『責』字反復頓跌。）而吾取而加之吾身，不亦過乎。

今洵之不肖，何敢以自列於聖賢，然其心亦有所甚不自輕者。何則？天下之學者，孰不欲一蹴而造聖人之域，然及其不成也，求一言之幾乎道而不可得也。千金之子，可以貧人，可以富人，非天之所與，（看千金之子，毋乃太重。）雖以貧人、富人之權，求一言之幾乎道，不可得也；天子之宰相，可以生人，可以殺人，非天之所與，雖以生人、殺人之權，求一言之幾乎道，不可得也。今洵用力於聖人、賢人之術，亦已久矣。（究所謂道者，只是能文而已。此策士之習，不可爲訓。）其言語，其文章，雖不識其果可以有用於今而傳於後與否，獨怪夫得之之不勞。方其致思於心也，若或起之；得之心而書之紙也，若或相之。夫豈無一言之幾於道者乎？千金之子，天子之宰相，求而不得者，一旦在己，故其心得以自負，或者天其亦有以與我也。（繳首句作鎖。）

曩者見執事於益州，當時之文，淺狹可笑，飢寒困窮亂其心，而聲律記問又從而破壞其體，不足觀也已。數年來，退居山野，自分永棄，與世俗日疏闊，得以大肆其力於文章。詩人之優柔，騷人之清深，孟、韓之温醇，遷、固之雄剛，孫、吳之簡切，（品藻俱典切。）投之所向，無不如意。常試以爲董生得聖人之經，其失也流而爲迂；（董生見其醇，未見其迂也。）晁錯得聖人之權，其失也流而爲詐；有二子之才而不流者，其惟賈生乎！惜乎今之世，愚未見其人也。（自負。）作策二道，曰《審勢》《審敵》；作書十篇，曰《權書》。洵有山田一頃，非凶歲可以無饑，力耕而節用，亦足以自老。不肖之身不足惜，而天之所與者不忍棄，（見不同於飢寒而號人者。）且不敢褻也。（逆天意，用暗繳。）

執事之名滿天下，天下之士，用與不用在執事，故敢以所謂《策》二道、《權書》十篇爲獻。平生之文，遠不可多致，有《洪範論》《史論》十篇，近以獻内翰歐陽公。度執事與之朝夕相從，而議天下之事，則斯文也，其亦庶乎得陳於前矣。若夫言之可用，與夫身之可貴與否者，執事事也，執事責也，於洵何有哉！（結『責』字。）

自盡其責，便是不敢棄天、褻天。至逆天與否，此他人之責，已不得而與也。本欲求人知，却處處自占地步。此託於聖賢之理，而出以縱横之術者。熟讀之，不獨長光焰，并長志氣。

上韓樞密書

太尉執事：洵著書無他長，及言兵事，論古今形勢，至自比賈誼。所獻《權書》，雖古人已往成敗之迹，苟深曉其義，施之於今，無所不可。昨因請見，求進末議，太尉許諾，謹撰其說。言語朴直，非有驚世絶俗之談、甚高難行之論，太尉取其大綱，而無責其纖悉。

蓋古者非用兵決勝之爲難，而養兵不用之可畏。（二語提綱。）今夫水，激之山，放之海，決之爲溝塍，壅之爲沼沚，是天下之人能之。委江河，注淮泗，匯爲洪波，瀦爲大湖，萬世而不溢者，自禹之後，未之見也。夫兵者，聚天下不義之徒，授之以不仁之器，而教之以殺人之事。夫惟天下之未安，盜賊之未殄，然後有以施其不義之心，用其不仁之器，而行其殺人之事。當是之時，勇者無餘力，智者無餘謀，巧者無餘技。故其不義之心變而爲忠，不仁之器加之於不仁，而殺人之事施之於當殺。及夫天下既平，盜賊既殄，不義之徒聚而不散，勇者有餘力則思以爲亂，智者有餘謀則思以爲姦，巧者有餘技則思以爲詐，於是天下之患雜然出矣。蓋虎豹終日而不殺，則跳踉大叫，以發其怒；蝮蝎終日而不螫，則噬嚙草木，以致其毒。其理固然，無足怪者。（極言養兵不用之弊。）

昔者劉、項奮臂於草莽之間，（引漢事以實之。）秦、楚無賴子弟，千百爲輩，争起而應者，不可勝數。轉鬭五六年，天下厭兵，項籍死，而高祖亦已老矣。方是時，分王諸將，改定律令，與天下休息。而韓信、黥布之徒，相繼而起者七國，高祖死於介胄之間，而莫能止也。連延及於吕氏之禍，訖孝文而後定。是何起之易而收之難也。劉、項之勢，初如決河，順流而下，誠有可喜。及其崩潰四出，放乎數百里之間，拱手而莫能救也。嗚呼！不有聖人，何以善其後。

太祖、太宗，躬擐甲胄，跋涉險阻，以斬刈四方之蓬蒿。用兵數十年，謀臣猛將滿天下，一旦卷甲而休之，傳四世而天下無變。此何術也？荆楚九江之地，不分於諸將，而韓信、黥布之徒，無以啓其心也。雖然，天下無變，而兵久不用，則其不義之心，蓄而無所發，飽食優遊，求逞於良民。觀其平居無事，出怨言以邀其上。一日有急，是非人得千金，不可使也。

往年詔天下繕完城池，西川之事，洵實親見。凡郡縣之富民，舉而籍其名，得錢數百萬，以爲酒食饋餉之費。杵聲未絶，城輒隨壞，如此者數年而後定。卒事，官吏相賀，卒徒相矜，若戰勝凱旋而待賞者。比來京師，遊阡陌間，其曹往往偶語，無所諱忌，聞之士人。方春時，横不忍聞。蓋時五六月矣，會京師憂大水，鋤櫌畚築，列於兩河之壖，縣官日費千萬，傳呼勞問之聲，不絶者數十里，猶且睊睊狼顧，莫肯效用。且夫内之如京師之所聞，外之如西川之所親見，天下之勢，今何如也。（以上論兵驕之患。）

御將者，天子之事也；御兵者，將之職也。（以下馭驕兵之策。）天子者，養尊而處優，樹恩而收名，與天下爲喜樂者也，故其道不可以御兵。人臣執法而不求情，盡心而不求名，出死力以捍社稷，使天下之心，繫於一人，而已不與焉，故御兵者人臣之事，不可以累天子也。今之所患，大臣好名而懼謗。好名則多樹私恩，懼謗則執法不堅。是以天下之兵豪縱至此，而莫之或制也。頃者狄公在樞府，號爲寬厚愛人，狎昵士卒，得其歡心，而太尉適承其後。彼狄公者，知御外之術，而不知治内之道，此邊將材也。古者兵在外，愛將軍而忘天子；在内，愛天子而忘將軍。愛將軍，所以戰；愛天子，所以守。狄公以其御外之心而施諸其内，太尉不反其道，而何以爲治？

（狄公亦非偏於用慈者，欲激太尉用威，故立論如此。文筆之鋭，如孫吴家言。）

或者以爲兵久驕不治，一旦繩以法，恐因以生亂。（此詰。）昔者郭子儀去河南，李光弼實代之，將至之日，張用濟斬於轅門，三軍股慄。夫以臨淮之悍，而代汾陽之長者，三軍之士竦然，如赤子之脱慈母之懷，而立乎嚴師之側，何亂之敢生？（此解。）且夫天子者，天下之父母也；將相者，天下之師也。師雖嚴，赤子不敢以怨其父母；將相雖厲，天下不敢以咎其君：其勢然也。天子者，可以生人，可以殺人，故天下望其生。及其殺之也，天下曰：『是天子殺之。』故天子不可以多殺。人臣奉天子之法，雖多殺，（不可訓。）天下無所歸怨，此先王所以威懷天下之術也。

伏惟太尉思天下所以長久之道，而無幸一時之名；盡至公之心，而無恤三軍之多言。夫天子推深仁以結其心，太尉厲威武以振其惰。彼其思天子之深仁，則畏而不至於怨；思太尉之威武，則愛而不至於驕。君臣之體順，而畏愛之道立，非太尉吾誰望耶？

儲同人云：以馭驕兵責樞臣，以威武多殺爲樞臣馭驕兵之策，亦猶良醫之用烏喙、大黄，非此則頑疾不治也。築鑿堤防諸役，百姓力能勝之，而一以歸之兵，可見宋時不特君臣如婦人孺子，而其待百姓，亦以婦人孺子待之也，兵安得不驕？國安得不弱乎？

馭驕兵，可用嚴，不可多殺，蓋多殺必至激而生變也。老泉議論，每近雜霸，而行文如刀斬亂絲。讀一段，輒見其快。

上韓昭文論山陵書

昭文相公執事：洵本布衣書生，才無所長，相公不察而辱收之，使與百執事之末，平居，思所以仰報盛德，而不獲其所。今者先帝新棄萬國，天子始親政事，當海内傾耳側目之秋，而相公實爲社稷柱石莫先之臣，有百世不磨之功，伏惟相公將何以處之？

古者天子即位，天下之政，必有所不及安席而先行之者。蓋漢昭即位，休息百役，與天下更始，故其爲天子，曾未逾月，而恩澤下布於海内。竊惟當今之事，天下之所謂最急，而天子之所宜先行者，輒敢以告於左右。

竊見先帝以儉德臨天下，（端重。）在位四十餘年，而宫室游觀，無所增加，幃簿器皿，弊陋而不易，天下稱頌，以爲文、景之所不若。今一旦奄棄臣下，而有司乃欲以末世葬送無益之費，侵削先帝休息長養之民，（側重不擾民上。）掇取厚葬之名而遺之，以累其盛明。故洵以爲當今之議，莫若薄葬。

竊聞頃者癸酉赦書既出，郡縣無以賞兵，例皆貸錢於民。（先引一事，見民已困窮，必不可擾。）民之有錢者，皆莫肯自輸，於是有威之以刀鋸，驅之以笞棰，爲國結怨，僅而得之者。小民無知，不知與國同憂，方且狼顧而不寧。而山陵一切配率之科，又以復下。計今不過秋冬之間，海内必將騷然有不自聊賴之人。竊惟先帝平昔之所以愛惜百姓者，如此其深，而其所以檢身節儉者，如此其至也，（無生時仁儉而没世之後欲享侈靡者。）推其平生之心，而計其既没之意，則其不欲以山陵重困天下，亦已明矣。而臣下乃獨爲此過當逾禮之費，以拂戾其平生之意，竊所不取也。且使今府庫之中，財用有餘，一物不取於民，盡公力而爲之，以稱遂臣子不忍之心，猶且獲譏於聖人，（高一層翻入。）況夫空虚無有，一金以上，非取於民則不獲。而冒行不顧，以徇近世失中之禮，亦已惑矣。

然議者必將以爲，古者『君子不以天下儉其親』，以天下之大，而不足於先帝之葬，於人情有所不順。洵亦以爲不然。使今儉葬，而用墨子之説，則是過也；不廢先王之禮，而去近世無益之費，是不過矣。子思曰：『三日而殯，凡附於身者必誠必信，勿之有悔焉耳矣；三月而葬，凡附於棺者必誠必信，勿之有悔焉耳矣。』古之人所由以盡其誠信者，不敢有略也，而外是者則略之。昔者華元厚葬其君，君子以爲不臣。漢文葬於霸陵，木不改列，藏無金玉，天下以爲聖明，而後世安於泰山。故曰莫若建薄葬之議，上以遂先帝恭儉之誠，下以紓百姓目前之患，（二意雙收。）内以解華元不臣之譏，而萬世之後以固山陵不拔之安。（此意又隨手補去。）

洵竊觀古者厚葬之由，未有非其時君之不達、欲以金而厚其親於地下，而其臣下不能禁止、僶俛而從之者，未有如今日之事，太后至明、天子至聖，而有司信近世之禮而遂爲之者，是可深惜也。

且夫相公既已立不世之功矣，而何愛一時之勞，而無所建明？洵恐世之清議，將有任其責者。如曰詔敕已行，制度已定，雖知不便，而不可復改。則此又過矣。（隨難隨解。）蓋唐太宗之葬高祖也，欲爲九丈之墳，而用漢氏長陵之制，百事務從豐厚。及群臣建議以爲不可，於是改從光武之陵，高不過六丈，而每事儉約。夫君子之爲政，與其坐視百姓之艱難，而重改令之非，孰若改令以救百姓之急？（即從『改令』，收歸『愛民』。）不勝區區之心，敢輒以告。惟恕其狂易之誅，幸甚幸甚！

厚葬之非，與配率之科，兩意並説，而究歸一串。處處歸美先帝仁儉之德，莊厚悱惻，足以動人。

禮論

夫人之情，安於其所常爲，無故而變其俗，則其勢必不從。（起飄忽。）聖人之始作禮也，不因其勢之危亡困辱之者以厭服其心，而徒欲使之輕去其舊而樂就吾法，不能也。（長調截以勁句。）故無故而使之事君，無故而使之事父，無故而使之事兄。彼其初，非如今之人知君、父、兄之不事則不可也，而遂翻然以從我者，吾以恥厭服其心也。（一篇骨子。）彼爲吾君，彼爲吾父，彼爲吾兄。聖人曰：彼爲吾君、父、兄，何以異於我？於是坐其君與其父以及其兄，而已立於其旁，且俯首屈膝於其前以爲禮，而爲之拜。率天下之人，而使之拜其君、父、兄。（禮原於天，本於人心之所安。此不從『儀』文上説，只見其粗。老泉害道者多，不必以純粹求也。）

夫無故而使之拜其君，無故而使之拜其父，無故而使之拜其兄，則天下之人，將復嗤笑以爲迂怪而不從。而君、父、兄，又不可以不得其臣、子、弟之拜，而徒爲其君、父、兄。（長句越見筆力。）於是聖人者又有術焉厭服其心，而使之肯拜其君、父、兄。然則聖人者果何術也？（已含『權』字。）耻之而已。

古之聖人，將欲以禮治天下之民，故先自治其身，使天下皆信其言，曰：此人也，其言如是，是必不可不如是也。故聖人曰：天下有不拜其君、父、兄者，吾不與之齒。而使天下之人亦曰：彼將不與我齒也。於是相率以拜其君、父、兄，以求齒於聖人。

雖然，彼聖人者，必欲天下之拜其君、父、兄，何也？其微權也。彼爲吾君，彼爲吾父，彼爲吾兄，聖人之拜不用於世，吾與之皆坐於此，皆立於此，比肩而行於此，無以異也。吾一旦而怒，奮手舉挺而搏逐之，可也。何則？彼其心常以爲吾儕也，不見其異於吾也。聖人知人之安於逸而苦於勞，故使貴者逸而賤者勞，且又知坐之爲逸，而立且拜者之爲勞也，故舉其君、父、兄坐之於上，而使之立且拜於下。明日彼將有怒作於心者，徐而自思之，必曰：此吾鄉之所坐而拜之，且立於其下者也。聖人固使之逸而使吾勞，是賤於彼也，奮手舉梃以搏逐之，吾心不安焉。刻木而爲人，朝夕而拜之，他日析之以爲薪，而猶且忌之。（妙喻正在於淺。）彼其始木焉，已拜之猶且不敢以爲薪，故聖人以其微權而使天下尊其君、父、兄。而權者，又不可以告人，故先之以耻。（筆力。）

嗚呼！其事如此，然後君、父、兄得以安其尊而至於今。今之匹夫、匹婦，莫不知拜其君、父、兄。乃曰拜、起、坐、立，禮之末也。不知聖人其始之教民拜、起、坐、立，如此其勞也。此聖人之所慮，而作《易》以神其教也。（『六經論』從《禮》說入，此篇法次第。）

大意謂聖人之微權，在於教民知耻；而所以使民知耻者，在乎自治其身以作之則，而民自習而安之。此防微杜漸之意也。一氣相生，遞折而下，如泰山之雲，起於膚寸，不崇朝而彌漫六合，是爲宇内偉觀。

《易》《詩》《樂》三論，多從此篇生出，論雖駁雜，不得聖人制禮之意，然文章變態，於斯極矣。

易論

聖人之道，得《禮》而信，得《易》而尊。信之而不可廢，尊之而不敢廢，故聖人之道，所以不廢者，《禮》爲之明，而《易》爲之幽也。（雙提，自分賓主。）

生民之初，（以下一大段說《禮》爲之明，是客意。）無貴賤，無尊卑，無長幼，不耕而不饑，不蠶而不寒，故其民逸。民之苦勞而樂逸也，若水之走下。而聖人者，獨爲之君臣，而使天下貴役賤；爲之父子，而使天下尊役卑；爲之兄弟，而使天下長役幼；蠶而後衣，耕而後食，率天下而勞之。一聖人之力，固非足以勝天下之民之衆，而其所以能奪其樂，而易之以其所苦，而天下之民亦遂肯棄逸而即勞，欣然戴之以爲君師，而遵蹈其法制者，禮則使然也。

聖人之始作禮也，其説曰：天下無貴賤，無尊卑，無長幼，是人之相殺無已也。不耕而食鳥獸之肉，不蠶而衣鳥獸之皮，是鳥獸與人相食無已也。有貴賤，有尊卑，有長幼，則人不相殺。食吾之所耕，而衣吾之所蠶，則鳥獸與人不相食。人之好生也甚於逸，而惡死也甚於勞，聖人奪其逸死而與之勞生，此雖三尺豎子，知所趨避矣。故其道之所以信於天下而不可廢者，禮爲之明也。

雖然，明則易達，易達則褻，褻則易廢。（轉關在此數語。）聖人懼其道之廢，而天下復於亂也，然後作《易》。（此段説《易》爲之幽，是主。）觀天地之象以爲爻，通陰陽之變以爲卦，考鬼神之情以爲辭。探之茫茫，索之冥冥，童而習之，白首而不得其源。故天下視聖人如神之幽，如天之高，尊其人，而其教亦隨而尊。故其道之所以尊於天下而不敢廢者，《易》爲之幽也。

凡人之所以見信者，以其中無所不可測者也。人之所以獲尊者，以其中有所不可窺者也。（又申説雙收，與起處照應。）是以《禮》無所不可測，而《易》有所不可窺，故天下之人信聖人之道而尊之。不然，則《易》者，豈聖人務爲新奇秘怪，以夸後世邪？

聖人不因天下之至神，則無所施其教。（提。）卜筮者，天下之至神也。而卜者，聽乎天而人不預焉者也，筮者，决之天而營之人者也。龜，漫而無理者也，灼荆而鑽之，方功義弓，惟其所爲，而人何預焉？聖人曰：是純乎天技耳，技何所施吾教？於是取筮。夫筮之所以或爲陽、或爲陰者，必自分而爲二始；卦一，吾知其爲一而卦之也；揲之以四，吾知其爲四而揲之也；歸奇於扐，吾知其爲一、爲二、爲三、爲四而歸之也。人也，分而爲二，吾不知其爲幾而分之也；天也，聖人曰是天人參焉；道也，道有所施吾教矣。於是因而作《易》，以神天下之耳目，（繳。）而其道遂尊而不廢。此聖人用其機權，以持天下之心，而濟其道於不窮也。

儲同人云：聖人作六經，如日月之懸於天，儒者之讀六經也，如人之窺日月，苟有所見，皆日月也。山之高，水之流，野之曠，室之隙，皆可以見日月，惟所見之地不同，故其言日月之光景亦不同。然謂之無所見可乎？謂所見之非日月可乎？荀子、蘇子，是亦能見六經者也。能言其所見者也，君子無譏焉。

言《易》之道，惟其神也，所以能維禮之衰。通篇大旨，原本《繫辭》『聖人以神道設教』句。空中布景，筆力鋭利，人不能當。

論六經次第，應以《易》爲首，玩行文聯絡之法，故位置在《禮論》後。

樂論

禮之始作也，難而易行；既行也，易而難久。（作法與《禮論》同。）天下未知君之爲君，父之爲父，兄之爲兄，而聖人爲之君、父、兄；天下未有以異其君、父、兄，而聖人爲之拜、起、坐、立；天下未肯靡然以從我拜、起、坐、立，而聖人身先之以耻。（申明難而易行，括《禮論》大意。）嗚呼！其亦難矣。天下惡夫死也久矣，聖人招之曰：來，吾生爾。既而其法果可以生天下之人。天下之人視其向也如此之危，而今也如此之安，則宜何從？故當其時，雖難而易行。

既行也，天下之人視君、父、兄，如頭、足之不待別白而後識；視拜、起、坐、立，如寢食之不待告語而後從事。雖然，百人從之，一人不從，則其勢不得遽至乎死。（申明易則難久。）天下之人，不知其初之無禮而死，而見其今之無禮而不至乎死也，（語妙。）則曰聖人欺我。（含告語所不及意。）故當其時，雖易而難久。

嗚呼！聖人之所恃以勝天下之勞逸者，獨有死生之説耳。死生之説不信於天下，則勞逸之説將出而勝之。勞逸之説勝，則聖人之權去矣。（死生之説勝，禮之所以行；勞逸之説勝，禮之所以難久，全在罅縫中着筆。『權』字是論六經本旨。）酒有鴆，肉有堇，然後人不敢飲食。藥可以生死，然後人不以苦口爲諱。去其鴆，徹其堇，則酒肉之權固勝於藥。聖人之始作禮也，其亦逆知其勢之將必如此也，（空中翻簸。）曰：告人以誠，而後人信之。幸今之時吾之所以告人者，其理誠然，而其事亦然，故人以爲信。吾知其理，而天下之人知其事。事有不必然者，則吾之理不足以折天下之口，此告語之所不及也。告語之所不及，必有以陰驅而潛率之。（非可以口説勝，惟無言之化足以神運潛率之，此樂所由作也。）於是觀之天地之間，得其至神之機，而竊之以樂。

雨，吾見其所以濕萬物也；日，吾見其所以燥萬物也；風，吾見其所以動萬物也。（申言天地間至神之機。）隱隱谹谹而謂之雷者，彼何用也？陰凝而不散，物蹙而不遂，雨之所不能濕，日之所不能燥，風之所不能動，雷一震焉而凝者散，蹙者遂。曰雨者，曰日者，曰風者，以形用；曰雷者，以神用。用莫神於聲，故聖人因聲以爲樂。

爲之君臣、父子、兄弟者，禮也；禮之所不及，而樂及焉。正聲入乎耳，而人皆有事君、事父、事兄之心，則禮者，固吾心之所有也，而聖人之説，又何從而不信乎？（仍歸到禮上，此與《孟子》『事親從兄』章吻合。）

儲同人云：離奇夭矯，風雨變化，神龍戲海之文。

樂所以濟禮之所不及，與《易論》同一機局，而飄忽變滅，更爲入神。

詩論

人之嗜慾，好之有甚於生，而憤憾怨怒，有不顧其死，於是禮之權又窮。（陡起，又是一法。）禮之法曰：好色不可爲也，爲人臣，爲人子，爲人弟，不可以有怨於其君、父、兄也。使天下之人皆不好色，皆不怨其君、父、兄，夫豈不善？使人之情皆泊然而無思、和易而優柔，以從事於此，則天下固亦大治。而人之情又不能皆然。好色之心毆諸其中，是非不平之氣攻諸其外，炎炎而生，不顧利害，趨死而後已。噫！禮之權止於死生，天下之事不至乎可以博生者，則人不敢觸死以違吾法。今也，人之好色，與人之是非不平之心，勃然而發於中，以爲可以博生也，而先以死自處其身，則死生之機固已去矣。死生之機去，則禮爲無權。區區舉無權之禮，以强人之所不能，則亂益甚，而禮益敗。

今吾告人曰：必無好色，必無怨而君、父、兄。（申明『亂益甚而禮益敗』。）彼將遂從吾言，而忘其中心所自有之情耶？將不能也。彼既已不能純用吾法，將遂大棄而不顧吾法；既已大棄而不顧，則人之好色，與怨其君、父、兄之心，將遂蕩然無所隔限，而易内竊妻之變，與弑其君、父、兄之禍，必反公行於天下。聖人憂焉，（即孟子論禮必推到紾兄之臂、逾東家墻云云，到盡頭處，乃轉入活路也。）曰：禁人之好色，而至於淫，禁人之怨其君、父、兄，而至於叛，患生於責人太詳。好色之不絶，而怨之不禁，則彼將反不至於亂。故聖人之道，嚴於《禮》而通於《詩》。（儲云：千波萬折，才入此句。）《禮》曰：必無好色，必無怨而君、父、兄。《詩》曰：好色而無至於淫，怨而君、父、兄，而無至於叛。嚴以待天下之賢人，通以全天下之中人。

吾觀《國風》，婉孌柔媚，而卒守以正，好色而不至於淫者也；《小雅》，悲傷詬讟，而君臣之情卒不忍去，怨而不至於叛者也。故天下觀之曰：聖人固許我以好色，而不尤我之怨吾君、父、兄也。許我以好色，不淫可也；不尤我之怨吾君、父、兄，則彼雖以虐遇我，我明譏而明怨之，使天下明知之，則吾之怨亦得當焉，不叛可也。（儲云：救禮之窮，説得盡意。是收繳法。）夫背聖人之法，而自棄於淫、叛之地者，非斷不能也。斷之始，生於不勝，人不自勝其忿，然後忍棄其身。故《詩》之教，不使人之情至於不勝也。夫橋之所以爲安於舟者，以有橋而言也，水潦大至，橋必解而舟不至於必敗。故舟者，所以濟橋之所不及也。

吁！禮之權，窮於易達，而有《易》焉；窮於後世之不信，而有《樂》焉；窮於强人，而有《詩》焉。吁！聖人之慮事也蓋詳。

儲同人云：『《國風》好色不淫，《小雅》怨誹不亂。』二句何嘗不是正理。文本此以發《詩》《禮》相關處，何等識力。鹿門以爲説《詩》愈支，抑亦固矣。

『嚴於《禮》而通於《詩》』，是一篇大旨。而説《詩》之濟《禮》處，從《孟子》好貨、好色章化出，無一語不近人情。作法與《易論》《樂論》同，而措語各有其妙。

書論

（此篇重變不重權。前半行文，似少關鍵，文可不存，因『六經論』中不可無《書》，故録之。）風俗之變，聖人爲之也。聖人因風俗之變而用其權。聖人之權用於當世，而風俗之變益甚，以至於不可復反。幸而又有聖人焉，承其後而維之，則天下可以復治。不幸其後無聖人，其變窮而無所復入，則已矣。

昔者，吾嘗欲觀古之變而不可得也，於《詩》見商與周焉，而不詳。及今觀《書》，然後見堯、舜之時與三代之相變，如此之亟也。自堯而至於商，其變也，皆得聖人而承之，故無憂。至於周，而天下之變窮矣。忠之變而入於質，質之變而入於文，其勢便也。及夫文之變，而又欲反之於忠也，是猶欲移江河而行之山也。人之喜文而惡質與忠也，猶水之不肯避下而就高也。彼其始未嘗文焉，故忠、質而不辭。今吾日食之以太牢，而欲使之復茹其菽哉？嗚呼！其後無聖人，其變窮而無所復入，則已矣。周之後而無王焉，固也。其始之制其風俗也，固不容爲其後者計也，而又適不值乎聖人，固也後之無王者也。

當堯之時，舉天下而授之舜。舜得堯之天下，而又授之禹。方堯之未授天下於舜也，天下未嘗聞有如此之事，度其當時之民，莫不以爲大怪也。然則舜與禹也，受而居之，安然若天下固其所有，而其祖宗既已爲之。累數十世者，未嘗與其民道其所以當得天下之故也，又未嘗悦之以利，而間之以丹朱、商均之不肖也。其意以爲，天下之民，以我爲當在此位也，則亦不俟乎援天以神之，譬己以固之也。

湯之伐桀也，囂囂然，數其罪而以告人，如曰彼有罪，我伐之，宜也。既又懼天下之民不已悦也，則又囂囂然以言柔之，曰：『萬方有罪，在予一人。予一人有罪，無以爾萬方。』如曰我如是而爲爾之君，爾可以許我焉爾。吁！亦既薄矣。（古帝王光明正大處，都看作機械，而其文自佳。當分别觀之。）

至於武王，而又自言其先祖、父皆有顯功，既已受命而死，其大業不克終，今我奉承其志，舉兵而東征，而東國之士女，束帛以迎我，紂之兵，倒戈以納我。吁！又甚矣。如曰吾家之當爲天子久矣，如此乎民之欲我速入商也。

伊尹之在商也，如周公之在周也。（又連及臣以説世變。）伊尹攝位三年，而無一言以自解，周公爲之，紛紛乎急於自疏其非篡也。夫固由風俗之變而後用其權，權用而風俗成，吾安坐而鎮之。夫孰知風俗之變而不復反也？

爲『武王非聖人論』開先，蘇氏不得爲醇儒，正在此處。

春秋論

賞罰者，天下之公也；是非者，一人之私也。位之所在，則聖人以其權爲天下之公，而天下以懲以勸；道之所在，則聖人以其權位爲一人之私，而天下以榮以辱。（『是非』『賞罰』『道位』『公私』字是關鍵，『權』字是綱領。）

周之衰也，位不在夫子而道在焉，夫子以其權是非天下可也。而《春秋》賞人之功，赦人之罪，去人之族，絶人之國，貶人之爵，諸侯而或書其名，大夫而或書其字，不惟其法，惟其意；不徒曰此是此非，而賞罰加焉。則夫子固曰：我可以賞罰人矣。賞罰人者，天子、諸侯事也。夫子病天下之諸侯、大夫僭天子、諸侯之事而作《春秋》，而已則爲之，其何以責天下？

位，公也；道，私也。私不勝公，則道不勝位。位之權得以賞罰，而道之權不過於是非。道在我矣，而不得爲有位者之事，則天下皆曰：是道不可僭也如此！不然，天下其誰不曰道在我，則是道者，位之賊也。

曰：夫子豈誠賞罰之耶？徒曰賞罰之耳，（徒曰，猶謂空言。）庸何傷？曰：我非君也，非吏也，執塗之人而告之曰：某爲善，某爲惡，可也。繼之曰：某爲善，吾賞之，某爲惡，吾誅之，則人有不笑我者乎？夫子之賞罰何以異此？

然則何足以爲夫子，何足以爲《春秋》？曰：夫子之作《春秋》也，非曰孔氏之《書》也，又非曰我之作也。賞罰之權，不以自與也，曰此魯之《書》也，魯作之也。有善而賞之，曰魯賞之也，有惡而罰之，曰魯罰之也。（儲云：此句大略從《孟子》『王迹』章脱出。）（逼出『《書》爲魯之《書》，賞罰爲魯之賞罰』，爲一篇大旨。從前詰問，總爲此處。）

何以知之？曰：夫子繫《易》謂之《繫辭》，言孝謂之《孝經》，皆自名之，則夫子私之也。而《春秋》者，魯之所以名史，而夫子託焉，則夫子公之也。公之以魯史之名，則賞罰之權固在魯矣。《春秋》之賞罰，自魯而及於天下，天子之權也。（才醒正意，又復生波。）

魯之賞罰不出境，而以天子之權與之，何也？曰：天子之權在周，夫子不得已而以與魯也。武王之崩也，天子之位當在成王，而成王幼，周公以爲天下不可以無賞罰，故不得已而攝天子之位，以賞罰天下，以存周室。（以周公不得已攝位，例夫子不得已與魯，尋出大源頭來。）周之東遷也，天子之權當在平王，平王昏亂，故夫子亦曰天下不可以無賞罰。而魯，周公之國也，居魯之地者，宜如周公不得已，而假天子之權，以賞罰天下，以尊周室，故以天子之權與之也。

然則，假天子之權宜如何？曰：如齊桓、晉文可也。夫子欲魯如齊桓、晉文，而不遂以天子之權與齊、晉者，何也？齊桓、晉文，陽爲尊周，而實欲富强其國。故夫子與其事而不與其心。周公心存王室，雖其子孫不能繼，而夫子思周公，而許其假天子之權以賞罰天下。其意曰，有周公之心，然後可以行桓、文之事，此其所以不與齊、晉而與魯也。夫子亦知魯君之才不足以行周公之事矣，顧其心，以爲今之天下，無周公，故至此。是故以天子之權與其子孫，所以見思周公之意也。（周公亦非天子，因借桓文之假，以推出周公心存王室，見必當與公之意。）

吾觀《春秋》之法，皆周公之法，而又詳内而略外，此其意欲魯法周公之所爲，且先自治而後治人也，明矣。夫子歎禮樂征伐自諸侯出，而田常弑其君，則沐浴而請討，然則天子之權，夫子固明以與魯也。（實証『予魯』。）子貢之徒不達夫子之意，讀經而書孔丘卒。夫子既告老矣，大夫告老而卒不書，而夫子獨書。夫子作《春秋》以公天下，而豈私一孔丘哉！嗚呼！夫子以爲魯國之《書》，而子貢之徒以爲孔氏之《書》也歟！

遷、固之史，有是非而無賞罰，彼亦史臣之體宜爾也。後之效夫子作《春秋》者，吾惑焉。《春秋》有天子之權。（如《吴越春秋》《蜀漢春秋》之類，乃竊其名，《元經》《薛傳》之類乃竊其體。）天下有君，則《春秋》不當作；天下無君，則天下之權吾不知其誰與。天下之人，烏有如周公之後之可與者？與之而不得其人則亂，不與人而自與則僭，不與人、不自與而無所與則散。嗚呼！後之《春秋》，亂耶，僭耶，散耶？

呂東萊云：此篇須看首尾相應，枝葉相生，如引繩貫珠，大抵一節未生，又生一節。别人意多則雜，此篇意多而不雜。

以天子之權歸之魯，是一篇主意。四難四解，反復曲折以達之。『六經論』中，以此篇爲醇正。

唐宋八家文讀本卷十六

蘇洵明允著
後學沈德潛確士評點

史論上

史何爲而作乎？其有憂也。何憂乎？憂小人也。何由知之？以其名知之。楚之史曰《檮杌》，檮杌，四凶之一也。君子不待褒而勸，不待貶而懲，然則史之所懲勸者獨小人耳。仲尼之志大，故其憂愈大；憂愈大，故其作愈大。是以因史修經，卒之論其效者，必曰亂臣賊子懼。由是知，史與經，皆憂小人而作，其義一也。其義一，其體二，故曰史焉，曰經焉。

大凡文之用四：事以實之，詞以章之，道以通之，法以檢之。（每下一字，不減爰書。）此經、史所兼而有之者也。雖然，經以道、法勝，史以事、詞勝；經不得史，無以證其褒貶，史不得經，無以酌其輕重；經非一代之實録，史非萬世之常法；體不相沿，而用實相資焉。（先提綱，後疏解。）

一，後之凶人必曰：蘇秦、北宫伯子、張湯、酷吏，雖有善不録矣，吾復何望哉？是窒其自新之路，而堅其肆惡之志也。故於傳詳之，於論、於贊復明之，則其懲惡也，不亦直而寬乎！（儲云：後人史斷吹毛求疵，舉一而廢十者多矣，安望其不廢一乎？此遷、固之罪人也。）

遷表十二諸侯，首魯，訖吴，實十三國，而越不與焉。夫以十二名篇，而載國十三，（精細。）何也？不數吴也。皆諸侯耳，獨不數吴，何也？用夷禮也。不數而載之，何也？周裔而霸盟上國也。《春秋》書哀七年，公會吴於鄫；書十二年，公會吴於橐皋；書十三年，公會晉侯及吴子於黄池。此其所以雖不數而猶獲載也。若越區區於南夷，豺狼狐狸之與居，不與中國會盟以觀華風，而用夷俗之名以赴，故君子即其自稱以罪之。《春秋》書定五年，於越入吴；書十四年，於越敗吴於檇李；書哀十三年，於越入吴。此《春秋》所以夷狄畜之也。苟遷舉而措之諸侯之末，則西戎、獫狁亦或庶乎其間。是以絶而棄之，將使後之人君觀之曰：不知中國禮樂，雖勾踐之賢，猶不免乎絶與棄。則其賤夷也，不亦簡而明乎！

固之表八，而王侯六，書其人也，必曰某土某王，若侯某，或功臣、外戚，則加其姓。而首目之曰『號謚姓名』，此異姓列侯之例也。諸侯王其目止『號謚』，豈以其尊故，不曰名之耶？不曰名之，而實名之，豈以不名則不著耶？此同姓諸侯王之例也。《王子侯》其目爲二，上則曰『號謚名』，名之而曰名之，殺一等矣，此同姓列侯之例也；及其下，則曰『號謚姓名』。夫以同姓列侯而加之異姓之例，何哉？察其故，蓋元始之間，王莽僞褒宗室而封之者也，非天子親親而封之者也。

宗室，天子不能封而使王莽封之，故從異姓例，亦示天子不能有其同姓也。將使後之人君觀之曰：權之歸於臣，雖同姓不能有，名器誠不可假人矣。則其防僭也，不亦微而切乎？

噫！隱而彰，則後人樂得爲善之利；直而寬，則後人知有悔過之漸；簡而明，則人君知中國禮義之爲貴；微而切，則人君知强臣專制之爲患。（總束嚴整。）用力寡而成功博，其能爲《春秋》繼，而使後之史無及焉者，以是夫。

遷、固之史，人共推史才，而識亦實有過人者也。然非讀史者明於史法，古人用意，其不埋没於粗心人者尠矣。被老泉拈出，知史、漢二家，猶得《春秋》遺意。後劉知幾、蘇子由，但集矢二史者，猶一偏之見也。

史論下

或問：子之論史，鈎抉仲尼、遷、固，潛法隱義，善矣。仲尼，則非吾所可評，吾惟意遷、固非聖人，其能如仲尼無一可指之失乎？曰：遷喜雜説，不顧道所可否；固貴諛僞，賤死義。大者此既陳議矣，又欲寸量銖稱以摘其失，則煩不可舉，今姑告爾其尤大彰明者焉。

遷之辭淳健簡直，足稱一家，而乃裂取六經、傳、記，雜於其間，以破碎汩亂其體。（若於舊文外别立新言，恐失之誣者尤多，此不得不然之勢。）五帝、三代紀多《尚書》之文，齊、魯、與戰敗而亡者，其實亦百倍。則秦之所大欲，諸侯所大患，固不在戰矣。思厥先祖父，暴霜露、斬荆棘，以有尺寸之地。子孫視之不甚惜，舉以與人，如棄草芥。今日割五城，明日割十城，然後得一夕安寢，起視四境，而秦兵又至矣。然則諸侯之地有限，暴秦之欲無厭，奉之彌繁，侵之愈急，故不戰而强弱勝負已判矣。至於顛覆，理固宜然。古人云：『以地事秦，猶抱薪救火，薪不盡，火不滅。』此言得之。（宋與契丹，只是增幣，未嘗割地也。然遠見可卜其漸，《審勢》《審敵》篇暢言之矣。）

齊人未嘗賂秦，終繼五國遷滅，何哉？與嬴而不助五國也。五國既喪，齊亦不免矣。燕、趙之君，始有遠略，能守其土，義不賂秦。是故燕雖小國而後亡，斯用兵之效也。（未的。）（燕有三晉爲蔽，故後亡，非用兵之效也。）至丹以荆卿爲計，始速禍焉。趙嘗五戰於秦，二敗而三勝。後秦擊趙者再，李牧連却之。洎牧以讒誅，邯鄲爲郡，惜其用武而不終也。

且燕、趙處秦革滅殆盡之際，可謂智力孤危，戰敗而亡，誠不得已。向使三國（楚、韓、魏。）各愛其地，齊人勿附於秦，刺客不行，良將猶在，則勝負之數，存亡之理，當與秦相較，或未易量。

嗚呼！以賂秦之地封天下之謀臣，以事秦之心禮天下之奇才，并力西向，則吾恐秦人食之不得下咽也。（正論。）

悲夫！有如此之勢，而爲秦人積威之所劫，日削月割，以趨於亡，爲國者無使爲積威之所劫哉！

夫六國與秦皆諸侯，其勢弱於秦，而猶有可以不賂而勝之之勢。苟以天下之大，而從六國破亡之故事，是又在六國下矣。（明露出作論之意。）

六國之所以不能自强者，一在貪近利而互相侵伐，一在苟安而不肯用兵。此從『事賂秦以至於亡也』論，與子由篇相同，而筆力遠過。

末段積威之所劫，宋朝受弊在此，至南渡而更甚矣。老泉遠識，故能預見。

高帝《權書》之一。

漢高帝，挾數用術，以制一時之利害，不如陳平；揣摩天下之勢，舉指摇目，以劫制項羽，不如張良。微此二人，則天下不歸漢，而高帝乃木强之人而止耳。然天下已定，後世子孫之計，陳平、張良智之所不及，則高帝常先爲之規畫處置，以中後世之所爲，曉然如目見其事而爲之者。蓋高帝之智，明於大而暗於小，至於此而後見也。

帝嘗語吕後曰：『周勃厚重少文，然安劉氏必勃也。可令爲太尉。』方是時，劉氏既安矣，勃又將誰安耶？（從此語得間而入。）故吾之意曰：高帝之以太尉屬勃也，知有吕氏之禍也。（見高祖之智。）雖然，其不去吕后，何也？勢不可也。昔者武王没，成王幼，而三監叛。帝意百歲後，將相大臣及諸侯王，有武庚禄父者，而無有以制之也。獨計以爲家有主母，而豪奴悍婢，不敢與弱盡擊此等輩也，而天下之所以兢兢然不敢犯者，有時而不測也。使雷霆日轟轟焉，繞天下以求夫叛父母、褻神明之人而擊之，則其人未必能盡，而雷霆之威無乃褻乎！（善用長句，氣足以達之。）故夫知日月雷霆之分者，可以用其明矣。

聖人之明，吾不得而知也。吾獨愛夫賢者之用其心約而成功博也，吾獨怪夫愚者之用其心勞而功不成也。是無他也，專於其所及而及之，則其及必精；兼於其所不及而及之，則其及必粗。及之而精，人將曰是惟無及，及則精矣。不然，吾恐姦雄之竊笑也。

齊威王即位，大亂三載，威王一奮，而諸侯震懼二十年，是何脩何營耶？（胸中先有此事。知從前設喻，全注於此。）夫齊國之賢者，非獨一即墨大夫，明矣；亂齊國者，非獨一阿大夫，與左右譽阿而毁即墨者幾人，亦明矣。一即墨大夫易知也，一阿大夫易知也，左右譽阿而毁即墨者幾人易知也，從其易知而精之，故用心甚約而成功博也。

天下之事，譬如有物十焉，吾舉其一，而人不知吾之不知其九也。歷數之至於九，而不知其一，不如舉一之不可測也，而況乎不至於九也。（此純乎是機、權。）

通篇主意，全在賢者用明，而舉齊威之事以實之。聖人之誠明，一語撇開，全不説及，此終是本領鬆也。然其設喻之快，惟蘇家獨擅。

諫論上

古今論諫，常與諷而少直，其説蓋出於仲尼。吾以爲諷、直，一也，顧用之之術何如耳。伍舉進隱語，楚王淫益甚；茅焦解衣危論，秦帝立悟。諷固不可盡與，直亦未易少之。吾故曰『顧用之之術何如』耳。

然則仲尼之説非乎？曰：仲尼之説，純乎經者也。吾之説，參乎權，而歸乎經者也。如得其術，則人君有少不爲桀、紂者，吾百諫而百聽矣，况虚已者乎？不得其術，則人君有少不若堯、舜者，吾百諫而百不聽矣，况逆忠者乎？

然則奚術而可？曰：機智勇辨，如古遊説之士而已。（從『術』字，引出『説』字。）夫遊説之士，以機智勇辨，濟其詐，吾欲諫者，以機智勇辨，濟其忠。請備論其效。周衰，遊説熾於列國，自是世有其人。吾獨怪夫諫而從者百一，説而從者十九，諫而死者皆是，説而死者未嘗聞。然而抵觸忌諱，説或甚於諫。由是知不必乎諷諫而必乎術也。（結束上半篇，開出下半篇。）

説之術，可爲諫法者五，理諭之、勢禁之、利誘之、激怒之、隱諷之之謂也。

觸讋（《國策》觸讋。）以趙后愛女賢於愛子，未旋踵，而長安君出質；甘羅以杜郵之死詰張唐，而相燕之行有日；趙卒以兩賢王之意語燕，而立歸武臣，此理而諭之也。

子貢以内憂教田常，而齊不得伐魯；武公以麋鹿脅頃襄，而楚不敢圖周；魯連以烹醢懼垣衍，而魏不果帝秦，此勢而禁之也。

田生以萬户侯啓張卿，而劉澤封；朱建以富貴餌閎孺，而辟陽赦；鄒阳以愛幸悦長君，而梁王釋，此利而誘之也。

蘇秦以牛後羞韓，而惠王按劍太息；范雎以無王耻秦，而昭王長跪請教；酈生以助秦凌漢，而沛公輟洗聽計，此激而怒之也。

蘇代以土偶笑田文，楚人以弓繳感襄王，蒯通以娶婦悟齊相，此隱而諷之也。

五者，相傾險詖之論。雖然，施之忠臣，足以成功，何則？理而諭之，主雖昏必悟；勢而禁之，主雖驕必懼；利而誘之，主雖怠必奮；激而怒之，主雖懦必立；隱而諷之，主雖暴必容。悟則明，懼則恭，奮則勤，立則勇，容則寬，致君之道，盡於此矣。（每下一字，屹不可移。此種文，竟欲自成一子。）

吾觀昔之臣，言必從，理必濟，莫若唐魏鄭公。其初實學縱横之説，此所謂得其術者歟？（生平得力在此，故引魏鄭公以証之。）噫！龍逢、比干，不得稱良臣，無蘇秦、張儀之術也；蘇秦、張儀，不免爲遊説，無龍逢、比干之心也。是以龍逢、比干，吾取其心，不取其術；蘇秦、張儀，吾取其術，不取其心，以爲諫法。

引君當道之心，以策士之術行之，此中大有作用，不得以縱横家而少之也。明代諸臣，以直戇殺身，而於國無益者甚多，毋乃於術有未工乎？若大人格君心之非者，又不可以一論，貴積誠以感之，不在乎口舌間也。

諫論下

夫臣能諫，不能使君必納諫，非真能諫之臣。（承上篇説入，是賓。）君能納諫，不能使臣必諫，非真能納諫之君。（是主。）欲君必納乎，向之論備矣。欲臣必諫乎，吾其言之。

夫君之大，天也；其尊，神也；其威，雷霆也。人之不能抗天、觸神、忤雷霆，亦明矣。聖人知其然，故立賞以勸之，《傳》曰『興王賞諫臣』是也。猶懼其選耎阿諛，使一日不得聞其過，故制刑以威之，（主意。）《書》曰『臣下不正，其刑墨』是也。（宋諱『匡』爲『正』。）人之情非病風喪心，未有避賞而就刑者，何苦而不諫哉？賞與刑不設，則人之情又何苦而抗天、觸神、忤雷霆哉？是非性忠義，不悦賞，不畏罪，誰欲以言博死者，人君又安能盡得性忠義者而任之？（正意已盡於此，下只設喻以醒之。）

今有三人焉，一人勇，一人勇怯半，一人怯。有與之臨乎淵谷者，且告之曰：能跳而越，此謂之勇，不然爲怯。彼勇者恥怯，必跳而越焉，其勇怯半者與怯者則不能也。又告之曰：跳而越者與千金，不然則否。彼勇怯半者奔利，必跳而越焉，其怯者猶未能也。須臾，顧見猛虎暴然向逼，則怯者不待告，跳而越之如康莊矣。然則人豈有勇、怯哉？要在以勢驅之耳。（『勢』字對上篇『術』字。）

君之難犯，猶淵谷之難越也。所謂性忠義、不悦賞、不畏罪者，勇者也，故無不諫焉。悦賞者，勇怯半者也，故賞而後諫焉。畏罪者，怯者也，故刑而後諫焉。先王知勇者不可常得，故以賞爲千金，（正喻相化。）以刑爲猛虎，使其前有所趨，後有所避，其勢不得不極言規失，此三代所以興也。末世不然，遷其賞於不諫，遷其刑於諫，宜乎臣之噤口卷舌，而亂亡隨之也。間或賢君欲聞其過，亦不過賞之而已。（以喻代正。）嗚呼！不有猛虎，彼怯者肯越淵谷乎？此無他，墨刑之廢耳。三代之後，如霍光誅昌邑不諫之臣者，不亦鮮哉！

今之諫賞，時或有之，不諫之刑，缺然無矣。苟增其所有，有其所無，則諛者直，佞者忠，况忠直者乎！（曲折。）誠如是，欲聞儻言而不獲，吾不信也。

蘇家文，善引喻以醒正意。此篇開無限法門。

嚳妃論

《史記》載，帝嚳元妃曰姜原，次妃曰簡狄。簡狄行浴，見燕墮其卵，取吞之，因生契，爲商始祖。姜原出野，見巨人迹，忻然踐之，因生稷，爲周始祖。其祖商、周信矣，其妃之所以生者，神奇妖濫，不亦甚乎！

商、周有天下七八百年，是其享天之禄，以能久有社稷，而其祖宗如何此之不祥也。使聖人而有異於衆庶也，吾以爲天地必將構陰陽之和，積元氣之英以生之，又焉用此二不祥之物哉？（此正論。）燕墮卵於前，取而吞之，簡狄其喪心乎？巨人之迹隱然在地，走而避之且不暇，忻然踐之，何姜原之不自愛也！又謂行浴、出野而遇之，是以簡狄、姜原爲淫佚無法度之甚者。帝嚳之妃，稷、契之母，不如是也。

雖然，史遷之意，必以《詩》有『天命玄鳥，降而生商』『厥初生民，時維姜原。生民如何，克禋克祀。以弗無子，履帝武敏歆。攸介攸止，載震載夙，載生載育，時維后稷』而言之。（引《詩》以破其疑。）吁！此又遷求《詩》之過也。毛公之傳《詩》也，以鳦鳥降爲祀郊禖之候，履帝武爲從高辛之行。（千古不易之解。）及鄭之《箋》，而後有吞、踐之事。當毛之時，未始有遷《史》也。遷之説出於疑《詩》，而鄭之説又出於信遷矣。（二語斷盡。）故天下皆曰：聖人非人，人不可及也。甚矣，遷之以不祥誣聖人也。夏之衰，二龍戲於庭，藏其漦，至周而發之，化爲黿，以生褒姒，以滅周。（不祥之証。）使簡狄而吞卵，姜原而踐迹，則其生子當如褒姒，以妖惑天下，奈何其有稷、契也。

或曰：然則稷何以棄？曰：稷之生也，無災無害，或者姜原疑而棄之乎？鄭莊公寤生，（棄之之証。）驚姜氏，姜氏惡之，事固有然者也。吾非惡夫異也，惡夫遷之以不祥誣聖人也。棄之而以齊亂坐實管仲，固是深文，然咎其不能薦賢，自是正論。此老泉文之醇者。仲勸公勿用三子，後卒致亂，人皆服其先見，此獨責其不能舉賢自代，翻進一層。筆如老吏斷獄，一字不可移易。

辨姦論

事有必至，理有固然，惟天下之静者，乃能見微而知著。（虚籠起。）月暈而風，礎潤而雨，人人知之。人事之推移，理勢之相因，其疏闊而難知、變化而不可測者，孰與天地陰陽之事，而賢者有不知，（暗指永叔諸公。）其故何也？好惡亂其中，而利害奪其外也。（恰與静者相反。）

昔者山巨源見王衍曰：『誤天下蒼生者，必此人也。』郭汾陽見盧杞曰：『此人得志，吾子孫無遺類矣。』自今而言之，其理固有可見者。以吾觀之，王衍之爲人，容貌言語，固有以欺世而盜名者，然不忮不求，與物浮沉，使晉無惠帝，僅得中主，雖衍百千，何從而亂天下乎？盧杞之姦，固足以敗國，然而不學無文，容貌不足以動人，言語不足以眩世，非德宗之鄙暗，亦何從而用之？由是言之，二公之料二子，亦容有未必然也。（用寬筆，正是緊逼本位。）

今有人口誦孔、老之言，身履夷、齊之行，收召好名之士、不得志之人，相與造作言語，私立名字，以爲顔淵、孟軻復出，而陰賊險狠，與人異趣，是王衍、盧杞合而爲一人也，其禍豈可勝言哉？

夫面垢不忘洗，衣垢不忘浣，此人之至情也。今也不然，衣臣虜（原本『巨盧』，從《朱子言行録》作『臣虜』。）之衣，食犬彘之食，囚首喪面，而談《詩》《書》，（居喪者面深黑。）此豈其情也哉？凡事之不近人情者，鮮不爲大姦慝，豎刁、易牙、開方是也。（一語中介甫之病。）以盖世之名而濟其未形之患，雖有願治之主、好賢之相，（暗對惠帝、德宗。）猶將舉而用之，則其爲天下患必然而無疑者，非特二子之比也。

孫子曰：『善用兵者無赫赫之功。』使斯人而不用也，則吾言爲過，而斯人有不遇之歎，孰知禍之至於此哉？不然，天下將被其禍，而吾獲知言之名，悲夫！

荆公之姦，從不近人情看出，千古卓見。然古今來亦多以近人情而曲行其姦者，不可不知。

世失德，而諸侯禽奔獸遁，各固其國，以相侵伐，而其上之人卒不悟，區區守姑息之道，而望其能以制服强國，是謂以弱政濟弱勢，故周之天下卒斃於弱。

秦自孝公，其勢固已駸駸焉日趨於强大，及其子孫已并天下，而亦不悟，專任法制以斬撻平民。是謂以强政濟强勢，故秦之天下卒斃於强。周拘於惠而不知權，秦勇於威而不知本，二者皆不審天下之勢也。

吾宋制治，有縣令，有郡守，有轉運使，以大系小，絲牽繩聯，總合於上。（入宋後，側到『威』一邊。）雖其地在萬里外，方數千里，擁兵百萬，而天子一呼於殿陛間，三尺豎子，馳傳捧詔，召而歸之京師，則解印趨走，惟恐不及。如此之勢，秦之所恃以强之勢也。勢强矣，然天下之病，常病於弱。（勢强政弱。）噫！有可强之勢如秦，而反陷於弱者，何也？習於惠而怯於威也，惠太甚而威不勝也。（竟全説宋代弱，失立言之體，而文勢亦平平。偏從强勢説到弱政，見轉弱爲强，只在一振作間也。）

夫其所以習於惠而惠太甚者，賞數而加於無功也；怯於威而威不勝者，刑弛而兵不振也。由賞與刑與兵之不得其道，是以有弱之實著於外焉。

何謂弱之實？曰官吏曠惰，職廢不舉，而敗官之罰不加嚴也；多贖數赦，不問有罪，而典刑之禁不能行也；冗兵驕狂，負力幸賞，而維持姑息之恩不敢節也；將帥覆軍，匹馬不返，而敗軍之責不加重也；羌胡强盛，凌壓中國，而邀金繒、增幣帛之耻不爲怒也。若此類者，太弱之實也。

（歷數出弱宋之弊，所以宜於用威。）久而不治，則又將有大於此，而遂浸微浸消，釋然而潰，以至於不可救止者乘之矣。

然愚以爲弱在於政，不在於勢，是謂以弱政敗强勢。（語妙。）今夫一輿薪之火，衆人之所憚而不敢犯者也，舉而投之河，則何熱之能爲？是以負强秦之勢，而溺於弱周之弊，而天下不知其强焉者，以此也。（必得喻以申其未暢之就，賈生後，蘇氏最長。）

雖然，政之弱，非若勢弱之難治也。（又一轉，有力。）借如弱周之勢，必變易其諸侯，而後强可能也。天下之諸侯，固未易變易，此又非一日之故也。若夫弱政，則用威而已矣，可以朝改而夕定也。夫齊，古之强國也，而威王又齊之賢王也。（齊威初年，恰是强勢弱政之証。）當其即位，委政不治，諸侯並侵，而人不知其國之爲强國也。一旦發怒，裂萬家，封即墨大夫，召烹阿大夫，與常譽阿大夫者。而發兵擊趙、魏、衛，趙、魏、衛盡走請和。而齊國人人震懼，不敢飾非者，彼誠知其政之弱，而能用其威以濟其弱也。况今以天子之尊，借郡縣之勢，言脱於口而四方響應，其所以用威之資固已完具。

且有天下者患不爲，焉有爲焉而不可者？今誠能一留意於用威，一賞罰，一號令，一舉動，無不一切出於威。嚴用刑法而不赦有罪，力行果斷而不牽於衆人之是非。用不測之刑，用不測之賞，而使天下之人視之如風雨雷電，遽然而至，截然而下，不知其所從發，而不可逃遁。（儲云：猛以濟寬，此良醫對症藥也。漢史稱優柔不斷而孝宣之業衰，則治天下固自有道矣。）朝廷如此，然後平民益務檢慎，而奸民猾吏，亦常恐恐然懼刑法之及其身，而斂其手足，不敢輒犯法。此之謂强政。政强矣，爲之數年，而天下之勢可以復强。愚故曰：棄弱之惠以養威，則威發而天下震慄。然則以當今之勢，求所謂萬世爲帝王，而其大體卒不可革易者，其尚威而已矣。（收束全篇，醒出眼目。）

或曰：當今之勢，事誠無便於尚威者。然孰知夫萬世之間，其政之不變，而必曰威耶？愚應之曰：威者，君之所恃以爲君也。一日而無威，是無君也。久而政弊，變其小節，而參之以惠，使不至若秦之甚，可也。舉而棄之，過矣。

或者又曰：王者任德不任刑。任刑，霸者之事，非所宜言。此又非所謂知理者也。夫湯、武皆王也，桓、文皆霸也。武王乘紂之暴，出民於炮烙斬刖之地，苟又遂多殺人、多刑人以爲治，則民之心去矣，故其治一出於禮義。彼湯則不然。桀之惡固無以異紂，然其刑不若紂暴之甚也，而天下之民化其風，淫惰不事法度。（論湯、武寬嚴處，恐未必然。）《書》曰：『有衆率怠，弗協。』（《書》又云：『代虐以寬，兆民允懷。』）而又諸侯昆吾氏首爲亂，於是誅鋤其强梗、怠惰、不法之人，以定紛亂，故《記》曰商人『先罰而後賞』。至於桓、文之事，則又非皆任刑也。桓公用管仲，管仲之書好言刑，故桓公之治常任刑。文公長者，（未確。）其佐狐、趙、先、魏，皆不説以刑法，其治亦未嘗以刑爲本，而號亦爲霸。（桓公任刑，文公長者，此皆曲説，不可爲典要也。）而謂湯非王而文非霸也，得乎？

故用刑不必霸，而用德不必王，各觀其勢之何所宜用而已。（通人之言。）然則今之勢，何爲不可用刑？用刑何爲不曰王道？彼不先審天下之勢，而欲應天下之務，難矣！（反結，應起句。）

儲同人云：上下古今，須有不可磨滅之言，而後可以懾服千古。如此篇，周以弱政濟弱勢，秦以强政濟强勢，而宋以弱政敗强勢，蓋言之不可磨滅者也。子厚之論封建也，『秦有叛民而無叛吏』，『漢有叛國而無叛郡』，『唐有叛將而無叛州』，以一言綜一代，其精鑿與老蘇同，所以磨滅不得。

『尚威』乃一篇之主，此爲弱宋言，真對症發藥，非謂從古治天下者，總以尚威用刑爲上理也。周公曰：『平易近民，民必歸之。』孔子曰：『道之以德，齊之以禮，有耻且格。』獨非純王之治乎？讀古人書，正須相度時勢。

宋君臣間，實處弱勢，老泉挾此以聳動人主，立言不得不然，猶賈生對漢文，云厝火置之積薪之上而未及然也。此策亦全學長沙。

審敵

中國内也，四夷外也。憂在内者，本也；憂在外者，末也。夫天下無内憂，必有外懼。本既固矣，盍釋其末以息肩乎？曰未也。古者夷狄憂在外，今者夷狄憂在内，釋其末可也，而愚不識方今夷狄之憂爲末也。（翻『外寧必有内憂』句，見外懼實是内憂。）

古者，夷狄之勢，大弱則臣，小弱則遁，大盛則侵，小盛則掠。吾兵良而食足，將賢而士勇，則患不在中原，如是而曰外憂可也。今之蠻夷，姑無望其臣與遁，求其志止於侵掠而不可得也。北胡驕恣，爲日久矣，（遼患。）歲邀金繒，以數十萬計。昔者，幸吾有西羌之變，（元昊。）出不遜語以撼中國，天子不忍使邊民重困於鋒鏑，是以虜日益驕，而賄日益增，迨今凡數十百萬，而猶慊然未滿其欲，視中國如外府然，則其勢又將不止數十百萬也。夫賄益多，則賦歛不得不重；賦歛重，則民不得不殘。（可云曲盡。）故雖名爲息民，而其實愛其死而殘其生也；名爲外憂，而其實憂在内也。外憂之不去，聖人猶且耻之；内憂而不爲之計，愚不知天下之所以久安而無變也。

古者，匈奴之强，不過冒頓。當暴秦刻剥，劉、項戰奪之後，中國溘然矣。以今度之，彼宜遂入踐中原，如决大河，潰蟻壤，然卒不能越其疆以有吾尺寸之地，何則？中原之疆，固皆百倍於匈奴，雖積衰新造，而猶足以制之也。五代之際，中原無君，晉塘苟一時之利，以子行事匈奴，割幽、燕之地以資其强大。（十六州軍。）孺子繼立，大臣外叛，匈奴掃境來寇，兵不血刃，而京師不守，天下被其禍。匈奴自是始有輕中原之心，以爲可得而取矣。及吾宋景德中，大舉來寇，章聖皇帝一戰而却之，遂與之盟以和。夫人之情勝則狃，狃則敗，敗則懲，懲則勝。匈奴狃石晉之勝，而有景德之敗；懲景德之敗，而愚未知其所勝，甚可懼也。（澶淵之役，不能寇其稱臣獻地，已失計矣。既盟以後，宋君臣不聞一善後之策，而日增歲幣，何也？）

雖然，數十年之間，能以無大變者，何也？（此轉筆如生龍。）匈奴之謀必曰：我百戰而勝人，人雖屈而我亦勞。馳一介入中國，以形凌之，以勢邀之，歲得金錢數十百萬。如此數十歲，我益數百千萬，而中國損數百千萬，吾日以富，中國日以貧，然後足以有爲也。天生北狄，謂之犬戎，投骨於地，狺然而争者，犬之常也。今則不然，邊境之上，豈無可乘之釁？使之來寇，大足以奪一郡，小亦足以殺掠數千人，而彼不以動其心者，此其志非小也。將以蓄其鋭而伺吾隙，以伸其所大欲，故不忍以小利而敗其速謀。

古人有言曰：『爲虺弗摧，爲蛇奈何？』匈奴之勢，日長炎炎。今也柔而養之，以冀其卒無大變，其亦惑矣。（頓住。）且今中國之所以竭生民之力，以奉其所欲，而猶恐恐焉懼一物之不稱其意者，非謂中國之力不足以支其怒耶。然以愚度之，當今中國，雖萬無有如石晉可乘之勢者，匈奴之力雖足以犯邊，然今十數年間，吾可以必無犯邊之憂。何也？非畏吾也，其志不止犯邊也。其志不止犯邊，而力又未足以成其所欲爲，則其心惟恐吾之一旦絶其好，以失吾之厚賂也。（從『志不在小』，又折出『志不欲戰』，深匿之情，邀賂之詐，曲曲傳出。）

然而驕傲不肯少屈者，何也？其意曰邀之而後固也。（儲云：敵情至此，方曲曲審盡。）鷙鳥將擊，必匿其形。昔者冒頓欲以攻漢，漢使至，輒匿其壯士健馬。（《送石昌言》文已見。）故《兵法》曰：『辭卑者進也，辭强者退也。』今匈奴之君臣，莫不張形勢以夸我，此其志不欲戰明矣。闔閭之入楚也因唐、蔡，句踐之人吴也因齊、晉。匈奴誠欲與吾戰耶？曩者陝西有元昊之叛，河朔有王則之變，嶺南有智高之亂，此亦可乘之勢矣，然終以不動，則其志之不欲戰又明矣。（實証。）吁！彼不欲戰，而我遂不與戰，則彼既得其志矣。（冷句。）《兵法》曰：『用其所欲，行其所能，廢其所不能。於敵反是。』今無乃與此異乎？

且匈奴之力，既未足以伸其所大欲，而奪一郡，殺掠數千人之利，彼又不以動其心，則我勿賂而已。勿賂，而彼以爲辭，則對曰：爾無功於吾。歲欲吾賂，吾有戰而已，賂不可得也。（主意决戰。）雖然，天下之人必曰：『此愚人之計也。天下孰不知賂之爲害，而勿賂之爲利，顧勢不可耳。』愚以爲不然。

當今夷狄之勢，（先提後詳。）如漢七國之勢。昔者高祖急於滅項籍，故舉數千里之地以王諸將，項籍死，天下定，而諸將之地，因遂不可削。當是時，非劉氏而王者八國，高祖懼其且爲變，故大封吴、楚、齊、趙同姓之國以制之。既而信、越、布、綰皆誅死，而吴、楚、齊、趙之强反無以制。當是時，諸侯王雖名爲臣，而其實莫不有帝制之心，膠東、膠西、濟南，又從而和之，於是擅爵人，赦死罪，戴黄屋，刺客公行，匕首交於京師。罪至彰也，勢至逼也。然當時之人，猶且徜徉容與，若不足慮，月不圖歲，朝不計夕，循循而摩之，煦煦而吹之，幸而無大變。以及於孝景之世，有謀臣曰晁錯，始議削諸侯地以損其權。天下皆曰：諸侯必且反。錯曰：『固也。削亦反，不削亦反。削之則反疾而禍小，不削則反遲而禍大。吾懼其不及今反也。』天下皆曰晁錯愚。吁！七國之禍，期於不免。與其發於遠而禍大，不若發於近而禍小。以小禍易大禍，雖三尺童子皆知其當然。而其所以不與錯者，彼皆不知其勢將有遠禍，與知其勢將有遠禍，而度已不及見，謂可以寄之後人，以苟免吾身者也。（長句曲筆，他人不解用，亦不能用，用則難免拖沓之患。）然則錯爲一身謀則愚，而爲天下謀則智。人君又安可舍天下之謀，而用一身之謀哉！

今者匈奴之强不減於七國，而天下之人又用當時之議，因循維持，以至於今，方且以爲無事。而愚以爲，天下之大計，不如勿賂。勿賂，則變疾而禍小；賂之，則變遲而禍大。畏其疾也，不若畏其大；樂其遲也，不若樂其小。天下之勢，如坐弊船之中，駸駸乎將入於深淵，不及其尚淺也舍之，而求所以自生之道，而以濡足爲解者，是固夫覆溺之道也。聖人除患於未萌，然後能轉而爲福。今也不幸養之以至此，而近憂小患又憚而不決，則是遠憂大患終不可去也。赤壁之戰，惟周瑜、吕蒙知其勝；伐吴之役，惟羊祜、張華以爲是。然則宏遠深切之謀，固不能合庸人之意，此晁錯所以爲愚也。

雖然，錯之謀，猶有遺憾。何者？錯知七國必反，而不爲備反之計，山東變起，而關内騷動。今者匈奴之禍，又不若七國之難制。七國反，中原半爲敵國；匈奴叛，中國以全制其後。此又易爲謀也。然則謀之奈何？曰：匈奴之計不過三：一曰聲，二曰形，三曰實。（此種從孫吴簡切中得來。）匈奴謂中國怯久矣，以吾爲終不敢與之抗，且其心，常欲固前好而得厚賂，以養其力。今也遽絶之，彼必曰戰而勝，不如坐而得賂之爲利也。華人怯，吾可以先聲脅之，彼將復賂我。於是宣言於遠近，我將以某日圖某所，以某日攻某所，如此謂之聲。命邊都休士卒，偃旗鼓，寂然若不聞其聲。聲既不能動，則彼之計將出於形。（此言我之待之。）除道翦棘，多爲疑兵以臨吾城，如此謂之形。深溝固壘，清野以待，寂然若不見其形。形又不能動，則技止此矣，將遂練兵秣馬以出於實。實而與之戰，破之易爾。（以下俱申明其易。）彼之計必先出於聲與形，而後出於實者。出於聲與形，期我懼而以重賂請和也；出於實，不得已而與我戰，以幸一時之勝也。

夫勇者可以施之於怯，不可以施之於智。今夫叫呼跳踉，以氣先者，世之所謂善鬬者也。雖然，蓄全力以待之，則未始不勝。彼叫呼者，聲也；跳踉者，形也。無以待之，則聲與形者亦足以乘人於卒；不然，徒自弊其力於無用之地，是以不能勝也。韓許公節度宣武軍，（引韓弘事，以實形、聲、實之説。）李師古忌公嚴整，使來告曰：『吾將假道伐滑。』公曰：『爾能越吾界爲盜邪？有以相待，無爲虛言！』滑帥告急，公使謂曰：『吾在此，公安無恐。』或告除道翦棘，兵且至矣。公曰：『兵來不除道也。』師古詐窮，遷延以遁。愚故曰：彼計出於聲與形而不能動，則技止此矣。與之戰，破之易耳。

方今匈奴之君，有内難新立，意其必易與。（此又於易中尋出一隙來，以作收局。）鄰國之難，霸王之資也。且天與不取，將受其弊。賈誼曰：『大國之王，幼弱未壯，漢之所置傅相，方握其事。數年之後，大抵皆冠，血氣方剛，漢之傅相以病而賜罷。當是之時而欲爲安，雖堯舜不能。』（引賈生語，見貴於乘時。）嗚呼！是七國之勢也。（一句遠應。）

勿賂，主戰，一篇大旨。敵之所以要我，與我之所以待敵，一一曲中其情。所料者契丹，而後日金人愚宋之術，已預見其肺腑矣。上匹賈生《治安策》，夫何愧焉。《幾策》二篇，公之本領、識見，已具見於此。故先以獻歐陽公，而於《上田樞密書》，復提出言之。此生平得意作也。

任相《衡論》之一。

古之善觀人之國者，觀其相何如人而已。議者常曰：將與相均。將特一大有司耳，非相侔也。國有征伐而後將權重。有征伐無征伐，相皆不可一日輕。相賢耶，則群有司皆賢，而將亦賢矣。將賢耶，相雖不賢，將不可易也。故曰：將特一大有司耳，非相侔也。

任相之道，與任將不同。爲將者，大概多才，而或頑鈍無耻，非皆節廉好禮，不可犯者也，故不必優以體貌。而其有不羈不法之事，則亦不可以常法御。何則？豪縱不趨約束者，亦將之常態也。武帝視大將軍，往往踞厠，（不優以體貌。）而李廣利破大宛，侵殺士卒之罪則寢而不問。（不以常法御。）此任將之道也。若夫相，必節廉好禮者爲也，又非豪縱不趨約束者爲也，故接之以禮而重責之。（一句提。）

古者相見於天子，天子爲之離席起立；在道，爲之下輿；有病，相問；不幸而死，親弔。（接之以禮。）待之如此其厚，然其有罪亦不私也。天地大變，天下大過，而相以不起聞矣。相不勝任，策書至，而布衣出府免矣； 相有他失，而棧車牝馬，歸以思過矣。（重責之。）夫接之以禮，然後可以重其責而使無怨言。 責之重，然後接之以禮而不爲過。 禮薄而責重，彼將曰： 主上遇我以何禮，而重我以此責也，甚矣。 責輕而禮重，彼將遂弛然不肯自飭。（亦非古人君待臣之義。）故禮以維其心，而重責以勉其怠，而後爲相者莫不盡忠於朝廷，而不恤其私。

吾觀賈誼書，至所謂『長太息者』，常反復讀不能已，以爲誼生文帝時，文帝遇將相大臣，不爲無禮，獨周勃一下獄，誼遂發此。 使誼生於近世，見其所以遇宰相者，則當復何如也？（宋代遇大臣極厚，老泉不免備責。）夫湯、武之德，三尺竪子，皆知其爲聖人，而猶有伊尹、太公者，爲師友焉。 伊尹、太公，非賢於湯、武也，而二聖人者，特不顧以師友之，明有尊也。 噫！ 近世之君，姑勿責於此。 天子御坐，見宰相而起者，有之乎？ 無矣。 在輿而下者，有之乎？ 亦無矣。 天子坐殿上，宰相與百官趨走於下，掌儀之官名而呼之，若郡守召胥吏耳。 雖臣子爲此，亦不過。 然尊尊貴貴之道，不若是褻也。（明仁宗、孝宗呼宰相爲先生，賜之坐，稱爲盛事。）

夫既不能待之以禮，則其罪之也，吾法將亦不得用。 何者？ 不果於用禮，而果於用刑，則其心不服。 故法曰： 有某罪則加之以某刑。（此大概待臣下之詞。）及其免相也，既曰有某罪，而刑不加焉，不過削之一官，而出之大藩鎮。 此其弊皆始於不爲之禮。 賈誼曰：『中罪而自弛，大罪而自裁。』夫人不我誅，而安忍棄其身？ 此必有大愧於其君。 故人君者，必有以愧其臣，其臣有所不爲。 武帝嘗以不冠見平津侯，故當天下有事，朝廷憂懼之際，使石慶得容於其間而無怪焉。 然則必其待之如禮，而後可以責之如法也。（歸宿。）

且吾聞之，待以禮，而彼不自效以報其上，重其責，而彼不自勉以全其身，安其禄位，成其功名者，天下無有也。彼人主傲然於上，不禮宰相，以自尊大者，孰若使宰相自效以報其上之爲利？宰相利其君之不責而豐其私者，孰若自勉以全其身，安其禄位，成其功名之爲福？吾又未見去利而就害、遠福而求禍者也。

即賈誼《治安策》意而曲暢言之。中間不重於用禮，亦不果於用刑，去相而出之大藩鎮，此猶宋代之厚，以後更不可問矣。君臣一德，協恭交贊，令人懷古而慨然也。

御將《衡論》之一。

人君御臣，相易而將難。將有二，有賢將，有才將，而御才將尤難。（御才將，一篇之旨。）御相以禮，御將以術。御賢將之術以信，御才將之術以智。不以禮，不以信，是不爲也；不以術，不以智，是不能也。故曰：御將難，而御才將尤難。

六畜，其初皆獸也。彼虎豹能搏、能噬，而馬亦能蹄，牛亦能觸。先王知能搏、能噬者不可以人力制，故殺之；殺之不能，驅之而後已。蹄者可馭以羈紲，觸者可拘以楅衡，故先王不忍棄其材而廢天下之用。如曰是能蹄，是能觸，當與虎豹并殺而同驅，則是天下無騏驥，終無以服乘耶？（此指賢將。）

先王之選才也，自非大姦劇惡，如虎豹之不可以變其搏噬者，未嘗不欲制之以術，而全其才以適於用。況爲將者，又不可責以廉隅細謹，顧其才何如耳。漢之衛、霍、趙充國，唐之李靖、李勣，賢將也。（勣未必賢。）漢之韓信、黥布、彭越，唐之薛萬徹、侯君集、盛彦師，才將也。賢將既不多有，得才者而任之可也。苟又曰是難御，則是不肖者而後可也。結以重恩，示以赤心，美田宅，豐飲饌，歌童舞女，以極其口腹耳目之欲，而折之以威，此先王之所以御才將者也。（儲云：先將所以御才將之略敷説，結過後，更翻起議論，闡明智術。亦是層累法。）

近之論者或曰：將之所以畢志竭力，犯霜露、蹈白刃，而不辭者，冀賞耳。爲國家者，不如勿先賞以邀其成功。或曰：賞所以使人，不先賞，人不爲我用。是皆一隅之説，非通論也。將之才固有小大。傑然於庸將之中者，才小者也；傑然於才將之中者，才大者也。（儲云：於將中分賢與才，又於才將中分大與小。文字如此，才生生不窮。）才小志亦小，才大志亦大。人君當觀其才之大小，而爲之制御之術，以稱其志。一隅之説不可用也。

夫養騏驥者，（喻才大。）豐其芻粒，潔其羈絡，居之新閑，浴之清泉，（喻先賞。）而後責之千里。彼騏驥者，其志常在千里也，夫豈以一飽而廢其志哉？至於養鷹則不然，（喻才小。）獲一雉，飼以一雀；獲一兔，飼以一鼠。（喻不先賞。）彼知不盡力於擊搏，則其勢無所得食，故然後爲我用。才大者，騏驥也，不先賞之，是養騏驥者饑之而責其千里，不可得也。才小者，鷹也，先賞之，是養鷹者飽之而求其擊搏，亦不可得也。是故先賞之說，可施之才大者；不先賞之說，可施之才小者。兼而用之，可也。（此言御將之術。）

（儲云：已下只引証先賞、不先賞，且爲御將智術榜樣。文意已盡，故不更作收轉。）昔者，漢高帝一見韓信，而授以上將，解衣衣之，推食哺之；一見黥布，而以爲淮南王，供具飲食如王者；一見彭越，而以爲相國。當是時，三人者未有功於漢也。厥後追項籍垓下，與信、越期而不至，捐數千里之地以畀之，如棄敝屣。項氏未滅，天下未定，而三人者已極富貴矣。何則？高帝知三人者之志大，不極於富貴則不爲我用。雖極於富貴而不滅項氏，不定天下，則其志不已也。

至於樊噲、滕公、灌嬰之徒則不然。拔一城、陷一陣，而後增數級之爵，否則，終歲不遷也。項氏已滅，天下已定，樊噲、滕公、灌嬰之徒，計百戰之功，而後爵之通侯。夫豈高帝至此而嗇哉？知其才小而志小，雖不先賞，不怨；而先賞之，則彼將泰然自滿，而不復以立功爲事故也。

噫！方韓信之立於齊，蒯通、武涉之說未去也，當是之時而奪之王，漢其殆哉。夫人豈不欲三分天下而自立者？而彼則曰：『漢王不奪我齊也。』故齊不捐，則韓信不懷；韓信不懷，則天下非漢之有。嗚呼！高帝可謂知大計矣。（儲云：就中抽出一節，咏歎其智，作結。）

從賢將引出才將，於才將中分出才大、才小二項，後引高祖爲御才大者之証。正喻相生，反覆曲暢，此亦縱横家之術也。

養才《衡論》之一。

夫人之所爲，有可勉强者，有不可勉强者。煦煦然而爲仁，孑孑然而爲義，不食片言以爲信，不見小利以爲廉，雖古之所謂仁與義與信與廉者，不止若是，而天下之人，亦不曰是非仁人，是非義人，是非信人，是非廉人，此則無諸已而可勉强以到者也。在朝廷而百官肅，在邊鄙而四夷懼，坐之於繁劇紛擾之中而不亂，投之於羽檄奔走之地而不惑，爲吏而吏，爲將而將，若是者，非天之所與、性之所有，不可勉强而能也。（此天下才，非後所云偏駁者。）道與德可勉以進也，才不可强揠以進也。

今有二人焉，一人善揖讓，一人善騎射，則人未有不以揖讓賢於騎射矣。然而揖讓者，未必善騎射，而騎射者，舍其弓以揖讓於其間，則未必失容。何哉？才難强而道易勉也。吾觀世之用人，好以可勉强之道與德，而加之不可勉强之才之上，而曰我貴賢賤能。是以道與德未足以化人，而才有遺焉。（道易假託而不易勉强。老泉看道太輕，所云者乃文貌，非道也。）然而爲此者，亦有由矣。（折筆。）有才者而不能爲衆人所勉强者耳。何則？奇傑之士，常好自負，疏雋傲誕，不事繩檢，往往冒法律，觸刑禁，叫號讙呼，以發其一時之樂，而不顧其禍，嗜利酗酒，使氣傲物，志氣一發，則倜然遠去，不可羈束以禮法。（此等人，可望其『在朝廷而百官肅，在邊鄙而四夷懼』云云耶？天下禍亂，每起此種人。老泉立論，不免於駁。）然及其一旦翻然而悟，折節而不爲此，以留意於向所謂道與德可勉强者，則何病不至？奈何以樸樕小道加諸其上哉？

夫其不肯規規以事禮法，而必自縱以爲此者，乃上之人之過也。（純用折筆。）古之養奇傑也，任之以權，尊之以爵，厚之以禄，重之以恩，責之以措置天下之務，而易其平居自縱之心，而聲色耳目之欲，又已極於外，故不待於恣而後爲樂。今則不然。奇傑無尺寸之柄，位一命之爵，食斗升之禄者過半，彼又安得不越法、逾禮而自快邪？我又安可急之以法，使不得泰然自縱耶？今我繩之以法，亦已急矣。急之而不已，而隨之以刑，則彼有北走胡，南走越耳。（當時有走元昊者，明季牛金星亦然。）

噫！無事之時，既不能養，及其不幸，一旦有邊境之患、繁亂難治之事，而後優詔以召之，豐爵重禄以結之，則彼已憾矣。夫彼固非純忠者也，又安肯默然於窮困無用之地而已耶？

周公之時，天下號爲至治，四夷已臣服，卿大夫士已稱職。當是時，雖有奇傑無所復用，而其禮法風俗，尤復細密，舉朝廷與四海之人，無不遵蹈，而其八議之中，猶有曰議能者。况當今天下未甚至治，四夷未盡臣服，卿大夫士未皆稱職，禮法風俗，又非細密如周之盛時，而奇傑之士復有困於簿書米鹽間者，則反可不議其能而怒之乎？所宜哀其才而貰其過，無使爲刀筆吏所困，則庶乎盡其才矣。

或曰：奇傑之士，有過得以免，則天下之人孰不自爲奇傑而欲免其過者，是終亦潰法亂教耳。曰：是則然矣。然而奇傑之所爲，必挺然出於衆人之上。苟指其已成之功以曉天下，俾得以贖其過，而其未有功者，則委之以難治之事，而責其成績，則天下之人，不敢自謂奇傑，而真奇傑者出矣。

大意謂奔踶之馬，可致千里；負俗累之士，可立功名。國家宜收羅於平日，不應繩以文法，急而求之，甚或加以刑法，使之北走胡、南走越也。議論發越，鋒芒四露，自是老泉本色。

送石昌言爲北使引昌言名揚休，善爲詩。

昌言舉進士時，吾始數歲，未學也。憶與群兒戲先府君側，昌言從旁取棗栗啖我，家居相近，又以親戚，故甚狎。昌言舉進士，日有名。吾後漸長，亦稍知讀書，學句讀、屬對、聲律，未成而廢。昌言聞吾廢學，雖不言，察其意甚恨。

後十餘年，昌言及第第四人，守官四方，不相聞。吾日以壯大，乃能感悟，摧折復學。又數年，遊京師，見昌言長安，相與勞問如平生歡，出文十數首，昌言甚喜，稱善。（『甚狎』『甚恨』『甚喜』，三層寫照。）吾晚學無師，雖日爲文，中心自慚，及聞昌言說，乃頗自喜。

今十餘年，又來京師，而昌言官兩制，乃爲天子出使萬里之外，强悍不屈之虜庭，建大旆，從騎數百，送車千乘，出都門，意氣慨然。自思爲兒時，見昌言先府君旁，安知其至此！（回應生情。）富貴不足怪，吾於昌言獨有感也。（儲云：一句上下轉關。）大丈夫生不爲將，得爲使折衝口舌之間足矣。

往年彭任從富公使還，（字有道，亦蜀人。）爲我言曰：『既出境，宿驛亭，聞介馬數萬騎馳過，劍槊相摩，終夜有聲，從者怛然失色。及明，視道上馬跡，尚心掉不自禁。』凡虜所以誇耀中國者多此類。中國之人不測也，故或至於震懼而失辭，以爲夷狄笑。嗚呼！何其不思之甚也。昔者奉春君使冒頓，壯士、健馬皆匿不見，是以有平城之役。（反看便知。）今之匈奴，吾知其無能爲也。《孟子》曰：『説大人，則藐之。』況於夷狄，請以爲贈。（結出正旨。）

不辱君命，丈夫一生節目，故鄭重言之。末段强而示之弱，弱而示之强，深於兵法。

蘇氏族譜引

《蘇氏族譜》，譜蘇氏之族也。蘇氏出於高陽，而蔓延於天下。唐神龍初，長史味道刺眉州，卒於官，一子留於眉。眉之有蘇氏自此始，而譜不及焉者，親盡也。親盡則曷爲不及？譜爲親作也。凡子得書而孫不得書者，何也？以著代也。自吾之父以至吾之高祖，仕不仕，娶某氏，享年幾，某日卒，皆書，而他不書者，何也？詳吾之所自出也。自吾之父，以至吾之高祖，皆曰諱某，而他則遂名之，何也？尊吾之所自出也。《譜》爲蘇氏作，而獨吾之所自出得詳與尊，何也？《譜》，吾作也。（以上叙作《譜》之例。）嗚呼！觀吾之《譜》者，孝悌之心可以油然而生矣。（宋興百年，族法未立。有之，自《蘇氏族譜》始。）

情見於親，親見於服，服始於衰，而至於緦麻，而至於無服。無服則親盡，親盡則情盡，情盡則喜不慶，憂不弔。喜不慶，憂不弔，則塗人也。吾所與相視如塗人者，其初兄弟也。兄弟，其初一人之身也。（由此意擴而大之，充而滿之，便是《西銘》『分殊理一』之旨。）悲夫！一人之身分而至於途人，吾譜之所以作也。其意曰：分至於塗人者，勢也。勢，吾無如之何也已。幸其未至於塗人也，使其無至於忽忘焉可也。（此《譜》之所以不得不作也。）嗚呼！觀吾之《譜》者，孝悌之心可以油然而生矣。

系之以詩曰：吾父之子，今爲吾兄。吾疾在身，兄呻不寧。數世之後，不知何人。彼死而生，不爲戚欣。兄弟之情，如足與手。其能幾何，彼不相能，彼獨何心！（詩亦真至，而用韻似雜。）

從極親到極疏，則孝弟亦有時而窮。唯有時而窮，所以當及時而盡也。情辭雙到，惻惻真、庚、侵，從來不相通也。）

動人。

《族譜亭記》篇，面目太粗。

張益州畫像記

至和元年秋，蜀人傳言有寇至，（相傳儂智高欲寇蜀。）邊軍夜呼，野無居人，妖言流聞，京師震驚。方命擇帥，天子曰：『毋養亂，毋助變。衆言朋興，朕志自定。外亂不作，變且中起，不可以文令，又不可以武競。惟朕一二大吏，孰爲能處兹文、武之間，其命往撫朕師？』乃推曰：『張公方平其人。』天子曰：『然。』公以親辭，不可，遂行。冬十一月，至蜀。至之日，歸屯軍，撤守備，使謂郡縣：『寇來在吾，無爾勞苦。』（治之以不治。）明年正月朔旦，蜀人相慶如他日，遂以無事。又明年正月，相告留公像於净衆寺，公不能禁。

眉陽蘇洵言於衆曰：『未亂，易治也。既亂，易治也。有亂之萌，無亂之形，是謂將亂。將亂難治，不可以有亂急，亦不可以無亂弛。是惟元年之秋，如器之欹，未墜於地。惟爾張公，安坐於其旁，顔色不變，徐起而正之。既正，油然而退，無矜容。爲天子牧小民不倦，惟爾張公，爾繄以生，惟爾父母。且公嘗爲我言：「民無常性，惟上所待。人皆曰蜀人多變，於是待之以待盜賊之意，而繩之以繩盜賊之法，重足屏息之民，而以碪斧令。於是民始忍以其父母妻子之所仰賴之身，而棄之於盜賊，故每每大亂。夫約之以禮，驅之以法，惟蜀人爲易。至於急之而生變，雖齊、魯亦然。吾以齊、魯待蜀人，而蜀人亦自以齊、魯之人待其身。（苦心迴斡，表揚張公，亦以周旋故土。）若夫肆意於法律之外，以威劫齊民，吾不忍爲也。」（儲云：借張公口中，發出所以安蜀之本。妙用『待』字，以破『蜀人多變』之見。此入水斬蛟伎倆也。）嗚呼！愛蜀人之深，待蜀人之厚，自公而前，吾未始見也。」皆再拜稽首曰：「然。」

蘇洵又曰：「公之恩在爾心，爾死在爾子孫，其功業在史官，無以像爲也。且公意不欲，如何？」皆曰：「公則何事於斯？雖然，於我心有不釋焉。今夫平居聞一善，必問其人之姓名與鄉里之所在，以至於其長短、大小、美惡之狀，甚者或詰其平生所嗜好，以想見其爲人。而史官亦書之於其傳，意使天下之人，思之於心，則存之於目；存之於目，故其思之於心也固。由此觀之，像亦不爲無助。」苏洵無以詰，遂爲之記。

公，南京人，爲人慷慨有大節，以度量雄天下。（不多稱道，極高。）天下有大事，公可屬。（不獨可以安蜀。）系之以詩曰：

天子在祚，歲在甲午。西人傳言，有寇在垣。庭有武臣，謀夫如雲。天子曰嘻，命我張公。公來自東，旗纛舒舒。西人聚觀，于巷于塗。謂公暨暨，公來于于。公謂西人：安爾室家，無敢或訛。訛言不祥，往即爾常。春爾條桑，秋爾滌場。西人稽首，公我父兄。公在西囿，草木駢駢。公宴其僚，伐鼓淵淵。西人來觀，祝公萬年。有女娟娟，閨闥閑閑。有童哇哇，亦既能言。昔公未來，期汝棄捐。（倒説便有情。）禾麻芃芃，倉庾崇崇。嗟我婦子，樂此歲豐。公在朝廷，天子股肱。天子曰歸，公敢不承？作堂嚴嚴，有廡有庭。公像在中，朝服冠纓。西人相告，無敢逸荒。

公歸京師，公像在堂。

歸本於待蜀人之厚，見公之静鎮，上承天子之意，以下安遠人之心。畫像以祀之，不容已也。詩亦古茂不靡。

木假山記

木之生，或蘖而殤，或拱而夭。（憑空而來，一氣層折，幾不可已。如尋武夷九曲，一曲一勝。）幸而至於任爲棟梁則伐，不幸而爲風之所拔、水之所漂，或破折，或腐。幸而得不破折，不腐，則爲人之所材，而有斧斤之患。其最幸者，漂沉汩没於湍沙之間，不知其幾百年，而其激射嚙食之餘，或髣髴於山者，則爲好事者取去，强之以爲山，然後可以脱泥沙而遠斧斤。而荒江之濆，如此者幾何！不爲好事者所見，而爲樵夫野人所薪者，何可勝數！則其最幸者之中，又有不幸者焉。

予家有三峰，予每思之，則疑其有數存乎其間。（『數』字總上『幸』『不幸』言。）且其蘖而不殤，拱而不夭，任爲棟梁而不伐，風拔水漂而不破折，不腐；不破折，不腐，而不爲人所材，以及於斧斤；出於湍沙之間，而不爲樵夫野人之所薪，而後得至乎此，則其理似不偶然也。（收卷前文，跌出『理』字，与前『數』字關照。）

然予之愛之，則非徒愛其似山，而又有所感焉；非徒愛之，而又有所敬焉。予見中峰魁岸踞肆，意氣端重，若有以服其旁之二峰；二峰者，莊栗刻峭，凜乎不可犯，雖其勢服於中峰，而岌然決無阿附意。吁！其可敬也夫！其可以有所感也夫！

前以『幸』『不幸』歸本『數』字，後出『數』字轉出『理』字，極變幻中，自成章法。儲同人先生評爲累棋勢、轉丸手，良然。

仲兄字文甫説

洵讀《易》，至《涣》之六四，曰：『涣其群，元吉。』曰：嗟夫，群者，聖人所欲涣以混一天下者也。蓋余仲兄名涣，而字公群，則是以聖人之所欲解散滌盪者以自命也，而可乎？他日以告，兄曰：子可其爲我易之？洵曰：唯。既而曰：請以『文甫』易之，如何？

且兄嘗見夫水之與風乎？油然而行，淵然而留，渟洄汪洋，滿而上浮者，是水也，而風實起之。蓬蓬然而發乎大空，不終日而行乎四方，蕩乎其無形，飄乎其遠來，既往而不知其迹之所存者，是風也，而水實形之。今夫風水之相遭乎大澤之陂也，紆餘委蛇，婉蜒淪漣，安而相推，怒而相陵，舒而如雲，蹙而如鱗，疾而如馳，徐而如徊，揖讓旋辟，相顧而不前。其繁如縠，其亂如霧，紛紜鬱擾，百里若一。（此形文之平易者。）汩乎順流，至乎滄海之濱，滂薄洶湧，號怒相軋，交横綢繆，放乎空虛，掉乎無垠，橫流逆折，濆旋傾側，宛轉膠戾，回者如輪，縈者如帶，直者如燧，奔者如焰，跳者如鷺，投者如鯉，殊狀異態，而風水之極觀備矣！（此形文之奇變者。）故曰：『風行水上渙。』此亦天下之至文也。

然而此二物者，豈有求乎文哉？無意乎相求，不期而相遭，而文生焉。是其爲文也，非水之文也，非風之文也，二物者非能爲文，而不能不爲文也。物之相使而文出於其間也，故曰：此天下之至文也。（與『行乎其所不得不行，止乎其所不得不止』，可以互參。）

今夫玉非不溫然美矣，而不得以爲文；刻鏤組綉，非不文矣，而不可以論乎自然。故夫天下之無形而文生之者，唯水與風而已。昔者君子之處於世，不求有功，不得已而功成，則天下以爲賢；不求有言，不得已而言出，則天下以爲口實。（注意在此。）嗚呼，此不可與他人道之，唯吾兄可也。

無意爲文，而不能不爲文，二語道盡文章妙理。彼道不足而强言者，惡足以語此。

名二子説

輪、輻、蓋、軫，皆有職乎車，而軾獨若無所爲者。雖然，去軾，則吾未見其爲完車也。軾乎，吾懼汝之不外飾也。

天下之車，莫不由轍，而言車之功，轍不與焉。雖然，車仆馬斃，而患亦不及轍。是轍者，禍福之間。轍乎，吾知免矣。

二子性情才術，遭逢究竟，已定於此。

文共八十一言耳，讀之如有波瀾動盪、不可遏抑之勢，大奇。

唐宋八家文讀本卷十八

蘇軾子瞻著
後學沈德潛確士評點

議學校貢舉劄子

準敕講求學校貢舉利害，令臣等各具議狀聞奏者。

右臣伏以得人之道，在於知人；知人之法，在於責實。（四語，一篇大旨已括於此。）使君相有知人之才，朝廷有責實之政，則胥吏皁隸，未嘗無人，而況於學校貢舉乎？雖因今之法，臣以爲有餘。使君相無知人之才，朝廷無責實之政，則公卿侍從，猶患無人，況學校貢舉乎？雖復古之制，臣以爲不足矣。

夫時有可否，物有廢興。方其所安，雖暴君不能廢；及其既厭，雖聖人不能復。故風俗之變，法制隨之。譬如江河之徙移，順其所欲行而治之，則易爲功；强其所不欲行而復之，則難爲力。使三代聖人復生於今，其選舉養才，亦必有道矣，何必由學？且天下固嘗立學矣。慶曆之間，以爲太平可待，至於今日，惟有空名僅存。今陛下必欲求德行道藝之士，責九年大成之業，則將變今之禮，易今之俗。又當發民力以治宫室，斂民財以食遊士，百里之内，置官立師，獄訟聽於是，軍旅謀於是。又當以時簡不率教者，屏之遠方，終身不齒，則無乃徒爲紛亂，以患苦天下耶？若乃無大變改，而望有益於時，則與慶曆之際何異？故臣以謂今之學者，特可因循舊制，使先王之舊物不廢於吾世，足矣。（以上駁學校之難復。）

至於貢舉之法，行之百年，治亂盛衰，初不由此。陛下視祖宗之世貢舉之法，與今孰爲精？言語文章，與今孰爲優？所得文武長才，與今孰爲多？天下之士，與今孰爲辯？較比四者，而長短之議決矣。今議者所變改，不過數端。或曰鄉舉德行而略文章；或曰專取策論而罷詩賦；或欲舉唐室故事，兼採譽望，而罷封彌；（此尤不可行。）或欲罷經生朴學，不用貼、墨而考大義。此數者皆知其一，不知其二者也。臣請歷言之。

夫欲興德行，在於君人者修身以格物，審好惡以表俗，孟子所謂『君仁莫不仁，君義莫不義』。君之所向，天下趨焉。若欲設科立名以取之，則是教天下相率而爲僞也。上以孝取人，則勇者割股，怯者廬墓。上以廉取人，則弊車羸馬，惡衣菲食。（近日應孝廉方正者，并不必割股、廬墓等事，此又江河日下之勢也。）凡可以中上意，無所不至矣。德行之弊，一至於此！（以上駁鄉舉德行之弊。）

且自文章而言之，則策論爲有用，詩賦爲無益；自政事言之，則詩賦、策論均爲無用矣。雖知其無用，然自祖宗以來莫之廢者，以爲設法取士，不過如此也。豈獨吾祖宗，自古堯舜亦然。《書》曰：『敷奏以言，明試以功。』自古堯舜以來，進人何嘗不以言，試人何嘗不以功乎？議者必欲以策論定賢愚能否，臣請有以質之。

近世士大夫文章華靡者，莫如楊億，使楊億尚在，則忠清鯁亮之士也，豈得以華靡少之？通經學古，莫如孫復、石介，使孫復、石介尚在，則迂闊矯誕之士也，又可施之於政事之間乎？（二人守正而迂則有之，目爲矯誕，非也。）自唐至今，以詩賦爲名臣者，不可勝數，何負於天下而必欲廢之！近世士人，纂類經史，綴緝時務，謂之策括。待問條目，搜抉略盡，臨時剽竊，竄易首尾，以眩有司，有司莫能辨也。（策論之弊，必至於此。前甲辰丁未已嘗行之，徒得荒陋，庚戌旋復舊制。）且其爲文也，無規矩準繩，故學之易成；無聲病對偶，故考之難精。以易學之士，付難考之吏，其弊有甚於詩賦者矣。（以上駁專取策論之弊。）

唐之通榜，故是弊法。雖有以名取人、厭伏衆論之美，亦有賄賂公行、權要請託之害，一使恩去王室，權歸私門。降及中葉，結爲朋黨之論。通榜取人，又豈足尚哉？（以上駁兼采譽望之弊。）

諸科舉人，多出三路。能文者既已變而爲進士，曉義者又皆去以爲明經，其餘皆朴魯不化者也。至於人才，則有定分，施之有政，能否自彰。今進士日夜治經傳子史，貫穿馳騖，可謂博矣。至於臨政，曷嘗用其一二？顧視舊學，以爲虛器，而欲使此等分別注疏，粗識大義，而望其人能增長，亦已疏矣。臣故曰：此數者皆知其一，而不知其二也。（以上駁不用貼墨而考大義之弊。）

特願陛下留意其遠者、大者。必欲登俊良，黜庸回，總覽衆才，經略世務，則在陛下與二三大臣，下至諸路職司與良二千石耳，（此所謂責實也。）區區之法何預焉！然臣竊有私憂過計者，敢不以告。昔王衍好老、莊，天下皆師之，風俗陵夷，以至南渡。王縉好佛，舍人事而修異教，大曆之政，至今爲笑。故孔子罕言命，則爲知者少也。子貢曰：『夫子之文章，可得而聞也。夫子之言性與天道，不可得而聞也。』夫性命之説，自子貢不得聞，而今之學者恥不言性命，此可信也哉！（近世學者亦有『恥言下學，遽求上達』之説，其弊也，流入佛老而止。）今士大夫至以佛、老爲聖人，鬻書於市者，非莊、老之書不售也。讀其文，浩然無當而不可窮；觀其貌，超然無著而不可挹，此豈真能然哉？蓋中人之性，安於放而樂於誕耳。使天下之士，能如莊周齊死生，一毀譽，輕富貴，安貧賤，則人主之名器爵禄，所以礪世磨鈍者廢矣，陛下亦安用之？而况其實不能，而竊取其言以欺世者哉？

臣願陛下明敕有司，議之以法言，取之以實學。博通經術者，雖朴不廢；稍涉浮議者，雖工必黜。則風俗近厚，學術近正，庶幾得忠實之士，不至蹈衰季之風，則天下幸甚。

時上從王安石議，更定科舉法，專以經義策論試士。又立太學生三舍法，又用安石《三經新義》，頒於學官。其言似可聽，而其實適使人廢學也。東坡此議，欲即於舊所行法中得取士之實，不必紛紛變易，恐變易之中，弊即叢生也。歐公亦嘗言取士以文，類浮而少實，及臨事設施，奮於事業，不可勝數，所見正復相同。

公上此議，神宗悟曰：「吾固疑此，得軾議，意釋然矣。」即召對，既稱旨，遂諫買浙燈事，復見納，乃上書言新法不便狀。此進言次第也。

諫買浙燈狀

臣向蒙召對便殿，親奉德音，以爲『凡在館閣，皆當爲朕深思治亂，指陳得失，無有所隱』。自是以來，臣每見同列，未嘗不爲道陛下此語，非獨以稱頌盛德，亦欲朝廷之間如臣等輩，皆知陛下不以疏賤間廢其言，共獻所聞，以輔成太平之功業。然竊謂空言率人，不如有實而人自勸，欲知陛下能受其言之實，莫如以臣試之。故臣願以身先天下試其小者，上以補助聖明之萬一，下以爲賢者卜其可否，雖以此獲罪，萬死無悔。（隱然有後上書在。）

臣伏見中使傳宣下府市司，買浙燈四千餘盞，有司具實直以聞，陛下又令減價收買，見已盡數拘收，禁止私賣，以須上令。臣始聞之，驚愕不信，咨嗟累日。何者？竊爲陛下惜此舉動也。臣雖至愚，亦知陛下遊心經術，動法堯、舜，窮天下之嗜慾，不足以易其樂；盡天下之玩好，不足以解其憂，而豈以燈爲悦者哉？此不過以奉二宫之歡，而極天下之養耳。然大孝在乎養志，百姓不可户曉，皆謂陛下以耳目不急之玩，而奪其口體必用之資。賣燈之民，例非豪户，舉債出息，畜之彌年，衣食之計，望此旬日。陛下爲民父母，唯有添價貴買，豈可減價賤酬？此事至小，體則甚大。凡陛下所以減價者，非欲以此與小民爭此毫末，豈以其無用而厚費也？如知其無用，何必更索？惡其厚費，則如勿買。（斬絶。）且内庭故事，每遇放燈，不過令内東門雜物務，臨時收買，數目既少，又無拘收督迫之嚴，費用不多，民亦無憾。故臣願追還前命，凡悉如舊。京城百姓，不慣侵擾，恩德已厚，怨讟易生，可不慎歟！可不畏歟！

近日小人妄造非語，士人有展年科場之説，商賈有京城榷酒之議，吏憂減俸，兵憂減廩。雖此數事，朝廷所決無，而此紛紛，亦有以見陛下勤恤之德，未信於下，而有司聚斂之意，或形於民。（曲至。）方當責己自求，以消讒慝之口，而又重以買燈之事，使得因緣以爲口實，臣實惜之。

方今百冗未除，物力凋敝，陛下縱出内帑財物，不用大司農錢，而内帑所儲，孰非民力？與其平時耗於不急之用，曷若留貯以待乏絶之供？故臣願陛下將來放燈，與凡游觀苑囿、宴好賜予之類，皆飭有司，務從儉約。

頃者詔旨裁減皇族恩例，此實陛下至明至斷，所以深計遠慮，割愛爲民。然竊揆其間，不能無少望於陛下，惟當痛自刻損，以身先之，使知人主且猶若此，而況於吾徒哉？（指皇族。）非惟省費，亦且弭怨。

昔唐太宗遣使往凉州，諷李大亮獻其名鷹，大亮不可。明皇遣使江南採鵁鶄，汴州刺史倪若水論之，爲反其使；又令益州織半臂背子、琵琶捍撥、鏤牙合子等，蘇許公不奉詔。李德裕在浙西，詔造銀盝子妝具二十事，織綾二千匹，德裕上疏極論，亦爲罷之。使陛下内之臺諫，有如此數人者，則買燈之事，必須力言；外之有司有如此數人者，則買燈之事，必不奉詔。陛下聰明睿聖，追迹堯、舜，而群臣不以唐太宗、明皇事陛下，竊嘗深咎之。

臣忝備府僚，親見其事，若又不言，臣罪大矣。陛下若赦之不誅，則臣又有非職之言大於此者，（應前，爲上萬言書地。）忍不爲陛下盡之。若不赦，亦臣之分也。謹録奏聞，伏候敕旨。

動以情，折以理，既侃直，亦婉曲，嚴主亦當霽容。陸務觀有感於『腸斷當時諫浙燈』也。『未信而諫』者，應以此爲法。

上神宗皇帝書

年月日具，臣近者不度愚賤，輒上封章，言買燈事。（引入。）自知瀆犯天威，罪在不赦，席藁私室，以待斧鉞之誅，而側聽逾旬，威命不至。問之府司，則買燈之事，尋已停罷。乃知陛下不惟赦之，又能聽之，驚喜過望，以至感泣。何者？改過不吝，從善如流，此堯舜禹湯之所勉强而力行，秦漢以來之所絶無而僅有。顧此買燈毫髮之失，豈能上累日月之明？而陛下翻然改命，曾不移刻，則所謂智出天下，而聽於至愚；威加四海，而屈於匹夫。臣今知陛下可與爲堯舜，可與爲湯武，可與富民而措刑，可與强兵而伏戎虜矣。有君如此，其忍負之！惟當披露腹心，捐棄肝膽，盡力所至，不知其他。乃者臣亦知天下之事，有大於買燈者矣，而獨區區以此爲先者，蓋未信而諫，聖人不與；交淺言深，君子所戒。是以試論其小者，而其大者固將有待而後言。今陛下果赦而不誅，則是既已許之矣。許而不言，臣則有罪，是以願終言之。

臣之所欲言者三，願陛下結人心、厚風俗、存紀綱而已。（提三大綱。）人莫不有所恃，（領句。）人臣恃陛下之命，故能役使小民；恃陛下之法，故能勝伏强暴。至於人主所恃者誰歟？《書》曰：『予臨兆民，懔乎若朽索之馭六馬。』言天下莫危於人主也。聚則爲君臣，散則爲仇讎，聚散之間，不容毫氂。故天下歸往謂之王，人各有心謂之獨夫。由此觀之，人主之所恃者，人心而已。（三大綱中，尤以結人心爲主。以安石新法皆拂人心事也，故此條暢言也。）人心之於人主也，如木之有根，如燈之有膏，如魚之有水，如農夫之有田，如商賈之有財。木無根則槁，燈無膏則滅，魚無水則死，農夫無田則饑，商賈無財則貧，人主失人心則亡。（疊用引喻，注出此句，是添力法。）此必然之理，不可逭之災也。其爲可畏，從古以然。苟非樂禍好亡，狂易喪志，詎敢肆其胸臆，輕犯人心？昔子産焚《載書》以弭衆言，賂伯石以安巨室，以爲衆怒難犯，專欲難成。而孔子亦曰：『信，而後勞其民；未信，則以爲厲己也。』唯商鞅變法，（照對安石。）不顧人言，雖能驟致富强，亦以召怨天下，使其民知利而不知義，見刑而不見德，雖得天下，旋踵而亡。至於其身，亦卒不免，負罪出走而諸侯不納，車裂以徇而秦人莫哀。君臣之間，豈願如此？宋襄公雖行仁義，失衆而亡；田常雖不義，得衆而强。是以君子未論行事之是非，先觀衆心之向背。（二句綰上起下。）謝安之用諸桓未必是，而衆之所樂，則國以乂安；庾亮之召蘇峻來必非，而勢有不可，則反爲危辱。自古及今，未有和易同衆而不安、剛果自用而不危者也。（總束。儲云：已上言人心之不可失；已下歷指新法之失人心。）

今陛下亦知人心之不悦矣。中外之人，無賢不肖，皆言祖宗以來，治財用者，不過三司使副判官，經今百年，未嘗闕事。今者無故又創一司，號曰制置三司條例司，（儲云：創制置司，一綱；遣使、水利、雇役均輸、青苗，逐條説去，凡數目。）六七少年，日夜講求於内，使者四十餘輩，分行營幹於外，造端宏大，民實驚疑，創法新奇，吏皆惶惑。賢者則求其説而不可得，未免于憂；小人則以其意度朝廷，遂以爲謗。謂陛下以萬乘之主而言利，謂執政以天子之宰而治財，商賈不行，物價騰踴。近自淮甸，遠及川蜀，喧傳萬口，論説百端。或言京師正店，議置監官；夔路深山，當行酒禁；拘收僧尼常住，減尅兵吏廪禄。如此等類，不可勝言，而甚者至以爲欲復肉刑。斯言一出，民且狼顧。陛下與二三大臣，亦聞其語矣，然而莫之顧者，徒曰我無其事，又無其意，何恤於人言？夫人言雖未必皆然，而疑似則有以致謗。人必貪財也，而後人疑其盜；人必好色也，而後人疑其淫。何者？未置此司，則無此謗，豈去歲之人皆忠厚，而今歲之士皆虚浮？孔子曰：『工欲善其事，必先利其器。』又曰：『必也正名乎。』今陛下操其器而諱其事，有其名而辭其意，雖家置一喙以自解，市列千金以購人，人必不信，謗亦不止。夫制置三司條例司，求利之名也；六七少年與使者四十餘輩，求利之器也。驅鷹犬而赴林藪，語人曰我非獵也，不如放鷹犬而獸自馴；操網罟而入江湖，語人曰我非漁也，不如捐網罟而人自信。（篇中引喻，往往雙行。）故臣以爲消讒慝而召和氣，復人心而安國本，則莫若罷制置三司條例司。（結人心要着。）

夫陛下之所以創此司者，不過以興利除害也。使罷之而利不興，害不除，則勿罷；罷之而天下悦，人心安，興利除害，無所不可，則何苦而不罷？陛下欲去積弊而立法，必使宰相熟議而後行，事若不由中書，則是亂世之法。聖君賢相，夫豈其然？必若立法不免由中書，熟議不免使宰相，此司之設，無乃冗長而無名。

智者所圖，貴於無迹。漢之文、景，《紀》無可書之事，唐之房、杜，《傳》無可載之功，而天下之言治者與文、景，言賢者與房、杜。蓋事已立而迹不見，功已成而人不知。故曰：善用兵者，無赫赫之功。豈惟用兵，事莫不然。今所圖者，萬分未獲其一也，而迹之布於天下，已若泥中之鬬獸，亦可謂拙謀矣。陛下誠欲富國，擇三司官屬與漕運使副，而陛下與二三大臣孜孜講求，磨以歲月，則積弊自去而人不知。（應『無迹』。）但恐立志不堅，中道而廢。（切中神宗之病。）孟子有言：『其進鋭者，其退速。』若有始有卒，自可徐徐，十年之後，何事不立？孔子曰：『欲速則不達，見小利則大事不成。』使孔子而非聖人，則此言亦不可用。《書》曰：『謀及卿士，至於庶人。翕然大同，乃底元吉。』若逆多而從少，則静吉而作凶。今上自宰相大臣，既已辭免不爲，則外之議論，斷亦可知。（時舊相皆已引退。）宰相，人臣也，且不欲以此自污，而陛下獨安受其名而不辭，非臣愚之所識也。君臣宵旰，幾一年矣，而富國之效，茫如捕風，徒聞内帑出數百萬緡，祠部度五千餘人耳。以此爲術，其誰不能。

且遣使縱横，本非令典。漢武遣綉衣直指，桓帝遣八使，皆以守宰狼籍，盗賊公行，出於無術，行此下策。宋文帝元嘉之政，比於文、景，當時責成郡縣，未嘗遣使。至孝武，以爲郡縣遲緩，始命臺使督之，以至蕭齊，此弊不革。故景陵王子良上疏，極言其事，以爲此等朝辭禁門，情態即異，暮宿州縣，威福便行，驅迫郵傳，折辱守宰，公私煩擾，民不聊生。（寫小面目，如見肺肝。）唐開元中，宇文融奏置勸農判官，使裴寬等二十九人，並攝御史，分行天下，招携户口，檢責漏田。時張説、楊瑒、皇甫璟、楊相如，皆以爲不便，而相繼罷黜。雖得户八十餘萬，皆州縣希旨，以主爲客，以少爲多。及使百官集議都省，而公卿以下，惧融威勢，不敢異辭。陛下試取其《傳》而讀之，觀其所行，爲是爲否？近者均税寬恤，冠蓋相望，朝廷亦旋覺其非，而天下至今以爲謗。（引近事爲証。）曾未數歲，是非較然。臣恐後之視今，猶今之視昔。且其所遣，尤不適宜。事少而員多，人輕而權重。夫人輕而權重，則人多不服，或致侮慢以興争；事少而員多，則無以爲功，必須生事以塞責。陛下雖嚴賜約束，不許邀功，然人臣事君之常情，不從其令而從其意。今朝廷之意，好動而惡静，好同而惡異，指趣所在，誰敢不從？臣恐陛下赤子，自此無寧歲矣。

至於所行之事，行路皆知其難。（就遣使中分出不便於民四件。）何者？汴水濁流，自生民以來，不以種稻。秦人之歌曰：『涇水一石，其泥數斗。且溉且糞，長我禾黍。』何嘗曰長我粳稻耶？今欲陂而清之，萬頃之稻，必用千頃之陂，一歲一淤，三歲而滿矣。（此論興水利之害。）陛下遽信其説，即使相視地形，萬一官吏苟且順從，真謂陛下有意興作，上糜帑廩，下奪農時，隄防一開，水失故道，雖食議者之肉，何補於民？天下久平，民物滋息，四方遺利，盖略盡矣。今欲鑿空訪尋水利，所謂即鹿無虞，豈惟徒勞，必大煩擾。凡所擘畫利害，不問何人，小則隨事酬勞，大則量才録用；若官私格沮，並重行黜降，不以赦原；若材力不辦興修，便許申奏替换：賞可謂重，罰可謂輕。然並終不言諸色人妄有申陳，或官私誤興工役，當得何罪，如此，則妄庸輕剽浮浪姦人，自此争言水利矣。成功則有賞，敗事則無誅，官司雖知其疏，豈可便行抑退？所在追集老少，相視可否，吏卒所過，鷄犬一空。若非灼然難行，必須且爲興役。何則？格沮之罪重，而誤興之過輕，人多愛身，勢必如此。且古陂廢堰，多爲側近冒耕，歲月既深，已同永業。苟欲興復，必盡追收，人心或摇，甚非善政。（奪業啓姦，弊必至此。）又有好訟之黨、多怨之人，妄言某處可作陂渠，規壞所怨田産，或指人舊業，以爲官陂，冒佃之訟，必倍今日。臣不知朝廷本無一事，何苦而行此哉？

自古役人，必用鄉户，猶食之必用五穀，衣之必用絲麻，濟川之必用舟楫，行地之必用牛馬，雖其間或有以他物充代，然終非天下所可常行。（此論雇役之害。）今者徒聞江浙之間，數郡雇役，而欲措之天下，是猶見燕晉之棗栗、岷蜀之蹲鴟，而欲以廢五穀，豈不難哉！又欲官賣所在坊場，以充衙前雇直，雖有長役，更無酬勞。長役所得既微，自此必漸衰散，則州郡事體，憔悴可知。士大夫捐親戚，棄墳墓，以從官於四方者，宣力之餘，亦欲取樂，此人之至情也。若凋弊太甚，厨傳蕭然，則似危邦之陋風，恐非太平之盛觀。陛下誠慮及此，必不肯爲。且今法令莫嚴於御軍，軍法莫嚴於逃竄，禁軍三犯，廂軍五犯，大率處死。（比例。）然逃軍常半天下，不知雇人爲役，與廂軍何異？若有逃者，何以罪之？其勢必輕於逃軍，則其逃必甚於今日，爲其官長，不亦難乎？近者雖使鄉户頗得雇人，然至於所雇逃亡，鄉户猶任其責。今遂欲於兩税之外，別立一科，謂之庸錢，以備官雇。則雇人之責，官所自任矣。自唐楊炎廢租庸調以爲兩税，取大曆十四年應於賦斂之數，以定兩税之額，則是租調與庸，兩税既兼之矣。今兩税如故，奈何復欲取庸？聖人立法，必慮後世，豈可於常税之外，生出科名哉！萬一不幸，後世有多欲之君，輔之以聚斂之臣，庸錢不除，差役仍舊，使天下怨毒，推所從來，則必有任其咎者矣。又欲使坊郭等第之民，與鄉户均役；品官形勢之家，與齊民並事。（於雇役中又抽出均役言之。）其説曰：『《周禮》，田不耕者出屋粟，宅不毛者有里布。而漢世宰相之子，不免戍邊。』此其所以藉口也。古者官養民，今者民養官。給之以田而不耕，勸之以農而不力，於是乎有里布屋粟夫家之征。而民無以爲生，去爲商賈，（商户。）事勢當耳，何名役之？且一歲之戍，不過三日，三日之雇，其直三百。今世三大户之役，自公卿以降，無得免者，其費豈特三百而已矣。（官户。）大抵事若可行，不必皆有故事。（真通達人情之言。）若民所不悦，俗所不安，縱有經典明文，無補於怨。（尤中安石之病。）若行此三者，必怨無疑。女户單丁，蓋天民之窮者也。（女户單丁，亦不免役，均役之弊如此。）古之王者，首務恤此。而今陛下首欲役之，此等苟非户將絶而未亡，則是家有丁而尚幼。若假之數歲，則必成丁而就役，老死而没官。富有四海，忍不加恤？

《孟子》曰：『始作俑者，其無後乎？』《春秋》書『作丘甲』『用田賦』，皆重其始爲民患也。青苗放錢，自昔有禁。（此論青苗之害。）今陛下始立成法，每歲常行，雖云不許抑配，而數世之後，暴君污吏，陛下能保之歟？異日天下恨之，國史記之曰：青苗錢自陛下始，豈不惜哉！且東南買絹，本用見錢，陝西糧草，不許折兑。（引証。）朝廷既有著令，職司又每舉行。然而買絹未嘗不折鹽，糧草未嘗不折鈔，乃知青苗不許抑配之説，亦是空文。只如治平之初，揀刺義勇，當時詔旨慰諭，明言永不戍邊，著在簡書，有如盟約。於今幾日，議論已摇，或以代還東軍，或欲抵换弓手，約束難恃，豈不明哉？縱使此令決行，果不抑配，計其間願請之户，必皆孤貧不濟之人。（儲云：上言未必不抑配，此言即不抑配而害已深。）家若自有贏餘，何至與官交易？（人情利害，如燭照數計。介甫之執拗不曉事，烏從知之？）此等鞭撻已急，則繼之以逃亡，逃亡之餘，則均之鄰保。勢有必至，理有固然。

且夫常平之爲法也，可謂至矣，所守者約，而所及者廣。借使萬家之邑，已有千斛，而穀貴之際，千斛在市，物價自平。一市之價既平，一邦之食自足，無操瓢乞丐之弊，無里正催驅之勞。今若變爲青苗，家貸一斛，則千户之外，孰救其饑？（極言常平、青苗不兩立之勢。）且常平官錢，常患其少，若盡數收糴，則無借貸，若留充借貸，則所糴幾何？乃知常平、青苗，其勢不能兩立，壞彼成此，所喪愈多，虧官害民，雖悔何逮？

臣竊計陛下欲考其實，必亦問人，人知陛下方欲力行，必謂此法有利無害。以臣愚見，恐未可憑。何以明之？·臣頃在陝西，見刺義勇，提舉諸縣，臣嘗親行，愁怨之民，哭聲振野。（舉親見者爲例，以實欺蔽之狀。）當時奉使還者，皆言民盡樂爲。希合取容，自古如此。不然，則山東之盜，二世何緣不覺？南詔之敗，明皇何緣不知？今雖未至於斯，亦望陛下審聽而已。

昔漢武之世，財力匱竭，用賈人桑弘羊之説，買賤賣貴，謂之均輸。於時商賈不行，盜賊滋熾，幾至於亂。孝昭既立，學者争排其説，霍光順民所欲，從而予之，天下歸心，遂以無事。（此論均輸之害。）不意今者此論復興。立法之初，其説尚淺，徒言徙貴就賤，用近易遠。然而廣置官屬，多出緡錢，豪商大賈，皆疑而不敢動，以爲雖不明言販賣，然既已許之變易，變易既行，而不與商賈争利者，未之聞也。夫商賈之事，曲折難行，其買也先期而與錢，其賣也後期而取直，多方相濟，委曲相通，倍稱之息，由此而得。今官買是物，必先設官置吏，簿書廩禄，爲費已厚。非良不售，非賄不行，是以官買之價，比民必貴。及其賣也，弊復如前，商賈之利，何緣而得？朝廷不知慮此，乃捐五百萬緡以與之。此錢一出，恐不可復。縱使其間薄有所獲，而征商之額，所損必多。今有人爲其主牧牛羊，不告其主，而以一牛易五羊。一牛之失，則隱而不言，五羊之獲，則指爲勞績。陛下以爲壞常平而言青苗之功，（搭入前項。）虧商税而取均輸之利，何以異此？（總束。）

陛下天機洞照，聖略如神，此事至明，豈有不曉？必謂已行之事，不欲中變，恐天下以爲執德不一，用人不終，是以遲留歲月，庶幾萬一，臣竊以爲過矣。

古之英主，無過漢高。酈生謀撓楚權，欲復六國，高祖曰善，趣刻印。及聞留侯之言，吐哺而罵曰：『趣銷印。』夫稱善未幾，繼之以罵，刻印、銷印，有同兒戲，何嘗累高祖之知人？適足明聖人之無我。陛下以爲可而行之，知其不可而罷之，至聖至明，無以加此。議者必謂民可與樂成，難與慮始，故陛下堅執不顧，期於必行。此乃戰國貪功之人，行險僥幸之説。陛下若信而用之，則是徇高論而逆至情，持空名而邀實禍，未及樂成，而怨已起矣。臣之所願結人心者，此之謂也。

（東住『結人心』一段。）

士之進言者，爲不少矣，亦嘗有以國家之所以存亡、歷數之所以長短告陛下者乎？夫國家之所以存亡者，在道德之淺深，而不在乎强與弱；歷數之所以長短者，在風俗之厚薄，而不在乎富與貧。道德誠深，風俗誠厚，雖貧且弱，不害於長而存。道德誠淺，風俗誠薄，雖强且富，不救於短而亡。人主知此，則知所輕重矣。是以古之賢君，不以弱而亡道德，不以貧而傷風俗，而智者觀人之國，亦必以此察之。齊至强也，周公知其後必有篡弑之臣。衛至弱也，季子知其後亡。吳破楚入郢，而陳大夫逢滑知楚之必復。晉武既平吴，何曾知其將亂。隋文既平陳，房喬知其不久。元帝斬郅支，朝呼韓，功多於武、宣矣，偷安而王氏之釁生。宣宗收燕趙，復河湟，力强於憲、武矣，銷兵而龐勳之亂起。故臣願陛下務崇道德而厚風俗，不願陛下急於有功而貪富强。使陛下富如隋，强如秦，西取靈武，（指西夏。）北取燕薊，（指遼。）謂之有功可也，而國之長短，則不在此。

夫國之長短，如人之壽夭。人之壽夭在元氣，國之長短在風俗。世有尫羸而壽考，亦有盛壯而暴亡。若元氣猶存，則尫羸而無害；及其已耗，則盛壯而愈危。是以善養生者，慎起居，節飲食，導引關節，吐故納新。不得已而用藥，則擇其品之上、性之良，可以久服而無害者，則五臟和平而壽命長。不善養生者，薄節慎之功，遲吐納之敬，厭上藥而用下品，伐真氣而助强陽，根本已危，僵仆無日。天下之勢，與此無殊。故臣願陛下愛惜風俗，如護元氣。（結。）（以下言厚風俗事凡四。）

古之聖人，非不知深刻之法可以齊衆，（人法並列，而此段意自重用人。）勇悍之夫可以集事，忠厚近於迂闊，老成初若遲鈍，然終不肯以彼而易此者，知其所得小而所喪大也。（崇寬厚。）曹參，賢相也，曰慎無擾獄市。黄霸，循吏也，曰治道去泰甚。或譏謝安以清談廢事，安笑曰：秦用法吏，二世而亡。劉晏爲度支，專用果鋭少年，務在急速集事，好利之黨，相師成風。德宗初即位，擢崔祐甫爲相，祐甫以道德寬大，推廣上意，故建中之政，其聲翕然，天下想望，庶幾貞觀。及盧杞爲相，諷上以刑名整齊天下，馴致澆薄，以及播遷。

我仁祖之御天下也，持法至寬，用人有叙，專務掩覆過失，未嘗輕改舊章。然考其成功，則曰未至。以言乎用兵，則十出而九敗；以言其府庫，則僅足而無餘。徒以德澤在人，風俗知義。是以升遐之日，天下如喪考妣，社稷長遠，終必賴之，（應『歷數修短』。）則仁祖可謂知本矣。今議者不察，徒見其末年吏多因循，事不振舉，乃欲矯之以苛察，齊之以智能，招來新進勇鋭之人，以圖一切速成之效，未享其利，澆風已成。

且天時不齊，人誰無過？國君含垢，至察無徒。（去苛察。）若陛下多方包容，則人材取次可用。必欲廣置耳目，務求瑕疵，則人不自安，各圖苟免，恐非朝廷之福，亦豈陛下所願哉？漢文欲用虎圈嗇夫，釋之以爲利口傷俗。今若以口舌捷給而取士，以應對遲鈍而退人，以虛誕無實爲能文，以矯激不仕爲有德，則先王之澤，遂將散微。

自古用人，必須歷試，雖有卓異之器，必有已成之功。一則使其更變而知難，事不輕作；一則待其功高而望重，人自無辭。（抑僥幸。）昔先主以黄忠爲後將軍，而諸葛亮憂其不可，以爲忠之名望，素非關、張之倫，若班爵遽同，則必不悦，其後關羽果以爲言。以黄忠豪勇之姿，以先主君臣之契，尚復慮此，况其他乎？

世謂漢文不用賈生，以爲深恨。臣嘗推究其旨，竊謂不然。賈生固天下之奇才，所言亦一時之良策。然請爲屬國，欲係單于，則是處士之大言，少年之鋭氣。昔高祖以三十萬衆困於平城，當時將相群臣，豈無賈生之比？三表五餌，人知其疏，而欲以困中行説，尤不可信矣。兵，凶器也，而易言之，正如趙括之輕秦、李信之易楚。若文帝亟用其説，則天下殆將不安。使賈生嘗歷艱難，亦必自悔其説，用之晚歲，其術必精，不幸喪亡，非意所及。不然，文帝豈棄才之主？絳、灌豈蔽賢之士？至於晁錯，尤號刻薄，文帝之世，止於太子家令，而景帝既立，以爲御史大夫。申屠賢相，發憤而死，紛更政令，天下騷然。（此又影射安石。）及至七國發難，而錯之術亦窮矣。文、景優劣，於此可見。

大抵名器爵禄，人所奔趨，必使積勞而後遷，以明持久而難得，則人各安其分，不敢躁求。今若多開驟進之門，使有意外之得，公卿侍從，跬步可圖，其得者既不肯以僥幸自名，則其不得者必皆以沉淪爲恨。使天下常調舉生妄心，耻不若人，何所不至？欲望風俗之厚，豈可得哉？（舉積勞。）選人之改京官，常須十年以上，薦更險阻，計析毫釐。其間一事聱牙，常至終身淪棄。今乃以一人之薦，舉而予之，猶恐未稱，章服隨至。使積勞久次而得者，何以厭服哉？夫常調之人，非守則令，員多闕少，久已患之，不可復開多門，以待巧進。若巧者侵奪已甚，則拙者迫怵無聊，利害相形，不得不察。故近歲樸拙之人愈少，而巧進之士益多。惟陛下重之惜之，哀之救之。如近日三司獻言，使天下郡選一人，催驅三司文字，許之先次指射，以酬其勞，則數年之後，審官吏部，又有三百餘人得先占闕，常調待次，不其愈難？

此外勾當發運均輸，按行農田水利，已振監司之體，各懷進用之心，轉對者望以稱旨而驟遷，奏課者求爲優等而速化，相勝以力，相高以言，而名實亂矣。惟陛下以簡易爲法，以清凈爲心，使姦無所緣，而民德歸厚。臣之所願厚風俗者，此之謂也。（束住厚風俗。）

古者建國，使内外相制，輕重相權。如周如唐，則外重而内輕；如秦如魏，則外輕而内重。内重之末，必有姦臣指鹿之患；外重之弊，必有大國問鼎之憂。聖人方盛而慮衰，當先立法以救弊。國家租賦籍於計省，重兵聚於京師，以古揆今，則似内重。恭惟祖宗所以深計而預慮，固非小臣所能臆度而周知。然觀其委任臺諫之一端，則是聖人過防之至計。歷觀秦、漢以及五代，諫諍而死，蓋數百人。而自建隆以來，（太祖。）未嘗罪一言者，縱有薄責，旋即超陞。許以風聞，而無官長，風采所繫，不問尊卑。言及乘輿，則天子改容；事關廊廟，則宰相待罪。故仁宗之世，議者譏宰相但奉行臺諫風旨而已。聖人深意，流俗豈知？擢用臺諫，固未必皆賢，所言亦未必皆是，然須養其鋭氣而借之重權者，豈徒然哉？將以折姦臣之萌，而救内重之弊也。夫姦臣之始，以臺諫折之而有餘，及其既成，以干戈取之而不足。今法令嚴密，朝廷清明，所謂姦臣，萬無此理。然養猫所以去鼠，不可以無鼠而養不捕之猫。畜狗所以防姦，不可以無姦而畜不吠之狗。陛下得不上念祖宗設此官之意，下爲子孫立萬世之防，朝廷紀綱，孰大於此？

臣自幼小所記，及聞長老之談，皆謂臺諫所言，常隨天下公議。公議所與，臺諫亦與之；公議所擊，臺諫亦擊之。及至英廟之初，始建稱親之議，（安懿稱尊事。）本非人主大過，亦無禮典明文，徒以衆心未安，公議不允，當時臺諫，以死争之。今者物論沸騰，怨讟交至，公議所在，亦可知矣，（見主張新法者，公議不容。）而相顧不發，中外失望。夫彈劾積威之後，雖庸人亦可以奮揚；風采消委之餘，雖豪傑有所不能振起。（人臣忠直剛果之气，可厲之使出，可養之使生。若摧折之，則人甘庸懦矣。國家何樂得庸懦之士而必摧折之哉？）臣恐自兹以往，習慣成風，盡爲執政私人，以致人主孤立。紀綱一廢，何事不生？

孔子曰：『鄙夫可與事君也歟哉？其未得之也，患不得之；既得之，患失之。苟患失之，無所不至矣。』臣始讀此書，疑其太過，以爲鄙夫之患失，不過備位而苟容。及觀李斯憂蒙恬之奪其權，則立二世以亡秦；盧杞憂懷光之數其惡，則誤德宗以再亂。其心本生於患失，而其禍乃至於喪邦。孔子之言，良不爲過。

是以知爲國者，平居必常有忘軀犯顏之士，則臨難庶幾有徇義守死之臣。苟平居尚不能一言，則臨難何以責其死節？（儲云：所以章、蔡秉政之後，南朝死節，只李侍郎一人。）人臣苟皆如此，天下亦曰殆哉。君子和而不同，小人同而不和。和如和羹，同如濟水。故孫寶有言：『周公上聖，召公大賢，猶不相悅，著於經典，兩不相損。』晉之王導，可謂元臣，每與客言，舉坐稱善。而王述不悅，以爲人非堯舜，安得每事盡善，導亦斂衽謝之。若使言無不同，意無不合，更唱迭和，何者非賢？萬一有小人居其間，則人主何緣知覺？臣之所謂願存紀綱者，此之謂也。（束住存綱紀。）

臣非敢歷詆新政，苟爲異論。如近日裁減皇族恩例、刊定任子條式、修完器械、閱習鼓旗，皆陛下神算之至明，乾剛之必斷。物議既允，臣安敢有辭。然至於所獻之三言，則非臣之私見，中外所病，其誰不知？昔禹戒舜曰：『無若丹朱傲，惟慢遊是好。』舜豈有是哉！周公戒成王曰：『無若商王，受之迷亂，酗於酒德哉。』成王豈有是哉！周昌以漢高爲桀、紂，劉毅以晉武爲桓、靈，當時人君，曾莫之罪，而書之史册，以爲美談。使臣所獻三言，皆朝廷未嘗有此，則天下之幸，臣與有焉。若有萬一似之，則陛下安可不察？然而臣之爲計，可謂愚矣。以螻蟻之命，試雷霆之威，積其狂愚，豈可屢赦？大則身首異處，破壞家門，小則削籍投荒，流離道路。雖然，陛下必不爲此。何也？臣天賦至愚，篤於自信。向者與議學校貢舉，首違大臣本意，已期竄逐，敢意自全。而陛下獨然其言，曲賜召對，從容久之，至謂臣曰：『方今政令得失安在？雖朕過失，指陳可也。』臣即對曰：『陛下生知之性，天縱文武，不患不明，不患不勤，不患不斷，但患求治太速，進人太鋭，聽言太廣。』又俾具述所以然之狀。陛下領之曰：『卿所獻三言，朕當熟思之。』臣之狂愚，非獨今日，陛下容之久矣，豈有容之於始而不赦之於終？恃此而言，所以不懼。臣之所懼者，譏刺既衆，怨仇實多，必將詆臣以深文，中臣以危法，（後日詩案之惑，公預料矣。）使陛下雖欲赦臣而不得，豈不殆哉！死亡不辭，但恐天下以臣爲戒，無復言者，是以思之經月，夜以繼書，書成復毁，至於再三。感陛下聽其一言，懷不能已，卒進其説。惟陛下憐其愚忠而卒赦之，不勝俯伏待罪優恐之至。

三段分應提綱，寓排比於散行之中，正意未足處，都以喻意醒之。極愷摯，亦極婉曲。告君之體，自應如此。

賈長沙之雄恣，陸宣公之整頓，兼而有之。

三大段中，藏得無數小段落。作大片段文字者，須知此法。

再上皇帝書

臣聞之，益戒於禹，曰：『任賢勿貳，去邪勿疑。』仲虺言湯之德，曰：『用人惟己，改過不吝。』秦穆喪師於崤，悔痛自誓，孔子録之。自古聰明豪傑之主，如漢高帝、唐太宗，皆以受諫如流，改過不憚，號爲秦漢以來百王之冠也。

孔子曰：『君子之過，如日月之食焉。過也，人皆見之；更也，人皆仰之。』聖賢舉動，明白正直，不當如是邪？所用之人，有邪有正。所作之事，有是有非。是非邪正，兩言而定，正則用之，邪則去之，是則行之，非則改之。此理甚明，猶饑之必食，渴之必飲，豈有别生義理，曲加粉飾，而能欺天下哉！

《書》曰：『與治同道，罔不興；與亂同事，罔不亡。』陛下自去歲以來，所行新法，皆不與治同道。立條例司，遣青苗使，斂助役錢，行均輸法，四海騷動，行路怨咨。自宰相以下，皆知其非而不敢争。臣愚蠢不識忌諱，乃者上疏論之詳矣，而學識淺陋，不足以感動聖明。近者故相舊臣，藩鎮侍從，雜然争言其不便，以至臺諫二三人者，本其所與締交唱和表裏之人也，然卒不免一言其非者，（如小人鄧綰，亦曾以爲不便於民。）豈非物議沸騰，事勢迫切，而不可止歟？自非見利忘義，居之不疑者，孰肯終始膠固，不自湔洗？如吴師孟乞免提舉，胡宗愈不願檢詳，如逃垢穢，惟恐不脱。人情畏惡，一至於此。

近者中外喧言，陛下已有悔悟意，道路相慶，如蒙大賚，實望陛下於旬日之間，涣發德音，洗蕩乖僻，追還使者，而罷條例司。今者側聽所爲，蓋不過使監司體量抑配而已，比之未悟，所較幾何。此孟子所謂知兄臂之不可紾，而姑勸以徐；知鄰鷄之不可攘，而月取其一。帝王改過，豈如是哉？

臣又聞陛下以爲此法且可試之三路。臣以爲此法，譬之醫者之用毒藥，以人之死生，試其未效之方。三路之民，豈非陛下赤子，而可試以毒藥乎！（恐長沙痛哭，無此切直。）今日之政，小用則小敗，大用則大敗，若力行而不已，則亂亡隨之。臣非敢過爲危論，以聳動陛下也。自古存亡之所寄者，四人而已，一曰民，二曰軍，三曰吏，四曰士。此四人者一失其心，則足以生變。（即前書『結人心』之旨。）今陛下一舉而兼犯之。青苗、助役之法行則農不安，均輸之令出則商賈不行，而民始憂矣。並省諸軍，迫逐老病，至使戍兵之妻與士卒雜處其間，貶殺軍分，有同降配，遷徙淮甸，僅若流放，年近五十，人人懷憂，而軍始怨矣。内則不取謀於元臣侍從，而專用新進小生，外則不責成於守令監司，而專用青苗使者，多置閑局，以擯老成，而吏始解體矣。陛下臨軒選士，天下謂之龍飛榜，而進士一人，首削舊恩，示不復用，所削者一人而已，然士莫不悵恨者，以陛下有厭薄其徒之意也。今用事者，又欲漸消進士，純取明經，雖未有成法，而小人招權，自以爲功，更相扇摇，以謂必行，而士始失望矣。

今進士半天下，自二十以上，使不能誦記注義，爲明經之學，若法令一更，則士各懷廢棄之憂，而人才短長，終不在此。（時安石欲行廢進士復明經之法。）昔秦禁挾書，而諸生皆抱其業以歸勝、廣，相與出力而亡秦者，豈有它哉？亦徒以失業而無所歸也。故臣願陛下勿復言此。民憂而軍怨，吏解體而士失望，禍亂之原，有大於此者乎？今未見也，一旦有急，則致命之士必寡矣。方是之時，不知希合苟容之徒，能爲陛下收板蕩而止土崩乎？（小人當板蕩之時，唯束手無策而已。）去年諸軍之始併也，左右之人，皆以士心樂併告陛下。近者放停軍人李興，告虎翼吏率錢行賂以求不併，則士卒不樂可知矣。夫諂諛之人，苟務合意，不憚欺罔者，類皆如此。故凡言百姓樂請青苗錢，樂出助役錢者，皆不可信。陛下以爲青苗抑配果可禁乎？不惟不可禁，乃不當禁也。何以言之？若此錢放而不收，則州縣官吏不免責罰；若此錢果不抑配，則願請之户後必難收索。（四語説盡。）前有抑配之禁，後有失陷之罰，爲陛下官吏，不亦難乎！（言官吏之難，而小民受其累，自不待言矣。）故臣以爲既行青苗錢，則不當禁抑配，其勢然也。人皆謂陛下聖明神武，必能徙義修慝，以致太平，而近日之事，乃有文過遂非之風，此臣所以憤懣太息而不能已也。

昔賈充用事，（隱指安石。）天下憂恐，而庾純、任愷，戮力排之。及充出鎮秦凉，忠臣義士，莫不相慶，屈指數日，以望惟新之化。而馮忱之徒，（隱指呂惠卿黨。）更相告曰：『賈公遠放，吾等失勢矣。』於是相與獻謀而充復留。則晉氏之亂，成於此矣。自古惟小人爲難去。何則？去一人而其黨破壞，是以爲之計謀遊説者衆也。今天下賢者，亦將以此觀陛下，爲進退之決。或再失不望，則知幾之士，相率而逝矣。豈皆如臣等輩，偷安懷禄而不忍去哉？猖狂不遜，忤陛下多矣，不敢復望寬恩，俯伏引領，以待誅殛。

即前書之意而申言之。前曲而暢，此簡而切。分疏四人失望處，即木石亦當動心矣。無如邪説錮蔽於中，而近習小人，又朝夕彌縫之，所以正終不能勝邪也。千古一轍，付之浩歎。

自古喪亂，每由盤樂怠傲之主。若以勵精圖治，而國氣斫削，幾至敗亡者，惟宋神宗之用王安石，專以利言也。子瞻指陳其失，幾於痛哭，而安石捃摭其罪，致李定等以詩句爲謗訕，幾死御史臺獄。歐陽公謂『言人主過易，言權臣過難』，信夫。

唐宋八家文讀本卷十九

蘇軾子瞻著
後學沈德潛確士評點

乞校正陸贄奏議進御劄子

臣等猥以空疏，備員講讀，聖明天縱，學問日新。臣等才有限而道無窮，心欲言而口不逮，以此自愧，莫知所爲。竊謂人臣之納忠，譬如醫者之用藥，藥雖進於醫手，方多傳於古人。若已經效於世間，不必皆從於己出。

伏見唐宰相陸贄，才本王佐，學爲帝師，論深切於事情，言不離於道德，（二語括盡奏議。）智如子房而文則過，辯如賈誼而術不疏。上以格君心之非，下以通天下之志。但其不幸，仕不遇時。德宗以苛刻爲能，而贄諫以忠厚；德宗以猜忌爲術，而贄勸以推誠；德宗好用兵，而贄以消兵爲先；德宗吝用財，而贄以散財爲急。至於用人聽言之法，治邊馭將之方，罪己以收人心，改過以應天道，去小人以除民患，惜名器以待有功，如此之流，未易悉數。可謂進苦口之藥石，鍼害身之膏肓。（與『用藥』關照。）使德宗盡用其言，則貞觀可得而復。

臣等每退自西閣，即私相告言，以陛下聖明，必善贄議論，但使聖賢之相契，即如臣主之同時。昔馮唐論頗、牧之賢，則漢文爲之太息。（証古。）魏相條晁、董之對，則孝宣以致中興。若陛下能自得師，則莫如近取之贄。夫六經三史、諸子百家，非無可觀，皆足爲治，但聖言幽遠，末學支離，譬如山海之崇深，難以一二而推擇。（得此襯，文勢寬然。）如贄之論，開卷了然，聚古今之精英，實治亂之龜鑒。

臣等欲取其奏議，稍加校正，繕寫進呈。願陛下置之坐隅，如見贄面，反覆熟讀，如與贄言，必能發聖性之高明，成治功於歲月。臣等不勝區區之意。取進止。

此哲宗初立時，公任啓沃之責，借宣公之苦口於德宗者以感動之也。進宣公奏議，即倣其體。奏進文，正不必艱深其辭。

同進劄子者，爲吕希哲、吴安詩、豐稷、趙彦若、范祖禹，連子瞻六人。

論積欠狀

臣聞之孔子曰：『善人教民七年，亦可以即戎矣。』夫民既富而教，然後可以即戎，古之所謂善人者，其不及聖人遠甚。今二聖臨御，八年於兹，仁孝慈儉，可謂至矣。而帑廩日益困，農民日益貧，商賈不行，水旱相繼，以上聖之資而無善人之效，臣竊痛之。所至訪問耆老有識之士，陰求其所以，皆曰：方今民荷寬政，無它疾苦，但爲積欠所壓，如負千鈞而行，免於僵仆則幸矣，何暇舉首奮臂，以營求於一飽之外哉。今大姓富家，昔日號爲無比户者，皆爲市易所破，十無一二矣。其餘自小民已上，大率皆有積欠。監司督守令，守令督吏卒，文符日至其門，鞭笞日加其身，雖有白圭、猗頓，亦化爲篳門圭竇矣。（宋自市易、青苗諸法行，民無不欠官物者。舉仁宗、英宗休養生息之民，盡歸水火。王安石之罪，其容辭乎？）

自祖宗已來，每有赦令，必曰：凡欠官物，無侵欺盜用，及雖有侵盜，而本家及伍保人無家業者，並與除放。祖宗非不知官物失陷，姦民幸免之弊，特以民既乏竭，無以爲生，雖加鞭撻，終無所得。緩之則爲姦吏之所蠶食，急之則爲盜賊之所憑藉，故舉而放之，則天下悦服，雖有水旱盜賊，民不思亂，此爲捐虚名而收實利也。

自二聖臨御以來，每以施舍己責爲先務。登極赦令，每次郊赦，或隨事指揮，皆從寬厚。凡今所催欠負，十有六七，皆聖恩所貸矣。而官吏刻薄，與聖意異，舞文巧詆，使不該放。監司以催欠爲職業，守令上爲監司之所迫，下爲胥吏之所使，大率縣有監催千百家，則縣中胥徒舉欣欣然，日有所得，若一旦除放，則此等皆寂寥無獲矣。自非有力之家，納賂請賕，誰肯舉行恩貸。而積欠之人，皆鄰於寒餓，何賂之有。其間貧困掃地，無可蠶食者，則縣胥教令通指平人，或云衷私擅買、抵當物業，或雖非衷私，而云買不當價。似此之類，蔓延追擾，自甲及乙，自乙及丙，無有窮已。每限皆空身到官，或三五限得一二百錢，謂之破限。官之所得至微，而胥徒所取，蓋無虛日，俗謂此等爲縣胥食邑户。（以普天赤子而爲胥徒蠶食，可爲寒心。）嗟乎，聖人在上，使民不得爲陛下赤子，而皆爲姦吏食邑户，此何道也！

商賈販賣，例無現錢。若用現錢，則無利息。須今年索去年所賣，明年索今年所賒，然後計算得行，彼此通濟。今富户先已殘破，中民又有積欠，誰敢賒賣物貨？則商賈自然不行。此酒税課利所以日虧，城市房廊所以日空也。諸路連年水旱，上下共知，而轉運司窘於財用，例不肯放税，縱放亦不盡實。雖無明文指揮，而以喜怒風曉官吏，孰敢違者。所以逐縣例皆拖欠兩税，較其所欠，與依實檢放無異，於官了無所益，而民有追擾鞭撻之苦。近者詔旨，凡積欠皆分爲十料催納，通計五年而足。聖恩隆厚，何以加此？而有司以謂有旨，倚閣者，方得依十科指揮，餘皆併催。縱使盡依十科，吏卒乞覓，必不肯分科少取。人户既未納足，則追擾常在，縱分百科，與一科同。

臣頃知杭州，又知潁州，今知揚州，親見兩浙、京西、淮南三路之民，皆爲積欠所壓，日就窮蹙，死亡過半。而欠籍不除，以至虧欠兩税，走陷課利，農末皆病，公私並困。以此推之，天下大率皆然矣。

臣自潁移揚，舟過濠、壽、楚、泗等州，所至麻麥如雲。臣每屏去吏卒，親入村落，訪問父老，皆有憂色。云：『豐年不如凶年。天災流行，民雖乏食，縮衣節口，猶可以生。若豐年舉催積欠，胥徒在門，枷棒在身，則人户求死不得。』（至民以豐年爲苦，而積欠之禍烈矣。原其弊，皆青苗、市易諸法有以致之也。）言訖，泪下。臣亦不覺流涕。又所至城邑，多有流民。官吏皆云：『以夏麥既熟，舉催積欠，故流民不敢歸鄉。』臣聞之孔子曰『苛政猛於虎』，昔常不信其言，以今觀之，殆有甚者。水旱殺人，百倍於虎；而人畏催欠，乃甚於水旱。

臣竊度之：每州催欠吏卒不下五百人，以天下言之，是常有二十餘萬虎狼，散在民間，百姓何由安生，朝廷仁政，何由得成乎？臣自到任以來，日以檢察本州積欠爲事。内已有條貫除放，而官吏不肯舉行者，臣即指揮本州一面除放去訖。其餘理合放而於條未有明文者，即且令本州權住催理，聽候指揮。其於理合放而於條有礙者，臣亦未敢往催。各具利害，奏取聖旨。

追比積欠，無益於國，徒病乎民，惟充姦胥囊橐耳。與其滋擾於積欠以後，何如清釐於未欠之時乎。陳盡弊病，傷心慘目。讀至『二十餘萬虎狼』等語，尤令人六月生寒栗也。

杭州召還乞郡狀

臣昔於治平中，自鳳翔職官得替入朝，首被英宗皇帝知遇，欲驟用臣。（歷叙先帝知遇，此句提起。）當時宰相韓琦以臣年少資淺，未經試用，故且與館職，亦會臣丁父憂去官。及服闋入覲，便蒙神宗皇帝召對，面賜奬激，許臣職外言事。自惟羈旅之臣，未應得此，豈非以英宗皇帝知臣有素故耶?

是時王安石新得政,變易法度,臣若少加附會,進用可必。自惟遠人,蒙二帝非常之知,不忍欺天負心,欲具論安石所爲,不可施行狀,以裨萬一。然未測聖意待臣深淺,因上元有旨買燈四千椀,有司無狀,虧減市價,臣即上書論奏。先帝大喜,即時施行。臣以此卜知先帝聖明,能受盡言,上疏六千餘言,極論新法不便。後復同考試進士,擬對御試策進士,並言安石不知人,不可大用。先帝雖未聽從,然亦嘉臣愚直,初不譴問。而安石大怒,其黨無不切齒,争以傾臣。御史知雜謝景温,首出死力,彈奏臣丁憂歸鄉日,舟中曾販私鹽。遂下諸路體量,追捕當時梢工篙手等,考掠取証。但以實無其事,故鍛鍊不成而止。臣緣此懼禍乞出,連三任外補。而先帝眷臣不衰,時因賀謝表章,即對左右稱道。黨人疑臣復用,而李定、何正臣、舒亶三人,搆造飛語,醞釀百端,必欲致臣於死。先帝初亦不聽,而此三人執奏不已,故臣得罪下獄。定等選差悍吏皇遵,將帶吏卒,就湖州追攝,如捕寇賊。臣即與妻子訣别,留書與弟轍,處置後事,自期必死。過揚子江,便欲自投江中,而吏卒監守,不果。到獄,即欲不食求死。而先帝遣使就獄,有所約敕,故獄吏不敢别加非横。臣亦覺知先帝無意殺臣,故復留殘喘,得至今日。及竄責黄州,每有表疏,先帝復對左右稱道,哀憐奬激,意欲復用,而左右固争,以爲不可。臣雖在遠,亦具聞之。

古人有言『聚蚊成雷,積羽沉舟』,言寡不勝衆也。以先帝知臣特達如此,而臣終不免於患難者,以左右疾臣者衆也。

及陛下即位，起臣於貶所，（此二聖聽政時。）不及一年，備位禁林，遭遇之異，古今無比。臣每自惟昆蟲草木之微，無以伸報天地生成之德，惟有獨立不倚，知無不言，可以少報萬一。始銜前差顧利害，與孫永、傅堯俞、韓維争議，因亦與司馬光異論。光初不以此怒臣，而臺諫諸人，逆探光意，遂與臣爲仇。臣又素疾程頤之姦，（不同道耳，目之爲姦，過甚。）未嘗假以色詞，故頤之黨人，（伊川門人賈易乃小人也。）無不側目。自朝廷廢黜大姦數人，而其餘黨，猶在要近，陰爲之地，特未發爾。小臣周穜，乃敢上疏乞用王安石配享，以嘗試朝廷。臣竊料穜草芥之微，敢建此議，必有陰主其事者。是以上書逆折其姦鋒，乞重賜行遣，以破小人之謀。因此，黨人尤加忿疾。其後，又與經筵，極論黃河不可回奪利害，且上疏争之，遂大失執政意。積此數事，恐別致患禍。又緣臂痛目昏，所以累章力求補外。（次乞郡。）

竊伏思念，自忝禁近，三年之間，臺諫言臣者數四，只因發策草麻，羅織語言，以爲謗訕，本無疑似，白加誣執。其間曖昧譖愬，陛下察其無實而不降出者，又不知其幾何矣。若非二聖仁明，洞照肝膈，則臣爲黨人所傾，首領不保，豈敢望如先帝之赦臣乎？

自出知杭州二年，（方入杭州。）粗免人言，中間法外刺配顏章、顏益二人，盖改積弊，事不獲已。陛下亦已赦臣，而言者不赦，論奏不已。其意豈爲顏章等哉？以此知黨人之意，未嘗一日不在傾臣，洗垢求瑕，止得此事。

今者忽蒙聖恩召還擢用，又除臣弟轍爲執政。此二事皆非大臣本意，竊計黨人必大猜忌，摩厲以須，勢必如此。聞命悸恐，以福爲災，即日上章，辭免乞郡。（二次乞郡。）

行至中路，果聞弟轍爲臺諫所攻，搬出廨宇待罪。又蒙陛下委曲，照見情狀，方獲保全。臣之剛褊，衆所共知，黨人嫌忌，甚於弟轍，豈敢以衰病之餘，復犯其鋒？雖自知無罪可言，而今之言者豈問是非曲直？

竊謂人主之待臣子，不過公道以相知，黨人之報怨嫌，必爲巧發而陰中。臣豈敢恃二聖公道之知，而傲黨人陰中之禍？所以不避煩瀆，自陳入仕以來進退本末，欲陛下知臣危行，獨立不回，以犯衆怒者，所從來遠矣。又欲陛下知臣平生冒涉患難，危崄如此，今餘年無幾，不免有遠禍全身之意。再三辭遜，實非矯節。（此才入三次乞郡意。）

柳下惠有言：『直道而事人，焉往而不三黜。』臣若貪得患失，隨世俛仰，改其常度，則陛下亦安所用臣？（薑桂之性，到老愈辣。）若守其初心，始終不變，則群小側目，必無安理。雖蒙二聖深知，亦恐終不勝衆。所以反復計慮，莫若求去，非不懷戀天地父母之恩，而衰老之餘，恥復與群小計較短長曲直，爲世間高人長者所笑。（緣此，禍根愈深矣。）

伏望聖慈，察臣至誠，特賜指揮執政，檢會累奏，只作親嫌回避，早除一郡。所有今來奏狀，乞留中不出，以保全臣子，臣不勝大願。若朝廷不以臣不才，猶欲驅使，或除一重難邊郡，臣不敢辭避，報國之心，死而後已。惟不願在禁近，使黨人猜疑，別加陰中也。干犯天威，謹俟斧鑕。

此太皇太后聽政時，方嚮用公，公上此狀也。歷陳生平禍患之由，得盡欲言。未幾，以吏部尚書改翰林承旨，以讒請外，知潁州，徙揚州，召爲兵部尚書，遷禮部尚書。自宣仁后崩，哲宗親政，而公死於遷謫矣。篇中雖云乞郡自全，而激怒小人處愈甚。蓋憤時嫉俗之狀，使若輩不能堪也。

狄山論匈奴和親 邇英進讀。

軾謹按漢制，博士秩皆六百石耳。然朝廷有大事，必與丞相御史、九卿列侯同議可否，蓋親儒臣，尊經術，不以小臣而廢其言故。狄山得與張湯争議上前，此人臣之所甚難，而人主之所欲聞也。温言以來之，虛懷以受之，猶恐不敢言，又况如武帝作色憑怒致之於死乎？故湯之用事，至使盜賊半天下，而漢室幾亂，蓋起於狄山之不容也。

即魏徵對唐太宗意，而痛切言之。宋人講筵，其因事納忠如此。

張九齡不肯用張守珪牛仙客 邇英進讀。

軾竊謂士大夫砥礪名節，正色立朝，不務雷同以固禄位，非獨人臣之私義，乃天下國家所恃以安者也。若名節一衰，忠信不聞，亂亡隨之，捷如影響。西漢之末，敢言者惟王章、朱雲二人，章死而雲廢，則公卿持禄保妻子，如張禹、孔光之流耳。故王莽以斗筲穿窬之才，恣取神器如反掌。唐開元之末，大臣守正不回，惟張九齡一人。九齡既已忤旨罷相，明皇不復聞其過，以致禄山之亂。治亂之機，可不慎哉！

明皇罷張九齡、裴耀卿，而相李林甫、牛仙客，喪亂之機决於此矣。然君人者，每退君子，而進小人，何也？以忠言厭聞，而讒諂面諛者易入也。知人聽言之際，可不慎哉。

到黄州謝表

狂愚冒犯，固有常刑。仁聖矜憐，特從輕典。赦其必死，許以自新。祗服訓辭，惟知感涕。（中謝。）

伏念臣早緣科第，誤忝縉紳。親逢睿哲之興，遂有功名之意。亦嘗召對便殿，考其所學之言；試守三州，觀其所行之實。而臣用意過當，日趨於迷。賦命衰窮，天奪其魄；叛違義理，辜負恩私。茫如醉夢之中，不知言語之出。雖至仁屢赦，而衆議不容。案罪責情，固宜伏斧鑕於兩觀；（回護至尊，措語圓活，王維所謂『執政方持法，明君無此心』也。）推恩屈法，猶當禦魑魅於三危。豈謂尚玷散員，更叨善地。投畀麏鼯之野，保全樗櫟之生。臣雖至愚，豈不知幸。此蓋伏遇皇帝陛下，德刑並用，善惡兼容。欲使法行而知恩，是用小懲而大誡。天地能覆載之，而不能容之於度外；父母能生育之，而不能出之於死中。（後徐渭用此四語爲胡宗憲獻謏嚴嵩，便使人失笑。）伏惟此恩，何以爲報。惟當疏食没齒，杜門思愆。深悟積年之非，永爲多士之戒。貪戀聖世，不敢殺身；庶幾餘生，未爲棄物。若獲盡力鞭箠之下，必將捐軀矢石之間。指天誓心，有死無易。

此詩案之獄既興，欲置之死，而帝獨憐之，以黄州團練副使安置也。引咎銜恩，字字嗚咽。

謝量移汝州表

稍從内遷，示不終棄。罪已甘於萬死，恩實出於再生。祗服訓詞，惟知感涕。臣軾（中謝。）伏念臣向者名過其實，食浮於人。兄弟並竊於賢科，衣冠或以爲盛事。旋從册府，出領郡符。既無片善可紀於絲毫，而以重罪當膏於斧鉞。雖蒙恩貸，有愧平生。隻影自憐，命寄江湖之上；驚魂未定，夢遊縲紲之中。（與《獄中寄子由》詩『夢遶雲山心似鹿，魂飛湯火命如鷄』，同一可傷。）憔悴非人，章狂失志，妻孥之所竊笑，親友至於絶交。疾病連年，人皆相傳爲已死；飢寒併日，臣亦自厭其餘生。豈謂草芥之賤微，尚煩朝廷之紀録。開其恫悔，許以甄收。此蓋伏遇皇帝陛下，湯德日新，堯仁天覆。建原廟以安祖考，正六官而修典刑。百廢具興，多士爰集。彈冠結綬，共忻千載之逢；掩面向隅，不忍一夫之泣。故推涓滴，以及焦枯。顧惟效死之無門，殺身何益；更欲呼天而自列，尚口乃窮。徒有此心，期於異日。

此謫黄州後，帝欲命成國史，而宰相王珪不欲，帝手扎移汝州也。『命寄江湖之上』三四行，寫謫居之況，比少陵贈鄭廣文詩，倍真倍苦。

到昌化軍謝表

並鬼門而東騖，浮瘴海以南遷。生無還期，死有餘責。（一起便不忍讀。）臣軾（中謝。）伏念臣頃緣際會，偶竊寵榮。曾無毫髮之能，而有丘山之罪；宜三黜而未已，跨萬里以獨來。恩重命輕，咎深責淺。此蓋伏遇皇帝陛下堯文炳煥，湯德寬仁。赫日月之照臨，廓天地之覆育。譬之蠕動，稍賜矜憐，俾就窮途，以安餘命。而臣孤老無托，瘴癘交攻。子孫慟哭於江邊，已爲死别；魑魅逢迎於海上，（所云『魑魅喜人過』也。）寧許生還。念報德之何時，悼此心之永已。俯伏流涕，不知所云。

公於紹聖時，因御史言，謫知英州，未至，貶寧遠軍節度副使，惠州安置。又貶瓊州别駕，居昌化。此到軍後表也。地故在儋耳，非人所居，故篇中寫得氣象愁慘，不堪卒讀。

《徐州謝奬諭表》中云：『寬如定遠之言，平平無取；拙比道州之政，下下宜然。』

《湖州謝上表》中云：『知其愚不適時，難以追陪新進；察其老不生事，或能牧養小民。』

又云：『魚鳥之性，既自得於江湖；吴越之人，亦安臣之教令。』《杭州謝上表》中云：『江山故國，所至如歸；父老遺民，與臣相問。知朝廷輟近侍爲太守，蓋聖主視天下如一家。』《杭州謝放罪表》中云：『用之朝廷，則逆耳之奏形於言；施之郡縣，則疾惡之心見於政。雖知難每以爲戒，而臨事不能自回。』《謝兼侍讀表》中云：『白首復來，丹心已折。望西清之帷幄，久立彷徨；聞長樂之鼓鐘，恍如夢寐。』

以上摘録，見《東坡四六》，真至飛動，别於唐人。

乞常州居住表

臣聞聖人之行法也，如雷霆之震草木，威怒雖甚，而歸於欲其生；人主之罪人也，如父母之譴子孫，鞭撻雖嚴，而不忍致之死。（行浩氣於排偶之中，與句雕字琢者迥别。）臣漂流棄物，枯槁餘生。泣血書詞，呼天請命。願回日月之照，一明葵藿之心。此言朝聞，夕死無憾。（中謝。）

臣昔者嘗對便殿，親聞德音。似蒙聖知，不在人後。而狂狷妄發，上負恩私。既有司皆以爲可誅，雖明主不得而獨赦。一從吏議，坐廢五年。積憂薰心，驚齒髮之先變；抱恨刻骨，傷皮肉之僅存。近者蒙恩量移汝州，伏讀訓詞。有『人材實難，弗忍終棄』之語，豈獨知免於縲紲，亦將有望於桑榆。但未死亡，終見天日，豈敢復以遲暮爲歎，更生僥覬之心。

但以禄廩久空，衣食不繼，累重道遠，不免舟行。自離黄州，風濤驚恐，舉家重病，一子喪亡。今雖已至泗州，而貲用罄竭，去汝尚遠，難於陸行。無屋可居，無田可食，二十餘口，不知所歸，飢寒之憂，近在朝夕。與其强顔忍耻，干求於衆人；不若歸命投誠，控告於君父。（祈哀君上之前，竟如家人父子語，惻惻動人。）

臣有薄田在常州宜興縣，粗給饘粥。欲望聖慈，許於常州居住。又恐罪戾至重，未可聽從便安，輒叙微勞，庶蒙恩貸。臣先任徐州日，以河水浸城，幾至淪陷。臣日夜守捍，偶獲安全，曾蒙朝廷降敕奬諭。又嘗選用沂州百姓程棐，令購捕凶黨，致獲謀反妖賊李鐸、郭進等一十七人，亦蒙聖恩，保明放罪。皆臣子之常分，無涓埃之可言。冒昧自陳，出於窮迫。庶幾因緣僥幸，功過相除，稍出羈囚，得從所便。

重念臣受性剛褊，賦命奇窮。（此下自訴。）既獲罪於天，又無助於下。怨仇交積，罪惡潰生。群言或起於愛憎，孤忠遂陷於疑似。中雖無愧，不敢自明。向非人主獨賜保全，則臣之微生，豈有今日。

伏惟皇帝陛下，聖神天縱，文武生知。得天下之英才，以全三樂；躋斯民於仁壽，不棄一夫。勃然中興，可謂盡善。而臣抱百年之永歎，悼一飽之無時，貧病交攻，死生莫保。雖鳧雁飛集，何足計於江湖，而犬馬蓋帷，猶有求於君父。敢祈神聖，少賜矜憐。臣見一面，前去至南京，以來聽候朝旨。

此公未至汝州，上表自言飢寒，有田在常，願居於此。朝奏，夕報可。宋時君臣間，猶有家人父子之誼焉。此表皆直白語，不須文采，而感動人主自深，惟其情真也。體裁開自陸敬輿，而公猶擅其勝。

代張方平諫用兵書

臣聞好兵猶好色也。（斗險。）傷生之事非一，而好色者必死；（『好』字是通篇之骨。）賊民之事非一，而好兵者必亡。此理之必然者也。夫惟聖人之兵，皆出於不得已，故其勝也，享安全之福；其不勝也，必無意外之患。後世用兵，皆得已而不已，故其勝也，則變遲而禍大；其不勝也，則變速而禍小。是以聖人不計勝負之功，而深戒用兵之禍。（一束。）何者？興師十萬，日費千金，内外騷動，怠於道路者七十萬家。内則府庫空虛，外則百姓窮匱。飢寒逼迫，其後必有盜賊之憂；死傷愁怨，其終必致水旱之報。上則將帥擁衆，有跋扈之心；下則士衆久役，有潰叛之志。變故百出，皆由用兵。至於興事首議之人，冥謫尤重。蓋以平民無故緣兵而死，怨氣充積，必有任其咎者。是以聖人畏之重之，非不得已，不敢用也。

自古人主好動干戈，由敗而亡者，不可勝數，臣今不敢復言。請爲陛下言其勝者。（撇開戰敗，歸重戰勝。蓋此時所諫，正在兵出有功之後也。）

秦始皇既平六國，復事胡、越，戍役之患，被於四海。雖拓地千里，遠過三代，而墳土未干，天下怨叛，二世被害，子嬰被擒，滅亡之酷，自古所未嘗有也。

漢武帝承文、景富溢之餘，首挑匈奴，兵連不解，遂使侵尋，及於諸國，歲歲調發，所向成功。建元之間，兵禍始作，是時蚩尤旗出，長與天等，其春戾太子生，自是師行三十餘年，死者無數。及巫蠱事起，京師流血，僵屍數萬，太子父子皆敗。班固以爲太子生長於兵，與之終始。帝雖悔悟自克，而歿身之恨，已無及矣。

隋文帝既下江南，繼事夷狄，煬帝嗣位，此志不衰。皆能誅滅强國，威震萬里。然而民怨盜起，亡不旋踵。

唐太宗神武無敵，尤喜用兵，既已破滅突厥、高昌、吐谷渾等，猶且未厭，親駕遼東，皆志在立功，非不得已而用。其後武氏之難，唐室凌遲，不絶如綫。蓋用兵之禍，物理難逃。不然，太宗仁聖寬厚，克己裕人，幾至刑措，而一傳之後，子孫塗炭，此豈爲善之報也哉。

由此觀之，漢、唐用兵於寬仁之後，故其勝而僅存。秦、隋用兵於殘暴之餘，故其勝而遂滅。臣每讀書至此，未嘗不掩卷流涕，傷其計之過也。若使此四君者，方其用兵之初，隨即敗衄，惕然戒懼，知用兵之難，則禍敗之興，當不至此。（摳進一層，顯翻古案，暗照時事。）不幸每舉輒勝，故使狃於功利，慮患不深。臣故曰：勝則變遲而禍大，不勝則變速而禍小。不可不察也。（應前。束住。）

昔仁宗皇帝覆育天下，無意於兵。（將仁宗之不好兵反説。）將士惰偷，兵革朽鈍，（此又説得太甚。國家武備，不可引也。）元昊乘間竊發，西鄙延安、涇、源、麟、府之間，敗者三四，所喪動以萬計，而海内晏然。兵休事已，而民無怨言，國無遺患。何者？天下臣庶知其無好兵之心，天地鬼神諒其有不得已之實故也。

今陛下天錫勇智，意在富强。（好兵之根。）即位以來，繕甲治兵，伺候鄰國。群臣百寮，窺見此指，多言用兵。其始也，弼臣執國命者，無憂深思遠之心；樞臣當國論者，無慮害持難之識；在臺諫之職者，無獻替納忠之議。從微至著，遂成厲階。既而薛向爲横山之謀，韓絳效深入之計，陳升之、吕公弼等，陰與之協力，師徒喪敗，財用耗屈。較之寶元、慶曆之敗，不及十一，然而天怒人怨，邊兵背叛，京師騷然，陛下爲之旰食者累月。何者？用兵之端，陛下作之，是以吏士無怨敵之意，而不直陛下也。（與仁宗反對。）尚賴祖宗積累之厚，（轉妙。）皇天保佑之深，故使兵出無功，感悟聖意。然淺見之士，方且以敗爲耻，力欲求勝，以稱上心。於是王韶搆禍於熙河，章惇造釁於横山，熊本發難於渝瀘。然此等皆戕賊已降，俘累老弱，困弊腹心，而取空虚無用之地，以爲武功，使陛下受此虚名，而忽於實禍，勉强砥礪，奮於功名。故沈起、劉彝復發於安南，使十餘萬人暴露瘴毒，死者十而五六，道路之人，斃於輸送，貲糧器械，不見敵而盡。以爲用兵之意，必且少衰。而李憲之師，復出於洮州矣。今師徒克捷，鋭氣方盛，陛下喜於一勝，（與『勝而惑大』相應。）必有輕視四夷，陵侮敵國之意。天意難測，臣實畏之。

且夫戰勝之後，陛下可得而知者，凱旋捷奏，拜表稱賀，赫然耳目之觀耳。（此段以民命之可哀動之。）至於遠方之民，肝腦塗於白刃，筋骨絶於饋餉，流離破産，鬻賣男女。（白傅《折臂翁》樂府可証。）薰眼折臂自經之狀，陛下必不得而見也；慈父孝子孤臣寡婦之哭聲，陛下必不得而聞也。譬猶屠殺牛羊，刳臠魚鱉，以爲膳饈，（警心怵目。）食者甚美，死者甚苦。使陛下見其號呼於挺刃之下，宛轉於刀几之間，雖八珍之美，必將投箸而不忍食，而况用人之命，以爲耳目之觀乎？

且使陛下將卒精强，府庫充實，如秦、漢、隋、唐之君，既勝之後，禍亂方興，尚不可救，而况所在將吏罷軟凡庸，較之古人，萬萬不逮。（此段以後患警惕之。）而數年以來，公私窘乏。内府累世之積，掃地無餘；州郡征税之儲，上供殆盡。百官俸廪，僅而能繼，南郊賞給，久而未辦。以此舉動，雖有智者，無以善其後矣。（上言戰勝之後民命可哀，此又言必不能勝。）

且饑役之後，所在盜賊蜂起，京東、河北，尤不可言。若軍事一興，横斂隨作，民窮而無告，其勢不爲大盜無以自全。邊事方深，内患復起，則勝、廣之形，將在於此。此老臣所以終夜不寐，臨食而歎，至於慟哭而不能自止也。

且臣聞之，凡舉大事，必順天心。天之所向，以之舉事必成；天之所背，以之舉事必敗。（此段以天心之向背戒懼之。）盖天心向背之迹，見於災祥豐歉之間。今自近歲，日蝕星變，地震山崩，水旱癘疫，連年不解，民死將半。天心之向背，可以見矣。而陛下方且斷然不顧，興事不已。譬如人子得過於父母，惟有恭順静思，引咎自責，庶幾可解，今乃紛然詰責奴婢，恣行箠楚，以此事親，未有見赦於父母者。故臣願陛下遠覽前世興亡之迹，深察天心向背之理，（收後半。）絶意兵革之事，保疆睦鄰，安静無爲，固社稷長久之計，上以安二宫朝夕之養，下以濟四方億兆之命，則臣雖老死溝壑，瞑目於地下矣。

昔漢祖破滅群雄，遂有天下；光武百戰百勝，祀漢配天。然至白登被圍，則講和親之議；西域請吏，則出謝絶之言。此二帝者，非不知兵也。蓋經變既多，則慮患深遠。今陛下深居九重，而輕議討伐，老臣庸懦，私竊以爲過矣。

然人臣納説於君，因其既厭而止之，則易爲力；迎其方鋭而折之，則難爲功。凡有血氣之倫，皆有好勝之意。方其氣之盛也，雖布衣賤士，有不可奪，自非智識特達，度量過人，未有能勇於奮發之中，舍己從人，惟義是聽者也。

今陛下盛氣於用武，勢不可回，臣非不知，而獻言不已者，誠見陛下聖德寬大，聽納不疑。故不敢以衆人好勝之常心望於陛下，且意陛下他日親用兵之害，必將哀痛悔恨，而追究左右大臣未嘗一言。（無意不到，真是八面周匝。）臣亦將老且死，見先帝於地下，亦有以藉口矣。惟陛下哀而察之。

楊用修云：古之諫用兵，只説不勝之害，務避害而趨利。此説雖勝其害猶不可言，況以當今天時人事觀之，動必不勝。如此立意，便高人一等。

張公上此書，以李憲破斬冷鷄朴，兵出有功，恐常注意用兵，故力陳戰勝之禍以動之也。歷數王韶、章惇、熊本諸人，原發難之始而言愷惻詳明，婉轉深入。欲回人主錮蔽之心，庶幾危言足以動之。

代滕甫辯謗乞郡書

臣聞人情不問賢愚，莫不畏天而嚴父。然而疾痛則呼父，窮窘則號天，蓋情發於中，言無所擇，豈以號呼之故，謂無嚴、畏之心？今臣之所患不止於疾痛，而所憂有甚於窮窘，若不號呼於君父，更將趨赴於何人？伏望聖慈，少加憐察。

臣本無學術，亦無材能，惟有忠義之心，生而自許。昔季孫有言：『見有禮於其君者，事之，如孝子之養父母也；見無禮於其君者，誅之，如鷹鸇之逐鳥雀也。』臣雖不肖，允蹈斯言。但信道直前，謂人如己。（取謗根由。）既蒙深知於聖主，肯復借交於衆人！任其蠢愚，積成讎怨。一自離去左右，十有二年，浸潤之言，何所不有。至謂臣陰黨反者，故縱罪人，（此謗之實。）若依斯言，死未塞責。

竊伏思宣帝，漢之英主也，以片言而誅楊惲；太宗，唐之興王也，以單詞而殺劉洎。自古忠臣烈士，遭時得君，而不免於禍者，何可勝數。而臣獨蒙皇帝陛下始終照察，愛惜保全，（開。）則陛下聖度已過於宣帝、太宗，而臣之遭逢，亦古人所未有。日月在上，更何憂虞？但念世之憎臣者多，（合。）而臣之賦命至薄，積毀銷骨，巧言鑠金，市虎成於三人，投杼起於屢至。倘因疑似，復致人言，（以上憂其被謗。）至時雖欲自明，陛下亦難屢赦。是以及今無事之日，少陳危苦之詞。

晉王導，乃王敦之弟也，而不害其爲元臣。崔造，源休之甥也，而不廢其爲宰相。臣與反者，義同路人，（此辯謗。）獨於寬大之朝，爲臣終身之累，亦可悲矣。凡今遊宦之士，稍與貴近之人有葭莩之親，半面之舊，則所至便蒙異待，人亦不敢交攻。（淺淺語，最足感動人主。）况臣受知於陛下中興之初，效力於衆人未遇之日，（冀望君之念舊。）而乃毁訾不忌，踐踏無嚴，臣何足言，有辱天眷。此臣所以涕泣而自傷者也。

今臣既安善地，又忝清班，非敢别有僥求，更思録用。但患難之後，積憂傷心，風波之間，怖畏成疾。（收『憂讒』。）敢望陛下憫餘生之無幾，究前日之異恩。（收『念舊』。）或乞移臣淮浙間一小郡，稍近墳墓，漸謀歸休。異日復得以枯朽之餘，仰瞻天日之表，然後退伏田野，自稱老臣，追叙始終之遭逢，以詫鄉鄰之父老。區區志願，永畢於斯，伏願陛下憐其志、察其愚，而赦其罪。臣無任感恩知罪激切屏營之至。

因反者累及，本難置辯，公於難辯處曲曲解脱。見中傷者多横被讒謗，帝亦不能屢赦也。情詞真至，正如人子哀訴於父母之前，與昌黎《到潮州任上表》，同是一種筆墨。

唐宋八家文讀本卷二十

蘇軾子瞻著
後學沈德潛確士評點

正統論上

正統者何耶？名耶？實耶？（『名』『實』二字，三篇要領，却側在『名』上。）正統之説曰正者，所以正天下之不正也；統者，所以合天下之不一也。不幸有天子之實而無其位，有天子之名而無其德，是二人者，立於天下，天下何正、何一？而正統之論決矣。正統之爲言猶曰有天下云爾，（只淺淺看。）人之得此名而又有此實也，夫何議？（如堯、舜、禹三代是也。）

天下固有無其實而得其名者，聖人於此，不得已焉，而不以實傷名，而名卒不能傷實，故名輕而實重。（主意。）不以實傷名，故天下不争；名輕而實重，故天下趨於實。天下有不肖，而曰吾賢者矣，未有賤，而曰吾貴者也。（解人頤語。）天下之争，自賢不肖始。聖人憂焉，不敢以亂貴賤，故天下知賢之不能奪貴。天下之貴者，聖人莫不從而貴之，恃有賢不肖存焉，輕以與人貴而使重以與人賢，天下然後知貴之不如賢。知賢之不能奪貴，故不爭；知貴之不如賢，故趨於實。使天下不爭而趨於實，是亦足矣。（儲云：賢不肖，實也；貴賤，名也。正統只就貴賤論，不論賢不肖，所謂不以實傷名。然貴賤之外，原自有賢不肖在，故曰名輕而實重。一意翻出前後深淺二層。）正統者，名之所在焉而已。（收盡大旨。）名之所在，而不能有益乎其人，而後名輕，名輕而後實重。吾欲重天下之實，於是乎名輕。

正統聽其自得者十，曰堯、舜、夏、商、周、秦、漢、晉、隋、唐。序其可得者六以存教，曰魏、梁、後唐、晉、漢、周。使夫堯舜三代之所以爲賢於後世之君者，皆不在乎正統，故後世之君不以其道而得之者，亦無以爲堯舜三代之比，於是乎實重。

名輕實重，一篇主意。見有天下者，皆當以正統名之；若其人之賢不肖，則有實在。楊堅、朱温不以有天下重，文王不以無天下輕也。此篇總冒，後二篇從此引出。

正統論中

正統之論起於歐陽子，而霸統之説起於章子。（章望之著《明統論》以駁歐陽。）二子之論，吾與歐陽子，故不得不與章子辨，以全歐陽子之説。歐陽子之説全，而吾之説又因以明。

章子之説曰：『進晉梁，失而未善也；進魏，非也。』是章子未知夫名實之所在也。

夫所謂正統者，猶曰有天下云爾。正統者，果名也，又焉實之知？視天下之所同君而加之，又焉知其他？章子以爲魏不能一天下，不當與之統。（專辯章子不予魏統。）夫魏雖不能一天下，而天下亦無有如魏之强者。吴雖存，非兩立之勢，奈何不與之統？章子之不絶五代也，亦徒以爲天下無有與之敵者而已。今也絶魏，魏安得無辭哉？正統者，惡夫天下之無君而作也，故天下雖不合於一而未至乎兩立者，則君子不忍絶之於無君。且夫德同而力均，不臣焉可也。今以天下不幸而不合於一，德既無以相過，而弱者又不肯臣乎强，於是焉而不與之統，亦見其重天下之不幸，而助夫不臣者也。

章子曰：『鄉人且耻與盗者偶，聖人豈得與篡君同名哉？』

吾將曰：是鄉人與是爲盗者，民則皆民也，士則皆士也，大夫則皆大夫也，則亦與之皆坐乎？（兼辯晉、梁。）苟其勢不得不與之皆坐，則鄉人何耻耶？聖人得天下，篡君亦得天下，顧其勢不得不與之同名，聖人何耻邪？吾將以聖人耻夫篡君，而篡君又焉能耻聖人哉。（此一折鋒快，即所云『實重』也。）

章子曰：『君子大居正，而以不正人居之，是正不正之相去未能相遠也。』

且章子之所謂正者何也？以一身之正爲正耶？以天下有君爲正耶？一身之正，是天下之私正也；天下有君，是天下之公正也。吾無取乎私正也。天下元君，篡君出而制天下。湯武既没，吾安所取正哉？故篡君者，亦當時之正而已。

章子曰：『祖與孫雖百歲，而子五十，則子不得爲壽。漢與晉雖得天下，而魏不能一，則魏不得爲有統。』

吾將曰：其兄四十而死，則其弟五十爲壽。（敏妙。）弟爲壽乎其兄，魏爲有統乎當時而已。章子比之婦謂舅嬖妾爲姑，吾將曰：舅則以爲妻，而婦獨奈何不以爲姑乎？以妾爲妻者，舅之過也；婦謂之姑，蓋非婦罪也。舉天下而授之魏、晉，是亦漢、魏之過而已矣，與之統者獨何罪乎？（兼辯魏、晉，以晉之始與魏同也。）

雖然，歐陽子之論，猶有異乎吾説者。歐陽子之所與者，吾之所與也；歐陽子之所以與之，非吾所以與之也；歐陽子重與之，而吾輕與之。（即所云『名輕』。）且其言曰：『秦漢而下，正統屢絶而得之者少。以其得之者少，故其爲名甚尊而重也。』嗚呼！吾不善夫少也。幸而得之者少，故有以尊重其名。不幸而皆得，歐陽子其敢有所不與耶？且其重之，則其施於篡君也誠若過然，故章子有以啓其説。夫以文王而終身不得，以魏、晉、梁而得之，果其爲重也，則文王將有愧於魏、晉、梁焉。（又生出文王之不得，以暢『名輕』之説。）必也使夫正統者，不得爲聖人之盛節，則得之爲無益。得之爲無益，故雖舉而加之篡君而不爲過。使夫文王之所不得而魏、晉、梁之所得者，皆吾之所輕者也，然後魏、晉、梁無以愧文王，而文王亦無所愧於魏、晉、梁焉。（仍歸到『實重』。）

大義上篇已明，此只就章子説，一一辯駁，以足上篇之旨也，末醒出名輕實重意。筆勢神龍夭矯，不可捉摸，無一筆不曲，無一筆不透。

正統論下

始終得其正，天下合於一，是二者必以其道得之耶？亦或不以其道得之耶？病乎或者之不以其道得之也，於是乎舉而歸之名。歐陽子曰『皆正統』，是以名言者也；章子曰『正統』，又曰『霸統』，是以實言者也。歐陽子以名言，而純乎名，章子以實言，而不盡乎實。

章子之意，以霸統重其實，而不知實之輕，自霸統始。（章欲重實，而霸統之説，正以輕實。此處虛按，下暢言之。）使天下之名，皆不得過乎實者，固章子意也。天下之名，果不過乎實也，則吾以章子爲過乎聖人。聖人不得已，則不能以實傷名，而章子則能之。（按住，下忽陡起。）且吾豈不知居得其正之爲正，不如至公大義之爲正也哉？蓋亦有不得已焉耳。章子之説，吾將求其備。堯、舜以德，三代以德與功，漢、唐以功，秦、隋、後唐、晉、漢、周以力，晉、梁以弑。以實言之，則德與功不如德，功不如德與功，力不如功，弑不如力，（備列其實，直窮到底。）是堯、舜而下得統者，凡更四不如而後至於晉、梁。而章子以爲天下之實，盡於其正統、霸統之間矣。

歐陽子純乎名，故不知實之所止；章子雜乎實，故雖晉、梁弑君之罪，天下所不容之惡，而其實反不過乎霸。（此實之所以輕也。）彼其初得正統之虛名，而不測其實罪之所至也。章子則告之曰：『爾，霸者也。』夫以弑君得天下而不失爲霸，則章子之説固便乎簒者也。夫章子豈曰弑君者其實止乎霸也哉？（絶地復生，愈鞭緊一步。）蓋已舉其實而著之名，雖欲復加之罪而不可得也。

夫王者没，而霸者有功於天下，吾以爲在漢、唐爲宜。必不得已，而秦、隋、後唐、晉、漢、周得之，吾猶有憾焉，奈何其舉而加之弑君之人乎？嗚呼！吾不惜乎名而惜乎實也。霸之於王也，猶兄之於父也。聞天下之父嘗有曰堯者，而曰必堯而後父，少不若堯而降爲兄，則瞽、鯀懼至僕妾焉。（令人失笑。）天下將有降父而至於僕妾者，無怪也。從章子之説者，其弊固至乎此也。

故曰：莫若純乎名。（轉到『名輕』。）純乎名，故晉、梁之得天下，其名曰正統。而其弑君之實，惟天下後世之所加，而吾不爲之齊量焉。於是乎晉、梁之惡不勝誅於天下，實於此反不重乎。（歸結『實重』。）

章子曰：『堯、舜曰帝，三代曰王，夏曰氏，商、周曰人。古之人輕重其君有是也。』以爲其霸統之説。

夫執聖人之一端以藉其口，夫何説而不可？吾亦將曰：孔子删《詩》而虞、夏、商、周皆曰《書》，湯武王、伯禽、秦穆公皆曰《誓》，以爲皆曰正統之説，其誰曰不可？聖人之於實也，不傷其名而後從之。帝亦天子也，王亦天子也，氏亦人也，人亦氏也，夫何名之傷？（亦即以比例破之。）若章子之所謂霸統者，傷乎名而喪乎實者也。

此篇專辨霸統。蓋予以霸統，正以寬待亂賊，緣霸之下，不能復有所加也。不如名以正統，而不没其篡弑之實，乃爲兩得。辨折處筆筆有鋒，論愈快，理愈足矣。後世又分出『偏統』『竊統』等名，真乃支離其説，不可爲訓。

大臣論上

以義正君而無害於國，可謂大臣矣。

天下不幸而無明君，使小人執其權，當此之時，（已注漢唐之季）天下之忠臣義士，莫不欲奮臂而擊之。夫小人者，必先得於其君，而自固於天下，是故法不可擊。擊之而不勝，身死，其禍止於一身；擊之而勝，君臣不相安，天下必亡。是以《春秋》之法，不待君命，而誅其側之惡人，謂之叛。晉趙鞅入於晉陽以叛是也。

世之君子，將有志於天下，欲扶其衰而救其危者，必先計其後而爲可居之功，其濟、不濟，則命也，是故功成而天下安之。今小人，君不誅，而吾誅之，則是侵君之權，而不可居之功也。（難擊小人在此。）夫既已侵君之權，而能北面就人臣之位，使君不吾疑者，天下未嘗有也。國之有小人，猶人之有癭。今人之癭，必生於頸而附於咽，是以不可去。有賤丈夫者，不勝其忿，而決去之，夫是以去疾而得死。漢之亡，唐之滅，由此之故也。（先提，以下詳論。）

自桓、靈之後，至於獻帝，天下之權，歸於内竪，賢人君子，進不容於朝，退不容於野，天下之怒，可謂極矣。當此之時，議者以爲天下之患，獨在宦官。宦官去，則天下無事。然竇武、何進之徒，擊之不勝，止於身死，袁紹擊之而勝，漢遂以亡。

唐之衰也，其迹亦大類此。自輔國、元振之後，天子之廢立，聽於宦官。當此之時，士大夫之論，亦惟宦官之爲去也。然而李訓、鄭注、元載之徒，擊之不勝，止於身死，至於崔昌遐，擊之而勝，唐亦以亡。

方其未去，是纍然者瘻而已矣。及其既去，則潰裂四出，而繼之以死。何者？此侵君之權，而不可居之功也。且爲人臣而不顧其君，（急脈緩受。）捐其身於一决，以快天下之望，亦已危矣。故其成則爲袁、爲崔，敗則爲何、竇，爲訓、注。然則忠臣義士，亦奚取於此哉？夫竇武、何進之亡，天下悲之，以爲不幸。然亦幸而不成，使其成也，二子者將何以居之？（此亦非篤論。）故曰：以義正君，而無害於國，可謂大臣矣。

太臣之於小人，上則化而用之，次則乘其機而决之。若兩者不能，惟逞其憤而出於一擊，則危而已矣。公有見於此而極言之。然以義正君處，尚未透説，留下篇地步也。即下篇亦只説得無害於國，而大臣本領全未見及，是學問經術，猶有欠缺處在。

大臣論下

天下之權，在於小人，（承上篇來。）君子之欲擊之也，不亡其身，則亡其君。然則是小人者，終不可去乎？

聞之曰：迫人者，其智淺；迫於人者，其智深。非才有不同，所居之勢然也。古之爲兵者，圍師勿遏，窮寇勿迫，誠恐其知死而致力，則雖有衆，無所用之。故曰：『同舟而遇風，則胡越可使相救，如左右手。』小人之心，自知其負天下之怨，而君子之莫吾赦也，則將日夜爲計，以備一旦卒然不可測之患。今君子又從而疾惡之，是以其謀不得不深，其交不得不合。交合而謀深，則其致毒也，忿戾而不可解。

故凡天下之患，起於小人，而成於君子之速之也。（即上篇漢唐宦官之屬。）小人在内，君子在外；君子爲客，小人爲主。主未發而客先焉，則小人之詞直，而君子之勢近於不順。直則可以欺衆，而不順則難以令其下。故昔之舉事者，常以中道而衆散，以至於敗，則其理豈不甚明哉？

若夫智者則不然。内以自固其君子之交，而厚集其勢；外以陽浮而不逆於小人之意，以待其間。（經濟，兼權衡在内。）寬之使不吾疾，狃之使不吾慮，啖之以利，以昏其智，順適其意，以殺其怒，然後，待其發，而乘其隙，推其墜，而挽其絶。故其用力也約，而無後患。莫爲之先，故君不怒而勢不逼。如此者，功成而天下安之。

今夫小人急之則合，寬之則散，是從古以然也。（申言破小人之交。）見利不能不争，見患不能不避，無信不能不相詐，無禮不能不相瀆，是故其交易間，其黨易破也。而君子不務寬之以待其變，而急之以合其交，亦已過矣。君子小人，雜居而未決，爲君子之計者，莫若深交而無爲。（申言固君子之交。）苟不能深交而無爲，則小人倒持其柄而乘吾隙。昔漢高之亡，以天下屬平、勃。及高后臨朝，擅王諸吕，廢黜劉氏，平日縱酒無一言。及用陸賈計，以千金交歡絳侯，卒以此誅諸吕、定劉氏。使此二人者而不相能，則是將相相攻之不暇，而何暇及於劉、吕之存亡哉！

故其説曰：將相和調，則士豫附；士豫附，則天下雖有變，而權不分。嗚呼，知此，其足以爲大臣矣夫！

姤之九五，『以杞包瓜』，言時當含章，則包之也；夬之九五，『莧陸夬夬』，言時當揚庭，則决之也。而不可如九三之『壯於頄』，有剛見面目之象，惟君子之交，相爲固結，得五陽决去一陰主義，則功無不成，而利有攸往矣。論中殊得此意，而『深交無爲』四字，尤爲緊要，蓋深交則君子不孤，無爲則小人不疑忌也。上篇議論，得此乃有歸宿。

刑賞忠厚之至論

堯、舜、禹、湯、文、武、成、康之際，何其愛民之深，憂民之切，而待天下以君子長者之道也。有一善，從而賞之，又從而咏歌嗟歎之，所以樂其始而勉其終；有一不善，從而罰之，又從而哀矜懲創之，所以棄其舊而開其新。故其吁俞之聲，歡休慘戚，見於虞、夏、商、周之《書》。成、康既没，穆王立，而周道始衰。然猶命其臣吕侯，而告之以祥刑。其言憂而不傷，威而不怒，慈愛而能斷，惻然有哀憐無辜之心，故孔子猶有取焉。

《傳》曰：『賞疑從與，所以廣恩也；罰疑從去，所以慎刑也。』（着意『疑』字。）當堯之時，皋陶爲士，將殺人，皋陶曰『殺之三』，堯曰『宥之三』，故天下畏皋陶執法之堅，而樂堯用刑之寬。四岳曰『鯀可用』，堯曰『不可，鯀方命圮族』，既而曰『試之』。何堯之不聽皋陶之殺人，而從四岳之用鯀也？（以虚擬爲實案。）然則聖人之意，蓋亦可見矣。

《書》曰：『罪疑惟輕，功疑惟重，與其殺不辜，寧失不經。』嗚呼，盡之矣。可以賞，可以無賞，賞之過乎仁；可以罰，可以無罰，罰之過乎義。過乎仁，不失爲君子；過乎義，則流而入於忍人。故仁可過也，義不可過也。

古者賞不以爵禄，刑不以刀鋸。賞以爵禄，是賞之道行於爵禄之所加，而不行於爵禄之所不加也；（空中振蕩。）刑之以刀鋸，是刑之威施於刀鋸之所及，而不施於刀鋸之所不及也。先王知天下之善不勝賞，而爵禄不足以勸也，知天下之惡不勝刑，而刀鋸不足以裁也，是故疑則舉而歸之於仁，以君子長者之道待天下，使天下相率而歸於君子長者之道，故曰忠厚之至也。

《詩》曰：『君子如祉，亂庶遄已；君子如怒，亂庶遄沮。』夫君子之已亂，豈有異術哉？時其喜怒，而無失乎仁而已矣。《春秋》之義，立法貴嚴，而責人貴寬。因其褒貶之義以制賞罰，亦忠厚之至也。

以『罰疑惟輕，功疑惟重』二語作主，文勢如川雲嶺月，其出無窮。以長公之高才，歐文忠之巨眼，而闈中遇合之文，圓熟流美如是，宜後世墨卷，不矜高格也。爲之三歎。

《既醉》備五福論

君子之所以大過人者，非以其智能知之、强能行之也，以其功興而民勞，與之同勞，功成而民樂，與之同樂，（『同樂』是一篇大意。）如是而已矣。

富貴安逸者，天下之所同好也，然而君子獨享焉。享之而安，天下以爲當然者，何也？天下知其所以富貴安逸者，凡以庇覆我也。（申『同樂』。）貧賤勞苦者，天下之所同惡也，而小人獨居焉。居之而安，天下以爲當然者，何也？天下知其所以貧賤勞苦者，凡以生全我也。（申『同勞』。）夫然，故獨享天下之大利而不憂，使天下爲己勞苦而不怍，耳聽天下之備聲，目視天下之備色，而民猶以爲未也，相與禱祠而祈祝曰：使吾君長有吾國也。又相與咏歌而稱頌之，被於金石，溢於竹帛，使其萬世而不忘也。

嗚呼！彼君子者，獨何修而得此於民哉？豈非始之以至誠，中之以不欲速，而終之以不懈歟？視民如視其身，待其至愚者如其至賢者，是謂至誠。至誠無近效，要在於自信而不惑，是謂不欲速。不欲速則能久，久則功成，功成則易懈，君子濟之以恭，是謂不懈。行此三者，所以得之於民也。三代之盛，不能加毫末於此矣。

《既醉》者，成王之詩也。其序曰：『《既醉》，太平也。醉酒飽德，人有士君子之行焉。』而說者以爲是詩也，實具五福。其詩曰『君子萬年』，壽也；『介爾景福』，富也；『室家之壼』，康寧也；『高明有融』，攸好德也；『高朗令終』，考終命也。凡言此者，非美其有是五福也，美其全享是福，兼有是樂，而天下安之，以爲當然也。

夫《詩》者，不可以言語求而得，必將深觀其意焉。（說詩微妙，高於司空表聖、嚴滄浪諸公。）故其譏刺是人也，（離。）不言其所爲之惡，而言其爵位之尊、車服之美，而民疾之，以見其不堪也，『君子偕老，副笄六珈』『赫赫師尹，民具爾瞻』是也；其頌美是人也，不言其所爲之善，而言其冠佩之華、容貌之盛，而民安之，以見其無愧也，『緇衣之宜兮，敝予又改爲兮』『服其命服，朱芾斯皇』是也。故《既醉》者，（合。）非徒享是五福而已，必將有以致之。不然，民將盼盼焉疾視而不能平，又安能獨樂乎？是以孟子言王道，不言其他，而獨言民之聞其作樂、見其田獵而欣欣者，此可謂知本矣。（收到『同樂』。）

備福由於備德，意已疏明，下就《詩》推開，憑空發說《詩》之旨。然唐以後，得此意者鮮矣。

伊尹論

辨天下之大事者，有天下之大節者也。立天下之大節者，狹天下者也。（立大節、狹天下，是一篇之主。）夫以天下之大而不足以動其心，則天下之大節有不足立，而大事有不足辨者矣。

今夫匹夫匹婦，皆知潔廉忠信之爲美也，使其果潔廉而忠信，則其智慮未始不如王公大人之能也。唯其所爭者，止於簞食豆羹，而簞食豆羹足以動其心，則宜其智慮之不出乎此也。簞食豆羹，非其道不取，則一鄉之人，莫敢以不正犯之矣。一鄉之人，莫敢以不正犯之，而不能辨一鄉之事者，未之有也。推此而上，其不取者愈大，則其所辨者愈遠矣。讓天下與讓簞食豆羹，無以異也；治天下與治一鄉，亦無以異也。然而不能者，有所蔽也。天下之富，是簞食豆羹之積也；天下之大，是一鄉之推也。非千金之子，不能運千金之資。販夫販婦，得一金而不知其所措，非智不若，所居之卑也。

孟子曰：『伊尹耕於有莘之野，非其道也，非其義也，雖禄之以天下，弗受也。』夫天下不能動其心，是故其才全。以其全才而制天下，是故臨大事而不亂。古之君子，必有高世之行，非苟求爲異而已。（拓開一步，是文章斷法。）卿相之位，千金之富，有所不屑，將以自廣其心，使窮達利害，不能爲之芥蔕，以全其才，而欲有所爲耳。後之君子，蓋亦嘗有其志矣，得失亂其中，而榮辱奪其外，是以役役至於老死而不暇，亦足悲矣。孔子叙書至於舜、禹、皋陶相讓之際，蓋未嘗不太息也。（推蕩。）夫以朝廷之尊，而行匹夫之讓，孔子安取哉？取其不汲汲於富貴，有以大服天下之心焉耳。

夫太甲之廢，天下未嘗有是，而伊尹始行之，天下不以爲驚。（忽收入本位，是文章續法。）以臣放君，天下不以爲僭；既放而復立，太甲不以爲專。何則？其素所不屑者，足以取信於天下也。彼其視天下，眇然不足以動其心，（收『狹天下』。）而豈忍以廢放其君求利也哉？後之君子，蹈常而習故，惴惴焉懼不免於天下，一爲希闊之行，則天下群起而誚之。不知求其素，而以爲古今之變時有所不可者，亦已過矣夫。

伊尹看得道義精，故禄之以天下弗受，而行放太甲於桐宫之事，衆人弗疑，惟其天下不足以動之也，此蘇論之極平正通達者。

其才在辦大事，而其本由於立大節。論伊尹，公亦自抒其志概也。

論周東遷

太史公曰：學者皆稱周伐紂，居洛邑，其實不然。武王營之，成王使召公卜居之，居九鼎焉，而周復都豐、鎬。至犬戎敗幽王，周乃東徙於洛。

蘇子曰：周之失計，未有如東遷之繆者也。（一語唱破。）自平王至於亡，非有大無道者也。髭王之神聖，諸侯服享，然終以不王，由東遷之過也。昔武王克商，遷九鼎於洛邑，成王、周公復增營之，周公既没，盖君陳、畢公更居焉，以重王室而已，非有意於遷也。周公欲葬成周，而成王葬之畢，此豈有意於遷哉？

今夫富民之家，所以遺其子孫者，田宅而已。不幸而有敗，至於乞假以生可也，然終不敢議田宅。（蘇文勝人，每在引喻。喻明，正意不煩言而自透矣。）今平王舉文、武、成、康之業而大棄之，此一敗而鬻田宅者也。夏、商之王，皆五六百年，其先王之德無以過周，而後王之敗亦不減幽、厲，然至於桀、紂而後亡。（周之歷數共八百年，過於夏、商，然東遷以後，夷於諸侯，不能如夏、商權在天子也。）其未亡也，天下宗之，不如東周之名存而實亡也。是何也？則不鬻田宅之效也。

盤庚之遷也，復殷之舊也。古公遷於岐，方是時，周人如狄人也，逐水草而居，豈所難哉？衛文公東徙渡河，恃齊而存耳。齊遷臨淄，晉遷於絳、於新田，皆其盛時，非有所畏也。（此非畏避而遷，遷亦無礙。）其餘避寇而遷都，未有不亡；雖不即亡，未有能復振者也。

春秋時，楚大饑，群蠻叛之，申、息之北門不啓。楚人謀徙於阪高，蔿賈曰：『不可。我能往，寇亦能往。』於是乎以秦人、巴人滅庸，而楚始大。蘇峻之亂，晉幾亡矣，宗廟宮室，盡爲灰燼。温嶠欲遷都豫章，三吴之豪欲遷會稽，將從之矣，獨王導不可，曰：『金陵，王者之都也。王者不以豐儉移都，若弘衛文大帛之冠，何適而不可？不然，雖樂土爲墟矣。且北寇方强，一旦示弱，竄於蠻夷，望實皆喪矣！』（王導生平無可取，獨此事能持重。）乃不果遷，而晉復安。賢哉導也，可謂能定大事矣！

嗟夫，平王之初，周雖不如楚之强，顧不愈於東晉之微乎？（賓主對勘，一篇精神全在是。）使平王有一王導，定不遷之計，收豐、鎬之遺民，而修文、武、成、康之政，以形勢臨東諸侯，齊、晉雖强，未敢貳也，而秦何自霸哉？（凡作論言其失，必還它所以得處。）魏惠王畏秦，遷於大梁；楚昭王畏秦，遷於鄀；頃襄王畏秦，遷於陳；考烈王畏秦，遷於壽春：皆不復振，有亡征焉。東漢之末，董卓劫帝遷於長安，漢遂以亡。近世李景遷于豫章，亦亡。（歷舉避寇而遷之害。前虚後實。）故曰：周之失計，未有如東遷之繆也。

雜援古事，近於碎矣，而條理故自秩然，此不拘法而法自生者。宋高南渡，若預知之。長公之識，豈近于文人游談者耶。

題云某人論，乃應舉時所擬論也。題云論某人，乃《志林》中文字，所謂海外文字也。今便學者誦習，不必更分，以時代先後爲次。

論魯隱公、里克、李斯、鄭小，同王允之

公子翬請殺桓公以求太宰。隱公曰：『爲其少故也，吾將授之矣。使營菟裘，吾將老焉。』翬懼，反譖公於桓公而弑之。

蘇子曰：盜以兵擬人，人必殺之，夫豈獨其所擬，途之人皆捕擊之矣。途之人與盜非仇也，以爲不擊則盜且併殺己也。隱公之智，曾不若是途之人也，哀哉！隱公，惠公繼室之子也，其爲非嫡，與桓均耳，而長於桓。隱公追先君之志而授國焉，可不謂仁乎？惜乎其不敏於智也。使隱公誅翬而讓桓，（此急着，計無踰於此者。）雖夷、齊何以尚兹？

驪姬欲殺申生而難里克，則施優謀之；二世欲殺扶蘇而難李斯，則趙高謀之。此二人之智若出一人，而其受禍亦不少異。里克不免於惠公之誅，李斯不免於二世之虐，皆無足哀者。吾獨表而出之，以爲世戒。君子之爲仁義也，非有計於利害，然君子之所爲，義利常兼，而小人反是。李斯聽趙高之謀，非其本意，獨畏蒙氏之奪其位，故勉而聽高。（此處不及里克。）使斯聞高之言，即召百官、陳六師，而斬之，其德於扶蘇，豈有既乎？（即前『誅翬而讓桓』同一設身處地法。作論

須如此。)何蒙氏之足憂!釋此不爲,而具五刑於市,非下愚而何!

嗚呼,亂臣賊子猶蝮蛇也,其所盤草木猶足以殺人,况其所噬嚙者歟?(與前『盗以兵擬人』,同以喻意醒正意。)鄭小同爲高貴鄉公侍中,嘗詣司馬師。師有密疏未屏也,如厠還,問小同:『見吾疏乎?』曰:『不見。』師曰:『寧我負卿,無卿負我。』遂鴆之。王允之從王敦夜飲,辭醉先寢。敦與錢鳳謀逆,允之已醒,悉聞其言,慮敦疑己,遂大吐,衣面皆污。敦果照視之,見允之卧吐中,乃已。哀哉小同,殆哉岌岌乎允之也。孔子曰:『危邦不入,亂邦不居』,有以也夫!

吾讀史,得魯隱公、晉里克、秦李斯、鄭小同、王允之五人,感其所遇,禍福如此,故特書其事,後之君子,可以覽觀焉。

始皇、孝宣,只及二人,此連類及之,撮事之相近者論之也。中間草蛇灰線,不拘法,而能化於法。

宋襄公論

魯僖公二十二年,冬十一月一日己巳朔,宋公及楚人戰于泓,宋師敗績。《春秋》書戰,未有若此之嚴而盡也。曰:宋公,天子之上公。宋,先代之後,於周爲客,天子有事膰焉,有喪拜焉,非列國諸侯之所敢敵也，而曰『及楚人戰於泓』。楚，夷狄之國；人，微者之稱。以天子之上公，而當夷狄之微者，至於敗績，宋公之罪，蓋可見矣。而《穀梁》之傳，以爲文王之師不過是，（許以至仁大義。）學者疑焉。故不可以不辯。

宋襄公非獨行仁義而不終者也，以不仁之資，盜仁者之名爾。（刺入。）齊宣有牽牛而過堂下者，曰：『牛何之？』曰：『將以釁鐘。』王曰：『舍之，吾不忍其觳觫，若無罪而就死地。』夫舍一牛，於德未有所損益者，而孟子與之以王。所謂以不忍人之心，行不忍人之政，三代之所共也，而宋襄公執鄫子用於次睢之社。君子殺一牛猶不忍，而宋公戕一國君若犬豕然，而忍爲之，天下孰有不忍者耶？（『忍』『不忍』對勘。）

泓之役，身敗國衄，乃欲以不重傷、不禽二毛欺諸侯。人能紾其兄之臂以取食，而能忍饑於壺飧者，天下知其不情也。襄公能忍於鄫子，而不忍於重傷、二毛，此豈可謂其情也哉？桓文之師，存亡繼絶，猶不齒於仲尼之門，況用人於夷鬼以求霸，而謂王者之師，可乎？使鄫子有罪而討之，（無意不曲而到。）雖聲於諸侯而戮於社，天下不以爲過。若以喜怒興師，則秦穆公獲晉侯且猶釋之，而況敢用諸淫昏之鬼乎？

以愚觀之，宋襄公，王莽之流。（斷得確。）襄公以諸侯爲可以名得，王莽以天下爲可以文取也。其得喪小大不同，其不能欺天下則同也。其不鼓不成列，不能損襄公之虐；其抱孺子而泣，不能蓋王莽之篡。使莽無成，則宋襄公；使襄公之得志，亦一莽也。

古人有言：『圖王不成，其弊猶足以霸。』襄公行王者之師，猶足以當桓公之師，一戰之餘，救死扶傷不暇。此獨妄庸耳。齊桓、晉文得管仲、子犯而興，襄公有一子魚不能用，豈可同日而語哉？（又尋出一隙。）自古失道之君如是者多矣，死而論定，未有如宋襄公之欺於後世者也。

以用鄫子於次睢之社，爲不仁之案，見忍於大而不忍於小，無非於既敗之餘，欲盜仁人之名，以欺天下後世，而穀梁氏果爲其所欺也。得此論破之，快甚。後胡氏作傳，俱本此義。前此已有執滕子嬰齊，亦不仁之一，但未若用鄫子之甚耳。

范文子論

鄢陵之役，楚晨壓晉師而陣，諸將請從之。范文子獨不欲戰，晉卒敗楚，楚子傷目，子反殞命。

蘇子曰：料敵勢强弱，而知師之勝負，此將帥之能也。（欒、郤諸臣。）不求一時之功，愛君以德而全其宗嗣，此社稷之臣也。（范文子。）鄢陵之役，范文子獨不欲戰，晉卒敗楚。范文子疑若懦而無謀者矣，然不及一年，三郤誅，厲公弑，胥童死，欒書、中行偃幾不免於禍，晉國大亂。鄢陵之功，實使之然也。

有非常之人，然後有非常之功。（空際起論。）非常之功，聖人所甚懼也。明月之珠，夜光之璧，無因而至前，匹夫猶或按劍，而况非常之功乎？故聖人必自反曰：此天之所以厚於我乎，抑天之禍予也？故雖有大功而不忘戒懼。中常之主，鋭於立事，忽於天戒，日尋干戈，而殘民以逞。天欲全之，則必折其萌芽，挫其鋒芒，使知其所悔；（又憑空而起。）天欲亡之，則必先之以美利，誘之以得志，使之有功以驕士，玩於寇讎，而侮其民人，至於亡國殺身，而不悟者，天絶之也。

嗚呼！小民之家，一朝而獲千金，非有大福，必有大咎。何則？彼之所獲者，終日勤勞，不過數金耳。（反復喻言，最是蘇家所長。）所得者微，故所用狹。無故而得千金，豈不驕其志、喪其所守哉？由是言之，天下者得之艱難，則失之不易，得之既易，則失之亦然。漢高皇帝之得天下，親冒矢石，與秦、楚争，轉戰五年，未嘗得志。比定天下，復有平城之圍，故終其身不事遠略，民示不勞。繼之文、景，不言兵。唐太宗舉晉陽之師，破竇建德，虜王世充，所過者下，易於破竹。然天下始定，外攘四夷，伐高昌，破突厥，終其身師旅不解，幾至於亂者，以其親見取天下之易也。（又以後事反復徵引。）

故兵之勝負，足以爲國之强弱；而國之强弱，足以爲治亂之兆。蓋有勝而亡，有敗而興者矣。會稽之栖，而勾踐以伯；黄池之會，而夫差以亡。有以使之也。夫虢公敗戎於桑田，晉卜偃知其必亡，曰：『是天奪之鑒而益其疾也。』晉果滅虢。此范文子所以不得不諫。諫而不納，而又有功，敢逃其死哉？彼其不死，則厲公逞志，必先圖於范氏，趙盾之事可見矣。趙盾雖免於死，而不免於惡名，則范文子之智過於趙宣子遠矣。（厲公欲除三郤，未必欲除謙抑之文子。文子之祈死，爲國家，非爲一身也。特其行文甚佳。）

無故而有功，則必驕而致亂。此『外寧必有内憂』一言，足爲千古之龜鑒也。同一事而備論之，層層拓開，忽然收轉。作論須得此能放能收之法。

唐宋八家文讀本卷二十一

蘇軾子瞻著
後學沈德潛確士評點

屈到嗜芰論

屈到嗜芰，有疾，召其宗老而屬之，曰：『祭我必以芰。』及祥，宗老將薦芰，屈建命去之。君子曰：『不違而道。』（《國語》）唐柳宗元非之曰：『屈子以禮之末，忍絶其父將死之言。且《禮》有「齋之日，思其所樂，思其所嗜。」子木去芰，安得爲道？』

甚矣，柳子之陋也。子木，楚卿之賢者也，夫豈不知爲人子之道，事死如事生，况於將死丁寧之言，棄而不用，人情之所忍乎！是必有大不忍於此者而奪其情也。（所見者大。）夫死生之際，聖人嚴之。薨於路寢，不死於婦人之手，至於結冠纓、啓手足之末，不敢不勉。其於死生之變亦重矣。父子平日之言，可以恩掩義，至於死生至變之際，豈容以私害公乎？

曾子有疾，稱君子之所貴乎道者三。（三引俱切臨没。）孟僖子卒，使其子學禮於仲尼。管仲病，勸桓公去三豎。夫數君子之言，或主社稷，或勤於道德，或訓其子孫，雖所趣不同，然皆篤於大義，不私其躬也如是。今赫赫楚國，若敖氏之賢，聞於諸侯，身爲正卿，死不在民，而口腹是憂，其爲陋亦甚矣。（洗發『大不忍』意。此是正面，前後皆証襯也。）使子木行之，國人誦之，太史書之，天下後世不知夫子之賢，而唯陋是聞，子木其忍爲此乎？故曰：是必有大不忍者而奪其情也。

然《禮》之所謂『思其所樂，思其所嗜』，此言人子追思之道也。曾晳嗜羊棗，而曾子不忍食。父没而不能讀父之書，母没而不能執母之器，皆人子之情自然也，豈待父母之命耶？今薦芰之事，若出於子則可，自其父命，則爲陋耳，豈可以飲食之故，而成父莫大之陋乎！（其説甚圓。）

曾子寢疾，曾元難於易簀。曾子曰：『君子之愛人也以德，細人之愛人也以姑息。』若以柳子之言爲然，是曾元爲孝子，而曾子顧禮之末，易簀於病革之中，爲不仁之甚也。

中行偃死，視不可含，范宣子盟而撫之曰：『事吴敢不如事主！』猶視。欒懷子曰：『主苟終，所不嗣事於齊者，有如河。』乃瞑。嗚呼，范宣子知事吴爲忠於主，而不知報齊以成夫子憂國之美，其爲忠則大矣。

古人以愛惡比之美疢藥石，曰：『石猶生我，疢之美者，其毒滋多。』由是觀之，柳子之愛屈到，是疢之美；子木之違父命，藥石也哉。（收得足。得此四語，文律乃不散漫。）

柳子主情，蘇子主義，義在而情爲之屈，非漫然翻駁也。根據經史，實實還出『大不忍』處，是能從高處着跟脚、放眼界者。

柳子《非國語》書第六十二條，自言此明大中之道，後世有詬予者，無憾焉。自謂立論不頗，而蘇子已尋其隙而攻之矣。甚矣，立言之難也。明代胡思泉，又作論非蘇氏，此不足存。

論商鞅

商鞅用於秦，變法定令，行之十年，秦民大悅。道不拾遺，山無盜賊，家給人足，民勇於公戰，怯於私鬭。秦人富强，天子致胙於孝公，諸侯畢賀。

蘇子曰：此皆戰國之遊士，邪説詭論，而司馬遷闇於大道，取以爲史。吾嘗以爲遷有大罪二，其先黄老，後六經，退處士，進姦雄，盖其小小者耳。所謂大罪二，則論商鞅、桑弘羊之功也。自漢以來，學者耻言商鞅、弘羊，而世主獨甘心焉，皆陽諱其名，而陰用其實，甚者則名實皆宗之，庶幾其成功，此司馬遷之罪也。

秦固天下之强國，而孝公亦有志之君也，修其政刑十年，不爲聲色畋遊之所敗，雖微商鞅，有不富强乎！秦之所以富强者，孝公敦本力穡之效，非鞅流血刻骨之功也。（以秦之富强，歸本孝公，此論尤見本原。）而秦之所以見疾於民，如豺虎毒藥，一夫作難，而子孫無遺種，則鞅實使之。至於桑弘羊，斗筲之才，穿窬之智，無足言者。而遷之言曰：『不加賦而上用足。』善乎，司馬光之言也，曰：『天下安有此理？天地所生財貨百物，止有此數，不在民則在官。譬如雨澤，夏澇而秋旱。不加賦而上用足，不過設法陰奪民利，其害甚於加賦也。』（正論，亦快論。）二子之名在天下，如蛆蠅糞穢也，言之則污口舌，書之則污簡牘。二子之術，用於世者，滅國殘民，覆族亡軀者，相踵也。而世主獨甘心焉，何哉？樂其言之便己也。

夫堯、舜、禹、湯，世主之父師也；諫臣弼士，世主之藥石也；恭敬慈儉，勤勞憂畏，世主之繩約也。今使世主日臨父師而親藥石，履繩約，非其所樂也，故爲商鞅、弘羊之術者，必先鄙堯笑舜，而陋禹也，（以先王爲不足法。）曰：所謂賢主者，專以天下適己而已。此世主所以人人甘心而不悟也。

世有食鍾乳、烏喙而縱酒色以求長年者，蓋始於何晏。晏少而富貴，故服寒食散以濟其欲，無足怪者。彼之所爲，足以殺身滅族者日相繼也，得死於寒食散，豈不幸哉，而吾獨何爲效之？世之服寒食散，疽背嘔血者相踵也，用商鞅、桑弘羊之術，破國亡宗者皆是也，然而終不悟者，樂其言之美便，而忘其禍之慘烈也。

篇中議論，全爲安石而發。至引司馬君實之言，即以攻安石者爲証佐矣。筆鋒犀利，是公本色。

大概論商鞅者，謂功在霸秦，罪在兼併。公以秦之富强，歸本於孝公之敦本力穡；而秦之不旋踵而亡，全繇於鞅之剥骨流血。則鞅之流毒，有同於猛獸蠆螫者矣。此真拔本塞源之論。

荀卿論

嘗讀《孔子世家》，（大主腦。）觀其言語文章，循循莫不有規矩，不敢放言高論，（與高談異論對照。）言必稱先王，然後知聖人憂天下之深也。（注射李斯。）茫乎不知其畔岸，而非遠也；浩乎不知其津涯，而非深也。其所言者，匹夫匹婦之所共知；而所行者，聖人有所不能盡也。嗚呼！是亦足矣。使後世有能盡吾說者，雖爲聖人無難，而不能者，不失爲寡過而已矣。

子路之勇，子貢之辯，冉有之智，（拓法。）此三者，皆天下之所謂難能而可貴者也。然三子者，每不爲夫子之所悦。顔淵默然不見其所能，若無以異於衆人者，而夫子亟稱之。且夫學聖人者，（再拓。）豈必其言之云爾哉？亦觀其意之所向而已。夫子以爲後世必有不足行其説者矣，必有竊其説而爲不義者矣，（透發憂天下之深意。）是故其言平易正直，而不敢爲非常可喜之論，要在於不可易也。

昔者常怪李斯事荀卿，（儲云：翻從李斯説入，是酷吏手。）既而焚滅其書，大變古先聖王之法，於其師之道，不啻若寇讎。及今觀荀卿之書，（歸獄。）然後知李斯之所以事秦者，皆出於荀卿，而不足怪也。

荀卿者，喜爲異説而不讓、敢爲高論而不顧者也。其言，愚人之所驚、小人之所喜也。於思、孟軻，世之所謂賢人君子也。荀卿獨曰：『亂天下者，子思、孟軻也。』（實徵異說。）天下之人，如此其衆也；仁人義士，如此其多也。荀卿獨曰：『人性惡。桀、紂，性也；堯、舜，僞也。』由是觀之，意其爲人，必也剛愎不遜，而自許太過。彼李斯者，又特甚者耳。（儲云：先鞫荀卿，接入李斯。）

今夫小人之爲不善，（開。）猶必有所顧忌。是以夏、商之亡，桀、紂之殘暴，而先王之法度、禮樂、刑政，猶未至於絶滅而不可考者，是桀、紂猶有所存而不敢盡廢也。彼李斯者，獨能奮而不顧，焚燒夫子之六經，烹滅三代之諸侯，破壞周公之井田，（井田不始周公，破壞井田者商鞅，非李斯也。）此亦必有所恃者矣。（儲云：次鞫李斯，歸獄荀卿。）彼見其師歷詆天下之賢人，自是其愚，以爲古先聖王皆無足法者。不知荀卿特以快一時之論，而不知其禍之至於此也。

其父殺人報仇，其子必且行劫。（喻簡而明。）荀卿明王道，述禮樂，而李斯以其學亂天下，其高談異論有以激之也。（結斷。）孔、孟之論，未嘗異也，而天下卒無有及者。苟天下果無有及者，則尚安以求異爲哉！（仍以『聖言不求異』爲掉尾。）

儲同人云：太史公作孟、荀合傳，而韓文公上下千古，亦以荀卿爲聖人之徒，與孟並稱。是長公以前，荀氏業有定論。相沿數千百年，忽欲翻案，豈易措手。却得李斯亂天下一節壓倒他，分勘合勘，總之歸罪於荀。當是長公極得意文字。

以孔子反影荀卿，以李斯之惡歸獄荀卿，一出一入，鋭不可當。通篇本孟子『生於其心，害於政事』之説，此論出，而後人不敢復推荀卿矣。文人之筆，重於丘山如此。

韓非論

聖人之所爲惡夫異端，盡力而排之者，非異端之能亂天下，而天下之亂所由出也。昔周之衰，有老聃、莊周、列禦寇之徒，更爲虚無淡泊之言，而治其猖狂浮游之説，紛紜顛倒，而卒歸於無有。由其道者，蕩然莫得其當，是以忘乎富貴之樂，而齊乎死生之分。此不得志於天下、高世遠舉之人，所以放心而無憂。雖非聖人之道，而其用意，固亦無惡於天下。（欲擒先縱。）自老聃之死百餘年，有商鞅、韓非著書，言治天下無若刑名之賢。及秦用之，終於勝、廣之亂，教化不足而法有餘，秦以不祀而天下被其毒。後世之學者，知申、韓之罪，而不知老聃、莊周之使然。

何者？仁義之道，起於夫婦、父子、兄弟相愛之間；而禮法刑政之原，出於君臣上下相忌之際。（黜異端，先尊聖道，即《荀卿論》中提出孔子意。此文家建瓴水勢也。）相愛則有所不忍，相忌則有所不敢。不敢與不忍之心合，而後聖人之道得存乎其中。今老聃、莊周論君臣、父子之間，泛泛乎若萍游於江湖而適相值也。夫是以父不足愛，而君不足忌。不忌其君，不愛其父，則仁不足以懷，義不足以勸，禮樂不足以化。此四者皆不足用，而欲置天下於無有。（頓住。）夫無有，豈誠足以治天下哉？商鞅、韓非求爲其説而不得，得其所以輕天下而齊萬物之術，是以敢爲殘忍而無疑。

今夫不忍殺人而不足以爲仁，（老莊之旨。）而仁亦不足以治民，（此才透其所以然。筆如健兒斫陣。）則是殺人不足以爲不仁，而不仁亦不足以亂天下。（申韓之意。）如此，則舉天下唯吾之所爲，刀鋸斧鉞，何施而不可？昔者夫子未嘗一日易其言，雖天下之小物，亦莫不有所畏。今其視天下，眇然若不足爲者，此其所以輕殺人歟！

太史遷曰：『申子卑卑，施於名實。韓子引繩墨，切事情，明是非，其極慘礉少恩，皆原於《道德》之意。』（搜出脚跟。）嘗讀而思之，事固有不相謀而相感者。莊、老之後，其禍爲申、韓，由三代之衰至於今，凡所以亂聖人之道者，其弊固已多矣，而未知其所終，奈何其不爲之所也。（結出題外。）

胡敬齋云：言非之慘刻，由老莊以虛無輕天下，亦本太史公原《道德》之意而發。與李斯禍由荀卿，同一公案。

申、韓原於《道德》，太史公發其端，而此特暢言之，見一意虛無，則不知有君父，不知有君父，則仁義禮樂皆不足用，而天下遂無不可殺之人，此刑名之禍所由熾也。筆鋒之利，直欲洞胸徹扎。

論養士

春秋之末，至於戰國，諸侯卿相皆争養士。自謀夫説客、談天雕龍、堅白同異之流，下至擊劍扛鼎、鷄鳴狗盗之徒，莫不賓禮。靡衣玉食以館於上者，何可勝數。越王勾踐，有君子六千人；魏無忌、齊田文、趙勝、黄歇、吕不韋，皆有客三千人。而田文招致任俠姦人六萬家於薛；齊稷下談者亦千人；魏文侯、燕昭王、太子丹，皆致客無數。下至秦、漢之間，張耳，陳餘號多士，賓客厮養，皆天下豪傑；而田横亦有士五百人。其略見於傳記者如此。度其餘，當倍官吏而半農夫也。此皆姦民蠹國者，民何以支，而國何以堪乎？

蘇子曰：此先王之所不能免也。國之有姦也，猶鳥獸之有猛鷙、昆蟲之有毒螫也。區處條理，使各安其處，則有之矣；鋤而盡去之，則無是道也。吾考之世變，知六國之所以久存，而秦之所以速亡者，（提。）盖出於此，不可以不察也。

夫智、勇、辯、力，此四者皆天民之秀傑也，類不能惡衣食以養人，皆役人以自養者也。故先王分天下之富貴，與此四者共之。此四者不失職，則民靖矣。四者雖異，先王因俗設法，使出於一：三代以上，出於學；戰國至秦，出於客；漢以後，出於郡縣吏；魏、晉以來，出於九品中正；隋、唐至今，出於科舉。雖不盡然，取其多者論之。（歷代皆區處條理，各安其所。）

六國之君，虐用其民，不減始皇、二世，然當是時，百姓無一人叛者，以凡民之秀傑者多以客養之，不失職也。其力耕以奉上，皆椎魯無能爲者，雖欲怨叛，而莫爲之先，此其所以少安而不即亡也。

始皇初欲逐客，用李斯之言而止；既并天下，則以客爲無用，於是任法而不任人，謂民可以恃法而治，謂吏不必才取，能守吾法而已，故墮名城，殺豪傑。民之秀異者散而歸田畝，向之食於四公子、吕不韋之徒者，皆安歸哉？不知其能槁項黄馘而老死於布褐乎？（意極危悚，却以宕折之筆行之。）抑將輟耕太息以俟時也？秦之亂，雖成於二世，然使始皇知畏此四人者，有以處之，使不失職，秦之亡，不至若是速也。縱百萬虎狼於山林而飢渴之，不知其將噬人。（讀去悚然。）世以始皇爲智，吾不信也。

楚、漢之禍，生民盡矣，豪傑宜無幾，而代相陳豨，從車千乘，蕭、曹爲政，莫之禁也。至文、景、武之世，法令至密，然吴王濞、淮南、梁王、魏其、武安之流，皆争致賓客，世主不問也。豈懲秦之禍，以爲爵禄不能盡縻天下士，故少寬之，使得或出於此也邪？若夫先王之政則不然，曰：『君子學道則愛人，小人學道則易使也。』（即三代以上出於學，抽出作結，歸於正大。）嗚呼，此豈秦、漢之所及也哉！

智、勇、辯、力四者，處之得其所，則爲天下用；失其所，則爲天下患。分富貴與共之，俾得自奮於功名之途，亂萌無自啓也。末路撇開養士，結出先王治天下之大道，眼孔尤高。

唐末之黄巢，以不第而亂；明末之牛金星，以斥革鄉舉而歸闖賊，皆處之不得其所也。柄國者，尚加之意焉。

論始皇漢宣

秦始皇帝時，趙高有罪，蒙毅按之當死，始皇赦而用之。長子扶蘇好直諫，上怒，使北監蒙恬兵於上郡。始皇東遊會稽，並海走琅琊，少子胡亥、李斯、蒙毅、趙高從。道病，使蒙毅還禱山川，未及還，上崩。李斯、趙高矯詔，立胡亥，殺扶蘇、蒙恬、蒙毅，卒以亡秦。

蘇子曰：始皇制天下輕重之勢，使內外相形以禁姦備亂者，可謂密矣。蒙恬將三十萬人，威振北方，扶蘇監其軍，而蒙毅侍帷幄爲謀臣，雖有大姦賊，敢睥睨其間哉？不幸道病，禱祠山川尚有人也，而遣蒙毅，故高、斯得成其謀。始皇之遺毅，毅見始皇病、太子未立而去左右，皆不可以言智。雖然，天之亡人國，其禍敗必出於智所不及。聖人爲天下，不恃智以防亂，恃吾無致亂之道耳。始皇致亂之道，在用趙高。（出此句，如高山墜危石。）夫閹尹之禍，如毒藥猛獸，未有不裂肝碎首者也。自書契以來，惟東漢呂强、後唐張承業二人號稱善良，豈可望一二於千萬，以致必亡之禍哉？然世主皆甘心而不悔，如漢桓、靈，唐肅、代，猶不足深怪，始皇、漢宣皆英主，（搭入漢宣。）亦湛於趙高、恭、顯之禍。彼自以爲聰明人傑也，奴僕熏腐之餘何能爲，及其亡國亂朝，乃與庸主不異。吾故表而出之，以戒後世人主如始皇、漢宣者。（章法。）

或曰：李斯佐始皇定天下，不可謂不智。（又翻出一意。）扶蘇親始皇子，秦人戴之久矣，陳勝假其名，猶足以亂天下，而蒙恬持重兵在外，使二人不即受誅，而復請之，則斯、高無遺類矣。以斯之智而不慮此，何哉？

蘇子曰：嗚呼！秦之失道，有自來矣，豈獨始皇之罪？自商鞅變法，（禍根。）以殊死爲經典，以參夷爲常法，人臣狼顧脅息，以得死爲幸，何暇復請！方其法之行也，求無不獲，禁無不止，鞅自以爲軼堯、舜而駕湯、武矣；及其出亡而無所舍，然後知爲法之弊。夫豈獨鞅悔之，秦亦悔之矣。荆軻之變，持兵者熟視始皇環柱而走，莫之救者，以秦法重故也。李斯之立胡亥，不復忌二人者，知威令之素行，而臣子不敢復請也。二人之不敢請，亦知始皇之鷙悍而不可回也，豈料其僞也哉？（束。）周公曰：『平易近民，民必歸之。』孔子曰：『有一言而可以終身行之，其恕矣乎？』夫以忠恕爲心，而以平易爲政，則上易知而下易達，雖有賣國之姦，無所投其隙，倉卒之變，無自發焉。然其令行禁止，蓋有不及商鞅者矣，而聖人終不以彼易此。商鞅立信於徙木，立威於棄灰，刑其親戚師傅，積威信之極以及始皇，秦人視其君如雷電鬼神，不可測也。古者公族有罪，三宥，然後制刑。今至使人矯殺其太子而不忌，太子亦不敢請，則威信之過也。（又一束。）

故夫以法毒天下者，未有不反中其身及其子孫者也。漢武與始皇，（搭入漢武。）皆果于殺者也，故其子如扶蘇之仁，則寧死而不請；如戾太子之悍，則寧反而不訴。知訴之而不察也，戾太子豈欲反者哉？計出於無聊也。故爲二君之子者，有死與反而已。李斯之智，蓋足以知扶蘇之必不反也。吾又表而出之，以戒後世人主之果於殺者。

文作兩大段。看前一段，説秦之亂在用趙高；後一段，説扶蘇、蒙恬之不敢請，在於商鞅變法後之積威。前一段中搭入漢宣，後一段中搭入漢武，而兩大段只是一事，仍只作一片看去。《志林》十三首，皆南海作，爲公極得意文字，幾於天雨粟、鬼夜哭。

論范增

漢用陳平計，間疏楚君臣。項羽疑范增與漢有私，稍奪其權。增大怒曰：『天下事大定矣，君王自爲之，願賜骸骨歸卒伍！』歸，未至彭城，疽發背死。

蘇子曰：增之去，善矣；不去，羽必殺增。獨恨其不蚤耳。然則當以何事去？增勸羽殺沛公，羽不聽，終以此失天下，當於此去耶？曰：否。增之欲殺沛公，人臣之分也；羽之不殺，猶有人君之度也，增曷爲以此去哉？《易》曰：『知幾，其神乎！』《詩》曰：『相彼雨雪，先集維霰。』增之去，當於羽殺卿子冠軍時也。（一語作論之主。）

陳涉之得民也，以項燕、扶蘇。項氏之興也，以立楚懷王孫心；而諸侯叛之也，以弑義帝。

且義帝之立，增爲謀主矣，義帝之存亡，豈獨爲楚之盛衰，亦增之所與同禍福也，未有義帝亡而增獨能久存者也。（反復以明當去於殺卿子冠軍時。筆筆有鋒，妙於反説。）

羽之殺卿子冠軍也，是弑義帝之兆也。其弑義帝，則疑增之本心也，豈必待陳平哉！（亦不用正説。）物必先腐也而後蟲生之，人必先疑也而後讒入之，陳平雖智，安能間無疑之主哉？

吾嘗論義帝，天下之賢主也，獨遣沛公入關，而不遣項羽，識卿子冠軍於稠人之中，而擢以爲上將，不賢而能如是乎？（此未爲義帝之賢，以宋義實庸人也。）羽既矯殺卿子冠軍，義帝必不能堪，非羽弑帝則帝殺羽，（配筆。）不待智者而後知也。增始勸項梁立義帝，諸侯以此服從；中道而弑之，非增之意也。夫豈獨非其意，將必力争而不聽也。（想當然語。）不用其言，而殺其所立，羽之疑增，必自是始矣。

方羽殺卿子冠軍，增與羽比肩而事義帝，君臣之分未定也。爲增計者，力能誅羽則誅之，（配筆。）不能則去之，豈不毅然大丈夫也哉？增年已七十，合則留，不合則去，不以此時明去就之分，而欲依羽以成功名，（斷得倒。）陋矣。雖然，增，高帝之所畏也；增不去，項羽不亡。嗚呼，增亦人傑也哉！

去於弑義帝時，是正論，此又翻進一層。用筆步步剸入，如短兵相接，所謂『十步殺一人，千里不留行』也。

其弑義帝，則疑增之本也，下若云『此陳平之間所以入也』，便是庸筆。讀此可悟敏鈍之别。

留侯論

古之所謂豪傑之士者，必有過人之節、人情有所不能忍者。匹夫見辱，拔劍而起，挺身而鬬，此不足爲勇也。天下有大勇者，卒然臨之而不驚，無故加之而不怒，此其所挾持者甚大，而其志甚遠也。（籠冒通篇，猶制義中小講體。）

夫子房受書於圯上之老人也，其事甚怪，然亦安知其非秦之世有隱君子者出而試之？（太史公含意未申者，公一眼窺破，是真能讀書人。）觀其所以微見其意者，皆聖賢相與警戒之義，而世不察，以爲鬼物，亦已過矣。

且其意不在書。（撇開一筆，生出正論。）當韓之亡、秦之方盛也，以刀鋸鼎鑊待天下之士，其平居無罪夷滅者，不可勝數，雖有賁、育，無所獲施。夫持法太急者，其鋒不可犯，而其勢未可乘。子房不忍忿忿之心，以匹夫之力，而逞於一擊之間。（不能忍。）當此之時，子房之不死者，其間不能容髮，蓋亦已危矣。千金之子，不死於盜賊。何者？其身之可愛，而盜賊之不足以死也。（暢說。）子房以蓋世之才，不爲伊尹、太公之謀，而特出於荆軻、聶政之計，以僥幸於不死，此圯上之老人所爲深惜者也。是故倨傲鮮腆而深折之，（教以能忍。）彼其能有所忍也，然後可以就大事。故曰：『孺子可教也。』（用老人語收住。）

楚莊王伐鄭，鄭伯肉袒牽羊以迎。莊王曰：『其君能下人，必能信用其民矣。』遂舍之。勾踐之困於會稽而歸臣妾於吴者，三年而不倦。（兩徵引，是緩受法。）且夫有報人之志而不能下人者，是匹夫之剛也。

夫老人者，以爲子房才有餘，而憂其度量之不足，故深折其少年剛鋭之氣，使之忍小忿而就大謀。何則？非有平生之素，卒然相遇於草野之間，而命以僕妾之役，油然而不怪者，此固秦皇之所不能驚，而項籍之所不能怒也。（結上。）

觀夫高帝之所以勝而項籍之所以敗者，在能忍與不能忍之間而已矣。（此推言之。）項籍惟不能忍，是以百戰百勝而輕用其鋒；高祖忍之，養其全鋒而待其弊，此子房教之也。（一語鎖住。）當淮陰破齊而欲自王，高祖發怒，見於辭色。由此觀之，猶有剛强不忍之氣，非子房其誰全之？（餘波。）

太史公疑子房以爲魁梧奇偉，而其狀貌乃如婦人女子，不稱其志氣。嗚呼，此其所以爲子房歟！

太白於博浪沙擊秦，許以智勇，此又翻出子房之不能忍，而老人教以能忍，議論正大。『且其意不在書』一語，空際掀翻，如海上潮來，銀山蹴起。

老人教子房以能忍，是正義；子房又教高祖能忍，是餘意。作文必如此推論。

賈誼論

非才之難，所以自用者實難。惜乎，賈生，王者之佐，而不能自用其才也。（是一篇斷制。）

夫君子之所取者遠，則必有所待；所就者大，則必有所忍。古之賢人，皆有可致之才，而卒不能行其萬一者，未必皆其時君之罪，或者其自取也。

愚觀賈生之論，如其所言，雖三代何以遠過？得君如漢文，猶且以不用死，然則是天下無堯舜，終不可以有所爲耶？

仲尼聖人，歷試於天下，苟非大無道之國，皆欲勉强扶持，庶幾一日得行其道。將之荆，先之以子夏，申之以冉有，君子之欲得其君，如此其勤也。孟子去齊，三宿而後出晝，猶曰『王其庶幾召我』，君子之不忍棄其君，如此其厚也。公孫丑問曰：『夫子何爲不豫？』（本充虞之問。偶然失檢。）孟子曰：『方今天下，舍我其誰哉，而吾何爲不豫？』君子之愛其身，如此其至也。夫如此而不用，然後知天下之果不足與有爲，而可以無憾矣。

若賈生者，非漢文之不用生，生之不能用漢文也。（『用』字是蘇氏作用，終嫌語病。）

夫絳侯親握天子璽，而授之文帝，灌嬰連兵數十萬以決劉、吕之雌雄，又皆高帝之舊將，此其君臣相得之分，豈特父子骨肉手足哉？

賈生，洛陽之少年，欲使其一朝之間，盡棄其舊而謀其新，亦已難矣。爲賈生者，上得其君，下得其大臣，如絳、灌之屬，優遊浸漬而深交之，使天子不疑，大臣不忌，（代處自用之道。）然後舉天下而惟吾之所欲爲，不過十年，可以得志。（談何容易。子瞻不能得志於神宗之朝與哲宗初年，可以知賈生矣。）安有立談之間，而遽爲人痛哭哉？（不能有所待之實。）觀其過湘，爲賦以弔屈原，悲鬱憤悶，趯然有遠舉之志。其後卒以自傷哭泣，至於夭絶，是亦不善處窮者也。夫謀之一不見用，安知終不復用也？不知默默以待其變，而自殘至此。（不能有所忍之實。）嗚呼，賈生志大而量小，才有餘而識不足也。（二語斷得定。）

古之人有高世之才，必有遺俗之累，是故非聰明睿哲不惑之主，（着意在君一邊。）則不能全其用。古今稱苻堅得王猛於草莽之中，一朝盡斥去其舊臣，而與之謀。彼其匹夫，略有天下之半，其以此哉？愚深悲賈生之志，故備論之。亦使人君得如賈生之臣，（補得周密。）則知其有狷介之操，一不見用，則憂傷病沮，不能復振；而爲賈生者，亦愼其所發哉。（運掉有力。）

中間實還出用漢文處，是蘇氏經緯。責備中，語語惋惜，筆力高絶。

讀此文，須知言外有漢文負生之意。

鼂錯論

天下之患最不可爲者，名爲治平無事，而其實有不測之憂，坐觀其變，而不爲之所，則恐至於不可救。起而强爲之，則天下狃於治平之安，而不吾信。唯仁人君子豪傑之士，爲能出身，爲天下犯大難，以求成大功。此固非勉强期月之間，而苟以求名者之所能也。（儲云：冒頭冒盡一篇文字，是論中一格。此更冒頭詳於文矣。如『坐觀其變』云云，此處既詳，文中更不道及。）天下治平，無故而發大難之端，吾發之，吾能收之，然後能免難於天下。（應是『免患』。）事至而循循焉欲去之，使他人任其責，則天下之禍，必集於我。昔者鼂錯盡忠爲漢，謀弱山東之諸侯，諸侯並起，以誅錯爲名，而天子不察，以錯爲之説。天下悲錯之以忠而受禍，而不知錯之有以取之也。（虚含『天子自將，而己居寧』。）

古之立大事者，不唯有超世之才，亦必有堅忍不拔之志。昔禹之治水，鑿龍門，決大河而放之海。方其功之未成也，蓋亦有潰冒衝突可畏之患，惟能前知其當然，事至不懼，而徐爲之所，是以得至於成功。夫以七國之强而驟削之，其爲變豈足怪哉！錯不於此時捐其身，爲天下當大難之衝，而制吴楚之命，乃爲自全之計，欲使天子自將，而己居守。（所謂自取。）

且夫發七國之難者，誰乎？己欲求其名，安所逃其患？以自將之至危與居守之至安，己爲難首，擇其至安而遺天子以其至危，此忠臣義士所以憤惋而不平者也。當此之時，雖無袁盎，錯亦不免於禍。（即『豈必待陳平哉』筆法。）何者？己欲居守而使人主自將，以情而言，天子固已難之矣，而重違其議，是以袁盎之説得行於其間。使吴、楚反，錯以身任其危，日夜淬礪，東向而待之，使不至於累其君，則天子將恃之，以爲無恐，雖有百盎，可得而間哉？（即『陳平雖智，安能間無疑之主哉』筆法。）

嗟夫！世之君子，欲求非常之功，則無務爲自全之計。使錯自將而擊吴楚，未必無功。唯其欲自固其身，而天子不悦，姦臣得以乘其隙。錯之所以自全者，乃其所以自禍歟！

斷錯失策處，眼光如炬。然錯之所以得禍者，在憎之者多；而衆之隨意憎錯者，由輔導太子時，純以刑名法術之學，而不歸於正也。蓋刑名之學，本於商鞅，古來未有能全其身者。此根本有未善處，不可不知。

唐宋八家文讀本卷二十二

蘇軾子瞻著
後學沈德潛確士評點

策略一 共五篇，今存三。

天下治亂，皆有常勢。是以天下雖亂，而聖人以爲無難者，其應之有術也。水旱盜賊，人民流離，是安之而已也；亂臣割據，四分五裂，是伐之而已也；權臣專制，擅作威福，是誅之而已也；四夷交侵，邊鄙不寧，是攘之而已也。凡此數者，其於害民蠹國爲不少矣，然其所以爲害者有狀，是故其所以救之者有方也。

天下之患，莫大於不知其然而然。不知其然而然者，是拱手而待亂也。國家無大兵革，幾百年矣。（仁宗時。）天下有治平之名，而無治平之實，有可憂之勢，而無可憂之形，此其有未測者也。

方今天下，非有水旱、盜賊、人民流離之禍，而咨嗟怨憤，常若不安其生。非有亂臣割據，四分五裂之憂，而休養生息，常若不足於用。非有權臣專制，擅作威福之弊，而上下不交，君臣不親。非有四夷交侵、邊鄙不寧之災，而中國皇皇，常有外憂。此臣所以大惑也。（寫出刑政寬弛之弊，即用前四項形出。）

今夫醫之治病，切脈觀色，聽其聲音，而知病之所由起，曰此寒也，此熱也，或曰此寒熱之相搏也，及其他，無不可爲者。今且有人恍然而不樂，問其所苦，且不能自言，則其受病有深而不可測者矣。（借病人以達不知其然而然之狀。）其言語飲食、起居動作，固無以異於常人，此庸醫之所以爲無足憂，而扁鵲、倉公之所以望而驚也。其病之所由起者深，則其所以治之者，固非魯莽因循苟且之所能去也。而天下之士，方且掇拾三代之遺文，補葺漢、唐之故事，以爲區區之論，可以濟世，不已疏乎！（即從治病拖起治法，化去正喻之痕。）

方今之勢，苟不能滌蕩振刷而卓然有所立，未見其可也。（一篇正意。）臣嘗觀西漢之衰，其君皆非有暴鷙淫虐之行，特以怠惰弛廢，溺於宴安，畏期月之勞，而忘千載之患，是以日趨於亡而不自知也。（借漢規宋。）夫君者，天也。仲尼贊《易》，稱天之德曰『天行健，君子以自强不息』。由此觀之，天之所以剛健而不屈者，以其動而不息也。惟其動而不息，是以萬物雜然，各得其職，而不亂，其光爲日月，其文爲星辰，其威爲雷霆，其澤爲雨露，皆生於動者也。（前借病以御無形之患，此借天行以示振刷有立。）使天而不知動，則其塊然者將腐壞而不能自持，况能以御萬物哉！苟天子一日赫然奮其剛明之威，使天下明知人主欲有所立，則智者願效其謀，勇者樂致其死，縱横顛倒無所施而不可。（收局整而勁。）苟人主不先自斷於中，群臣雖有伊吕稷契，無如之何。故臣特以人主自斷而欲有所立爲先，而後論所以爲立之要云。（引起後篇。）

儲同人云：宋立國本弱，而仁宗在位，蒙業養安，將有優柔不振之弊。此篇説當時國勢處，字字切中，可與賈生策『治安』比肩。

宋之受弊，由於頹墮，至南渡後尤甚，而仁宗朝其先徵也。痛切言之。先言其病，後救以方，比於長沙痛哭。

公於仁宗朝，勉其勵精圖治；及上書神宗，又勸其法祖養安。時勢不同，立言亦異也。

策略四

天子與執政之大臣，既已相得而無疑，可以盡其所懷，直己而行道。則夫當今之所宜先者，莫如破庸人之論，以開功名之門，而後天下可爲也。（開頭揭破大旨，以下發明。）

夫治天下，譬如治水，方其奔衝潰決，騰涌漂蕩，而不可禁止也，雖欲盡人力之所至，以求殺其尺寸之勢，而不可得；及其既衰且退也，駸駸乎若不足以終日。故夫善治水者，不惟有難殺之憂，而又有易衰之患。導之有方，決之有漸，疏其故而納其新，使不至於壅閼腐敗而無用。嗟夫！人知江河之有水患也，而以爲沼沚之可以無憂，是烏知舟楫灌溉之利哉？（影下『借中庸以苟安』。）

夫天下之未平，英雄豪杰之士，務以其所長，角奔而争利，惟恐天下一日無事也，是以人人各盡其材。雖不肖者，亦自淬厲，而不至於怠廢。故其勇者相吞，智者相賊，使天下不安其生。（對『水之難殺』言。）爲天下者，知夫大亂之本，起於智勇之士争利而無厭，是故天下既平，則削去其具，抑遠天下剛健好名之士，而奬用柔懦謹畏之人。（亦影下『好言中庸之人。』）不過數十年，天下靡然，無復往時之喜事也。於是，能者不自憤發，而無以見其能；不能者，益以弛廢而無用。（對『水之易衰』言。）當是之時，人君欲有所爲，而左右前後皆無足使者，是以綱紀日壞而不自知。此其爲患，豈特英雄豪傑之士趑趄而已哉。

聖人則不然。當其久安於逸樂也，則以術起之，使天下之心翹翹然常喜於爲善，是故能安而不衰。（轉出開功名之門。）且夫人君之所恃以爲天下者，天下皆爲，而已不爲。（又起一峰。）夫使天下皆爲而已不爲者，開其利害之端，而辨其榮辱之等，使之踴躍奔走，皆爲我役而不知，夫是以坐而收其功也。如使天下皆欲不爲而得，則天子誰與共天下哉？今者治平之日久矣，天下之患，正在此也。臣故曰：破庸人之論，開功名之門，而後天下可爲也。

今夫庸人之論有二：其上之人務爲寬深不測之量，而下之士好言中庸之道。此二者，皆庸人相與議論，舉先賢之言，而獵取其近似者，以自解説其無能而已矣。

夫寬深不測之量，古人所以臨大事而不亂，有以鎮世俗之躁，蓋非以隔絶上下之情，養尊而自安也。譬之則勸，非之則沮，聞善則喜，見惡則怒，此三代聖人之所共也。而後之君子，必曰譬之不勸，非之不沮，聞善不喜，見惡不怒，斯以爲不測之量，不已過乎！（下好爲中庸，由上之務爲寬深不測，不必劃分兩層。）夫有勸有沮，有喜有怒，然後有間而可入。有間而可入，然後智者得爲之謀，才者得爲之用。後之君子，務爲無間，天下誰能入之？

古之所謂中庸者，盡萬物之理而不過，故亦曰皇極。夫極，盡也。後之所謂中庸者，循循焉爲衆人之所能爲，斯以爲中庸矣，此孔子、孟子之謂鄉原也。（此胡廣所謂中庸，非圣賢之中庸也。）一鄉皆稱原人焉，無所往而不爲原人。同乎流俗，合乎污世，曰：古之人何爲踽踽涼涼，生斯世也，爲斯世也，善斯可矣。謂其近於中庸而非，故曰『德之賊也』。孔子、孟子惡鄉原之賊夫德也，欲得狂者而見之；狂者又不可得見，欲得狷者而見之，曰：『狂者進取，狷者有所不爲也。』今日之患，惟不取於狂者、狷者，皆取於鄉原，是以若此靡靡不立也。孔子，子思之所從受中庸者也；孟子，子思之所授以中庸者也：然皆欲得狂者、狷者而與之。然則淬勵天下而作其怠惰，莫如狂者、狷者之賢也。臣故曰：破庸人之論，開功名之門，而後天下可爲也。

狂狷，即所謂智勇之士也。聖人以術激發之，使之踴躍奔赴，而坐收其功。正如病痿者，必振發其精神，然後可以有爲也。前伏後應，一氣相生，文之最嚴紀律者。

破庸人之論，正以開功名之門，雖分兩層，實是一意。

策略五

臣聞天子者，以其一身寄之乎巍巍之上，以其一心運之乎茫茫之中。安而爲太山，危而爲累卵，其間不容毫釐。（蒼蒼莽莽而來。）是故古之聖人，不恃其有可畏之資，而恃其有可愛之實；不恃其有不可拔之勢，而恃其有不忍叛之心。何則？其所居者，天下之至危也，天子恃公卿以有其天下，公卿大夫士，以至於民，轉相屬也，以有其富貴。苟不得其心，而欲羈之以區區之名，控之以不足恃之勢者，其平居無事，猶有以相制。一旦有急，是皆行道之人，掉臂而去，尚安得而用之？

古之失天下者，皆非一日之過。其君臣之權，去已久矣，適會其變，是以一散而不可復收。方其未也，（指平居言。）天子甚尊，大夫士甚賤，奔走萬里，無敢後先，儼然南面以臨其臣，曰：天何言哉！百官俯首就位，斂足而退，兢兢惟恐有罪，群臣相率爲苟安之計。賢者既無所施其才，而愚者亦有所容其不肖，舉天下之事，聽其自爲而已。及乎事出於非常，（指有事言。）變起於不測，視天下莫與同其患，雖欲分國以與人，（危悚。）而且不及矣。秦二世、唐德宗，蓋用此術以至於顛沛而不悟，豈不悲哉！

天下者，器也；天子者，有此器者也。器久不用，而置諸篋笥，則器與人不相習，是以扞格而難操。（隱喻上下之情不通。）良工者，使手習知其器，而器亦習知其手，手與器相信而不相疑，（隱喻上下之情相通。）夫是故所爲而成也。天下之患，非經營禍亂之足憂，而養安無事之可畏。何者？懼其一旦至於扞格而難操也，昔之有天下者，日夜淬勵其百官，撫摩其人民，爲之朝聘會同燕享，以交諸侯之歡。歲時月朔，致民讀法，飲酒蜡臘，以遂萬民之情。有大事，自庶人以上，皆得至於外朝以盡其詞。猶以爲未也，而五載一巡狩，朝諸侯於方岳之下，親見其耆老賢士大夫，以周知天下之風俗。凡此者，非以爲苟勞而已，將以馴致服習天下之心，使不至於扞格而難操也。

及至後世，壞先王之法，安於逸樂而惡聞其過。是以養尊而自高，務爲深嚴，使天下拱手以貌相承而心不服。其腐儒老生，又出而爲之說曰：天子不可以妄有言也，史且書之，（申上句意。）後世且以爲譏。使其君臣相視而不相知，（明神宗末不視朝、不批答奏章，受病已先言於此。）如此，則偶人而已矣。天下之心既已去，而倀倀焉抱其空器，不知英雄豪傑已議其後。（勒住。）

臣嘗觀西漢之初，高祖創業之際，事變之興，亦已繁矣，而高祖以項氏創殘之餘，與信、布之徒爭馳於中原。（儲云：又借西漢事，暢發非經營禍亂之足憂、養安無事而足畏。）此六七公者，皆以絶人之姿，據有土地甲兵之衆，其勢足以爲亂，然天下終以不摇，卒定於漢。傳十數世矣，而至於元、成、哀、平，四夷向風，兵革不試。而王莽一豎子乃舉而移之，不用寸兵尺鐵，而天下屏息，莫敢或争，此其故何也？創業之君，出於布衣，其大臣將相，皆有握手之歡。凡在朝廷者，皆嘗試嚌啜（俗作『擠啜』，非。）以知其才之短長，彼其視天下如一身，苟有疾痛，其手足不期而自救。當此之時，雖有近憂，而無遠患。及其子孫，生於深宫之中，而狃於富貴之勢，尊卑闊絶，而上下之情疏；禮節繁多，而君臣之義薄。是故不爲近憂，而常爲遠患。及其一旦，固已不可救矣。（千古創業之奮興、宴安之頽墮，寫得徹底透快。不止爲西漢言，並不止爲宋代言也。）

聖人知其然，是以去苛禮而務至誠，黜虚名而求實效，不愛高位重禄以致山林之士，而欲聞切直不隱之言者，凡皆以通上下之情也。（通上下之情，是一篇之主。）昔我太祖、太宗既有天下，法令簡約，不爲崖岸。（與漢初相似。）當時大臣將相，皆得從容終日，歡如平生，下至士庶人，亦得以自效。故天下稱其言至今，非有文采緣飾，而開心見誠，有以入人之深者，此英主之奇術，御天下之大權也。

方今治平之日久矣，（不説元、成以下。此進言體。）臣愚以爲宜日新威德，以激昂天下久安怠惰之氣，故陳其五事，以備采擇。其一曰：將相之臣，天子所恃以爲治者，宜日夜召論天下之大計，且以熟觀其爲人。其二曰：太守刺史，天子所寄以遠方之民者，其罷歸，（歸朝，非歸家也。）皆當問其所以爲政，民情風俗之所安，亦以揣知其才之所堪。其三曰：左右扈從侍讀侍講之人臣，本以論説古今興衰之大要，非以應故事備數而已，經籍之外，苟有以訪之，無傷也。其四曰：吏民上書，苟小有可觀者，宜皆召問優慰，以養其敢言之氣。其五曰：天下之吏，自一命以上，雖其至賤，無以自通於朝廷，然人主之爲，豈有所不可哉？察其善者，卒然召見之，使不知其所從來。（就第五事上，總收繳前文。）如此，則遠方之賤吏，亦務自激發爲善，不以位卑禄薄無由自通於上而不修飾。使天下習知天子樂善親賢恤民之心孜孜不倦如此，翕然皆有所感發，知愛於君而不可與爲不善。亦將賢人衆多，而姦吏衰少，刑法之外，有以大慰天下之心焉耳。

合大小臣工，使無不通之情，以大慰天下之心，是一篇主意。行文反復曲折，説盡蒙業養安之失，可爲龜鑒。

決壅蔽『課百官』之三。《策别》分四項：一課百官，二安萬民，三厚貨財，四訓兵旅。

四項之中，又别目爲十七。

所貴乎朝廷清明而天下治平者，何也？天下不訴而無冤，不謁而得其所欲，此堯、舜之盛也。其次不能無訴，訴而必見察；不能無謁，謁而必見省。使遠方之賤吏，不知朝廷之高，而一介之小民，不識官府之難，而後天下治。（此無壅蔽之象。）

今夫一人之身，有一心兩手而已。疾痛疴癢，動於百體之中，雖其甚微，不足以爲患，而手隨至。大手之至，豈其一一而聽之心哉？心之所以素愛其身者深，而手之所以素聽於心者熟，是故不待使令而卒然以自至。（治道不令而行，不禁而止，亦復如是。）聖人之治天下，亦如此而已。百官之衆，四海之廣，使其關節脈理，相通爲一，叩之而必聞，觸之而必應，夫是以天下可使爲一身。（正喻融洽。）天子之貴，士民之賤，可使相愛。憂患可使同，緩急可使救。今也不然。天下有不幸而訴其冤，如訴之於天；有不得已而謁其所欲，如謁之於鬼神。公卿大臣不能究其詳悉，而付之於胥吏，（此壅蔽之實。）故凡賄賂先至者，朝請而夕得；徒手而來者，終年而不獲。至於故常之事，人之所當得而無疑者，莫不務爲留滯，以待請屬。舉天下一毫之事，非金錢無以行之。（自古而慨之。）

昔者漢、唐之弊，患法不明而用之不密，使吏得以空虛無據之法而繩天下，故小人以無法爲姦。今也法令明具而用之至密，舉天下惟法之知。所欲排者，有小不如法，而可指以爲瑕；所欲與者，雖有所乖戾，而可借法以爲解。故小人以法爲姦。（法不明，以無法爲姦；法太明，又借法爲姦。兩意一客一主。此弊漢、唐、宋分屬之，今日之弊又專在借法爲姦矣。）

今天下所爲多事者，豈事之誠多耶？吏欲有所鬻而未得，則新故相仍，紛然而不决，此王化之所以壅遏而不行也。昔桓文之霸，百官承職，不待教令而辦，四方之賓至，不求有司。王猛之治秦，事至纖悉，莫不盡舉，而人不以爲煩。蓋史之所記：麻思還冀州，請於猛。猛曰：『速裝，行矣。』至暮而符下。及出關，郡縣皆已被符。其令行禁止而無留事者，至於纖悉，莫不皆然。苻堅以戎狄之種，至爲霸王，兵强國富，垂及升平者，猛之所爲，固宜其然也。

今天下治安，大吏奉法，不敢顧私，而府史之屬招權鬻法，長吏心知而不問，以爲當然。此其弊有二而已。事繁而官不勤，故權在胥吏。欲去其弊也，莫如省事而厲精；省事莫如任人，厲精莫如自上率之。（提明决之方，以下分承。）

今之所謂至繁，天下之事，關於其中，訴者之多而謁者之衆，莫如中書與三司。天下之事，分於百官，而中書聽其治要；郡縣錢幣制於轉運使，而三司受其會計。此宜若不至於繁多，然中書不待奏課，以定其黜陟，而關與其事，則是不任有司也。（任人反面。）三司之吏，推析贏虚，至於毫毛以繩郡縣，則是不任轉運使也。故曰：省事莫如任人。

古之聖王，愛日以求治，辨色而視朝，苟少安焉而至於日出，則終日爲之不給。以少而言之，一日而廢一事，一月則可知也，一歲則事之積者不可勝數矣。欲事之無繁，則必勞於始而逸於終。晨興而晏罷，天子未退，則宰相不敢歸安於私第；宰相日昃而不退，則百官莫不震悚盡力於王事，而不敢宴游。（正説，自上率之。）如此，則纖悉隱微莫不舉矣。天子求治之勤過於先王，而議者不稱王季之晏朝，而稱舜之無爲，不論文王之日昃，而論始皇之量書，此何以率天下之怠耶？臣故曰：厲精莫如自上率之。則壅蔽决矣。（收。）

任人以省事，非省事也，各舉其職也。恐人誤以脱略廢弛爲省事，故以厲精率之。然又恐不明分位者，以上侵下權爲身先，故又以任人濟之。惟各舉其職，故任人所以省事。惟上不侵下權，故上率所以厲精。二者合而壅蔽决矣。前論吏胥壅蔽，由事煩而官不勤之故，真乃洞若觀火。

無沮善『課百官』之六。

昔者先王之爲天下，必使天下欣欣然常有無窮之心，力行不倦，而無自棄之意。夫惟自棄之人，則其爲惡也，甚毒而不可解。是以聖人畏之，設爲高位重禄以待能者。使天下皆得踴躍自奮，扳援而來，惟其才之不逮、力之不足，是以終不能至於其間，而非聖人塞其門、絶其塗也。夫然，故一介之賤吏、閭閻之匹夫，莫不奔走於善，至於老死而不知休息，此聖人以術驅之也。

天下苟有甚惡而不可忍也，聖人既已絶之，則屏之遠方，終身不齒。（先將『必當絶』一層撇開。）此非獨不仁也，以爲既已絶之，彼將一旦肆其忿毒，以殘害吾民。是故絶之則不用，用之則不絶。既已絶之，又復用之，則是驅之於不善，而又假之以其具也。無所望而爲善、無所愛惜而不爲惡者，天下一人而已矣。以無所望之人而責其爲善，以無所愛惜之人而求其不爲惡，又付之以人民，則天下知其不可也。

世之賢者，何常之有？（陡接。）或出於賈豎賤人，甚者至於盜賊，往往而是。而儒生貴族，世之所望爲君子者，或至於放肆不軌，小民之所不若。聖人知其然，是故不逆定於其始進之時，而徐觀其所試之效，使天下無必得之由，亦無必不可得之道。（合兩意説透無沮之實，重在『必不可得』一邊。）天下知其不可以必得也，然後勉强於功名而不敢僥幸；知其不至於必不可得而可勉也，然後有以自慰其心，久而不懈。嗟夫！聖人之所以鼓舞天下之人，日化而不自知者，此其爲術歟？

後之爲政者則不然。與人以必得，而絶之以必不可得，此其意以爲進賢而退不肖。然天下之弊，莫甚於此。今夫制策之及等、進士之高第，（此客。）皆以一日之間而决取終身之富貴。（與人之必得。）此雖一時之文詞，而未知其臨事之能否，則其用之不已太遽乎！

天下有用人而絶之者三。（此主。）州縣之吏，苟非有大過而不可復用，則其他犯法，皆可使竭力爲善以自贖。（此三途，絶人以必不可得。）而今世之法，一陷於罪戾，則終身不遷，使之不自聊賴而疾視其民，肆意妄行而無所顧惜。（此言謫官必不復用。）此其初未必小人也，不幸而陷於其中，途窮而無所入，則遂以自棄。府史賤吏，爲國者知其不可闕也，是故歲久則補以外官。（此言胥吏限其所至。）以其所從來之卑也，而限其所至，則其中雖有出群之才，終亦不得齒於士大夫之列。夫人出身而仕者，將以求貴也，貴不可得而至矣，則將惟富之求，此其勢然也。（入貲得官者，既已損金，必將求利，與此異事而同情。）如是，則雖至於鞭笞戮辱，而不足以禁其貪。故夫此二者，苟不可以遂棄，則宜有以少假之也。入貲而仕者，皆得補郡縣之吏，彼知其終不得遷，亦將逞其一時之欲，無所不至。（此言入貲者必不遷。）夫此誠不可以遷也，則是用之之過而已。（見此項直當停止不行。）臣故曰：絶之則不用，用之則不絶。此三者之謂也。

人苟安於自棄，則知終不見用，必至貪戾虐民，此自然之勢也。聖王鼓舞人才，只使之樂爲我用而不至自棄。通篇大意在『不逆定於始進之時，而徐觀其所試之效』。前半將聖人引人爲善反復説來，末歸重於謫官、胥吏、入貲三項。前明弊政，預决於此。

敦教化『安萬民』之一。

夫聖人之於天下，所恃以爲牢固不拔者，在乎天下之民，可與爲善而不可與爲惡也。昔者三代之民，見危而授命，見利而不忘義，此非必有爵賞勸乎其前，而刑罰驅乎其後也。其心安於爲善，而忸怩於不義，是故有所不爲。夫民知有所不爲，則天下不可以敵，甲兵不可以威，利禄不可以誘，可殺可辱、可饑可寒，而不可與叛，此三代之所以享國長久而不拔也。

及至秦、漢之世，其民見利而忘義，見危而不能授命，法禁之所不及，則巧僞變詐，無所不爲，疾視其長上而幸其災。因之以水旱，加之以盜賊，則天下蕩然無復天子之民矣。世之儒者常有言曰：『三代之時，其所以教民之具，甚詳且密也。學校之制，射饗之節，冠婚喪祭之禮，粲然莫不有法。及至後世，教化之道衰，而盡廢其具，是以若此無耻也。』然世之儒者，蓋亦嘗試以此等教天下之民矣，（此一轉，爲『名』『實』二字作勢。）而卒以無效，使民好文而益媮，飾詐而相高，則有之矣，此亦儒者之過也。臣愚以爲若此者，皆好古而無術，知有教化，而不知名實之所存者也。（好名而亡實，最是教化之衰。）實者所以信其名，而名者所以求其實也。有名而無實，則其名不行；（虚名。）有實而無名，則其實不長。（其實不至。）凡今儒者之所論，皆其名也。

昔武王既克商，散財發粟，使天下知其不貪；禮下賢俊，使天下知其不驕；封先聖之後，使天下知其仁；誅飛廉、惡來，使天下知其義。如此，則其教化天下之實，固已立矣。（儲云：應前以三代秦漢教化之名實，分斯民主善惡。字字篤論。）天下聳然皆有忠信廉耻之心，然後文之以禮樂，教之以學校，觀之以射饗，而謹之以冠婚喪祭，民是以目擊而心諭，安行而知得也。（三代禮樂教化，皆有實義行乎其中，故民不以文具而玩狎之。）及至秦、漢之世，專用法吏以督責其民，至於今千有餘年，而民日以貪冒嗜利而無耻。儒者乃始以三代之禮，所謂名者而繩之，彼其見登降揖讓盤辟俯僂之容，則掩口而竊笑；（竟同兒戲。）聞鐘鼓管磬希夷嘽緩之音，則驚顧而不樂。如此，而欲望其遷善遠罪，不已難乎？

臣愚以爲宜先其實而後其名，（儲云：教民要領。又爲後半篇提綱。）擇其近於人情者而先之。今夫民不知信，則不可與久居於安；民不知義，則不可與同處於危。平居則欺其吏，而有急則叛其君，此教化之實不至，天下之所以無變者，幸也。欲民之知信，則莫若務實其言；（皆反之於實。）欲民之知義，則莫若務去其貪。往者河西用兵，而家人子弟皆籍以爲軍。其始也，官告以權時之宜，非久役者，如是當復爾業。少焉皆刺其額，無一人得免。（不信一。）自寶元以來，諸道以兵興爲辭而增賦者，至今皆不爲除去。（不信二。）夫如是，將何以止民之欺詐哉！

夫所貴乎縣官（天子也。本《漢書》。）之尊者，爲其恃於四海之富，而不爭於錐刀之末也。其與民也優，其取利也緩。古之聖人，不得已而取，則時有所置，以明其不貪。何者？小民不知其說，而惟貪之知。今鷄鳴而起，百工雜作，匹夫入市，操挾尺寸，吏且隨而稅之，扼吭拊背，以收絲毫之利。（不義一。）古之設官者，求以裕民；今之設官者，求以勝民。賦斂有常限，而以先期爲賢；（不義二。）出納有常數，而以羨息爲能。（兢進羨餘，古今同慨。）天地之間，苟可以取者，莫不有禁。求利太廣，而用法太密，故民日趨於貪。臣愚以爲難行之言當有所必行，而可取之利當有所不取，以教民信而示之義。若曰『國用不足而未可以行』，則臣恐其失之多於得也。（冷然。）

『名』『實』二字，是一篇眼目。引武王一段，見有其實，故其民易化；引秦漢一段，見徒有其名，故其民難化。因名實生出信義，因信義生出務實其言、務去其貪。下以簽兵增賦爲不實其言；以加稅取利，爲不去其貪。末收到教民信而示之以義。剴切詳明，議論亦復醇正。

教戰守『安萬民』之五。

夫當今生民之患，果安在哉？在於知安而不知危，能逸而不能勞。此其患不見於今，將見於他日；今不爲之計，其後將有所不可救者。

昔者先王知兵之不可去也，是故天下雖平，不敢忘戰。（平不忘戰，一篇之旨。）秋冬之隙，致民田獵以講武，教之以進退坐作之方，使其耳目習於鐘鼓旌旗之間而不亂，使其心志安於斬刈殺伐之際而不懾。是以雖有盜賊之變，而民不至於驚潰。及至後世，用迂儒之議，以去兵爲王者之盛節，天下既定，則卷甲而藏之。數十年之後，甲兵頓弊，而人民日以安於佚樂。卒有盜賊之警，則相與恐懼訛言，不戰而走。開元、天寶之際，天下豈不大治？惟其民安於太平之樂，酣豢於遊戲酒食之間，其剛心勇氣消耗鈍眊，痿蹶而不復振，是以區區之祿山一出而乘之，四方之民，獸奔鳥竄，乞爲囚虜之不暇，天下分裂，而唐室因以微矣。（引古以証忘戰之害。）

蓋嘗試論之，天下之勢，譬如一身。王公貴人所以養其身者，豈不至哉？而其平居常苦於多疾。至於農夫小民，終歲勤苦，而未嘗告病，此其故何也？夫風雨霜露寒暑之變，以疾之所由生也。農夫小民，盛夏力作，而窮冬暴露，其筋骸之所衝犯、肌膚之所浸漬，輕霜露而狎風雨，是故寒暑不能爲之毒。（樂天詩，東坡文，雖庸夫婦竪讀之，亦當首肯，此種是也。）今王公貴人，處於重屋之下，出則乘輿，風則襲裘，雨則御盖，凡所以慮患之具，莫不備至。畏之太甚，而養之太過，小不如意，則寒暑入之矣。是故善養身者，使之能逸而能勞，步趨動作，使其四體狃於寒暑之變，然後可以剛健强力，涉險而不傷。

夫民亦然。今者治平之日久，天下之人，驕惰脆弱，如婦人孺子，不出於閨門，論戰鬭之事，則縮頸而股栗；聞盜賊之名，則掩耳而不願聽。而士大夫亦未嘗言兵，以爲生事擾民，漸不可長。此不亦畏之太甚，而養之太過歟？

且夫天下固有意外之患也。愚者見四方之無事，則以爲變故無自而有，此亦不然矣。今國家所以奉西北二邊者歲以百萬計，奉之者有限，而求之者無厭，此其勢必至於戰。（指出必戰之故。）戰者，必然之勢也。不先於我，則先於彼；不出於西，則出於北。所不可知者，有遲速遠近，而要以不能免也。天下苟不免於用兵，而用之不以漸，使民於安樂無事之中，一旦出身而蹈死地，則其爲患，必有所不測。故曰：天下之民，知安而不知危，能逸而不能勞。此臣所謂大患也。

臣欲使士大夫尊尚武勇，講習兵法。庶人之在官者，教以行陣之節；役民之司盜者，授以擊刺之術。每歲終則聚於郡府，如古都試之法，有勝負，有賞罰，而行之既久，則又以軍法從事。然議者必以爲無故而動民，又悚以軍法，則民將不安，而臣以爲此所以安民也。天下果未能去兵，則其一旦將以不教之民而驅之戰。夫無故而動民，雖有小怨，然孰與夫一旦之危哉？今天下屯聚之兵，驕豪而多怨，陵壓百姓而邀其上者何故？（又推出一意。）此其心以爲天下之知戰者，惟我而已。如使平民皆習於兵，彼知有所敵，則固已破其姦謀，而折其驕氣。利害之際，豈不亦甚明歟？

只是安不忘危意。一用引喻，便覺切理厭情。中一段，可悟却疾，可悟防亂。戰，軍政也，今入《安民策》中，得古者兵民合一之理。

蓄材用『訓兵旅』之一。

夫今之所患兵弱而不振者，豈士卒寡少而不足使歟？器械鈍弊而不足用歟？抑爲城郭不足守歟？廩食不足給歟？此數者，皆非也。然所以弱而不振，則是無材用也。（提明。）

夫國之有材，譬如山澤之有猛獸，江河之有蛟龍，伏乎其中而威乎其外，悚然有所不可狎者。至於鰍蚖之所蟠，牂豚之所伏，雖千仞之山，百尋之溪，而人易之。何則？其見於外者不可欺也。

天下之大，不可謂無人；朝廷之尊，百官之富，不可謂無才。然以區區之二虜，舉數州之衆，以臨中國，抗天子之威，犯天下之怒，而其氣未嘗少衰，其詞未嘗少挫，則是其心無所畏也。主憂則臣辱，主辱則臣死。今朝廷之士，不能無憂，而大臣恬然未有拒絶之議，非不欲絶也，而未有以待之，則是朝廷無所恃也。緣邊之民西顧而戰慄，牧馬之士不敢彎弓而北向，吏士未戰而先期於敗，則是民輕其上也。外之蠻夷無所畏，內之朝廷無所恃，而民之自輕其上，此猶足以爲有人乎！（總束上三層，見無材用之實。）

天下未嘗無材，患所以求材之道不至。古之聖人，以無益之名，而致天下之實；以可見之實，而較天下之虛名。（儲云：『名』『實』二字作眼目。先言其理，而後實以事。）二者相爲用而不可廢。是故其始也，天下莫不紛然奔走，從事於其間，而要之以其終，不肖者無以欺其上。此無他，先名而後實也。不先其名，而唯實之求，則來者寡。來者寡，則不可以有所擇。以一旦之急，而用不擇之人，則是不先名之過也。

天子之所向，天下之所奔也。（突起。）今夫孫、吴之書，其讀之者，未必能戰也；多言之士，喜論兵者，未必能用也；進之以武舉，試之以騎射，天下之奇才，未必至也。然將以求天下之實，則非此三者不可以致。以爲未必然而棄之，則是其必然者，恐不可得而見也。（甲子歲，廷臣有廢科目之議，即是此意。）

往者西師之興，其先也，惟不以虚名多致天下之才而擇之，以待一旦之用。故其兵興之際，四顧惶惑而不知所措。於是設武舉，購方略，收勇悍之士，而開猖狂之言，不愛高爵重賞，以求强兵之術。當此之時，天下囂然，莫不自以爲知兵也。來者日多，而其言益以無據，至於臨事，終不可用。執事之臣，亦遂厭之，而知其無益，故兵休之日，舉從而廢之。今之論者，以爲武舉、方略之類，適足以開僥幸之門，而天下之實才，終不可以求得。此二者，皆過也。夫既已用天下之虚名，而不較之以實；至其弊也，又舉而廢其名，使天下之士不復以兵術進，亦已過矣。（始之患，在不較之以實，至後並欲舉其名而廢之，將使天下竟無材用而止，尚得謂籌國政者乎？）

天下之實材，不可以求之於言語，（突過突起。）又不可以較之於武力，獨見之於戰耳。戰不可得而試也，是故見之於治兵。子玉治兵於蔿，終日而畢，鞭七人，貫三人耳。蔿賈觀之，以爲剛而無禮，知其必敗。孫武始見，試以婦人，而猶足以取信於闔閭，使知其可用。故凡欲觀將帥之才否，莫如治兵之不可欺也。今夫新募之兵，驕而難令，勇悍而不知戰，此真足以觀天下之才也。武舉、方略之類以來之，新兵以試之。（用武舉以試新兵，此爲實際。）觀其顏色和易，則足以見其氣；約束堅明，則足以見其威；坐作進退，各得其所，則足以見其能。凡此者皆不可强也。故曰：先之以無益之虚名，而較之以可見之實，材庶乎可得而用也。

先之以虚名，而隨較之以實，則真材用出矣。若不先之以虚名，則材不集；若不較之以實，至於材無可用，則欲並廢虚名，宋之所以不能制元昊也。前虚後實，一氣相生，蘇策每用此法。

材乃材官、材技之謂，以人材言。

倡勇敢『訓兵旅』之一。

臣聞戰以勇爲主，以氣爲決。天子無皆勇之將，而將軍無皆勇之士，是故致勇有術。（先提綱，次分應。）致勇莫先乎倡，倡莫善乎私。此二者，兵之微權，英雄豪傑之士所以陰用而不言於人，而人亦莫之識也。

臣請得以備言之。夫倡者，何也？氣之先也。有人人之勇怯，有三軍之勇怯。人人而較之，則勇怯之相去若莛與楹。至於三軍之勇怯，則一也。（術以致之則一。）出於反覆之間，而差於毫釐之際，故其權在將與君。人固有暴猛獸而不操兵、出入於白刃之中而色不變者，有見虺蜴而却走，聞鐘鼓之聲而戰慄者，是勇怯之不齊，至於如此。彼閭閻之小民，爭鬬戲笑，卒然之間，而或至於殺人。當其發也，其心翻然，其色勃然，若不可以已者，雖天下之勇夫無以過之。（就怯者卒然之發，見氣之可用。）及其退而思其身，顧其妻子，未始不惻然悔也。此非必勇者也，氣之所乘，則奪其性而忘其故。故古之善用兵者，用其翻然勃然於未悔之間。而其不善者，沮其翻然勃然之心，而開其自悔之意，則是不戰而先自敗也。故曰致勇有術。

致勇莫先乎倡。（此透發『倡』字。）均是人也，皆食其食，皆任其事，天下有急，而有一人焉奮而爭先而致其死，（即倡之人。）則翻然者衆矣。弓矢相及，劍盾相交，勝負之勢未有所決，而三軍之士屬目於一夫之先登，則勃然者相繼矣。天下之大，可以名劫也；三軍之衆，可以氣使也。諺曰：『一人善射，百夫決拾。』苟有以發之，及其翻然勃然之間而用其鋒，是之謂倡。

倡莫善乎私。（從『倡』字透發『私』字。）天下之人，怯者居其百，勇者居其一，是勇者難得也。捐其妻子，棄其身以蹈白刃，是勇者難能也。以難得之人，行難能之事，此必有難報之恩者矣。天子必有所私之將，將軍必有所私之士，視其勇者而陰厚之。人之有異材者，雖未有功，而其心莫不自異。自異而上不異之，則緩急不可以望其爲倡。故凡緩急而肯爲倡者，必其上之所異也。昔漢武帝欲觀兵於四夷，以逞其無厭之求，不愛通侯之賞，以招勇士，風告天下，以求奮擊之人，然卒無有應者。於是嚴刑峻法，致之死地，而聽其以深入贖罪，使勉强不得已之人，（如貳師之屬。）馳驟於死亡之地。是故其將降而兵破敗，而天下幾至於不測。何者？先無所異之人，而望其爲倡，不已難乎！

私者，天下之所惡也。然而爲己而私之，則私不可用；爲其賢於人而私之，則非私無以濟。蓋有無功而可賞、有罪而可赦者，凡所以愧其心而責其爲倡也。（仍歸入『倡』字。）

天下之禍，莫大於上作而下不應。（突接入時事。）上作而下不應，則上亦將窮而自止。方西戎之叛也，天子非不欲赫然誅之，而將帥之臣，謹守封略，外視内顧，莫有一人先奮而致命，而士卒亦循循焉莫肯盡力，不得已而出，争先而歸。故西戎得以肆其猖狂，而吾無以應，則其勢不得不重賂而求和。其患起於天子無同憂患之臣，而將軍無心腹之士。西師之休，十有餘年矣，用法益密，而進人益艱，賢者不見異，勇者不見私，（反繳，説盡古今弊病。）天下務爲奉法循令，要以如式而止，臣不知其緩急，將誰爲之倡哉？（危聳。）

戰以氣爲主，貴乘其氣盛而用之，一人争先，百夫屬目，此倡之説也；天子有所私之將，將軍有所私之士，此私之説也。私之正以倡之，連綴相生，縱横豪宕，自是老泉家數，而其原出於韓子。

擬進士對御試策一道

臣伏見陛下發德音，下明詔，以天下安危之至計，謀及於布衣之士。其求之不可謂不切，其好之不可謂不篤矣。然臣私有所憂者，不知陛下有以受之歟？《禮》曰：『甘受和，白受采。』故臣願陛下先治其心，使虛一而靜，（此受言根本。）然後忠言至計，可得而入也。今臣竊恐陛下先入之言，已實其中，邪正之黨，已貳其聽，功利之説，已動其欲，則雖有皋陶、益、稷爲之謀，亦無自入矣，而況於疏遠愚陋者乎！此臣之所以大懼也。若乃盡言以招過，觸諱以亡軀，則非臣之所恤也。

聖策曰：『聖王之御天下也，百官得其職，萬事得其序。』臣以爲陛下未知此也，是以所爲顛倒失序如此。苟誠知之，曷不尊其所聞，而行其所知歟？百官之所以得其職者，豈聖王人人而督責之？萬事之所以得其序者，豈聖王事事而整齊之哉？亦因能以任職，因職以任事而已。（用人之道，不外二語。）

官有常守謂之職，施有先後謂之序。今陛下使兩府大臣，侵三司財利之權，常平使者，亂職司守令之治；刑獄舊法，不以付有司，而取决於執政之意；邊鄙大慮，不以責帥臣，而聽計於小吏之口，百官可謂失其職矣。

王者之所宜先者，德也；所宜後者，刑也；所宜先者，義也，所宜後者，利也。而陛下易之，萬事可謂失其序矣。然此猶其小者。

其大者，則中書失其政也。宰相之職，古者所以論道經邦，今陛下但使奉行條例，司文書而已。昔邴吉爲丞相，蕭望之爲御史大夫，望之言陰陽不和，咎在臣等，而宣帝以爲意輕丞相，終身薄之。今政事堂忿争相詰，流傳都邑，以爲口實，使天下何觀焉。故臣願陛下首還中書之政，（結『政』。）則百官之職，萬事之序，以次得矣。

聖策曰：『有所不爲，爲之而无不成；有所不革，革之而無不服』。陛下之及此言，是天下之福也。

今日之患，正在於未成而爲之，未服而革之耳。夫成事在理不在勢，服人以誠不以言。（平治之道，不外二語。）理之所在，以爲則成，以禁則止，以賞則勸，以言則信。古之人所以鼓舞天下、綏之斯來、動之斯和者，蓋循理而已。今爲政不務循理，而欲以人主之勢、賞罰之威，脅而成之！夫以斧析薪，可謂必克矣，然不循其理，則斧可缺，薪不可破。是以不論尊卑，不計强弱，理之所在則成，理所不在則不成，可必也。

今陛下使農民舉息，與商賈争利，豈理也哉？而何怪其不成乎！《禮》曰：『微之顯，誠之不可掩也如此夫。』陛下苟誠乎爲民，則雖或謗之，而人不信；苟誠乎爲利，則雖自解釋，而人不服。且事有決不可欺者。吏受賄枉法，人必謂之贓；非其有而取之，人必謂之盗。苟有其實，不敢辭其名。今青苗有二分之息，而不謂之放債取利，可乎？凡人爲善，不自譽而人譽之；爲惡，不自毁而人毁之。如使爲善者必須自言而後信，則堯、舜、周、孔亦勞矣。（令人解頤。）

今天下以爲利，陛下以爲義；天下以爲貪，陛下以爲廉，不勝其紛紜也。則使二三臣者極其巧辯，以解答千萬人之口。附會經典，造爲文書，以曉告四方。四方之人，豈如嬰兒鳥獸，而可以美言小數眩惑之哉！（儲云：前人有行之者，王莽《大誥》是也。飾經術以亂天下，安石與莽一律。）

且夫未成而爲之，則其弊必至於不敢爲；未服而革之，則其弊必至於不敢革。

蓋世有好走馬者，一爲墜傷，則終身徒行。何者？慎重則必成，輕發則多敗，此理之必然也。陛下若出於慎重，則屢作屢成，不惟人信之，陛下亦自信而日以勇矣；若出乎輕發，則每舉每敗，不惟人不信，陛下亦自不信而日以怯矣。文宗始用訓、注，其志豈淺也哉？而一經大變，則憂沮喪氣，不能復振。文宗亦非有失德，徒以好作而寡謀也。慎重者始若怯，終必勇；輕發者始若勇，終必怯。（一束。）

乃者横山之人，未嘗一日而忘漢，雖五尺之童子，知其可取，（横山是已然事，引起青苗、助役云云。）然自慶曆以來，莫之敢發者，誠未有以善其後也。近者邊臣不計其後，而遽發之，一發不中，則内帑之費以數百萬計，而關輔之民困於飛挽者，三年而未已。雖天下之勇者，敢復爲之歟？爲之固不可，敢復言之歟？由此觀之，則横山之功，是邊臣欲速而壞之也。近者青苗之政、助役之法、均輸之策、並軍搜卒之令，卒然輕發，又甚於前日矣。雖陛下不恤人言，持之益堅，而勢窮事礙，終亦必變。他日雖有良法美政，陛下能復自信乎？人君之患，在於樂因循而重改作。今陛下春秋鼎盛，天錫勇智，此萬世一時也。而群臣不能濟之以慎重，養之以敦朴，譬如乘輕車，馭駿馬，冒險夜行，而僕夫又從其後而鞭之，豈不殆哉！（儲云：以神宗有爲之志，有韓、范、富、歐陽諸老爲之前，有君實、景仁、子瞻諸賢爲之後，而一安石足以敗之，誤其君而逐其臣，冒險夜行之害如此。）臣願陛下解轡秣馬，以須東方之明，而徐行於九軌之道，甚未晚也。（因循固失之廢弛，而倉卒變更，尤傷於輕發。廢弛之患，人君易知；輕發之患，雖明主亦不免爲人所中也。臣下有驟議變法者，當力防其弊。）

聖策曰『田疇闢，溝洫治，草木暢茂，鳥獸魚鱉，莫不各得其性』者，此百工有司之事也，（輕輕掃去。）曾何足以累陛下！陛下操其要，治其本，恭己無爲，而物莫不盡其理，以生以死。若夫百工有司之事，自宰相不肯爲之，而況於陛下乎！（此段只用略過，對策中亦是一法。）

聖策曰：『其富足以備禮，其和足以廣樂，其治足以致刑，何施而可以臻此。』孔子曰：『百姓足，君孰與不足。』兔首瓠葉，可以行禮；掃地而祭，可以事天。禮之不備，非貧之罪也。管子曰：『倉廩實而知禮節。』臣不知陛下所謂富者，富民歟？抑富國歟？陸賈曰：『將相和，則士豫附。』劉向曰：『衆賢和於朝，則萬物和於野。』今朝廷可謂不和矣，其咎安在？陛下不反求其本，而欲以力勝之，力之不能勝衆也，久矣。古者刀鋸在前，鼎鑊在後，而士猶犯之，今陛下躬蹈堯舜，未嘗誅一無罪，欲弭衆言，不過斥逐異議之臣，而更用人耳，必未忍行亡秦偶語之禁，起東漢黨錮之獄，多士何畏而不言哉？臣恐逐者不已，而争者益多，煩言交攻，愈甚於今日矣。欲望致和而廣樂，豈不疏哉？（突兀。）

古之求治者，將以措刑也。今陛下求治則欲致刑，此又群臣誤陛下也。（駁問中『致』字。）臣知其説矣，是出於荀卿。荀卿者喜爲異論，至以人性爲惡，則其言治世刑重亦宜矣。説者又以爲《書》稱唐虞之隆，刑故無小，而周之盛時，群飲者殺。臣請有以詰之。

夏禹之時，大辟二百；周公之時，大辟五百，豈可謂周治而禹亂耶？秦爲法及三族，漢除肉刑，豈可謂秦治而漢亂耶？致之言極也。天下幸而未治，使一日治安，陛下將變今之刑而用其極歟？天下幾何其不叛也？徒聞其語而懼者已衆矣。臣不意異端邪説惑誤陛下至於如此。且夫宥過無大，刑故無小，此用刑之常理也，至於今守之，豈獨唐虞之隆而周之盛時哉！所以誅群飲者，意其非獨群飲而已，如今之法，所謂夜聚曉散者，使後世不知其詳，而徒聞其語，則凡夜相過者，皆執而殺之，可乎？夫人相與飲酒而輒殺之，雖桀紂之暴，不至於此，而謂周公行之歟？

聖策曰：『方今之弊，可謂衆矣。救之之術，必有本末；施之之宜，必有先後。』臣請論其本與其所宜先者，而陛下擇焉。

方今救弊之道必先立事，立事之本在於知人，則所施之宜，當先觀大臣之知人與否耳。（儲云：安石進章、蔡一輩，卒以亡宋，非獨惠卿也。此段洞中病根。）古之欲立非常之功者，必有知人之明。苟無知人之明，則循規矩，蹈繩墨，以求寡過。二者皆審於自知，而安於才分者也。道可以講習而知，德可以勉强而能，惟知人之明不可學，必出於天資。如蕭何之識韓信，此豈有法而可傳者哉！以諸葛孔明之賢，而知人之明則其所短，是以失之於馬謖。而孔明亦審於自知，是以終身不敢用魏延。

我仁祖之在位也，事無大小，一付之於法；人無賢不肖，一付之於公議。事已效而後行，人已試而後用，終不求非常之功者，誠以當時大臣不足以與於知人之明也。

古之爲醫者，聆音察色，洞視五臟，則其治疾也，有剖胸决脾、洗濯胃腎之變。苟無其術，不敢行其事。今無知人之明，而欲立非常之功，解縱繩墨以慕古人，則是未能察脈，而欲試華佗之方，其異於操刀而殺人者幾希矣。

陛下觀今之大臣，爲知人歟？爲不知人歟？乃者擢用衆才，皆其造室握手之人，要結審固而後敢用，蓋以爲其人可與戮力同心，共致太平。曾未安席，而交口攻之者，如猬毛而起。陛下以此驗之，其不知人也亦審矣。幸今天下無事，異同之論，不過瀆亂聖聽而已。若邊隅有警，盗賊竊發，俯仰成敗，呼吸變動，而所用之人皆如今日，乍合乍散，臨事解體，不可復知，則無乃誤社稷歟？

華佗不世出，天下未嘗廢醫；蕭何不世出，天下未嘗廢治。陛下必欲立非常之功，請待知人之佐。若猶未也，則亦詔左右之臣，安分守法而已。（安分守法，太平之治世。喜事者每欲反之，何也？）

聖策曰：『生民以來，稱至治者必曰唐虞成周之世。《詩》《書》所稱，其迹可見。以至後世賢明之君，忠智之臣，相共憂勤，以營一代之業，雖未盡善，然要其所成就，亦必有可言者。其詳著之』。臣以爲此不可勝言也。

其施設之方，各隨其時而不可知。其所可知者，必畏天，必從衆，必法祖宗。（破安石邪説。）故其言曰：『戒之戒之，天惟顯思，命不易哉。』又曰：『稽於衆，舍己從人。』又曰：『丕顯哉，文王謨；丕承哉，武王烈。』《詩》《書》所稱，大略如此，未嘗言天命不足畏，衆言不足從，祖宗之法不足用也。

苻堅用王猛，而樊世、仇騰、席寶不悦；魏鄭公勸太宗以仁義，而封倫不信。凡今之人，欲陛下違衆而自用者，必以此藉口。而陛下所謂賢明忠智者，豈非意在於此等歟？臣願考二人之所行，而求之於今，王猛豈嘗設官而謀利，魏鄭公豈嘗貸錢而取息歟？且其不悦者，不過數人，固不害天下之信且服也。今天下有心者怨，有口者謗，古之君臣相與憂勤，以營一代之業者，似不如此。古語曰：『百人之聚，未有不公。』而況天下乎！今天下非之，而陛下不回，臣不知所税駕矣。

《詩》曰：『譬彼舟流，不知所届；心之憂矣，不遑假寐。』區區之忠，惟陛下察之。臣謹昧死上對。

儲同人云：君必畏天、從衆、法祖宗，相無知人之明，必循規矩蹈繩墨，以求寡過。使神宗讀之而感動，則真、仁之太平，可復睹也。鹿門謂『其無實落下手處』，過矣。

此借對策以諷切時事也。段段對針安石，一切飾經術以亂天下、變法制、逞剛愎、不知人，至不畏天、不從衆、不法祖宗，一一攻發，而姦黨於是切齒矣。原本從賈生來，不免過於憤激。學者條對，宜以董子爲長。

時初變時賦爲策論，而進士所對策，皆諂諛以干進者。公時兩上書言新法不便，而不見省，故復擬對策上之。

唐宋八家文讀本卷二十三

蘇軾子瞻著

後學沈德潛確士評點

上梅直講書

某官執事。軾每讀《詩》至《鴟鴞》，讀《書》至《君奭》，常竊悲周公之不遇。及觀史，見孔子厄於陳、蔡之間，而弦歌之聲不絶，顔淵、仲由之徒相與問答。夫子曰：『匪兕匪虎，率彼曠野。吾道非耶，吾何爲於此？』顔淵曰：『夫子之道至大，故天下莫能容。雖然，不容何病？不容，然後見君子。』夫子油然而笑曰：『回，使爾多財，吾爲爾宰。』夫天下雖不能容，而其徒自足以相樂如此。（一篇從此句生出，如木之根株也。）乃今知周公之富貴，有不如夫子之貧賤。夫以召公之賢，以管、蔡之親，而不知其心，則周公誰與樂其富貴。而夫子之所與共貧賤者，皆天下之賢才，則亦足與樂乎此矣。

軾七八歲時，始知讀書，聞今天下有歐陽公者，其爲人如古孟軻、韓愈之徒。而又有梅公者從之遊，而與之上下其議論。其後益壯，始能讀其文詞，想見其爲人，意其飄然脱去世俗之樂，而自樂其樂也。方學爲對偶聲律之文，求斗升之禄，自度無以進見於諸公之間。來京師逾年，未嘗窺其門。今年春，天下之士群至於禮部，執事與歐陽公實親試之。軾不自意，獲在第二。既而聞之人，執事愛其文，以爲有孟軻之風，而歐陽公亦以其能不爲世俗之文也而取焉，是以在此。（説文章知遇處，只淡淡着筆。）非左右爲之先容，非親舊爲之請屬，而嚮之十餘年間，聞其名而不得見者，一朝爲知己。退而思之，人不可以苟富貴，亦不可以徒貧賤，有大賢焉而爲其徒，則亦足恃矣。（與夫子師弟相樂照應。）苟其僥一時之幸，從車騎數十人，使閭巷小民聚觀而讚歎之，亦何以易此樂也。《傳》曰：『不怨天，不尤人。』蓋優哉游哉，可以卒歲。執事名滿天下，而位不過五品。其容色温然而不怒，其文章寬厚敦朴而無怨言，此必有所樂乎斯道也，軾願與聞焉。（并欲窺尋梅公之樂。悠然不盡。）

見富貴不足重，而師友以道相樂，乃人間之至樂也。周公、孔、顔，憑空發論。以下層次照應，空靈飄灑，東坡文之以韻勝者。

答李端叔書

軾聞足下名久矣，又於相識處，往往見所作詩文，雖不多，亦足以仿佛其爲人矣。尋常不通書問，怠慢之罪，猶可闊略。及足下斬然在疚，亦不能以一字奉慰，舍弟子由至，先蒙惠書，又復懶，不即答，頑鈍無禮，一至於此。而足下終不棄絶，遞中再辱手書，待遇益隆，覽之，面熱汗下也。

足下才高識明，不應輕許與人，得非用黄魯直、秦太虚輩語，真以爲然耶？不肖爲人所憎，而二子獨喜見譽，如人嗜昌歜、羊棗，未易詰其所以然者。以二子爲妄則不可，遂欲以移之衆口，又大不可也。

軾少年時，讀書作文，專爲應舉而已。既及進士第，貪得不已，又舉制策，其實何所有。而其科號爲直言極諫，故每紛然誦説古今，考論是非，以應其名耳。人苦不自知，既以此得，因以爲實能之，故譊譊至今，坐此得罪幾死，所謂齊虜以口舌得官，真可笑也。然世人遂以軾爲欲立異同，則過矣。妄論利害，攙説得失，此正制科人習氣。譬之候蟲時鳥，自鳴自已，何足爲損益。軾每怪時人待軾過重，而足下又復稱説如此，愈非其實。（得禍後故爲此貶損之言，其實制策所陳，皆忠愛所發。）

得罪以來，深自閉塞，扁舟草履，放浪山水間，與樵漁雜處，往往爲醉人所推罵。輒自喜漸不爲人識。平生親友無一字見及，有書與之亦不答，自幸庶幾免矣。足下又復創相推與，甚非所望。木有癭，石有暈，犀有通，以取妍於人，皆物之病也。（犧尊青黄，乃木之災。）謫居無事，默自觀省，回視三十年以來所爲，多其病者。足下所見皆故我，非今我也，無乃聞其聲不考其情，取其華而遺其實乎？抑將又有取於此也？（中仍留地步在。）此事非相見不能盡。自得罪後，不敢作文字。此書雖非文，然信筆書意，不覺累幅，亦不須示人。必喻此意。

此東坡先生傷弓之言也。後歸於莊生之旨，勿以爲牢騷玩世。

答張文潛縣丞書

軾頓首文潛張君足下：久别思仰。到京公私紛然，未暇奉書。忽辱手教，且審起居佳勝，至慰！至慰！惠示文編，三復感歎。甚矣，君之似子由也。子由之文實勝僕，而世俗不知，乃以爲不如。其爲人深不願人知之，其文如其爲人，故汪洋淡泊，有一唱三歎之聲，而其秀傑之氣，終不可没。（如見子由之文。）作《黄樓賦》乃稍自振厲，若欲以警發憒憒者，而或者便謂僕代作，此尤可笑。是殆見吾善者機也。（猶言性之動處也。見《應帝王篇》。）

文字之衰，未有如今日者也，其源實出於王氏。王氏之文，未必不善也，而患在於好使人同己。（不好人從己，舍己從人者能之。）自孔子不能使人同，顔淵之仁、子路之勇，不能以相移，而王氏欲以其學同天下。地之美者，同於生物，不同於所生，惟荒瘠斥鹵之地，彌望皆黄茅白葦，此則王氏之同也。（此弊於今爲烈。）

近見章子厚言，先帝晚年甚患文字之陋，欲稍變取士法，特未暇耳。議者欲稍復詩賦，立《春秋》學官，甚美。（時廢詩賦，用策論。王氏謂《春秋》爲斷爛朝報，不立學官。）樸老矣，使後生猶得見古人之大全者，正賴黄魯直、秦少游、晁无咎、陳履常與君等數人耳。如聞君作太學博士，願益勉之。『德輶如毛，民鮮克舉之。我儀圖之，愛莫助之。』此外千萬善愛。偶飲卯酒，醉。來人求書，不能覼縷。

好人同己，自是私心，王氏用人亦然，不止文章也。小小短札，見當時文體、政治之壞。謂此文爲游戲者，甚勿以知文許之。

與謝民師推官書

軾受性剛簡，學迂才下，坐廢累年，不敢復齒縉紳。自還海北，見平生親舊，惘然如隔世人，況與左右無一日之雅，而敢求交乎？數賜見臨，傾蓋如故，幸甚過望，不敢言也。

所示書教及詩賦雜文，觀之熟矣。大略如行雲流水，初無定質，但常行於所當行，常止於不可不止，文理自然，姿態横生。（『達』字的解。）孔子曰：『言之不文，行之不遠。』又曰：『辭達而已矣。』夫言止於達意，則疑若不文，是大不然。求物之妙，如繫風捕影，能使是物了然於心者，蓋千萬人而不一遇也，而況能使了然於口與手者乎？（唯了然於心，故了然於口與手。）是之謂辭達。辭至於能達，則文不可勝用矣。

揚雄好爲艱深之辭，以文淺易之說，若正言之，則人人知之矣，此正所謂雕蟲篆刻者。其《太玄》《法言》，皆是物也，而獨悔於賦，何哉？（司馬公亦被子雲謾過，此直窺見底裏。）終身雕蟲，而獨變其音節，便謂之經，可乎？屈原作《離騷經》，蓋風、雅之再變者，雖與日月争光可也，可以其似賦而謂之雕蟲乎？使賈誼見孔子，升堂有餘矣，而乃以賦鄙之，至與司馬相如同科。雄之陋，如此比者甚衆，可與知者道，難與俗人言也，因論文，偶及之耳。

歐陽文忠公言文章如積金美玉，市有定價，非人所能以口舌定貴賤也。紛紛多言，豈能有益於左右，愧悚不已。

貶揚以申屈、賈，議論千古。前半行雲流水數言，即東坡自道其行文之妙。

前幾年有巨公某，專取不可解之文，支離杜撰，天下從之，靡靡向風，如漂鬼國，此又揚子之罪人也。

與李公擇

某啓：示及新詩，皆有遠别惘然之意，雖兄之愛我厚，然僕本以鐵心石腸待公，何乃爾耶？吾儕雖老且窮，而道理貫心肝，忠義填骨髓，直須談笑於死生之際。（非學道有得者，不能爲此語。）若見僕困窮便相於邑，則與不學道者大不相遠矣。兄造道深，中必不爾，出於相好之篤而已。然朋友之義，專務規諫，輒以狂言廣兄之意爾。僕雖懷坎壈於時，遇事有可尊主澤民者，便忘軀爲之，禍福得喪，付與造物。（明季黄石齋、劉念臺二公，足當斯語。）非兄，僕豈發此。看訖，便火之，不知者以爲詬病也。

倘當時宵小見之，必云此老倔强猶昔。

范文正公文集序

慶曆三年，軾始總角入鄉校，士有自京師來者，以魯人石守道所作《慶曆聖德詩》示鄉先生。軾從旁竊觀，則能誦習其詞，問先生以所頌十一人者何人也？先生曰：『童子何用知之？』軾曰：『此天人也耶，則不敢知；若亦人耳，何爲其不可！』（吐語磊落。）先生奇軾言，盡以告之，且曰：『韓、范、富、歐陽，此四人者，人傑也。』（就十一人中，抽出四人。）時雖未盡了，則已私識之矣。

嘉祐二年，始舉進士至京師，則范公殁。（缺其一。）既葬，而墓碑出，讀之至流涕，曰：『吾得其爲人，盖十有五年，而不一見其面，豈非命也歟。』是歲登第，始見知於歐陽公，因公以識韓、富，皆以國士待軾，曰：『恨子不識范文正公。』其後三年，過許，始識公之仲子，今丞相堯夫（純仁。）。又六年，始見其叔彝叟（純禮。）京師。又十一年，遂與其季德孺（純粹。）同僚於徐，皆一見如舊。

且以公遺稿見屬爲叙。又十三年，乃克爲之。

嗚呼！公之功德，盖不待文而顯，其文亦不待序而傳。然不敢辭者，自以八歲知敬愛公，（與『總角入鄉校』一段照應。）今四十七年矣。彼三傑者，皆得從之遊，而公獨不識，以爲平生之恨。若獲挂名其文字中，以自託於門下士之末，豈非疇昔之願也哉。（與『始見知於歐陽公』一段照應。）

古之君子，如伊尹、太公、管仲、樂毅之流，（陡起議論。）其王伯之略，皆定於畎畝中，非仕而後學者也。淮陰侯見高帝於漢中，論劉、項短長，畫取三秦，如指諸掌。及佐帝定天下，漢中之言，無一不酬者。諸葛孔明卧草廬中，與先主論曹操、孫權，規取劉璋，因蜀之資，以争天下，終身不易其言。此豈口傳耳受，嘗試爲之而僥幸其或成者哉？

公在天聖中，居太夫人憂，則已有憂天下、致太平之意，故爲萬言書以遺宰相，天下傳誦。至用爲將，擢爲執政，考其平生所爲，無出此書者。今其集二十卷，爲詩賦二百六十八，爲文一百六十五。其於仁義禮樂、忠信孝弟，盖如飢渴之於飲食，欲須臾忘而不可得，（語語有一『誠』字在。）如火之熱，如水之濕，盖其天性有不得不然者。雖弄翰戲語，率然而作，必歸於此。故天下信其誠，争師尊之。孔子曰：『有德者必有言。』非有言也，德之發於口者也。又曰：『我戰則克，祭則受福。』非能戰也，德之見於怒者也。（雙收，嚴整。）

爲歐陽公作序，應從道德立論；爲范文正公作序，應從事功立論。各有專屬。不似近人文字，將道德、文章、事功一齊稱贊，漫無歸着也。後半説范公之文，一本於誠，故爲有用之書，此即『修辭立其誠』意。

六一居士集序

夫言有大而非夸，達者信之，衆人疑焉。（憑空起。）孔子曰：『天之將喪斯文也，後死者不得與於斯文也。』孟子曰：『禹抑洪水，孔子作《春秋》，而予距楊、墨。』蓋以是配禹也。文章之得喪，何與於天，而禹之功與天地並，孔子、孟子以空言配之，不已誇乎？自《春秋》作而亂臣賊子懼，孟子之言行，而楊、墨之道廢，天下以爲是固然，而不知其功。孟子既没，有申、商、韓非之學，違道而趨利，殘民以厚主，其説至陋也，而士以是罔其上。上之人僥幸一切之功，靡然從之，而世無大人先生如孔子、孟子者，推其本末，權其禍福之輕重，以救其惑，故其學遂行。秦以是喪天下，陵夷至於勝、廣、劉、項之禍，死者十八九，天下蕭然。洪水之患，蓋不至是也。方秦之未得志也，使復有一孟子，則申、韓爲空言，作於其心，害於其事，作於其事，害於其政者，必不至若是烈也。（純於空中翔舞。）使楊、墨得志於天下，其禍豈減於申、韓哉！由是言之，雖以孟子配禹可也。（以上反復叙文章有關世道，以醒首句。）

太史公曰：『蓋公言黄、老，賈誼、晁錯明申、韓。』（緩受。）錯不足道也，而誼亦爲之，予以是知邪説之移人，雖豪傑之士有不免者，况衆人乎！自漢以來，道術不出於孔氏，而亂天下者多矣。晉以老、莊亡，梁以佛亡，莫或正之，五百餘年而後得韓愈，（先入韓子，以引歐陽。）學者以愈配孟子，蓋庶幾焉。愈之後三百有餘年，而後得歐陽子，（唐憲宗後，至宋仁宋二百餘年。諸本『三百』，誤。）其學推韓愈、孟子，以達於孔氏，（一句總貫上文，千鈞筆力。）著禮樂仁義之實，以合於大道，其言簡而明，信而通，引物連類，折之於至理，以服人心，故天下翕然師尊之。自歐陽子之存，世之不説者，嘩而攻之，能折困其身，而不能屈其言，士無賢不肖，不謀而同，曰：『歐陽子，今之韓愈也。』

宋興七十餘年，民不知兵，富而教之，至天聖、景祐極矣，而斯文終有愧於古。士亦固陋守舊，論卑而氣弱。自歐陽子出，天下争自濯磨，以通經學古爲高，以救時行道爲賢，以犯顔納諫爲忠。長育成就，至嘉祐末，號稱多士，歐陽子之功爲多。嗚呼，此豈人力也哉？非天，其孰能使之！（收上『文章之得喪何與於天』句。）

歐陽子没，十有餘年，士始爲新學，（王氏學。）以佛、老之似，亂周、孔之真，識者憂之。賴天子明聖，詔修取士法，風厲學者，專治孔氏，黜異端，然後風俗一變。考論師友淵源所自，復知講習歐陽子之書。（勒住。）予得其詩文七百六十六篇於其子棐，乃次而論之，曰：『歐陽子論大道似韓愈，論事似陸贄，記事似司馬遷，詩賦似李白。此非予言也，天下之言也。』（結應首句。）歐陽子，名修，字永叔，既老，自謂六一居士云。

楊、墨、申、商、老、莊、佛氏，俱爲王氏新學作影。新學之熾，幾與楊、墨、申、商等禍相埒。因歐陽子書存，而天下猶知準的，不至潰敗決裂，則其有功聖學。由韓、孟氏以達於孔子者，信而有徵矣。第認爲推尊座主之文，毋乃讕言。

鼂君成詩集序

（湯薦吏揚善，故有子安世。雄草《太玄》，擬《易》求名，而無使實，故無子。其實，雄之失行在爲莽大夫，竊虛名，猶末也。）達賢者有後，張湯是也。（此是賓。）張湯宜無後者也。（句倒注上文。）無其實而竊其名者無後，揚雄是也。（此是主。然只是反説。）揚雄宜有後者也。達賢者有後，吾是以知蔽賢者之無後也；無其實而竊其名者無後，吾是以知有其實而辭其名者之有後也。（此句是一篇之主，對針君成。）賢者，民之所以生也而蔽之，是絶民也；名者，古今之達尊也，重於富貴而竊之，是欺天也。絶民欺天，其無後不亦宜乎！故曰：達賢者，與有其實而辭其名者，皆有後。吾常誦之云爾。

乃者官於杭，杭之新城令鼂君君成諱端友者，君子人也。吾與之遊三年，知其爲君子，而不知其能文與詩，而君亦未嘗有一語及此者。其後，君既歿於京師，其子補之（字无咎。）出君之詩三百六十篇，讀之而驚曰：嗟夫，詩之旨雖微，然其美惡高下，猶有可以言傳而指見者。至於人之賢不肖，其深遠茫昧難知，蓋甚於詩。今吾尚不能知君之能詩，則其所謂知君之爲君子者，果能盡知之乎。（因未知能詩，見知賢之不易。而己之未能達賢，亦可解免矣。）君以進士得官，所至民安樂之，惟恐其去。然未嘗以一言求於人，凡從仕二十有三年，而後改官以殁。由此觀之，非獨吾不知，舉世莫之知也。

君之詩清厚静深，如其爲人，而每篇輒出新意奇語，宜爲人所共愛，其勢非君深自覆匿，人必知之。（有實辭名。）而其子補之，於文無所不能，博辯俊偉，絶人遠甚，將必顯於世。（有後。）吾是以益知有其實而辭其名者之必有後也。（收得足，故下以餘波咏歎結之。）

昔李郃爲漢中侯吏，和帝遣二使者微服入蜀，館於郃，郃以星知之。後三年，使者爲漢中守，而郃猶爲侯吏，人莫知之者。其博學隱德之報，在其子固。《詩》曰：『豈弟君子，神所勞矣。』（引《詩》結，超然神遠。）

有實辭名是主意。達賢蔽賢，只作陪説也。因其子補之之請，無中生有，得此反復紆曲之筆。經營布置，無限苦心。

韓魏公醉白堂記

故魏國忠獻韓公，作堂於私第之池上，名之曰『醉白』。取樂天《池上》之詩，以爲醉白堂之歌，意若有羨於樂天而不及者。天下之士，聞而疑之，以爲公既已無以愧於伊、周矣，而猶有羨於樂天，何哉？

軾聞而笑之曰：公豈獨有羨於樂天而已乎？方且願爲尋常無聞之人而不可得者。（折入突兀。）天之生是人也，將使任天下之重，則寒者求衣，饑者求食，凡不獲者求得。苟有以與之，將不勝其求。（即『聖賢，時人之耳目；時人，聖賢之身心』意。）是以終身處乎憂患之域，而行乎利害之塗，豈其所欲哉！夫忠獻公既已相三帝，安天下矣，浩然將歸老於家，而天下共挽而留之，莫釋也。當是時，其有羨於樂天，無足怪者。然以樂天之平生而求之於公，較其所得之厚薄淺深，孰有孰無，則後世之論，有不可欺者矣。

文致太平，武定亂略，謀安宗廟，而不自以爲功；急賢才，輕爵禄，而士不知其恩；殺伐果敢，而六軍安之，四夷八蠻想聞其風采，而天下以其身爲安危。此公之所有，而樂天之所無也。（分量不差累黍。）乞身於强健之時，退居十有五年，日與其朋友賦詩飲酒，盡山水園池之樂。府有餘帛，廩有餘粟，而家有聲伎之奉。此樂天之所有，而公之所無也。忠言嘉謀，效於當時，而文采表於後世；死生窮達，不易其操，而道德高於古人。此公與樂天之所同也。公既不以其所有自多，亦不以其所無自少，將推其同者而自托焉。方其寓形於一醉也，齊得喪，忘禍福，混貴賤，等賢愚，同乎萬物，而與造物者遊，非獨自比於樂天而已。（發『醉』字，又高一層。）

古之君子，其處己也厚，其取名也廉。是以實浮於名，而世誦其美不厭。以孔子之聖，而自比於老彭，自同於丘明，自以爲不如顔淵。後之君子，實則不至，而皆有侈心焉。臧武仲自以爲聖，白圭自以爲禹，司馬長卿自以爲相如，揚雄自以爲孟軻，崔浩自以爲子房，然世終莫之許也。由此觀之，忠獻公之賢於人也遠矣。（淡然而止。）

推贊魏公，都酬應語耳。文將韓、白之彼此有無，互相比較，而歸本于兩賢之所同，則筆墨所到，皆成波瀾烟雲矣。歐陽公《晝錦堂記》純乎實説，未免遜此風格。

李氏山房藏書記

象犀珠玉怪珍之物，有悦於人之耳目，而不適於用；金石草木絲麻五穀六材，有適於用，而用之則弊，取之則竭。悦於人之耳目而適於用，用之而不弊，取之而不竭，賢不肖之所得，各因其才，仁智之所見，各隨其分，才分不同，而求無不獲者，惟書乎！（一氣滚下，數十句只如一句。）

自孔子聖人，其學必始於觀書。當是時，惟周之柱下史聃爲多書。韓宣子適魯，然後見《易象》與《魯春秋》。季札聘於上國，然後得聞《詩》之風、雅、頌。而楚獨有左史倚相，能讀《三墳》《五典》《八索》《九丘》。士之生於是時，得見《六經》蓋無幾，其學可謂難矣，而皆習於禮樂，深於道德，非後世君子所及。（見得書之難，而有得於書，即能自成其材。）

白秦、漢以來，作者益衆，紙與字畫日趨於簡便，而書益多，世莫不有，然學者益以苟簡，何哉？余猶及見老儒先生，自言其少時，欲求《史記》《漢書》而不可得，幸而得之，皆手自書，日夜誦讀，惟恐不及。近歲市人轉相摹刻諸子百家之書，日傳萬紙，學者之於書，多且易致如此，其文詞學術，當倍蓰於昔人，而後生科舉之士，皆束書不觀，游談無根，此又何也？（見得書之易，而人材轉入於苟簡。兩段緊相對照。）

余友李公擇，少時讀書於廬山五老峰下白石庵之僧舍。公擇既去，而山中之人思之，指其所居爲李氏山房。藏書凡九千餘卷，公擇既已涉其流，探其源，採剥其華實，而咀嚼其膏味，以爲己有，發於文詞，見於行事，以聞名於當世矣。而書固自如也，未嘗少損，將以遺來者，供其無窮之求，而各足其才分之所當得。是以不藏於家，而藏於其所故居之僧舍，此仁者之心也。（後代藏書家甚多，誰能用心如此？）

余既衰且病，無所用於世，惟得數年之間，盡讀其所未見之書，而廬山固所願游而不得者。蓋將老焉，盡發公擇之藏，拾其餘棄以自補，庶有益乎？而公擇求余文以爲記，乃爲一言，使來者知昔之君子見書之難，而今之學者有書而不讀爲可惜也。（收盡通篇。）

藏書以遺來者，固仁者之用心；東坡拈出此旨以警學者，亦仁人之心也。文律關鍵緊嚴，又其餘事。

近代藏書家，厭常喜新，每求僻簡斷編，七略、四庫所不列者，詫爲秘函，其實前賢所不暇觀者也。讀《李氏藏書記》並及之，以告天下之好奇而棄樸學者。

寶繪堂記

君子可以寓意於物，而不可以留意於物。寓意於物，雖微物足以爲樂，雖尤物不足以爲病；留意於物，雖微物足以爲病，雖尤物不足以爲樂。（見道語。）老子曰：『五色令人目盲，五音令人耳聾，五味令人口爽，馳騁田獵令人心發狂。』然聖人未嘗廢此四者，亦聊以寓意焉耳。

劉備之雄才也，而好結髦。嵇康之達也，而好鍛煉。阮孚之放也，而好蠟屐。（一路拓出去。）此豈有聲色臭味也哉，而樂之終身不厭。凡物之可喜、足以悦人而不足以移人者，莫若書與畫。然至其留意而不釋，則其禍有不可勝言者。鍾繇至以此嘔血發冢，宋孝武、王僧虔至以此相忌，桓玄之走舸，王涯之複壁，皆以兒戲害其國，凶其身。此留意之禍也。

始吾少時，嘗好此二者，家之所有，惟恐其失之；人之所有，惟恐其不吾予也。（予向亦同此情，今亦捐棄久矣。）既而自笑曰：吾薄富貴而厚於書，輕死生而重畫，豈不顛倒錯繆，失其本心也哉？自是不復好。見可喜者，雖時復蓄之，然爲人取去，亦不復惜也。譬之烟雲之過眼，百鳥之感耳，豈不欣然接之，去而不復念也。（歐公好金石文字，朱子議之，然歐公亦非留意於物者。）於是乎，二物者，常爲吾樂，而不能爲吾病。

駙馬都尉王君晉卿，雖在戚里，而其被服禮義，學問詩書，常與寒士角。平居攘去膏粱，屏遠聲色，而從事於書畫。作寶繪堂於私第之東，以蓄其所有，而求文以爲記。恐其不幸而類吾少時之所好，故以是告之，庶幾全其樂而遠其病也。

自是達人之言。必謂是諷晉卿，轉嫌粘滯。

眉州遠景樓記

吾州之俗，有近古者三：其士大夫貴經術而重氏族，其民尊吏而畏法，其農夫合耦以相助。（提綱。）盖有三代、漢、唐之遺風，而他郡之所莫及也。

始朝廷以聲律取士，而天聖以前，學者猶襲五代之弊。獨吾州之士，通經學古，以西漢文詞爲宗師。方是時，四方指以爲迂闊。至於郡縣胥吏，皆挾經載筆，應對進退，有足觀者。（貴經術。）而大家顯人，以門族相上，推次甲乙，皆有定品，謂之江鄉。非此族也，雖貴且富，不通婚姻。（重氏族。）

其民事太守縣令，如古君臣，既去，輒畫像事之，而其賢者，則記録其行事，以爲口實，至四五十年不忘。商賈小民，常儲善物而別異之，以待官吏之求。（尊吏。）家藏律令，往往通念而不以爲非，雖薄刑小罪，終身有不敢犯者。（畏罪。）

歲二月，農事始作。（以下詳寫合耦以相助。）四月初吉，穀稚而草壯，耘者畢出。數十百人爲曹，立表下漏，鳴鼓以致衆。擇其徒爲衆所畏信者二人，一人掌鼓，一人掌漏，進退作止，惟二人之聽。鼓之而不至，至而不力，皆有罰。量田計功，終事而會之，田多而丁少，則出錢以償衆。七月既望，穀艾而草衰，則仆鼓决漏，取罰金與償衆之錢，買羊豕酒醴，以祀田祖，作樂飲食，醉飽而去，歲以爲常。其風俗蓋如此。（總三段作束。）

故其民皆聰明才智，務本而力作，易治而難服。守令始至，視其言語動作，輒了其爲人。其明且能者，不復以事試，終日寂然。苟不以其道，則陳義秉法以譏切之，故智者以爲難治。

今太守黎侯希聲，軾先君子之友人也。簡而文，剛而仁，明而不苟，衆以爲易事。既滿將代，不忍其去，相率而留之，上不奪其請。既留三年，民益信，遂以無事。因守居之北墉而增築之，作遠景樓，日與賓客僚吏遊處其上。軾方爲徐州，吾州之人以書相往來，未嘗不道黎侯之善，而求文以爲記。（美太守意。）

嗟夫，軾之去鄉久矣。所謂遠景樓者，雖想見其處，而不能道其詳矣。然州人之所以樂斯樓之成，而欲記焉者，豈非上有易事之長，而下有易治之俗也哉！（美風俗意。）孔子曰：『吾猶及史之闕文也，有馬者借人乘之，今亡矣夫。』是二者，於道未有大損益也，然且録之。今吾州近古之俗，獨能累世而不遷，蓋耆老昔人豈弟之澤，而賢守令撫循教誨不倦之力也，可不録乎！（上下雙收。）若夫登臨覽觀之樂，山川風物之美，軾將歸老於故丘，（應去鄉久。）布衣幅巾，從邦君於其上，酒酣樂作，援筆而賦之，以頌黎侯之遺愛，尚未晚也。（餘波。）

既去鄉久，不應向樓之風景着筆，猶昌黎作《新修滕王閣記》，通篇以未得造觀爲主，閣之風景不一描寫也。只詳叙風俗之美，而黎侯之治，可以想見，此作者極造意處。

凌虚臺記

臺於南山之下，宜若起居飲食，與山接也。四方之山，莫高於終南，而都邑之最麗，莫近於扶風。以至近求最高，其勢必得，而太守之居，未嘗知有山焉。雖非事之所以損益，而物理有不當然者，此凌虚之所爲築也。

方其未築也，太守陳公杖履逍遥於其下，見山之出於林木之上者，纍纍如人之旅行於墻外，而見其髻也，（狀人難寫之景。）曰：『是必有異。』使工鑿其前爲方池，以其土築臺，高出於屋之檐而止。然後人之至於其上者，怳然不知臺之高，而以爲山之踴躍奮迅而出也。公曰：『是宜名凌虚。』以告其從事蘇軾，而求文以爲記。

軾復於公曰：『物之廢興成毁，不可得而知也。昔者荒草野田，霜露之所蒙翳，狐虺之所竄伏，方是時，豈知有凌虚臺耶？廢興成毁，相尋於無窮，則臺之復爲荒草野田，皆不可知也。（此理固然，然唯達觀者知之。）嘗試與公登臺而望，（從此句開出下文，無限感慨。）其東則秦穆之祈年、橐泉也，其南則漢武之長楊、五柞，而其北則隋之仁壽、唐之九成也。計其一時之盛，宏傑詭麗，堅固而不可動者，豈特百倍於臺而已哉！然而數世之後，欲求其髣髴，而破瓦頹垣，無復存者，既已化爲禾黍荆棘、丘墟隴畝矣，而況於此臺歟？夫臺猶不足恃以長久，而況於人事之得喪，忽往而忽來者歟？而或者欲以夸世而自足，則過矣。蓋世有足恃者，而不在乎臺之存亡也。』（三不朽。）既已言於公，退而爲之記。

發明廢興成毁，湍瀾洄洑，感慨歔欷，後歸於不朽之三，不止作達觀曠識，齊得喪，忘古今也。楊升菴謂是譏太守文，儲在陸又謂是宋人習氣，俱未必然。

超然臺記

凡物皆有可觀。苟有可觀，皆有可樂，非必怪奇偉麗者也。（凌空而起，得超然之意。）餔糟啜漓，皆可以醉，果蔬草木，皆可以飽，推此類也，吾安往而不樂？夫所爲求福而辭禍者，以福可喜而禍可悲也。人之所欲無窮，而物之可以足吾欲者有盡。美惡之辯戰乎中，而去取之擇交乎前，則可樂者常少，而可悲者常多，是謂求禍而辭福。（超然反面。）夫求禍而辭福，豈人之情也哉？物有以蓋之矣。彼游於物之内，而不游於物之外。（我小則物大。）物非有大小也，自其内而觀之，未有不高且大者也。彼挾其高大以臨我，則我常眩亂反復，如隙中之觀鬭，又烏知勝負之所在？是以美惡横生，而憂樂出焉，可不大哀乎！

予自錢塘移守膠西，釋舟楫之安，而服車馬之勞；去雕墻之美，而庇采椽之居；背湖山之觀，而行桑麻之野。始至之日，歲比不登，盗賊滿野，獄訟充斥，而齋厨索然，日食杞菊，人固疑予之不樂也。處之期年，而貌加豐，髮之白者日以反黑。予既樂其風俗之淳，而其吏民亦安予之拙也，於是治其園囿，浩其庭宇，伐安丘、高密之木，以修補破敗，爲苟完之計。而園之北，因城以爲臺者舊矣，稍葺而新之，時相與登覽，放意肆志焉。南望馬耳、常山，出没隱見，若近若遠，庶幾有隱君子乎？（神來。）而其東則盧山，秦人盧敖之所從遁也。西望穆陵，隱然如城郭，師尚父、齊桓公之遺烈猶有存者。北俯濰水，慨然太息，思淮陰之功，而弔其不終。臺高而安，深而明，夏凉而冬温。雨雪之朝，風月之夕，予未嘗不在，客未嘗不從。擷園蔬，取池魚，釀秫酒，瀹脱粟而食之，曰：樂哉遊乎！

方是時，予弟子由適在濟南，聞而賦之。且名其臺曰超然，以見予之無所往而不樂者，蓋游於物之外也。

黄石齋云：不惟文思温潤有餘，而説安遇順性之理，極爲透徹，此坡翁生平實際也。故其臨老謫居海外，窮愁顛倒，無不自得，真能超然物外者矣。

不得所樂，雖窮奢極欲，皆不自滿足之境；能游於物外，則窮居疏食，皆樂意也。此莊生達觀之見，猶且無入不得，况有味於孔、顔之樂者耶？通篇含超然意，末路點題，亦是一法。登臺四望一段，從習鑿齒《與桓秘書》文脱化而出。

放鶴亭記

熙寧十年秋，彭城大水，雲龍山人張君（名天驥。）之草堂，水及其半扉。明年春，水落，遷於故居之東，東山之麓。升高而望，得異境焉，作亭於其上。彭城之山，岡嶺四合，隱然如大環，獨缺其西十二（十分之二。），而山人之亭適當其缺。春夏之交，草木際天，秋冬雪月，千里一色。風雨晦明之間，俯仰百變。山人有二鶴，甚馴而善飛。旦則望西山之缺而放焉，縱其所如，或立於陂田，或翔於雲表，暮則傃（向也。）東山而歸。故名之曰放鶴亭。

郡守蘇軾，時從賓客僚吏往見山人，飲酒於斯亭而樂之，揖山人，而告之曰：『子知隱居之樂乎？雖南面之君，未可與易也。《易》曰：「鳴鶴在陰，其子和之。」《詩》曰：「鶴鳴於九皋，聲聞於天。」蓋其爲物，清遠閑放，超然於塵垢之外，故《易》《詩》人以比賢人君子。隱德之士，狎而玩之，宜若有益而無損者，然衛懿公好鶴則亡其國。周公作《酒誥》，衛武公作《抑》戒，以爲荒惑敗亂無若酒者，而劉伶、阮籍之徒，以此全其真而名後世。嗟夫，南面之君，雖清遠閑放如鶴者，猶不得好，好之則亡其國；而山林遁世之士，雖荒惑敗亂如酒者，猶不能爲害，而况於鶴乎？（筆妙。句中自分賓主。）由此觀之，其爲樂未可以同日而語也。』山人欣然而笑曰：『有是哉！』乃作放鶴招鶴之歌曰：

鶴飛去兮，西山之缺。高翔而下覽兮，擇所適。翻然斂翼，婉將集兮，忽何所見，矯然而復擊。獨終日於澗谷之間兮，啄蒼苔而履白石。（此放鶴之歌。）鶴歸來兮，東山之陰。其下有人兮，黄冠草履，葛衣而鼓琴。躬耕而食兮，其餘以汝飽。（飽韻，押褒。）歸來歸來兮，西山不可以久留。（此招鶴之歌。）

插入飲酒一段，見人均不可留意於物，而隱士之居，不妨輕世肆志。此南面之君，未易隱居之樂也。中間『而况於鶴乎』一句，玲瓏跳脱，賓主分明，極行文之能事。

石鐘山記

《水經》（桑欽作。）云：『彭蠡之口，有石鐘山焉。』酈元以爲下臨深潭，微風鼓浪，水石相搏，聲如洪鐘。（《水經注》已明，但未暢言耳。含簡意。）是説也，人常疑之。今以鐘磬置水中，雖大風浪，不能鳴也，而况石乎！至唐李渤始訪其遺蹤，得雙石於潭上，扣而聆之，南聲函胡，北音清越，枹止響騰，餘韻徐歇，自以爲得之矣。（含陋意。）然是説也，予尤疑之。石之鏗然有聲者，所在皆是也，而此獨以鐘名，何哉？

元豐七年六月丁丑，余自齊安（即黄州。）舟行適臨汝，而長子邁將赴饒之德興尉，送之至湖口，因得觀所謂石鐘者。寺僧使小童持斧，於亂石間擇其一二扣之，硿硿焉，余固笑而不信也。

（作一小波。）至其夜月明，獨與邁乘小舟至絶壁下，大石側立千尺，如猛獸奇鬼，森然欲搏人。（此一段爲『心動欲還』張本，又與『士大夫不肯夜泊』對照。）而山上栖鶻，聞人聲亦驚起，磔磔雲霄間。又有若老人咳且笑於山谷中者，或曰此鸛鶴也。余方心動欲還，（以上作勢，專爲折出此句。）而大聲發於水上，噌吰如鐘鼓不絶，舟人大恐。徐而察之，則山下皆石穴罅，不知其淺深，微波入焉，涵澹澎湃而爲此也。舟回至兩山間，將入港口，有大石當中流，可坐百人，空中而多竅，與風水相吞吐，有窾坎鏜鞳之聲，與向之噌吰者相應，如樂作焉。（二段疏明所以名鐘之故。）

因笑謂邁曰：『汝識之乎？噌吰者，周景王之無射也；窾坎鏜鞳者，魏莊獻子之歌鐘也。古之人不余欺也。』事不目見耳聞而臆斷其有無，可乎？』（通首眼目。）酈元之所見聞，殆與余同，而言之不詳。士大夫終不肯以小舟夜泊絶壁之下，故莫能知；而漁工水師，雖知而不能言。此世所以不傳也。（收全文處，又補出漁工水師一層。）而陋者乃以斧斤考擊而求之，自以爲得其實。余是以記之，蓋歎酈元之簡，而笑李渤之陋也。（一語收盡。）

記山水，並悟讀書觀理之法。蓋臆斷有無，而或簡或陋，均非可以求古人也。通體神行，末幅尤極得心應手之樂。

唐宋八家文讀本卷二十四

蘇軾子瞻著
後學沈德潛確士評點

潮州韓文公廟碑

匹夫而爲百世師，一言而爲天下法，（二語借孔、孟形起，非即實指韓公也。）是皆有以參天地之化，關盛衰之運。其生也有自來，其逝也有所爲，故申、吕自嶽降，而傅説爲列星，古今所傳，不可誣也。孟子曰：『我善養吾浩然之氣。』（提句作主。）是氣也，寓於尋常之中，而塞乎天地之間。卒然遇之，則王公失其貴，晉、楚失其富，良、平失其智，賁、育失其勇，儀、秦失其辯，是孰使之然哉？其必有不依形而立，不恃力而行，不恃生而存，不隨死而亡者矣。（善形浩然之氣。）故在天爲星辰，在地爲河嶽，幽則爲鬼神，而明則復爲人。此理之常，無足怪者。

自東漢以來，道喪文敝，異端並起，歷唐貞觀、開元之盛，輔以房、杜、姚、宋，而不能救。獨韓文公起布衣，談笑而麾之，天下靡然從公，復歸於正，蓋三百年於此矣。（憲宗至元祐五年，只二百二十餘年。）文起八代之衰，（東坡始開此口。）而道濟天下之溺，忠犯人主之怒，（諫佛骨事。）而勇奪三軍之帥。（論王庭凑事。）豈非參天地，關盛衰，浩然而獨存者乎！蓋嘗論天人之辨，以謂人無所不至，惟天不容僞。（亦用先提。）智可以欺王公，不可以欺豚魚；力可以得天下，不可以得匹夫匹婦之心。故公之精誠，能開衡山之雲，而不能回憲宗之惑；能馴鱷魚之暴，而不能弭皇甫鎛、李逢吉之謗；能信於南海之民，廟食百世，而不能使其身一日安于朝廷之上。（昌黎袁州後未嘗不安於朝，此蘇公借以自言其遇。）蓋公之所能者，天也；所不能者，人也。

始，潮人未知學，公命進士趙德爲之師。自是潮之士，皆篤於文行，延及齊民，至於今，號稱易治。信乎孔子之言：『君子學道則愛人，小人學道則易使也。』潮人之事公也，飲食必祭；水旱疾疫，凡有求必禱焉。而廟在刺史公堂之後，民以出入爲艱。前守欲請諸朝作新廟，不果。元祐五年，朝散郎王君滌來守是邦，凡所以養士治民者，一以公爲師。民既悅服，則出令曰：『願新公廟者，聽。』民歡趨之。卜地於州城之南七里，期年而廟成。

或曰：『公去國萬里而謫於潮也，不能一歲而歸，没而有知，其不眷戀於潮也審矣。』軾曰：『不然。公之神在天下者，如水之在地中，無所往而不在也。而潮人獨信之深，思之至，焄蒿凄愴，若或見之。譬如鑿井得泉，而曰水專在是，豈理也哉！』元豐七年，詔封公昌黎伯，故榜曰『昌黎伯韓文公之廟』。潮人請書其事於石，因作詩以遺之，使歌以祀公。（歌詞步武韓公，非東坡本色。）其辭曰：

公昔騎龍白雲鄉，手抉雲漢分天章，天孫爲織雲錦裳。飄然乘風來帝旁，下與濁世掃秕糠。西游咸池略扶桑，草木衣被昭回光。追逐李、杜參翺翔，（此亦東坡始言之。）汗流籍、湜走且僵，滅没倒景不可望。作書詆佛譏君王，要觀南海窺衡湘，歷舜九疑弔英、皇。祝融先驅海若藏，約束鮫鰐如驅羊。鈞天無人帝悲傷，謳吟下招遣巫陽。㸈牲鷄卜羞我觴，於粲荔丹與蕉黄。公不少留我涕滂，翩然被髮下大荒。

朱子云：東坡作《韓文公廟碑》，不能得一起頭，起行百十遭，忽得『匹夫』兩句，下面只如此掃去。

文亦以浩然之氣行之，故縱横揮洒，而不規規於聯絡照應之法，合以神，不必合以迹也。前一段，見參天地、觀盛衰，由於浩然之氣；中一段，見公之合於天而乖於人，是所以貶斥之故；後一段，是潮人所以立廟之故。脈理極清。

吴門惠仲儒學士，視學廣南，教士人以經史之學，凡六載，士風丕變。今潮人祀於韓山，位在趙德之次，見吾吴有人，而潮人之能不忘所自也。附識於此。

表忠觀碑

熙寧十年十月戊子，資政殿大學士、右諫議大夫、知杭州軍州事，臣抃言：

故吴越國王錢氏墳廟，及其父祖妃夫人子孫之墳，（先叙趙抃疏語。）在錢塘者二十有六，在臨安者十有一，皆蕪廢不治，父老過之，有流涕者。謹按故武肅王鏐，（叙武肅王及子孫始末。）始以鄉兵破走黄巢，名聞江淮。復以八都兵討劉漢宏，並越州，以奉董昌，而自居於杭。及昌以越叛，則誅昌而並越，盡有浙東西之地。傳其子文穆王元瓘，至其孫忠顯王仁佐，遂破李景兵，取福州。而仁佐之弟忠懿王俶，又大出兵攻景，以迎周世宗之師。其後卒以國入覲。三世四王，與五代相終始。天下大亂，豪傑蜂起。方是時，以數州之地，盜名字者，不可勝數。既覆其族，延及於無辜之民，罔有孑遺。而吴越地方千里，帶甲十萬，鑄山煮海，象犀珠玉之富，甲於天下，然終不失臣節，貢獻相望於道。（叙其歷世有德於民。）是以其民至於老死不識兵革，（所以流涕。）四時嬉遊，歌鼓之聲相聞，至於今不廢，其有德於斯民甚厚。皇宋受命，四方僭亂，以次削平。西蜀、江南，負其嶮遠，兵至城下，力屈勢窮，然後束手。而河東劉氏，百戰守死，以抗王師，積骸爲城，釃血爲池，竭天下之力，僅乃克之。獨吴越不待告命，封府庫，籍郡縣，請吏於朝。（叙其請吏歸命，有功於朝。）視去其國，如去傳舍，其有功於朝廷甚大。昔竇融以河西歸漢，光武詔右扶風，脩理其父祖墳塋，祠以太牢。今錢氏功德，殆過於融，（雙收。）而未及百年，墳廟不治，行道嗟傷，甚非所以勸奬忠臣、慰答民心之義也。臣願以龍山廢佛祠曰妙因院者爲觀，使錢氏之孫爲道士曰自然者居之。凡墳廟之在錢塘者，以付自然，（叙墳廟置守。）其在臨安者，以付吴縣之净土寺僧曰道微，歲各度其徒一人，使世掌之。籍其地之所入，以時修其祠宇，封殖其草木。有不治者，縣令丞察之，甚者易其人，庶幾永終不墜，以稱朝廷待錢氏之意。臣抃昧死以聞。

制曰：可。其妙因院，改賜名曰『表忠觀』。銘曰：

天目之山，苕水出焉。龍飛鳳舞，（語本郭璞。）萃於臨安。篤生異人，絶類離群。奮挺大呼，從者如雲。仰天誓江，月星晦蒙。强弩射潮，江海爲東。殺宏誅昌，奄有吴越。金券玉册，虎符龍節。大城其居，包絡山川。左江右湖，控引島蠻。歲時歸休，以燕父老。曄如神人，玉帶毬馬。（亦通韻。）四十一年，寅畏小心。厥篚相望，大貝南金。五朝昏亂，罔堪託國。三王相承，以待有德。既獲所歸，弗謀弗咨。先王之志，我維行之。天祚忠孝，世有爵邑。允文允武，子孫千億。帝謂守臣，（得體。）治其祠墳。毋俾樵牧，愧我後昆。龍山之陽，巋焉新宫。匪私於錢，唯以勸忠。非忠無君，非孝無親。凡百有位，視此刻文。

表其功，表其德，無非所以表忠也。直叙趙清獻疏，而系以銘，點竄之功，曾異司馬子長邪？荆公謂其似《史記·秦楚之際》《諸侯王年表》，洵然。

司馬温公神道碑

上即位之三年，朝廷清明，百揆（上聲，非平聲。）時叙，民安其生，風俗一變。異時薄夫鄙人，皆洗心易德，務爲忠厚，人人自重，耻言人過。中國無事，四夷稽首請命。惟西羌夏人，叛服不常，懷毒自疑，數入爲寇。上命諸將按兵不戰，示以形勢，不數月，生致大首領鬼章青宜結闕下。夏人十數萬寇涇原，至鎮戎城下，五日無所得，一夕遁去。而西羌兀征聲延，以其族萬人來降。黄河始決曹村，既築靈平，復決小吴，横流五年，朔方騷然。而今歲之秋，積雨彌月，河不大溢。及冬，水入地益深，有北流赴海，復禹舊迹之勢。凡上所欲，不求而獲，而其所惡，不麾而去。天下曉然，知天意與上合，庶幾復見至治之成，家給人足，刑措不用，如咸平、景德間也。（一路説天佑二聖，由能用司馬公之故。寬寬説來，奉詔作文，自應如此。）

或以問臣軾：上與太皇太后安所施設而及此？臣軾對曰：在《易·大有》：『上九，自天祐之，吉，無不利。』孔子曰：『天之所助者，順也；人之所助者，信也。履信思乎順，又以尚賢也，是以自天祐之，吉無不利。』今二聖躬信順以先天下，而用司馬公以致天下士，應是三德矣。且以臣觀之，公，仁人也，天相之矣。（昌黎奉詔作，亦然。）（頓住。）

何以知其然也？曰：公以文章名於世，而以忠義自結人主，朝廷知之可也，四方之人，何自知之？士大夫知之可也，農商走卒，何自知之？中國知之可也，九夷八蠻，何自知之？方其退居於洛，渺然如顔子之在陋巷，纍然如屈原之在陂澤，其與民相忘也久矣，而名震天下，如雷霆，如河漢，如家至而日見之。聞其名者，雖愚無知如婦人孺子，勇悍難化如軍伍夷狄，以至於姦邪小人，雖甚其害己，仇而疾之者，莫不斂衽變色，咨嗟太息，或至於流涕也。元豐之末，臣自登州入朝，過八州以至京師，民知其與公善也，所在數千人，（婦人孺子在其中。）聚而號呼於馬首曰：寄謝司馬丞相，慎毋去朝廷，厚自愛，以活百姓。如是者，蓋千餘里不絶。至京師，聞士大夫言，公初入朝，民擁其馬，至不得行，衛士見公，擎跪流涕者，不可勝數，公懼而歸洛。遼人、夏人遣使入朝，（夷狄在其中。）與吾使至虜中者，虜必問公起居，而遼人敕其邊吏曰：中國相司馬矣，慎毋生事開邊隙。其後公薨，京師之民，罷市而往弔，粥衣以致奠，巷哭以過車者，蓋以千萬數。上命户部侍郎趙瞻、内侍省押班馮宗道，護其喪歸葬。瞻等既還，皆言民哭公哀甚，如哭其私親。四方來會葬者，蓋數萬人。而嶺南封州父老，相率致祭，且作佛事以薦公者，其詞尤哀。炷薌於手頂以送公葬者，凡百餘人。而畫像以祠公者，天下皆是也。此豈人力也哉？天相之也！

匹夫而能動天，亦必有道矣。非至誠一德，其孰能使之！（所以能服之故。）《記》曰：『惟天下之至誠，爲能盡其性；能盡其性，則能盡人之性；能盡人之性，則能盡物之性；能盡物之性，則可以贊天地之化育矣。』《書》曰：『惟尹躬暨湯，咸有一德，克享天心。』又曰：『德惟一，動罔不吉；德二三，動罔不凶。』或以千金與人而人不喜，（此蘇公本色。）或以一言使人而人死之者，誠與不誠故也。稽天之潦不能終朝，而一綫之溜可以達石者，一與不一故也。誠而一，古之聖人不能加毫末於此矣，而况公乎！故臣論公之德，至於感人心、動天地，巍巍如此，而蔽之以二言，曰誠，曰一。

公諱光，字君實，其先河内人，晉安平獻王孚之後。王之裔孫征東大將軍陽，始葬今陝州夏縣涑水鄉，子孫因家焉。曾祖諱政，以五代衰亂，不仕，贈太子太保。祖諱炫，舉進士，試秘書省校書郎，終於耀州富平縣令，贈太子太傅。考諱池，寶元、慶曆間名臣，終於兵部郎中、天章閣待制，贈太師、温國公。曾祖妣薛氏，祖妣皇甫氏，妣聶氏，皆封温國太夫人。

公始以進士甲科事仁宗皇帝，至天章閣待制，知諫院。始發大議，乞立宗子爲後，（乞建儲。）以安宗廟，宰相韓琦等因其言，遂定大計。事英宗皇帝爲諫議大夫，龍圖閣直學士，論陝西刺義勇爲民患，（除民患。）及内侍任守忠姦蠹，（去姦人。）乞斬以謝天下，守忠竟以譴死。又論濮安懿王，當準先朝封贈期親尊屬故事，（議典禮。）天下義之。事神宗皇帝，爲翰林學士，御史中丞。西戎部將嵬名山，欲以横山之衆降，公極論其不可納，（諫納降。）後必爲邊患，已而果然。勸帝不受尊號，（論上尊號。）遂爲萬世法。及王安石爲相，始行青苗、助役、農田水利，謂之新法，公首言其害，以身争之。（争新法。）當時士大夫不附安石、言新法不便者，皆倚公爲重。帝以公爲樞密副使，公以言不行，不受命。乃以爲端明殿學士，出知永興軍，遂以留司御史臺，及提舉崇福宫，退居於洛，十有五年。及上即位，太皇太后攝政，起公爲門下侍郎，遷正議大夫，遂遷左僕射。公首更詔書以開言路，（勸受言。）分别邪正，進退其甚者十餘人。旋罷保甲、保馬、市易，及諸道新行鹽鐵茶法，最後遂罷助役、青苗。（罷弊政。以上，生平大節，無有遺漏。）方議取士擇守令監司以養民，期於富而教之，凛凛乎嚮至治矣，而公卧病，以元祐元年九月丙辰朔，薨於位，享年六十八。

太皇太后聞之，慟，上亦感涕不已。時方祀明堂，禮成不賀。二聖皆臨其喪，哭之哀甚，輟視朝。贈太師、温國公，襚以一品禮服，謚曰文正。官其親屬十人。公娶張氏，禮部尚書存之女，封清河郡君，先公卒，追封温國夫人。子三人：童、唐皆早亡；康，今爲秘書省校書郎。孫二人，植、柏，皆承奉郎。以元祐三年正月辛酉，葬於陝之夏縣涑水南原之晁村。上以御篆表其墓道，曰忠清粹德之碑，而其文以命臣軾。

臣蓋嘗爲公行狀，而端明殿學士范鎮，取以志其墓矣，故其詳不復再見，而獨論其大概。議者徒見上與太皇太后進公之速、用公之盡，而不知神宗皇帝知公之深也。（此段最關要，並欲杜後人讒慝之口，知小人以紹述爲詞也。）自士庶人至於卿大夫，相與爲賓師朋友，道足以相信，而權不足以相休戚，然猶同己則親之，異己則疏之，未有聞過而喜、受誨而不怒者也，而况於君臣之間乎？（複句法。）方熙寧中，朝廷政事，與公所言，無一不相違者，書數十上，皆盡言不諱，蓋自敵以下所不能堪，而先帝安受之，非特不怒而已，乃欲以爲左右輔弼之臣，至爲叙其所著書，（精神尤在此段。）讀之於邇英閣，不深知公而能如是乎？二聖之知公也，知之於既同，而先帝之知公也，知之於方異，故臣以先帝爲難。昔齊神武皇帝寢疾，（所引似不當，然下妙於救轉。）告其子世宗曰：『侯景專制河南十四年矣，諸將皆莫能敵，惟慕容紹宗可以制之。我故不貴，留以遺汝。』而唐太宗亦謂高宗：『汝於李勣無恩，我今責出之，汝當授以僕射。』乃出勣爲疊州都督。夫齊神武、唐太宗，雖未足以比隆先帝，而紹宗與勣，亦非公之流，然古之人君所以爲其子孫長計遠慮者，類皆如此。寧其身不受知人之名，而使其子專享得賢之利。先帝知公如此，而卒不盡用，安知其意不出於此乎？臣既書其事，乃拜手稽首而作詩曰：

於皇上帝，子惠我民。孰堪顧天，惟聖與仁。聖子受命，如堯之初。神母詔之，匪亟匪徐。聖神無心，孰左右之。民自擇相，我興授之。其相維何，太師温公。公來自西，一馬二童。萬人環之，如渴赴泉。孰不見公，莫如我先。二聖忘己，惟公是式。公亦無我，惟民是度。民曰樂哉，既相司馬。爾賈於途，我耕於野。士曰時哉，既用君實。我後子先，時不可失。公如麟鳳，不鷙不搏。羽毛畢朝，雄狡率服。爲政一年，疾病半之。功則多矣，百年之思。知公於異，識公於微。匪公之思，神考是懷。天子萬年，四方來同。薦於清廟，神考之功。

鹿門謂子瞻不長叙事，不得太史公法門，以入手寬緩，中間夾入議論也。然此文奉詔作，則推原君德，歸美先帝，乃爲合格。況既有狀志，事跡亦可從略，烏得以尋常法繩之？

司馬文正，不大用於神宗，而委任於二聖，父子繼述之際，殊難立言。文中謂神宗之不用，正以留詒後人，真有回幹大造之妙。或云子瞻因二聖撤金蓮燭送歸院時所言，中有感觸，歸美神宗，此又淺之乎窺子瞻矣。

日喻

生而眇者不識日，問之有目者。或告之曰：『日之狀如銅槃。』扣槃而得其聲。他日，聞鐘，以爲日也。（趣。）或告之曰：『日之光如燭。』捫燭而得其形。他日，揣籥，以爲日也。日之與鐘、籥亦遠矣，而眇者不知其異，以其未嘗見而求之人也。（此專求之人之失。）

道之難見也，甚於日，而人之未習也，無以異於眇。達者告之，雖有巧譬善導，亦無以過於槃與燭也。自槃而之鐘，自燭而之籥，轉而相之，豈有既乎！故世之言道者，或即其所見而名之，或莫之見而意之，皆求道之過也。（求，猶揣測也。）

然則道卒不可求歟？蘇子曰：『道可致而不可求。』何謂致？孫武曰：『善戰者致人，不致於人。』孔子曰：『百工居肆以成其事，君子學以致其道。』莫之求而自至，斯以爲致也歟？（孟子所謂自得也。）

南方多没人，日與水居也，七歲而能涉，十歲而能浮，十五而能没矣。夫没者，豈苟然哉，必將有得於水之道者。日與水居，則十五而得其道。生不識水，則雖壯，見舟而畏之。故北方之勇者，問於没人，而求其所以没，以其言試之河，未有不溺者也。故凡不學而務求道，皆北方之學没者也。（此憑虛之實。）

昔者以聲律取士，（此對偶聲律之失。）士雜學而不志於道；今也以經術取士，士知求道而不務學。（王氏新學之失。）渤海吴君彦律，有志於學者也，方求舉於禮部，作《日喻》以告之。（王安石以經術取士，似高於詩賦矣。及致之於用，一無實得，此求道而不務實學也。設喻痛加針砭。）

未嘗見而求之人，是一意；不學而强求其得，是一意。前後兩意，俱用設喻成文，妙悟全得莊子。愈淺近言道愈明，所云『每下愈况』者耶！

稼説送張琥

曷嘗觀於富人之稼乎？其田美而多，其食足而有餘。其田美而多，則可以更休，而地力得完；其食足而有餘，則種之常不後時，而斂之常及其熟。（有養者之影。）故富人之稼常美，少秕而多實，久藏而不腐。今吾十口之家，而共百畝之田，寸寸而取之，日夜以望之，鋤耰銍艾，相尋於其上者如魚鱗，而地力竭矣。（無養者之影。）種之常不及時，而斂之常不待其熟，此豈能復有美稼哉？

古之人，其才非有以大過今之人也，其平居所以自養而不敢輕用，以待其成者，閔閔焉如嬰兒之望長也。弱者養之以至於剛，虚者養之以至於充。三十而後仕，五十而後爵，信於久屈之中，而用於至足之後。流於既溢之餘，而發於持滿之末。（句句有『學』字在，至後方點出。）此古之人所以大過人，而今之君子所以不及也。

吾少也有志於學，不幸而蚤得與吾子同年，吾子之得，亦不可謂不蚤也。吾今雖欲自以爲不足，而衆且妄推之矣。嗚呼！吾子其去此而務學也哉。博觀而約取，厚積而薄發，（千古爲學之方，盡此十字。）吾告子止於此矣。子歸過京師而問焉，有曰轍子由者，吾弟也，其亦以是語之。

成才在乎能養，而養之實全在務學；求養而不務學，猶欲歲取十千而無菑田之本也。喻意説明，正義自見。與《日喻》篇同一作法。

剛説

孔子曰：『剛毅木訥，近仁。』又曰：『巧言令色，鮮矣仁。』所好夫剛者，非好其剛也，好其仁也；所惡夫佞者，非惡其佞也，惡其不仁也。吾平生多難，常以身試之，凡免吾於厄者，皆平日可畏人也；擠我於險者，皆異時可喜人也。吾是以知剛者之必仁，佞者之必不仁也。（語如刀斫斧劈。）

建中靖國之初，吾歸自海南，見故人，問存没，追論平生所見剛者，或不幸死矣。若孫君介夫諱立節者，真可謂剛者也。始吾弟子由爲條例司屬官，以議不合引去。王荆公謂君曰：『吾條例司，當得開敏如子者。』君笑曰：『公過矣，當求勝我者。若我輩人，則亦不肯爲條例司矣。』（言婉而勁，此剛之一。）公不答，徑起入户，君亦趨出。君爲鎮江軍書記，吾時通守錢塘，往來常、潤，見君京口。方新法之初，監司皆新進少年，馭吏如束濕，不復以禮遇士大夫，而獨敬憚君，曰：『是抗丞相，不肯爲條例司者。』

謝麟經制溪洞事宜，州守王奇與蠻戰死，君爲桂州節度判官，被旨鞫吏士之有罪者。麟因收大小使臣十二人付君并按，且盡斬之。君持不可，麟以語侵君。君曰：『獄當論情，吏當守法。逗撓不進，諸將罪也，既伏其辜矣，餘人可盡戮乎？若必欲以非法斬人，則經制司自爲之，我何與焉。』（此又剛之一。）麟奏君抗拒，君亦奏麟侵獄事。刑部定如君言，十二人皆不死，或以遷官。吾以是益知剛者之必仁也。不仁而能以一言活十二人於必死乎！

方孔子時，可謂多君子，而曰『未見剛者』，以明其難得如此，而世乃曰『太剛則折』。士患不剛耳，長養成就，猶恐不足，當憂其太剛而懼之以折耶？折不折，天也，非剛之罪。（太剛則折，爲悻悻客氣者言，非謂仁者之勇也。柔靡人借此藏身，得此足以激發人志氣。）爲此論者，鄙夫患失者也。君平生可紀者甚多，獨書此二事，遺其子䚮、勴，明剛者之必仁，以信孔子之説。

舉二事以概其生平，其得與於仁可知矣。議論矯然，筆力蒼然。

書李伯時《山莊圖》後

或曰：龍眠居士作《山莊圖》，使後來入山者，信足而行，自得道路，如見所夢，如悟前世。見山中泉石草木，不問而知其名；遇山中漁樵隱逸，不名而識其人。此豈强記不忘者乎？曰：非也。晝日者常疑餅，非忘日也。（『非忘日』，意中滯於日也。）醉中不以鼻飲，夢中不以趾捉，（妙語。）天機之所合，不强而自記也。居士之在山也，不留於一物，故其神與萬物交，其智與百工通。雖然，有道有藝。有道而不藝，則物雖形於心，不形於手。（故必天與人兼盡。）吾嘗見居士作華嚴相，皆以意造，而與佛合。佛菩薩言之，居士畫之，若出一人，況自畫其所見者乎？

即莊子腰忘帶、足忘履意，得其解者自遇之。末又轉出道、藝相兼，使學者知所從入。

書吳道子畫後

智者創物，能者述焉，非一人而成也。君子之於學，百工之於技，自三代，歷漢，至唐而備矣。故詩至於杜子美，文至於韓退之，書至於顏魯公，畫至於吳道子，而古今之變、天下之能事畢矣。道子畫人物，如以燈取影，逆來順往，旁見側出，横斜平直，各相乘除，得自然之數，不差毫末，出新意於法度之中，寄妙理於豪放之外，（千古行文之妙，不出此二語。）所謂遊刃餘地，運斤成風，蓋古今一人而已。

予於他畫，或不能必其主名，至於道子，望而知其真僞也。然世罕有真者，如史全叔所藏，平生蓋一二見而已。

舉一畫，而他可類推。道子之畫，子瞻之評，唯聖神於此藝者能之。

書蒲永昇畫後

古今畫水，多作平遠細流，其善者不過能爲波頭起伏，使人至以手捫之，謂有窪隆，以爲至妙矣。然其品格，特與印板水紙，争工拙於毫釐間耳。

唐廣明中，處士孫位始出新意，畫奔湍巨浪，與山石曲折，隨物賦形，盡水之變，號稱神逸。（寫山石，其波浪自險。）其後蜀人黄筌、孫知微，皆得其筆法。始，知微欲於大慈寺壽寧院壁，作湖灘水石四堵，營度經歲，終不肯下筆。（即少陵所謂『意匠慘淡經營中』也。）一日，倉黄入寺，索筆墨甚急，奮袂如風，須臾而成，作輸瀉跳蹙之勢，汹汹欲崩屋也。（即所謂『斯須九重真龍出，一洗萬古凡馬空』也。）知微既死，筆法中絶五十餘年。

近歲，成都人蒲永昇，嗜酒放浪，性與畫會，始作活水，得二孫本意。自黄居寀兄弟、李懷衮之流，皆不及也。王公富人，或以勢力使之，永昇輒嘻笑舍去。遇其欲畫，不擇貴賤，頃刻而成。（當其神來，已亦不能自主。）嘗與予臨壽寧院水，作二十四幅，每夏日，挂之高堂素壁，即陰風襲人，毛髮爲立。永昇今老矣，畫益難得，而世之識真者亦少。如往時董羽、近日常州戚氏畫水，世或傳寶之。如董、戚之流，可謂死水，未可與永昇同年而語也。

活水死水，可悟行文之法。中蒼黄入寺一段，尤能狀出神來之候。蓋古今妙文，無有不成於神來者。天機忽動，得之自然，人力不與也。

方山子傳

方山子，光、黄間隱人也。少時慕朱家、郭解爲人，閭里之俠皆宗之。稍壯，折節讀書，欲以此馳騁當世，然終不遇。晚乃遁於光、黄間，曰岐亭，庵居蔬食，不與世相聞。棄車馬，毁冠服，徒步往來山中，人莫識也。見其所著帽，方屋而高，（冠頂曰屋。）曰：此豈古方山冠之遺像乎？因謂之方山子。

余謫居於黄，過岐亭，適見焉，曰：『嗚呼，此吾故人陳慥季常也，何爲而在此？』（倒點出姓名。）方山子亦矍然問余所以至此者。余告之故，俛而不答，仰而笑，呼余宿其家。環堵蕭然，而妻子奴婢，皆有自得之意。余既聳然異之。（東坡又云『忽聞河東獅子吼，柱杖落地心茫然』，何耶？）

獨念方山子少時，使酒好劍，用財如糞土。前十有九年，余在岐山，見方山子從兩騎，挾二矢，游西山。鵲起於前，使騎逐而射之，不獲。方山子怒馬獨出，一發得之。（寫少時豪俠，有鼻端出火之概。）因與余馬上論用兵，及古今成敗，自謂一世豪士。（悲壯淋漓。）今幾時耳，精悍之色，猶見於眉間，而豈山中之人哉！

然方山子世有勳閥，當得官，使從事於其間，今已顯聞。而其家在洛陽，園宅壯麗與公侯等。河北有田，歲得帛千匹，亦足以富樂。皆棄不取，獨來窮山中，此豈無得而然哉？（應上自得。）余聞光、黄間多異人，往往陽狂垢汙，不可得而見，方山子倘見之歟？（妙在不了。）

生前作傳，故别於尋常傳體。通篇只叙其遊俠隱淪，而不及世系與生平行事，此傳中變調也。寫遊俠，須眉欲動；寫隱淪，姓字俱沉。自是傳神能事。

亡妻王氏墓志銘

治平二年，五月丁亥，趙郡蘇軾之妻王氏，卒於京師。六月甲午，殯於京城之西。其明年六月壬午，葬於眉之東北彭山縣安鎮鄉可龍里，先君先夫人墓之西北八步。軾銘其墓，曰：

君諱弗，眉之青神人，鄉貢進士方之女。生十有六年，而歸於軾。有子邁。君之未嫁，事父母。既嫁，事我先君、先夫人，皆以謹肅聞。（孝謹。）其始，未嘗自言其知書也。見軾讀書，則終日不去，亦不知其能通也。其後，軾有所忘，君輒能記之。問其他書，則皆略知之。由是始知其敏而静也。（敏静。）從軾官於鳳翔，軾有所爲於外，君未嘗不問知其詳。曰：『子去親遠，不可以不慎。』日以先君之所以戒軾者相語也。（規戒。）軾與客言於外，君立屏間聽之，退，必反覆其言，曰：『某人也，言輒持兩端，惟子意之所向，子何用與是人言。』（知言。）有來求與軾親厚甚者，君曰：『恐不能久。其與人鋭，其去人必速。』已而果然。（知人。）將死之歲，其言多可聽，類有識者。其死也，蓋年二十有七而已。始死，先君命軾曰：『婦從汝於艱難，不可忘也。他日，汝必葬諸其姑之側。』未期年而先君没，軾謹以遺令葬之。銘曰：

君得從先夫人於九原，余不能。嗚呼哀哉！余永無所依怙。君雖没，其有與爲婦何傷乎？嗚呼哀哉！

着墨不繁，而婦德已見。銘詞可哀，不在語言之中。

祭歐陽文忠公文

嗚呼哀哉，公之生於世，六十有六年。民有父母，國有蓍龜。斯文有傳，學者有師。君子有所恃而不恐，小人有所畏而不爲。譬如大川喬嶽，不見其運動，而功利之及於物者，蓋不可以數計而周知。今公之没也，赤子無所仰芘，朝廷無所稽疑，斯文化爲異端，（隱指王氏新學。）而學者至於用夷。君子以爲無爲爲善，而小人沛然自以爲得時。譬如深淵大澤，龍亡而虎逝，則變怪雜出，舞鰌鱓而號狐狸。

昔其未用也，天下以爲病。（以下凡五轉。）而其既用也，則又以爲遲。及其釋位而去也，莫不冀其復用。至其請老而歸也，莫不惆悵失望，而猶庶幾於萬一者，幸公之未衰。孰謂公無復有意於斯世也，奄一去而莫予追。豈厭世溷濁，潔身而逝乎？將民之無禄，而天莫之遺？

昔我先君，懷寶遁世，非公則莫能致。（蘇氏兩世受知。）而不肖無狀，因緣出入，受教於門下者，十有六年於兹。聞公之喪，義當匍匐往弔，而懷禄不去，愧古人以忸怩。緘詞千里，以寓一哀而已矣。蓋上以爲天下慟，而下以哭其私。（一語收通體。）

朝無君子，斯文失傳，爲天下慟也；叙兩世見知於公，哭其私也。末語收拾通體，而情韻幽咽，自然惻惻感人。

唐宋八家文讀本卷二十五

蘇轍子由著
後學沈德潛確士評點

陳州爲張安道論時事書

伏以中外臣庶，各有職事，越職而言，國有常憲。臣守土陳州，非有言責，而輒言之，計其狂愚，兹實有罪。然臣伏念頃以老疾，不任吏事，陛下未忍廢棄，親擇便地，以遂安養。將辭之日，面承德音，以爲大臣之義，皆當爲國謀慮，不宜以中外爲嫌，有所不盡。古人有言：『雖乃身在外，乃心罔不在王室。』伏惟聖德廣大，無所不容。而臣自到任以來，於今一歲，心目昏眩，有加無瘳，故嘗乞丐餘生，求還閭舍，區區之誠，久而未獲。陛下視臣志氣之衰至此，豈復有意别白是非，而與世俗争議也哉！是以得失之間，久而無所與。今者竊有所懷，上爲陛下參之官吏，下爲陛下驗之百姓，而安危之機，實在於此。自惟受恩累聖，邦之休戚，身實同之，志力雖衰，於義不可嘿已。然臣之所欲言者，非敢遠引前古，逆探未然，以惑陛下之聰明也，凡皆陛下之所嘗試，而臣愚之所與聞者耳。（虚挈通體。）

臣伏見陛下即位之始，計慮深遠，凡有所建，動合天心。始議山陵，深恤費用之廣，推明先帝薄葬之命，以詔有司。四方聞之，無不感泣。其後一年之間，誕布號令，勸率宗族，惇孝悌之行，勉勵州郡，先農桑之政，復轉對以廣言路，議徭役以寬民力。盛德之事，不可具記。是時天下雖大變之後，而無不翹然想聞德音，以忘其憂。兩宫歡欣，九族親睦，群臣萬民，蒙福而安。紛紜之議，不至於朝廷；謗讟之聲，不聞於閭里。陛下優遊無爲，而天下已治矣。爲國如此，豈不樂哉！陛下自今視之，當日之政，其爲可悔恨者凡有幾？以臣視之，非獨陛下無所悔恨，（明挈悔恨，然先從無悔恨説入。）雖天下之人，亦未有以爲失當者也。何者？政令簡易，而人情之所安耳。《易》曰：『易則易知，簡則易從。易知則有親，易從則有功。有親則可久，有功則可大。』向使陛下推行此道，始終不變，則臣以爲，可久可大之功，可得而致矣。

其後，求治太切，用意過當，（抉出三悔之根。）姦臣緣隙得進邪説，始議開邊以中上旨。於是，延安有横山之謀，保安有招誘之計。陛下饒之以金帛，假之以干戈。小人貪功，慮害不遠，輕發深入，結怨西戎，攘奪尺寸無用之土，空竭内府累世之積。大者疲弊秦、雍，小者身死寇仇，西鄙騷然不寧，而陛下始一悔矣。（千古開邊之弊如此。）

然而陛下天姿英果，有漢武宏達之量，雖復兵吏失律，而立功之意，未嘗少衰。是以左右大臣，測知此心，復進財利之説。陛下樂聞其利，而未暇深究其害，於是舉而從之，置條例司，而講求天下之遺利。己酉之秋，新政始出。自是以來，凡所變革，不可悉數。其最大者，一出而爲常平青苗，再出而爲揀兵并營，三出而爲出錢雇役，四出而爲保甲教閱。四者並行於世，官吏疑惑，兵民憤怨，諫争者章交於朝，誹謗者聲播於市。陛下不勝其煩，爲之當寧太息，日昃而不食矣。然猶幸其成功，力排衆人之議，而固守之，天下方共厭苦，而不知其所止也。而揀兵併營之策，其害先見，武夫兇悍，爲怨最深，爲患最急。陛下知其不可，於是多支月糧，復收退卒，以順適其意，而陛下既再悔矣。

然軍中之口，猶復洶洶不靖。陛下雖推恩撫之，而終不以爲惠，反謂陛下畏之耳。不幸邊臣失算，再生戎患。帷幄之臣，謀之不臧，不務安之，而務撓之。臨遣執政，付以疆事，多出金幣，豫書誥敕，以成其深入之計。當此之時，天下之心，知其必敗矣。而陛下與一二臣者，方以爲萬舉而萬全，既而出兵無人之境，築城不守之地，困弊腹心，以求無益之功，使秦晉之民，父子流離，肝腦涂地，戎人儌倖受屈。已築之城，隨即傾覆，救援之兵，相繼潰叛。四方震動，君臣宵旰，而後下罪己之詔，投竄元宰，以謝二鄙，而陛下既三悔矣。

夫此三者，方其未悔也，陛下亦以爲是邪，非邪？陛下犯逆衆心，力行而不顧，其必以爲是，不以爲非也。然而其終卒至於此。然則方今陛下之所是而未悔者，無乃亦類此歟？（刺入隱衷。）臣聞衆而不可欺者，民也；（先用平提，後又側到民上。）勇而不可犯者，兵也；險而不可侮者，鄰國也。今陛下既已欺民、犯兵，而侮鄰國矣。夫犯兵、侮鄰，變速而禍小；至於欺民，則變遲而禍大。變速而禍小者，瓦解之憂也；變遲而禍大者，土崩之患也。今瓦解之憂，陛下既知悔矣，而土崩之患，陛下未以爲意，此臣之所以寒心也。

《易》曰：『不遠復，無祇悔，元吉。』事之未敗也，陛下不悟其非，必俟其敗而後悔，如向三者，則陛下之復已遠，而悔亦大矣。且臣觀之，方今陛下之所是而未悔者，亦有三而已：青苗、助役、保甲。三者之弊，臣不復言矣。何者？言事者論其不可，非一人也；百姓毁壞支體、熏灼耳目、嫁母分居、賤賣田宅，以自脱免，非一家也。陛下其亦知之矣，徘徊而不改，使民無所告訴。加之以水旱、繼之以饑饉，積悍之民，奮爲群盜，侵淫蔓延，滅而復起。英雄乘間而作，振臂一呼，而千人之衆，可得而聚也。如此而勝、廣之形成，此所謂土崩之勢也。（明季流賊之禍，已先見於此書。）臣恐陛下至此，雖欲復悔，而無所及矣。

故臣願陛下取即位之政，與今日之事，而試觀之，（收繳前文。）天下擾擾不安，孰與今日之甚？群臣交口争辯，孰與今日之衆？陛下聽覽疲倦，孰與今日之多？悔恨自責，孰與今日之切？陛下誠以此較之，則不待臣言之終，而得失可以自決矣。且夫即位之政，陛下之本心也；今日之事，臣下之過計也。陛下棄即位之本心，而徇臣下之過計，臣竊以爲過也。（凡爲君者，宜存此心，不止宋神宗也。大抵即位之初，每懷兢惕，既而侈大之心漸生，阿諛之言日進，法家拂士胥遠，而人君予聖自雄，不能挽回矣。爲大臣者，當防維匡救於未然也。）

雖然，臣竊聽之道路，方今陛下，則亦悔之矣，悔之而不變，非陛下之意也，迫於建議之臣耳。

夫人臣進謀於其君，苟事之不遂，而變以從衆，則人主有以測其深淺。人主有以測其深淺，則其用舍之命，在於人主，此人臣之所以不便也。臣竊痛陛下爲社稷之計，欲改過以安天下，而怙權固位之臣，持之而不釋，陛下聰明睿知，廢置自我，而獨爲此鬱鬱也。漢宣帝與趙充國擊匈奴，魏相非之，以爲當與平昌侯、樂昌侯、平恩侯及有識者詳議乃可。此三人者，非賢於趙充國也，然而與國同憂樂，無僥幸功名之心與希望爵賞之意，則過於充國遠甚。充國猶不可聽，而況不如充國者哉？陛下將安民保國，而與喜功伐、好權利者謀之，臣不知其可也。臣不勝區區忘身憂國之誠，是以勢疏而言切，惟陛下察之。

儲同人云：此書本爲諫青苗、助役、保甲而發，却歷數從前，由其所悔，以開其所未悔。又引初政所得，以形容今日所失。如此立言，真入人主心坎中，可謂善於納牖矣。無如安石屢以去位要君，而君因其以往之悔，而諫以將來之悔，此乘其本心之明而動之也。心復爲之錮蔽矣。爲之三歎。

爲兄軾下獄上書

臣聞困急而呼天、疾痛而呼父母者，人之至情也。臣雖草芥之微，而有危迫之懇，惟天地父母，哀而憐之。

臣早失怙恃，惟兄軾一人，相須爲命。今者竊聞其得罪，逮捕赴獄，舉家驚號，憂在不測。臣竊思念，軾居家在官，無大過惡。惟是賦性愚直，好談古今得失，前後上章論事，其言不一。陛下聖德廣大，不加譴責。軾狂狷寡慮，竊恃天地包含之恩，不自抑畏。頃年通判杭州，及知密州日，每遇物托興，作爲歌詩，語或輕發。向者曾經臣寮繳進，陛下置而不問。軾感荷恩貸，自此深自悔咎，不敢復有所爲，但其舊詩已自傳播。臣誠哀軾愚於自信，不知文字輕易，迹涉不遜，雖改過自新，而已陷於刑辟，不可救止。（措語婉至，用意在或茹或吐之間。）

軾之將就逮也，使謂臣曰：『軾早衰多病，必死於牢獄，死固分也。然所恨者，少抱有爲之志，而遇不世出之主，雖齟齬於當年，終欲效尺寸於晚節。（此尤見才足用，後效可收。）今遇此禍，雖欲改過自新，洗心以事明主，其道無由。况立朝最孤，左右親近，必無爲言者。惟兄弟之親，試求哀於陛下而已。』臣竊哀其志，不勝手足之情，故爲冒死一言。

昔漢淳于公得罪，其女子緹縈，請没爲官婢，以贖其父，漢文因之，遂罷肉刑。今臣螻蟻之誠，雖萬萬不及緹縈，而陛下聰明仁聖，過於漢文遠甚。臣欲乞納在身官，以贖兄軾，非敢望末減其罪，但得免下獄死爲幸。兄軾所犯，若顯有文字，必不敢拒抗不承，以重得罪。（本無明文可指其罪，故以此立言。）若蒙陛下哀憐，赦其萬死，使得出於牢獄，則死而復生，宜何以報！臣願與兄軾，洗心改過，粉骨報效，惟陛下所使，死而後已。臣不勝孤危迫切，無所告訴，歸誠陛下，惟寬其狂妄，特許所乞，臣無任祈天請命，激切隕越之至。

若明辯無罪，恐於觸上之怒，故認好談古今，語或輕發，不求湔雪，只望未減，以免下獄論死爲幸也。情辭哀惻，如赤子牽衣呼籲於慈父前，至尊自應感動。

東坡初下御史臺獄，方寢，忽有二人排闥入，投篋於地，即枕卧之。至四鼓，東坡覺有摇撼其體，連語云賀喜者。東坡轉仄問之，曰：安心熟寢。乃挈篋而去。蓋初奏上，舒亶之徒，力詆上前，必欲置之死地。而裕陵無深罪之意，密遣小黄門覘之。小黄門見其鼻息如雷，即馳以聞。裕陵顧左右曰：朕知蘇軾胸中無事者。於是即有黄州之命。此事載《春渚紀聞》，東坡親爲何去非言者，附記於此，見宵人之害正，裕陵之知人。而東坡之問心無愧，臨難不驚，尤爲不易及也。

自齊州回論時事書

臣自少讀書，好言治亂。方陛下求治之初，上書言事，陛下不廢狂狷，召對便殿，親聞德音。九品賤官，自此始得登對論事。當此之時，陛下好問之聲，震動海内。愚賤之人，篤信寡慮，以爲天下之事，可得徐陳遍舉，指顧而定矣。既而誤蒙恩澤，受職條例，抗論得失，與有司不合，得請外補，於今七年。而天下之治安，終未可見，臣竊疑之。

伏惟陛下天生聖德，聰明睿智，不學而具。其於謀臣措置，曾何足云。自頃歲以來，每有更張，民率不服。蓋青苗行而農無餘財，保甲行而農無餘力，免役行而公私並困，市易行而商賈皆病。（直揭弊政害人，語語英快。又有畫一狀四條，專疏此四項也。）上則官吏勞苦，患其難行；下則衆庶愁歎，願其速改。凡此四者，豈陛下之聖明，有所不知耶？臣以爲非也。陛下之聖明，無所不知。何以言之？二年以來，陛下屢發英斷，廢置大吏，數其罪愆，明示臣庶，凡天下之所共疾惡者，陛下無一不知。由此觀之，凡天下之所共怨苦者，陛下何所不察！今者皇天悔禍，啓道聖意，易置輔相，中外踴躍，思睹寬政。而歷日彌月，寂寞無聞，衆心皇皇，如久饑而不得食。臣雖愚陋，竊獨爲陛下恨也。

陛下自即位以來，求治之心，常若不及，意將以堯、舜之隆平，易漢、唐之淺陋。不幸左右不明，陵遲以至於此。（回護得體。）天下之人，孰不知之。今也，既知其不可用而去之，又循其舊而不改，將遂代之任咎，此臣之所以爲陛下恨也。且今天下之安危，智者不再計矣。水旱連年，死者將半。遺民飢困，盜賊滿野。疆埸未寧，軍旅在外。府庫空竭，邊餉寡少。事之可憂者，何可勝數？術之不效，斷可見矣。然陛下獨遲遲而不决，意者已爲之而已廢之，恐天下有以窺其深淺耶。臣聞人主之德如天。天之於物也，熾然而旱，赤地千里，草木皆死，可謂虐矣；然至雷雨時作，膏澤洋溢，百穀奮起，民復粒食，鼓舞盛德，而忘旱之虐。何者？度量廣大，改過無疑也。如使密雲不雨，既雨而中止，遲疑猶豫，久而不忍，則天之生物盡矣。（説天亦改過，人君爲天之子，自當改過以法天。此非奇論，實爲至理。）

《傳》曰：『君子之過也，如日月之食焉。過也，人皆見之；更也，人皆仰之。』今陛下誠先治其心，使虚一而静，湛乎彼我，得失莫能嬰也。（此端本之論。向行四事，由心之中於財利也。）去惡如棄塵垢，遷善如救飢渴，與民一新，罷此四事：青苗之既散者，要之以三歲而不收息；保甲之既團者，存其舊籍而不任事；復差役以罷免役之條；通商賈以廢市易之令。行之期年而觀之，苟民不安居，水旱復作，盜賊復起，財用復竭，（天時、人事俱可以理必之。）誠有一事以憂陛下，臣請伏罔上之誅，以謝左右。陛下誠不信臣，數年之後，親受其弊矣。古人有言曰：『一慙之不忍，而終身慙乎？』惟陛下爲社稷籌之。臣謹列四事之害，畫一以獻。不勝愚忠憤懣之誠，干犯天威，伏俟鈇鉞。臣輸誠惶誠恐，昧死上書。

新法之弊，子瞻争於前，子由争於後。而子由所陳，尤爲剴切，不啻長沙之痛哭也。既司馬公革弊政後，吕大防、劉摯進調停之説，後李清臣更進紹述之説，子由屢争不勝，而天下事，不可挽回矣。姦人流毒，一至於此。

上書後，又有畫一狀四條，不及備録。

乞罷左右僕射蔡確韓縝狀

右臣頃論奏蔡確、韓縝，才不足用，及多過惡，乞賜罷免，至今未見施行。確近已上章求退，而縝安然未有去意。臣恐陛下隱忍不決，久失天下之望。

竊惟先帝在位，僅二十年，勵精政事，變更法度，將以力致太平，追復三代。是以擢任臣庶，至有起於小臣，十餘年間，致位公相。用人之速，近世無與比者。究觀聖意，本欲求賢自助，以利安生民，爲社稷長久之計。夫豈欲使左右大臣偷合苟容，出入唯唯，危而不持，顛而不扶，竊取利禄，以奉養妻子而已哉！然自法行已來，民力困敝，海内愁怨。先帝晚年，寢疾彌留，照知前事之失。親發德音，將洗心自新，以合天意，而此志不遂，奄棄萬國。（先帝欲改弊政，則大臣之罪何辭？）天下聞之，知前日敝事，皆先帝之所欲改，思慕聖德，繼之以泣。是以皇帝踐阼，聖母臨政，奉承遺旨，罷導洛，廢市易，損青苗，止助役，寬保甲，免買馬，放修城池之役，復茶鹽鐵之舊，黜吴居厚、吕孝廉、宋用臣、賈青、王子京、張誠一、吕嘉問、蹇周輔等。命令所至，細民鼓舞相賀。

臣愚不知朝廷以爲此數事者，誰之過也。上則大臣蔽塞聰明，逢君於惡；下則小臣貪冒榮利，奔競無耻。（罪之輕重昭然。）二者均皆有罪，則大臣以任重責重，小臣以任輕責輕，雖三尺童子所共知也。今朝廷既以罷黜小臣，至於大臣，則因而任之，將復使燮和陰陽，陶冶民物，臣竊惑矣。竊惟朝廷之意，將以體貌大臣，待其愧耻自去，以全國體。（斡旋得好。）今確、縝自山陵已後，猶端然在職，不肯引咎辭位，以謝天下。

臣謹案，確、縝受恩最深，任事最久，據位最尊，獲罪最重，而有靦面目，曾不知愧。確等誠以昔之所行爲是耶，則今日安得不争；以昔之所行爲非耶，則昔日安得不言。竊究其心，所以安而不去者，不過以爲是皆先帝所爲，而非吾罪也。（真抉鼠輩肺肝。）夫爲大臣，忘君徇己，不以身任罪戾，而歸咎先帝，不忠不孝，寧有過此？臣竊不忍千載之後書之簡策，大臣既自處無過之地，則先帝獨被惡名，此臣所以痛心疾首，當食不飽，至於涕泗之横流也。

確等皆碌碌常才，無過人之實。朝廷將取其德，則不聞其孝弟可稱；將取其才，則不聞其功業可紀；將取其學，則不聞其經術可師。徒以悦媚上下，堅固寵禄，陛下何不正確、縝之罪，上以爲先帝分謗，下以慰天下之望。今獨以法繩治小臣，而置確、縝，大則無以顯揚聖考之遺意，小則無以安反側之心。故臣竊謂大臣誠退，則小臣非建議造事之人，可一切不治，使得革面從君，竭力自效，以洗前惡。（處置極得大體。）

臣不勝狂愚，忘身爲國，乞宣示此疏，使確、縝自處進退之分，臣雖萬死，不以爲恨。謹録奏聞，伏候敕旨。

自處無過，使先帝獨被惡名，庸劣心事如繪。臺諫如此，始見朝廷有人。前已有一疏矣，分指二相之惡，備前疏中。

乞責降韓縝第七狀

右，臣聞天下治亂，在君子小人進退之間耳。冰炭不可以一器，梟鸞不可以共棲，共、鯀、皋蹠，不可以同朝，顏回、盜跖，不可以並處。《傳》曰：『一薰一蕕，十年尚猶有臭。』夫君子推誠而不疑，故易欺；孤立而不黨，故易危；正言而不諱，故易間；潔廉而不懷，故易去。（千古君子小人之辨在此。君人者，依此決之，百不失一。）小人則不然。竊用威福，以布私恩；交通左右，以結主知；頑鈍無恥，集詬無節。故其合也易，而其去之也難。誠使君子小人同處，則小人必勝，君子必去。如薰之香，一日而亡；如蕕之臭，十年而存。此理之必然者也。

陛下用司馬光爲相，雖應務之才，有所不周，而清德雅望，賢愚同敬。至於韓縝，如屠沽之行，害於而家；以穿窬之才，凶於而國，皆有實狀可以覆按。行路之人，指目非笑；紛紜之論，不可具載。此何等人也，而陛下使與光同列。以臣度之，不過一年，縝之邪計必行，邪黨必勝，光不獲罪而去，則必引疾而避矣。如人服藥，用茯苓、烏喙，合而并食之。陛下以爲茯苓長年之功能，勝烏喙殺人之毒乎？（明快。）臣前後六上章，論縝過惡，乞正典刑，至今留中不下。陛下必謂縝先朝舊臣，不可不用，則宜早罷光政事，使縝自引其類，布列於朝，臣等亦當相率而避之，毋使邪正雜處，而君子終被其禍。（此過於憤激，非告君之體。）

自古四夷内侮，必於新故更代之際、主少國疑之時。故孝惠、高后之世，匈奴桀驁。唐太宗初即位，突厥奄至渭北。今二虜蓄謀，安危未分，折衝禦侮，專在輔弼。去歲，虜使入朝，見縝在位，使副相顧，反脣微笑，此何意也？虜誠見縝無狀，舉祖宗七百里之地，無故與之，今其爲政，我之利也，故喜而竊笑耳。啓姦辱國，必始於是。北虜地界之謀，出於耶律用正，今以爲相。虜以闢國七百里而相用正，理固當爾。而朝廷以蹙國七百里而相縝，臣愚所未諭也。（對看尤快。）伏乞檢臣前後章疏，下三省兩制雜議，正縝之罪，以告四方。有不如臣言，甘伏訕上之罪。謹奏聞，伏候敕旨。

力破中立調停之説，真覺一字一快。中間節去漫冗，照儲在陸本。

乞誅竄吕惠卿狀

右，臣聞漢武帝世，御史大夫張湯，挾持巧詐，以迎合上意，變亂貨幣，崇長犴獄，使天下重足而立，幾至於亂。武帝覺悟，誅湯而後天下安。唐德宗世，宰相盧杞，妒賢疾能，戕害善類，力勸征伐，助成暴斂，使天下相率叛上，至於流播。德宗覺悟，逐杞而後社稷復存。蓋小人天賦傾邪，安於不義，性本陰賊，尤喜害人，若不死亡，終必爲患。

臣伏見前參知政事吕惠卿，懷張湯之辨詐，兼盧杞之姦凶。詭變多端，敢行無度，見利忘義，黷貨無厭。王安石初任執政，用之心腹。安石，山野之人，强狠傲誕，其於吏事，冥無所知。惠卿指摘教導，以濟其惡。青苗、助役，議出其手。韓琦始言青苗之害，先帝知琦朴忠，翻然感悟，欲退安石，而行琦言。（帝聞琦言，亦知新法害民。）當時執政皆聞德音，安石亦惶遽自失，累表乞退。天下欣然，有息肩之望矣。惠卿方爲小官，自知失勢，上章乞對，力進邪説，熒惑聖聽，巧回天意。身爲館殿，攝内侍之職，親往傳宣，以起安石，肆其僞辯，以破琦説。仍爲安石畫劫持上下之策，大率多用刑獄，以震動天下。（從古奸臣多用此術。）自是諍臣吞聲，有識喪氣，而天下靡然矣。

至於排擊忠良，引用邪黨，惠卿之力，十居八九。其後又建手實簿法。（毒生民。）尺椽寸土，檢括無遺；鷄豚狗彘，抄劄殆遍。專用告訐，推析毫毛；鞭箠交下，紙筆翔貴。小民怨苦，甚於苗役。又因保甲正長，給散青苗，結甲赴官，不遺一户。上下騷動，不安其生，遂致河北人户流移。雖上等富家，有驅領車牛，懷挾金銀，流入襄、鄧者。旋又興起大獄，以恐脅士人，（害正人。）如鄭俠、王安國之徒，僅保首領而去。原其害心，本欲株連蔓引，涂污公卿，不止如此。獨賴先帝天資仁聖，每事裁抑，故惠卿不得窮極其惡。不然，安常守道之士，無噍類矣。

既而，惠卿自以贓罪被黜，於是力陳邊事，以中上心。（開邊釁。）其在延安，始變軍制，雜用蕃漢，上與馮京異論，下與蔡延慶等力争，惟黨人徐禧助之，遂行其説。違背物情，壞亂邊政，至今爲患。西戎無變，妄奏警急，擅領大衆，涉入虜境，竟不見敵。遷延而歸，糜費資糧，棄捐戈甲，以巨萬計。恣行欺罔，坦若無人。立石紀功，使西戎曉然知朝廷有吞滅靈、夏之意。自是，戎人怨畔，邊鄙騷動，河、隴困竭，海内疲勞。永樂之敗，大將徐禧，本惠卿自布衣中保薦擢任，始終協議，遂付邊政。敗聲始聞，震動宸極，循致不豫，初實由此。邊釁一生，至今爲梗。

及其移領河東，大發人牛，（開屯兵。）耕葭蘆、吴堡兩寨生地，托以重兵，方敢布種，投種而歸，不敢復視。及至秋成，復以重兵防托，收刈所得，率皆秕稗，雨中收穫，即時腐爛。惠卿張皇其數，牒轉運司交割，妄言可罷饋運，其實所費不貲，而無絲毫之利。邊臣畏憚，皆不敢言。此則惠卿立朝事迹一二，雖復肆諸市朝，不爲過也。（束上啓下。）

若其私行嶮薄，非人所爲，雖閭閻下賤，有不食其餘者。安石之於惠卿，有卵翼之恩，有父師之義。方其求進，則膠固爲一，更相汲引，以欺朝廷。及其權位既均，勢力相軋，反眼相噬，化爲讎敵。（司馬文正謂安石早決其責公自售矣。）

始安石罷相，以執政薦惠卿。既以得位，恐安石復用，遂起王安國、李士寧之獄，以促其歸。安石覺之，被召即起，迭相攻擊，期致死地。安石之黨言惠卿使華亭知縣張若濟，借豪民朱華等錢，置買田産，使舅鄭膺，請奪民田，使僧文達，請奪天竺僧舍。朝廷遣蹇周輔推鞫其事。獄將具，而安石罷去，故事不復究。案在御史，可覆視也。惠卿言安石相與爲姦，發其私書，其一曰：『無使齊年知。』齊年者，馮京也。京、安石，皆生於辛酉，故謂之齊年。先帝猶薄其罪。復發其一曰：『無使上知。』安石由是得罪。

夫惠卿與安石，出肺腑，托妻子，平居相結，唯恐不深，故雖欺君之言，見於尺牘，不復疑問。（趙文華與嚴嵩亦然。始則相結，終則相軋，必然之理也。）惠卿方其無事，已一一收録，以備緩急之用。一旦争利，遂相抉擿，不遺餘力，必致之死。此犬彘之所不爲，而惠卿爲之，曾不愧耻。天下之士，見其在位，側目畏之。（呂惠卿固負安石，然使惠卿得行其惡者，安石也。安石宜服上刑，惠卿次之。乃元祐反正後，首贈安石太師，而惠卿加以貶竄，殊失平允中正。）

夫人君用人，（提筆。）欲其忠信於己，必取仁於父兄，信於師友，然後付之以事。故放麑違命也，而推其仁則可以託國；食子狥君也，而推其忍則可以弒君。欒布唯不廢彭越之命，故高祖知其賢；李勣唯不利李密之地，故太宗許其義。二人終事二主，俱爲名臣。何者？仁心所存，無施不可，雖公私有異，而忠厚不殊。至於呂布事丁原，則殺丁原；事董卓，則殺董卓。劉牢之事王恭，則反王恭；事司馬元顯，則反元顯。背逆人理，世所共疑。故呂布見誅於曹公，而牢之見殺於桓氏，皆以其平生反復，勢不可存。夫曹、桓，古之姦雄，駕馭英豪，何所不有，然推究利害，終畏此人。今朝廷選用忠信，唯恐不及，而置惠卿於其間，譬如薰蕕並處，梟鸞並棲，不惟勢不兩立，兼亦惡者必勝。

況自去歲以來，朝廷廢吴居厚、吕嘉問、蹇周輔、宋用臣、李憲、王中正等，或以牟利，或以黷兵，一事害民，皆不得逃譴。今惠卿身兼衆惡，自知罪大，而欲以閑地自免，天下公議，未肯赦之。然近日言事之官，論奏姦邪，至於鄧綰、李定之徒，（亦反覆小人。）微細畢舉，而不及惠卿者，蓋其凶悍猜忍如蝮蝎，萬一復用，睚眦必報，是以言者未肯輕發。臣愚蠢寡慮，以爲備位言責，與元惡同時而畏避隱忍，孤負朝廷。是以不憚死亡，獻此愚直。伏乞陛下斷自聖意，略正典刑，縱未以汙鈇锧，猶當追削官職，投畀四裔，以禦魑魅。謹録奏聞，伏候敕旨。

始則助安石以行其姦，繼則傾安石以奪其位。要之，一副心腸，非兩般面目也。分上下兩段，痛切言之，筆下秋霜烈日，足以落姦人之膽。

乞牽復英州别駕鄭俠狀

右，臣竊見英州别駕鄭俠，昔以言事獲罪，投竄南荒。俠有父年老，方將獻言，自知必遭屏斥，取决於父。父慨然許俠，誓不以死生爲恨。而流放以來，迨今十年，屢經大赦，終不得牽復。父日益老，而俠無還期，有志之士，爲之涕泣。况自陛下臨御，一新庶政，凡俠所言青苗、助役、市易、保甲等事，更改略盡。（用其言，而仍竄其身，誠不可解。）而俠以孤遠，終無一人爲言其冤者。臣與俠生平未嘗識面，獨不忍當陛下之世，有一夫不獲其所。是以區區爲俠一言，伏望聖慈，特賜録用，使其父子生得相見，以慰天下忠直之望。謹録奏聞，伏候敕旨。

語雖不多，層層都到，令讀者惻然。

商論

商之有天下者三十世，而周之世三十有七；商之既衰而復興者五王，而周之既衰而復興者宣王一人而已。夫商之多賢君，宜若其世之過於周，周之賢君不如商之多，而其久於商者乃數百歲，其故何也？

蓋周公之治天下，務以文章繁縟之禮，和柔馴擾剛强之民，故其道本于尊尊而親親，貴老而慈幼，使民之父子相愛，兄弟相悦。以無犯上難制之氣，行其至柔之道，以揉天下之戾心，而去其剛毅果敢之志，故其享天下至久。而諸侯内侵，京師不振，卒於廢爲至弱之國。何者？優柔和易，可以爲久，而不可以爲强也。

若夫商人之所以爲天下者，不可復見矣。竊常求之於《詩》《書》。《詩》之寬緩而和柔、《書》之委曲而繁重者，舉皆周也。而商人之詩，駿發而嚴厲，其書簡潔而明肅，以爲商人之風俗，蓋在乎此矣。（以無爲有，須如此眼界。蘇氏作論皆然。）夫惟天下之有剛强不屈之俗也，故其後世有以自振於衰微。然其至敗也，一散而不可復止。蓋夫物之强者易以折，而柔順者可以久存。柔者可以久存，而常困於不勝；强者易以折，而其末也，乃可以有所立。此商之所以不長，而周之所以不振也。（總束。）

嗚呼！聖人之慮天下，亦有所就而已，不能使之無敝也。使之能久而不能强，能以自振而不能以及遠，此二者，存乎其後世之賢與不賢矣。太公封於齊，尊賢而尚功。周公曰：『後世必有篡弑之臣。』周公治魯，親親而尊尊。太公曰：『後世寖衰矣。』夫尊賢尚功，則近於强，親親尊尊，則近於弱，終之齊有田氏之禍，而魯人困於盟主之令。蓋商之政近於齊，而周公之所以治周者，其所以治魯也。故齊强而魯弱，魯未亡而齊亡也。（商周並收，如兩水會同也。）

剛則易折，柔則不振，此孔子論政貴於寬以濟猛、猛以濟寬也。行文紆餘婉折，以氣度勝。視父兄文，亦有剛柔之别。

六國論

嘗讀六國世家，竊怪天下之諸侯，以五倍之地、十倍之衆，發憤西向，以攻山西千里之秦，而不免於滅亡。嘗爲之深思遠慮，以爲必有可以自安之計。盖未嘗不咎其當時之士，慮患之疏，而見利之淺，且不知天下之勢也。（主見。）

夫秦之所與諸侯争天下者，不在齊、楚、燕、趙也，而在韓、魏之郊。諸侯之所與秦争天下者，不在齊、楚、燕、趙也，而在韓、魏之野。秦之有韓、魏，譬如人之有腹心之疾也。韓、魏塞秦之衝，而蔽山東之諸侯，故夫天下之所重者，莫如韓、魏也。（韓、魏爲六國蔽障，大勢如此。）

昔者范雎用於秦而收韓，商鞅用於秦而收魏。昭王未得韓、魏之心，而出兵以攻齊之剛壽，而范雎以爲憂。然則秦之所忌者，可以見矣。（穰侯伐齊剛壽，以益陶封，范雎以爲未得韓、魏之心，而越國以攻人，於計疏矣。爲王計者，莫如遠交而近攻。）秦之用兵於燕、趙，秦之危事也。越韓過魏，而攻人之國都，燕、趙拒之於前，而韓、魏乘之於後，此危道也。而秦之攻燕、趙，未嘗有韓、魏之憂，則韓、魏之附秦故也。夫韓、魏，諸侯之障，而使秦人得出入於其間，此豈知天下之勢邪？委區區之韓、魏，以當强虎豹之秦，彼安得不折而入於秦哉！（東諸侯不佐韓、魏，此諸侯之失計。）韓、魏折而入於秦，然後秦人得通其兵於東諸侯，而使天下徧受其禍。（鎖上連下。）

夫韓、魏不能獨當秦，而天下之諸侯藉之以蔽其西，故莫如厚韓親魏以擯秦。（此蘇秦說趙之說也。）秦人不敢逾韓、魏以窺齊、楚、燕、趙之國，而齊、楚、燕、趙之國，因得以自完於其間矣。以四無事之國，佐當寇之韓、魏，使韓、魏無東顧之憂，而爲天下出身以當秦兵。以二國委秦，而四國休息於内，以陰助其急。若此，可以應夫無窮，彼秦者將何爲哉？不知出此，而乃貪疆埸尺寸之利，背盟敗約，以自相屠滅，秦兵未出，而天下諸侯已自困矣。至使秦人得間其隙，以取其國，可不悲哉！

厚韓、魏以擯秦，此即蘇秦說趙之說也。子由窺破此旨而暢言之，覺天下大勢，確不可易。老泉論其弊，子由論其勢。

三國論

天下皆怯而獨勇，則勇者勝；皆暗而獨智，則智者勝。勇而遇勇，則勇者不足恃也；智而遇智，則智者不足恃也。夫唯智勇之不足以定天下，是以天下之難，蠭起而難平。蓋嘗聞之，古者英雄之君，其遇智勇也，以不智不勇，而後真智大勇乃可得而見也。悲夫！世之英雄，其處於世，亦有幸不幸邪。

漢高祖、唐太宗，是以智勇獨過天下而得之者也；曹公、孫、劉，是以智勇相遇而失之者也。以智攻智，以勇擊勇，此譬如兩虎相捽，齒牙氣力，無以相勝。其勢足以相擾，而不足以相斃。當此之時，惜乎無有以漢高帝之事制之者也。（着眼已在劉氏一邊。）

昔者項籍乘百戰百勝之威，而執諸侯之柄，咄嗟叱咤，奮其暴怒，西向以逆高祖，其勢飄忽震蕩，如風雨之至。天下之人，以爲遂無漢矣。然高帝以其不智不勇之身，横塞其衝，徘徊而不得進，其頑鈍椎魯，足以爲笑於天下，而卒能摧折項氏而待其死，此其故何也？

夫人之勇力，用而不已，則必有所耗竭；而其智慮久而無成，則亦必有所倦怠而不舉。（此即曹劌一鼓再鼓三鼓之意。）彼欲就其所長，以制我於一時，而我閉門而拒之，使之失其所求，逡巡求去而不能去，而項籍固已憊矣。

今夫曹公、孫權、劉備，此三人者，皆知以其才相取，而未知以不才取人也。世之言者曰：孫不如曹，而劉不如孫。劉備唯智短而勇不足，故有所不若於二人者，而不知因其所不足以求勝，則亦已惑矣。（側落到劉氏。）蓋劉備之才，近似於高祖，而不知所以用之之術。

昔高祖之所以自用其才者，其道有三焉耳：先據勢勝之地，以示天下之形；（得其地。）廣收信、越出奇之將，以自輔其所不逮；（得其將。）有果鋭剛猛之氣而不用，以深折項籍猖狂之勢。（其氣足尚。）此三事者，三國之君，其才皆無有能行之者。獨一劉備近之而未至，其中猶有翹然自喜之心，欲爲椎魯而不能純，欲爲果鋭而不能達，二者交戰於中，而未有所定。是故所爲而不成，所欲而不遂。棄天下而入巴蜀，則非地也；用諸葛孔明治國之才，而當紛紜征伐之衝，則非將也；不忍忿忿之心，犯其所短，而自將以攻人，則是其氣不足尚也。嗟夫！方其奔走於二袁之間，（跌宕。）困於吕布，而狼狽於荆州，百敗而其志不折，不可謂無高祖之風矣，而終不知所以自用之方。夫古之英雄，唯漢高帝爲不可及也夫！

蘇氏父子，每不足於昭烈武侯，而以漢高帝爲千古英杰，此亦事後論成敗之見也。然以昭烈爲有翹然自喜之心，而不知用其所不足，此論大是。與子瞻《留侯論》『能忍不能忍』意，足相發明。

隋論

人之於物，聽其自附，而任其自去，則人重而物輕。（此三代所以有天下。）人重而物輕，則物之附人也堅。物之所以去人、分裂四出而不可禁者，物重而人輕也。（此隋之所以失天下。）

古之聖人，其取天下，非其驅而來之也；其守天下，非其劫而留之也。使天下自附，不得已而爲之長。吾不役天下之利，而天下自至。夫是以去就之權在君，而不在民，是之謂人重而物輕。且夫吾之於人，己求而得之，則不若使之求我而後從之；己守而固之，則不若使之不忍去我，而後與之。（以德懷之，則不忍去。）故夫智者或可與取天下矣，而不可與守天下。守天下則必有大度者也。何者？非有大度之人，則常恐天下之去我，而以術留天下。以術留天下，而天下始去之矣。（既物重而人輕，不得不以術留天下。）

昔者三代之君，享國長遠，後世莫能及。然而亡國之暴，未有如秦、隋之速，二世而亡者也。（秦、隋並論，以其皆主暴虐之故。）夫秦、隋之亡，其弊果安在哉？自周失其政，諸侯用事，而秦獨得山西之地，不過千里。韓、魏壓其衝，楚脅其肩，燕、趙伺其北，而齊掉其東。秦人被甲持兵，七世而不得解，寸攘尺取，至始皇然後合而爲一。秦見其取天下若此其難也，而以爲不急持之，則後世且復割裂以爲敵國。是以銷名城，殺豪杰，鑄鋒鏑，以絶天下之望。其所以備慮而固守之者甚密如此，然而海内愁苦無聊，莫有不忍去之意。是以陳勝、項籍，因民之不服，長呼起兵，而山澤皆應。由此觀之，豈非其重失天下，而防之太過之弊歟？

今夫隋文之世，其亦見天下之久不定，而重失其定也。蓋自東晉以來，劉聰、石勒、慕容、苻堅、姚興、赫連之徒，紛紛而起者，不可勝數。至於元氏，并吞滅取，略已盡矣，而南方未服。元氏自分而爲周、齊。周並齊而授之隋。隋文取梁滅陳，而後天下爲一。彼亦見天下之久不定也，（揣摩情事，不失銖黍。）是以既得天下之衆，而恐其失之；享天下之樂，而懼其不久；立於萬民之上，而常有猜防不安之心，以爲舉世之人，皆有曩者英雄割據之懷，制爲嚴法峻令，以杜天下之變。（惟其慘急，所以速亡。）謀臣舊將，誅滅略盡，而獨死於楊素之手，以及於大故，終於煬帝之際，天下大亂，塗地而莫之救。由此觀之，則夫隋之所以亡者，無以異於秦也。

悲夫！古之聖人，修德以來天下。天下之所爲去就者，莫不在我，故其視失天下甚輕。夫惟視失天下甚輕，是故其心舒緩，而其爲政也寬。寬者生於無憂，而慘急者生於無聊耳。昔嘗聞之，周之興，太王避狄於岐，豳之人民扶老携幼，而歸之岐山之下，累累而不絶。喪失其舊國，而卒以大興。及觀秦、隋，唯不忍失之，而至於亡，然後知聖人之爲是寬緩不速之行者，乃其所以深取天下者也。

秦、隋之慘刻少恩，欲藉以威服天下，而不知廢德而尚威，正以失天下之心而速之亡也。隋之守天下，與秦一轍，故備論之。文以此事定彼事者，援此爲法。

唐論

天下之變，常伏於其所偏重而不舉之處，故内重則爲内憂，外重則爲外患。（雙提。）古者聚兵京師，外無强臣，天下之事，皆制於内。（申内重之患。）當此之時，謂之内重。内重之弊，奸臣内擅而外無所忌，（如趙高。）匹夫横行於四海而莫能禁。（如勝、廣。）其亂不起於左右之大臣，則生於山林小民之英雄。故夫天下之重，不可使專在内也。

古者諸侯大國，（申外重之患。）或數百里，兵足以戰，食足以守，而其權足以生殺，然後能使四夷、盜賊之患不至於内，天子之大臣有所畏忌，而内患不作。當此之時，謂之外重。外重之弊，諸侯擁兵，而内無以制。（周制是也。）由此觀之，則天下之重，固不可使在内，而亦不可使在外也。（並舉内外之患，已側重外患一邊。）

自周之衰，齊、晉、秦、楚，綿地千里，（外重。）内不勝於其外，以至於滅亡而不救。秦人患其外之已重而至於此也，於是收天下之兵而聚之關中，夷滅其城池，殺戮其豪杰，使天下之命皆制於天子。（秦人内重。）然至於二世之時，陳勝、吴廣大呼起兵，而郡縣之吏，熟視而走，無敢誰何。趙高擅權於内，頤指如意，雖李斯爲相，備五刑，而死於道路。其子李由守三川，擁山河之固，而不敢校也。此二患者，皆始於外之不足而無有以制之也。

至於漢興，懲秦孤立之弊，乃大封侯王。（漢初外重。）而高帝之世，反者九起，其遺孽餘烈，至於文、景，而爲淮南、濟北、吴、楚之亂。於是武帝分裂諸侯，以懲大國之禍。而其後百年之間，王莽遂得以奮其志於天下，而劉氏子孫無復齟齬。（漢末内重。）魏晉之世，乃益侵削諸侯，四方微弱，不復爲亂，（魏晉内重。）而朝廷之權臣、山林之匹夫，常爲天下之大患。此數君者，其所以制其内外輕重之際，皆有以自取其亂而莫之或知也。

夫天下之重，在内則爲内憂，在外則爲外患。（總收。）而秦、漢之間，不求其勢之本末，而更相懲戒，以就一偏之利，故其禍循環無窮而不可解也。且夫天子之於天下，非如婦人孺子之愛其所有也。得天下而謹守之，不忍以分於人，此匹夫之所謂智也，而不知其無成者，未始不自不分始。故夫聖人將有所大定於天下，非外之有權臣，則不足以鎮之也。而後世之君，乃欲去其爪牙，翦其股肱，而責其成功，亦已過矣。（大意在重外，至此方顯。）夫天下之勢，內無重，則無以威外之强臣，外無重，則無以服內之大臣而絶姦民之心。此二者，其勢相持而後成，而不可一輕者也。

昔唐太宗既平天下，分四方之地，盡以沿邊爲節度府，而范陽、朔方之軍，皆帶甲十萬，上足以制夷狄之難，下足以備匹夫之亂，內足以禁大臣之變。（入題，耑就府兵之制説。）而將帥之臣常不至於叛者，內有重兵之勢，以預制之也。（外重，恃內有以制之。）貞觀之際，天下之兵八百餘府，而在關中者五百，舉天下之衆，而後能當關中之半。然而朝廷之臣，亦不至於乘間釁以邀大利者，外有節度之權，以破其心也。（內重，有外以制之。）故外之節度，有周之諸侯外重之勢，而易置從命，得以擇其賢不肖之才，是以人君無征伐之勞，而天下無世臣暴虐之患；內之府兵，有秦之關中內重之勢，而左右謹飭，莫敢爲不義之行，是以上無逼奪之危，下無誅絶之禍。

蓋周之諸侯，內無府兵之威，故陷於逆亂而不能以自止；秦之關中，外無節度之援，故脅於大臣而不能以自立。有周、秦之利，而無周、秦之害，形格勢禁，內之不敢爲變，而外之不敢爲亂，未有如唐制之得者也。（轉以唐形周、秦，用筆旋轉如環。）而天下之士，不究利害之本末，猥以成敗之遺蹤而論計之得失，徒見開元之後，强兵之將皆爲天下之大患，而遂以太宗之制爲猖狂不審之計。

夫論天下，論其勝敗之形，以定其法制之得失，則不若窮其所由勝敗之處。蓋天寶之際，府兵四出，萃于范陽，而德宗之世，禁兵皆戍趙、魏，是以禄山、朱泚得至於京師，而莫之能禁，一亂塗地。終於昭宗，而天下卒無寧歲。（此推唐代外重之由。）内之强臣雖有輔國、元振、守澄、士良之徒，而卒不能制唐之命，誅王涯，殺賈餗，自以爲威震四方，然劉從諫爲之一言，而震懾自斂，不敢復肆。（昭义節度使劉從諫表，請王涯罪名，因暴揚仇士良等罪惡，士良等憚之。）其後崔昌遐倚朱温之兵，以誅宦官，去天下之監軍，而無一人敢與抗者。由此觀之，唐之衰，其弊在於外重，而外重之弊，起於府兵之在外，非所謂制之失，而後世之不用也。（言唐之禍敗，由府兵之在外而内輕，非府兵之制有失也。）

府兵之制，内外輕重，相制相維，有周秦之利，無周秦之弊，爲歷代最善。後之禍敗，緣廢府兵而外偏重，非立法之初即有釁也。前通論古今大勢，而唐制之有得無失自見。具此卓識，自能發爲高文。

唐宋八家文讀本卷二十六

蘇轍子由著
後學沈德潛確士評點

臣事策一

天下有權臣，有重臣，二者，其迹相近而難明。天下之人知惡夫權臣之專，而世之重臣亦遂不容於其間。夫權臣者，天下不可一日而有；而重臣者，天下不可一日而無也。天下徒見其外，而不察其中，見其皆侵天子之權，而不察其所爲之不類，是以舉皆嫉之而無所喜，此亦已太過也。

今夫權臣之所爲者，重臣之所切齒；而重臣之所取者，權臣之所不顧也。將爲權臣耶，必將内悦其君之心，委曲聽順，而無所違戾，外竊其生殺予奪之柄，黜陟天下，以見己之權，而没其君之威惠。内能使其君歡愛悦懌，無所不順，而安爲之上；外能使其公卿大夫、百官庶吏無所不歸命，而争爲之腹心。上愛下順，合而爲一，然後權臣之勢遂成而不可拔。（歷代權姦，盡此一段。）

至於重臣則不然。（二段分别權臣重臣，正如『斧以斯之』。）君有所爲，不可以必争；争之不能，而其事有所必不可聽，則專行而不顧。待其成敗之迹著，則上之心將釋然而自解。其在朝廷之中，天子爲之踧然而有所畏，士大夫不敢安肆怠惰於其側。爵禄慶賞，己得以議其可否，而不求以爲己之私惠；刀鋸斧鉞，己得以參其輕重，而不求以爲己之私勢。要以使天子有所不可必爲，而群下有所震懼，而己不與其利。何者？爲重臣者，不待天下之歸己，而爲權臣者，亦無所事天子之畏己也。故各因其行事，而觀其意之所在，則天下誰可欺者？臣故曰：爲天下，安可一日而無重臣也。（歸重重臣。）

且今使天下而無重臣，則朝廷之事，惟天子之所爲，而無所可否。雖天子有納諫之明，而百官畏懼戰慄，無平昔尊重之勢，誰肯觸忌諱，冒罪戾，而爲天下言者？惟其小小得失之際，乃敢上章讙譁而无所憚，至於國之大事、安危存亡之所繫，則將卷舌而去，誰敢發而受其禍？此人主之所大患也。悲夫！後世之君，徒見天下之權臣出入唯唯，以爲有禮，而不知此乃所以潛潰其國；徒見天下之重臣，剛毅果敢，喜逆其意，則以爲不遜，而不知其有社稷之慮。二者淆亂於心，而不能辨其邪正，是以喪亂相仍，而不悟，何足傷也！

昔者衛太子聚兵以誅江充，武帝震怒，發兵而攻之京師。至使丞相、太子相與交戰，不勝而走。又使天下極其所往，而翦滅其迹。（無重臣一証。）當此之時，苟有重臣，出身而當之，擁護太子，以待上意之少解，徐發其所蔽，而開其所怒，（格君心之非者能之。）則其父子之際，尚可得而全也。惟無重臣，故天下皆知之而不敢言。臣愚以爲，凡爲天下，宜有以養其重臣之威，使天下百官有所畏忌，而緩急之間，能有所堅忍持重，而不可奪者。

竊觀方今四海無變，非常之事，宜其息而不作，然及今日而慮之，則可以無異日之患。不然者，誰能知其果無有也，而不爲之計哉！抑臣聞之，今世之弊，在於法禁太密，一舉足不如律令，法吏且以爲言，而不問其意之所屬。是以雖天子之大臣，亦安敢有所爲於法律之外，以安天下之大事？故爲天子之計，莫若少寬其法，使大臣得有所守，而不爲法之所奪。（似乎守法，而實縶大臣之手足，使之一無展舒。此後世之通病也。）昔申屠嘉爲丞相，（重臣，非權臣之証。）至召天子之倖臣鄧通，立之堂下，而詰責其過。（宋璟欲誅張宗昌，亦然。）是時，通幾至於死而不救，天子知之，亦不爲怪，而申屠嘉亦卒非漢之權臣。由此觀之，重臣何損於天下哉！

儲同人云：治天下在養重臣，養重臣在寬其法。當時如韓、富數公，可謂重臣矣。子由生其時，目睹其效，故言之親切有味如此。

惟朝廷無重臣，則權臣之勢成矣。蓋重臣一有不合，則引身而退；爲權臣者，務先委曲承順，至於把持國柄，然後惟所欲爲，而君亦處無可如何之勢。此莽、操之禍所由熾也。文中痛切言之，若預知李忠定、汪、黄之事者。

臣事策四

天下之患，無常處也。惟見天下之患而去之，就其所安而從之，則可久而無憂。有淺丈夫，見其生於東也，而盡力於東，以忘其西；見其起於外也，而鋭意於外，以忘其中。是以禍生於無常，而變起於不測，莫能救也。

昔者西漢之禍，當文、景之世，天下莫不以爲必起於諸侯之太强也。然至武帝之時，七國之餘，日以漸衰，天下坦然，四顧以爲無虞。而陵夷至於元、成之間，朝廷之强臣實制其命，而漢以不祀。世祖、顯宗，即平天下，以爲世之所患，莫不在乎朝廷之强臣矣。而東漢之亡，其禍乃起於宦官。（方正學《深慮論》所以作也。）由此觀之，則天下之患，安在其防之哉？

人之將死也，或病於太勞，或病於飲酒。天下之人，見其死於此也，而曰必無勞力與飲酒，則是不亦拘而害事哉？彼其死也，必有以啓之，是以勞力而能爲災，飲酒而能爲病，而天下之人，豈必皆死於此！

昔唐季五代之亂，果何在也？海内之兵，各隸其將，大者數十萬人，而小者不下數萬。（此唐季五代之失。）撫循鞠養，美衣豐食，同其甘苦，而順其好惡。甚者養以爲子，而授之以其姓。（如李嗣源之類。）故當是時，軍旅之士，各知其將，而不識天子之惠。君有所令，不從，而听其將。而將之所爲，雖有大姦不義，而無所違拒。故其亂也，姦臣擅命，擁兵而不可制。而方其不爲亂也，所攻而必降，所守而必固。（此初制之得。）良將勁兵，遍於天下，其所摧敗破滅，足以上快天子鬱鬱之心，而外抗敵國竊發之難。何者？兵安其將，而樂爲用命也。（一語要領。）

然今世之人，遂以其亂爲戒，而不收其功。舉天下之兵數百萬人，而不立素將。將兵者無腹心親愛之兵，而士卒亦無附著而欲爲之效命者。（此宋代之失。）故命將之日，士卒不知其何人，皆莫敢仰視其面。夫莫敢仰視，是禍之本也。此其爲禍，非有脅從駢起之殃。緩則畏而怨之，而有急則無不忍之意。此二者，用兵之深忌，而當今之人，蓋亦已知之矣。然而不敢改者，畏唐季五代之禍也。（挽句有力。）

而臣竊以爲不然。天下之事，有此利也，則必有此害。天下之無全利，是聖人之所不能如之何也。而聖人之所能，要在不究其利。利未究而變其方，使其害未至而事已遷，故能享天下之利而不受其害。（究其利則害生，須萌於機先而轉移之。）昔唐季五代之法，豈不大利於世？惟其利已盡，而不知變，是以其害隨之而生。故我太祖、太宗，以爲不可以長久，而改易其政，以便一時之安。爲將者去其兵權，而爲兵者使不知將，凡此，皆所以杜天下之私恩，而破其私計，其意以爲足以變五代豪將之風，而非以爲後世之可長用也。

故臣以爲，當今之勢，不變其法，無以求成功。且夫邀天下之大利，則必有所犯天下之危；欲享人利而顧其全安，則事不可成。而方今之弊，在乎不欲有所摇撼，而徒得天下之利；不欲有所勞苦，而遂致天下之安。今夫欲人之成功，必先捐兵以與人；欲先捐兵以與人，則先事於擇將。（一篇主意。）擇將而得之，苟誠知其忠，雖捐天下以與之而無憂，而况數萬之兵哉！昔唐之亂，其爲變者，非其所命之將也，而皆其盗賊之人，所不得已而以爲將者。（朱温是也。）故夫將帥豈必盡疑其爲姦？要以無畏其擇之之勞，而遂以破天下之大利。蓋天下之患，夫豈必在此也？

宋祖釋天下諸將之兵權，有鑒於五代方鎮之亂，不知國無重兵，金人得以長驅而入，二帝北狩，不旋踵矣。欒城逆料其變而籌之，若燭照數計而龜卜者。蘇氏父子之策，徽、欽南渡時一一皆驗，豈猶夫摇動唇吻、妄計事勢，而初無實效者哉！

民政策二

三代之盛時，天下之人，自匹夫以上，莫不務自修潔，以求爲君子。父子相愛，兄弟相悦，孝悌忠信之美，發於士大夫之間，而下至於田畝。朝夕從事，終身而不厭。至於戰國，王道衰息，秦人驅其民，而納之於耕耘戰鬬之中，天下翕然而從之。南畝之民，而皆争爲干戈旗鼓之事，以首争首，（煉句。）以力搏力。進則有死於戰，退則有死於將，其患無所不至。夫周、秦之間，其相去不數十百年。周之小民，皆有好善之心，而秦人獨喜於戰攻，雖其死亡，而不肯以自存。此二者，臣竊知其故也。

夫天下之人，不能盡知禮義之美，而亦不能奮不自顧，以陷於死傷之地。其所以能至於此者，上之人實使之然也。然而閭巷之民，劫而從之，則可以與之僥幸於一時之功，而不可以望其久遠。而周、秦之風俗，皆累世而不變，此不可不察其術也。蓋周之制，使天下之士孝悌忠信、聞於鄉黨而達於國人者，皆得以登於有司。而秦之法，使其武健壯勇、能斬捕甲首者，得以自復其役，上者優之以爵禄，而下者皆得役屬其鄰里。（此使之然之實。）天下之人，知其利之所在，則皆争爲之，而尚安知其他？（利乃共趨之的，周、秦之使人一也，特其使之共趨者各不同耳。）然周以之興，而秦以之亡，天下遂皆尤秦之不能，而不知秦之所以使天下者，亦無以異於周之所以使天下。何者？至使之勢，所以奔走天下，萬世之所不易也。而特論其所以使之者，何如焉耳？（筆曲而能達。）

今者天下之患，實在於民昏而不知教。然臣以謂，其罪不在於民，而上之所以使之者，或未至也。且天子之所求於天下者，何也？（提起下半篇。）天下之人，在家欲得其孝，而在國欲得其忠，弟兄欲其相與爲愛，而朋友欲其相與爲信，臨財欲其思廉，而患難欲其思義，此誠天子之所欲於天下者。古之聖人，所欲而遂求之，求之以勢，而使之自至。（轉。）是以天下争爲其所求，以求稱其意。今有人使人爲之牧其牛羊，將責之以其牛羊之肥，則因其肥瘠而制其利害。（潁濱文取往復曲折，故一喻而詳盡言之。若老泉、子瞻，只兩三言而已足。）使夫牧者趨其所利而從之，則可以不勞而坐得其所欲。今求之以牛羊之肥瘠，而乃使之盡力於樵蘇之事，以其薪之多少而制其賞罰之輕重，則夫牧人將爲牧邪？將爲樵邪？爲樵，則失牛羊之肥；而爲牧，則無以得賞。故其人舉皆爲樵，而無事於牧；吾之所欲者牧也，而後樵之爲得。此無足怪也。（所求者孝悌忠信，而所以求之者，惟憑一日之文。猶求牛羊之肥瘠，而轉課樵蘇之多少也。）

今夫天下之人，所以求利於上者，果安在哉？士大夫爲聲病剽略之文，而治苟且記問之學。曳裾束帶，俯仰周旋，而皆有意於天子之爵禄。夫天子之所求於天下者，豈在是也！然天子之所以求之者唯此；而人之所由以有得者，亦唯此。是以若此不可却也。嗟夫！欲求天下忠信孝悌之人，而求之於一日之試，天下尚誰知忠信孝悌之可喜，而一日之試之可耻而不爲者？（利之所在，在一日之試，而不在孝悌忠信之實，人誰趨其實而赴之？趕出別開孝悌忠信一科，意倍醒，氣亦倍足。）《詩》云：『無言不酬，無德不報。』臣以爲欲得其所求，宜遂以其所欲而求之，開之以利而作其怠，則天下必有應者。

今間歲而取天下之才，奇人善士，固宜有起而入於其中。然天下之人，不能深明天子之意，而以爲所爲求之者，止於其目之所見，是以盡力於科舉，而不知自反於仁義。臣欲復古者孝悌之科，使州縣得以與今之進士同舉而皆進，使天下之人，時獲孝悌忠信之利，而明知天子之所欲。（收盡利、欲、求等。）如此則天下宜可漸化，以副上之所求。然臣非謂孝悌之科必多得天下之賢才，而要以使天下知上意之所在，而各趨於其利，則庶乎不待教而忠信之俗可以漸復。此亦周秦之所以使人之術歟。

以科舉之文，而求孝悌忠信之士，此必不得之數也，古今通患如此。主意只在兼開孝弟之科，而前半從周、秦説來，見仁、暴雖殊，而各盡乎使民之實。文之紆餘委折，不使人一覽盡之。

元祐會計録序

臣聞漢祖入關，蕭何收秦圖籍，周知四方盈虚强弱之實，漢祖賴之以并天下。丙吉爲相，匈奴嘗入雲中、代郡，吉使東曹考案邊瑣，條其兵食之有無，與將吏之才否，逡巡進對，指揮遂定。由此觀之，古之人所以運籌帷幄之中、制勝千里之外者，圖籍之功也。

蓋事之在官，必見於書，其始無不具者，獨患多而易忘，久而易滅，數十歲之後，人亡而書散，其不可考者多矣。唐李吉甫始簿録元和國計，并包巨細，無所不具。國朝三司使丁謂等因之，爲景德、皇祐、治平、熙寧四書，綱羅一時出内之計，首尾八十餘年，本末相授，有司得以居今而知昔，參酌同異，因時施宜，此前人作書之本意也。

臣以不佞，待罪地官。上承元豐之餘業，親睹二聖之新政，時事之變易、財賦之登耗，可得而言也。

謹按藝祖皇帝創業之始，海内分裂，租賦之入，不能半今世。然而宗室尚鮮，諸王不過數人，仕者寡少，自朝廷郡縣，皆不能備官。士卒精練，常以少克衆。用此三者，故能奮於不足之中，而綽然常若有餘。及其列國款附，琛貢相屬於道，府庫充塞，創景福内庫，入畜金幣，爲殄虜之策。

太宗因之，剗平太原，真宗繼之，懷服契丹。二患既弭，天下安樂，日登富庶，故咸平、景德之間，號稱太平。群臣稱頌功德，不知所以裁之者。於是請封泰山，祀汾陰，禮亳社。屬車所至，費以鉅萬。（歷數耗費物力之由，封禪居其一。）而上清、昭應、崇禧、景靈之宫，相繼而起，累世之積，糜耗多矣。其後昭應之災，臣下復以營繕爲言，大臣出争，章獻感悟，沛然遂與天下休息。

仁宗仁聖，清心省事，以幸天下。然而民物蕃庶，未復其舊，而夏賊竊發，邊久無備，遂命益兵以應敵，急征以養兵，雖間出内藏之積，以求紓民，而四方騷然，民不安其居矣。（用兵又居其一。）其後西戎既平，而已益之兵，不復遂汰。（對前軍需少。）加以宗子蕃衍，充牣宫邸。（對前藩俸少。）官吏冗積，員溢於位，財之不贍，爲日久矣。（對前官禄少。）

英宗嗣位，慨然有救弊之意。群臣竦觀，幾見日新之政，而大業未遂。

神考嗣世，忿流弊之委積，閔財力之傷耗，覽政之初，爲富國强兵之計。（周旋回護，得立言之體。）有司奉承，違失本旨，始爲青苗、助役以病農民，繼爲市易鹽鐵，以困商賈。利孔百出，不專於三司。於是經人竭於上，民力屈於下。（儲云：新法本爲富强，而國計之耗，至神廟而竭，千古炯戒也。）繼以南征交趾，西討拓跋，用兵之費，一日千金，雖内帑别藏，時有以助之，而國亦憊矣。（新法之變，又居其一。）

今二聖臨御，方恭默無爲，求民之疾苦而療之，令之不便，無不釋去，民亦少休矣。而西夏不賓，水旱繼作，凡國之用度，大率多於前世。當此之時，而不思所以濟之，豈不殆哉！

臣歷觀前世，持盈守成，艱於創業之君，蓋盈之必溢，而成之必毀，物理之至，有不可逃者。盈成之間，非有德者不安，非有法者不久。（法以經理之，德以休養之，二者缺一不可。）

昔秦、隋之盛，非無法也，内建百官，外列郡縣。至於漢、唐，因而行之，卒不能改，然皆二世而亡，何者？無德以爲安也。

漢文帝恭儉寡欲，專務以德化民，民富而國治，後世莫及。然身没之後，七國作難，幾於亂亡。晉武帝削平吴、蜀，任賢使能，容受直言，有明主之風。然而亡不旋踵，子弟内叛，羌胡外亂，遂以失國。此二帝者，皆無法以爲久也。

今二聖之治，安而静，仁而恕，德積於世，秦、隋之憂，臣無所措心矣。然而空匱之極，法度不立，雖無漢、晉强臣敵國之患，而數年之後，國用曠竭，臣恐未可安枕而卧也。

故臣願得終言之，凡會計之實，取元豐之八年，而其爲别有五：一曰收支，二曰民賦，三曰課入，四曰儲運，五曰經費。五者既具，然後著之以見在，列之以通表，而天下之大計，可以畫地而談也。若夫内藏右曹之積，與天下分樁之實，非昔三司所領，則不入會計，將著之他書，以備觀覽焉。臣謹叙。

食貨有志，不獨關一國之盈絀，即君德之恭儉汰侈，於此係也。篇中雖筦領會計，而戒禱祀，防用兵，咎新法，以修德立法爲主，此老成謀國之言，與剥民富國者有忠佞之分也。文氣雍容，近於六代以上。

古今家誡序

老子曰：『慈故能勇，儉故能廣。』（句陪。）或曰：慈則安能勇？曰：父母之於子也，愛之深，故其爲之慮事也精。以深愛而行精慮，故其爲之，避害也速，而就利也果，此慈之所以能勇也。（疏解透闢。）非父母之賢於人，勢有所必至矣。

轍少而讀書，見父母之戒其子者，諄諄乎惟恐其不盡也，惻惻乎惟恐其不入也，曰：嗚呼！此父母之心也哉！師之於弟子也，（師弟、君臣引起父母。）爲之規矩以授之，賢者引之，不賢者不强也；君之於臣也，爲之號令以戒之，能者予之，不能者不取也；臣之於君也，可則諫，否則去；子之於父也，以幾諫不敢顯，皆有禮存焉。（又以子之於父，引起父母之於子。）父母則不然，子雖不肖，豈有棄子者哉！（肺腑語。）是以盡其有以告之，無憾而後止。《詩》曰：『洞酌彼行潦，挹彼注兹，可以餴饎。豈弟君子，民之父母。』夫雖行潦之陋，而無所棄，猶父母之無棄子也。故父母之於子，人倫之極也。雖其不賢，及其爲子言也必忠且盡，而况其賢者乎？（曲折。）

太常少卿長沙孫公景修，少孤而教於母。母賢，能就其業。既老，而念母之心不忘，爲《賢母録》以致其意。既又集《古今家誡》，得四十九人，以示轍，曰：『古有爲是書者，而其文不完，吾病焉。是以爲此，合衆父母之心，以遺天下之人，庶幾有益乎！』轍讀之而歎曰：雖有悍子，忿鬬於市，莫之能止也，聞父之聲，則斂手而退，市人過之者亦莫不泣也。（可徵性善。）慈孝之心，人皆有之，特患無以發之耳。今是書也，要將以發之歟？雖廣之天下可也。自周公以來至於今，父戒四十五，母戒四。公又將益廣之，未止也。

景修念母，故作《家誡》。文中寫父母愛子之心，無所不至。蓋極言慈而孝之當盡，益可知也。此等文，可與《蓼莪》之詩並讀，即可與《蓼莪》之詩並廢。

齊州閔子廟記

歷城之東五里，有丘焉，曰閔子之墓。墳而不廟，秩祀不至，邦人不寧，守土之吏，有將舉焉而不克者。

熙寧七年，天章閣待制、右諫議大夫濮陽李公，來守濟南。越明年，政修事治，邦之耋老相與來告，曰：『此邦之舊，有如閔子，而不廟食，豈不大闕！公唯不知，苟知之，其有不飭？』公曰：『噫！信其可以緩？』於是鳩工爲祠堂，且使春秋修其常事。堂成，具三獻焉，籩豆有列，儐相有位，百年之廢，一日而舉。學士大夫觀禮祠下，咨嗟涕洟。

有言曰：惟夫子生於亂世，周流齊、魯、宋、衛之間，無所不仕，其弟子之高第，亦咸仕於諸國。宰我仕齊，子貢、冉有、子游仕魯，季路仕衛，子夏仕魏。（一路波折逶迤。）弟子之仕者亦衆矣。然其稱德行者四人，獨仲弓嘗爲季氏宰。其上三人，皆未嘗仕。季氏嘗欲以閔子爲費宰。（主位，故用明點。）閔子辭曰：『如有復我者，則吾必在汶上矣。』且以夫子之賢，猶不以仕爲污也。而三子之不仕，獨何歟？

言未卒，有應者曰：子獨不見夫適東海者乎？望之茫洋不知其邊，即之汗漫不測其深，其舟如蔽天之山，其帆如浮空之雲。然後履風濤而不僨，觸蛟蜃而不讋。若夫以江河之舟楫，而跨東海之險，則亦十里而返，百里而溺，不足以經萬里之害矣。方周之衰，禮樂崩弛，天下大壞，而有欲救之，譬如涉海，有甚焉者。今夫子之不顧而仕，則其舟楫足恃也。（所云『磨而不磷，涅而不緇』是也。）諸子之汲汲而忘返，蓋亦有陋舟而將試焉，則亦隨其力之所及而已矣。若夫三子，願爲夫子而未能，下顧諸子，而以爲不足爲也，是以止而有待。（三子德行相同，概舉三子，而閔子之不仕，可想象而得矣。）夫子嘗曰：『世之學柳下惠者，未有若魯獨居之男子。』吾於三子亦云。

衆曰然。退而書之，遂刻於石。

聖人道大，可以轉移惡人，而不爲惡人所汙。未至聖人，守不善不入之義可也。與漆雕開『吾斯之未能信』，又是一義。平直紆徐中，自露風骨。潁濱文品，别於父兄以此。

武昌九曲亭記

子瞻遷於齊安，廬於江上。齊安無名山，而江之南，武昌諸山，陂陁蔓延，澗谷深密。中有浮圖精舍，西曰西山，東曰寒谿，依山臨壑，隱蔽松櫪，蕭然絶俗，車馬之迹不至。每風止日出，江水伏息，子瞻杖策載酒，乘漁舟，亂流而南。山中有二三子，好客而喜游。聞子瞻至，幅巾迎笑，相携徜徉而上，窮山之深，力極而息，掃葉席草，酌酒相勞，意適忘反，往往留宿於山上。（虚含後半『適意爲樂』意。）以此居齊安三年，不知其久也。

然將適西山，行於松柏之間，羊腸九曲而獲少平，遊者至此必息。倚怪石，蔭茂木，俯視大江，仰瞻陵阜，旁矚溪谷，風雲變化，林麓向背，皆效於左右。有廢亭焉，其遺址甚狹，不足以席衆客。其旁古木數十，其大皆百圍千尺，不可加以斤斧。子瞻每至其下，輒睥睨終日。一旦大風雷雨，拔去其一，斥其所據，亭得以廣。子瞻與客入山視之，笑曰：『兹欲以成吾亭耶！』（語妙。）遂相與營之。亭成，而西山之勝始具，子瞻於是最樂。

昔余少年，從子瞻遊，有山可登，有水可浮，子瞻未始不褰裳先之。有不得至，爲之悵然移日。至其翩然獨往，逍遥泉石之上，擷林卉，拾澗實，酌水而飲之，見者以爲仙也。蓋天下之樂無窮，而以適意爲悦。方其得意，萬物無以易之，及其既厭，未有不灑然自笑者也。（少陵《觀打漁》：『既飽歡娱亦蕭瑟。』）譬諸飲食，雜陳於前，要之一飽而同委於臭腐，夫孰知得失之所在？惟其無愧於中，無責於外，而姑寓焉。（孟子所云『仰不愧，俯不怍』也。）此子瞻之所以有樂於是也。

筆墨翛然。後半言樂因乎心而不因乎境，雖未道出孔、顔之樂，而與子瞻《超然臺》意，已兩心相印矣。『當時四海一子由』，不洵然耶？

黄州快哉亭記

江出西陵，始得平地。其流奔放肆大，南合湘、沅，北合漢、沔，其勢益張。至於赤壁之下，波流浸灌，與海相若。清河張君夢得，謫居齊安，即其廬之西南爲亭，以覽觀江流之勝，而余兄子瞻名之曰『快哉』。蓋亭之所見，南北百里，東西一舍，濤瀾洶湧，風雲開闔。晝則舟楫出没於其前，夜則魚龍悲嘯於其下，變化倏忽，動心駭目，不可久視。今乃得玩之几席之上，舉目而足。西望武昌諸山，岡陵起伏，草木行列，煙消日出，漁夫樵父之舍，皆可指數。此其所以爲『快哉』者也。（形勝之快。）

至於長洲之濱，故城之墟，曹孟德、孫仲謀之所睥睨，周瑜、陸遜之所騁騖，其流風遺迹，亦足以稱快世俗。（覽古之快。）昔楚襄王從宋玉、景差於蘭臺之宫，有風颯然至者，王披襟當之，曰：

『快哉此風！寡人所與庶人共者耶？』（明點『快哉』，翻出名論。）宋玉曰：『此獨大王之雄風耳，庶人安得共之！』玉之言，蓋有諷焉。夫風無雌雄之異，而人有遇不遇之變。楚王之所以爲樂，與庶人之所以爲憂，此則人之變也，而風何與焉？士生於世，使其中不自得，將何往而非病？使其中坦然，不以物傷性，將何適而非快？（幾道着聖賢性分之樂。）

今張君不以謫爲患，收會計之餘功，而自放山水之間，此其中宜有以過人者。將蓬户甕牖，無所不快，而况乎濯長江之清流，挹西山之白雲，窮耳目之勝以自適也哉！不然，（反掉。）連山絶壑，長林古木，振之以清風，照之以明月，此皆騷人思士之所以悲傷憔悴而不能勝者，（此右軍序蘭亭，不勝感慨係之也。）烏睹其爲快也哉？

金玉錦綉，五鼎大烹，焉往非病，中無自得之實也；空室蓬户，疏食飲水，焉往非樂，不虧性天之真也。子由雖未幾此，而見能及之。借題發揮，直覺觸處皆是。

上樞密韓太尉書

太尉執事：轍生好爲文，思之至深，以爲文者氣之所形，然文不可以學而能，氣可以養而致。孟子曰：『我善養吾浩然之氣。』今觀其文章，寬厚宏博，充乎天地之間，稱其氣之小大。太史公行天下，周覽四海名山大川，與燕、趙間豪俊交遊，故其文疏蕩，頗有奇氣。此二子者，豈嘗執筆學爲如此之文哉？其氣充乎其中而溢乎其貌，動乎其言而見乎其文，而不自知也。

轍生十有九年矣，其居家所與游者，不過其鄰里鄉黨之人，所見不過數百里之間，無高山大野可登覽以自廣。百氏之書，雖無所不讀，然皆古人之陳迹，不足以激發其志氣。恐遂汨没，故決然舍去，求天下奇聞壯觀，以知天地之廣大。（虛勢領起。）過秦、漢之故都，（以下皆所以養其氣者。）恣觀終南、嵩、華之高。北顧黄河之奔流，慨然想見古之豪杰。至京師，仰觀天子宫闕之壯，與倉廩、府庫、城池、苑囿之富且大也，而後知天下之巨麗。見翰林歐陽公，（是引。）聽其議論之宏辯，觀其容貌之秀偉，與其門人賢士大夫游，而後知天下之文章聚乎此也。（逐漸而來，一層逼近一層。）

太尉以才略冠天下，天下之所恃以無憂，四夷之所憚以不敢發，入則周公、召公，出則方叔、召虎。而轍也，未之見焉。且夫人之學也，不志其大，雖多而何爲？轍之來也，於山見終南、嵩、華之高，於水見黄河之大且深，於人見歐陽公，而猶以爲未見太尉也。（總上文來，折入欲見太尉，此大海回風之象也。）故願得觀賢人之光耀，聞一言以自壯，然後可以盡天下之大觀而無憾者矣。（收應。）

轍年少，未能通習吏事。嚮之來，非有取於斗升之禄，偶然得之，非其所樂。然幸得賜歸待選，使得優遊數年之間，將歸益治其文，且學爲政。太尉苟以爲可教而辱教之，又幸矣。（明應爲文，雖不收繳養氣，而已上所云，氣之浩然可知。）

雖以孟子、司馬遷並舉，然通篇文字，多從太史公周遊天下數語生出。一往疏宕之氣，亦如公之評太史公文。

代三省祭司馬丞相文

嗚呼！元豐未命，震驚四方。號令所從，帷幄是望。公來自西，會哭於庭。縉紳咨嗟，復見老成。太姒（宣、仁。）在位，成王（哲宗。）在左。曰予煢煢，誰恤予禍？白髮蒼顔，三世之臣。不留相予，孰左右民。公出於道，民聚而呼。皆曰吾父，歸歟歸歟！公畏莫當，遄返洛師。授之宛丘，實將用之。公之來思，岌然特立。身如槁木，心如金石。時當宅憂，恭默不言。一二卿士，代天斡旋。事棼如絲，衆比如櫛。治亂之機，間不容髮。公身當之，所恃惟誠。（立心不欺，事無不可對人言。一『誠』字該之。）吾民苟安，吾君則寧。以順得天，以信得人。鋤去太甚，復其本原。白叟黄童，織婦耕夫，庶幾休焉，日月以須。公乘安輿，入見延和。裕民之言，之死靡他。將享合宫，百辟咸事。公病於家，卧不時起。明日當齋，公訃暮聞。天以雨泣，都人酸辛。禮成不賀，人識君意。龍衮蟬冠，遂以往襚。公之初來，民執弓矛，逮公永歸，既耕且耰。（時已中興。）公雖云亡，其志則存。國有成法，朝有正人。持而守之，有一毋隕。（望繼起者不變法也。）匪以報公，維以報君。天子聖明，神母萬年。民不告勤，公志則然。死者復生，信我此言。嗚呼哀哉！

哲宗初年，鏟除熙寧弊政。自司馬公没，始用調停之説，漸則小人朋興，既則君子竄投，甚至欲錮司馬氏子孫，而宋之社稷，遂成南渡矣。文中『國有成法，朝有正人』數言，真老成經國之語。

唐宋八家文讀本卷二十七

曾鞏子固著
後學沈德潛確士評點

移滄州過闕上殿疏

臣聞基厚者勢崇，力大者任重，（籠括全局，端凝渾厚。）故功德之殊，垂光錫祚，舄奕繁衍，久而彌昌者，蓋天下之理，必至之符。然生民以來，能躋登兹者，未有如大宋之隆也。（躋升而登於極盛也，已見昌黎《鄆州谿堂詩序》。）

夫禹之績大矣，而其孫太康，乃墜厥緒。湯之烈盛矣，而其孫太甲，既立不明。周自后稷，十有五世，至於文王，而大統未集，武王、成王，始收太平之功。而康王之子昭王難於南狩，昭王之子穆王殆於荒服，暨於幽、厲，陵夷盡矣。及秦，以累世之智並天下，然二世而亡。漢定其亂，而諸吕、七國之禍，相尋以起，建武中興，然沖、質以後，世故多矣。魏之患，天下爲三。晉、宋之患，（省語簡古。）天下爲南北。隋文始一海内，然傳子而失。唐之治在於貞觀、開元之際，而女禍始出，天寶以還，綱紀微矣。（歷叙數千年，用筆簡練，居然史法。）至於五代，蓋五十有六年，而更八姓，十有四君，其廢興之故甚矣。（束句簡老。）

宋興，太祖皇帝爲民去大殘，致更生，兵不再試，而粤、蜀、吴、楚五國之君，並致闕下，九州來同，復禹之迹。内輯師旅，而齊以節制；外卑藩服，而納以繩墨。所以安百姓，御四夷，綱理萬事之具。雖創始經營，而彌綸已悉，莫貴於爲天子，莫富於有天下，而舍子傳弟，爲萬世策。造邦受命之勤，爲帝太祖，功未有高焉者也。

太宗皇帝遹求厥寧，既定晉疆，錢俶自歸。作則垂憲，克紹克類，保世靖民，丕丕之烈，爲帝太宗，德未有高焉者也。

真宗皇帝繼統遵業，以涵煦生養，蕃息齊民，以并容徧覆，擾服異類。蓋自天寶之末，宇内板蕩，及真人出，天下平，而西北之虜，猶間入窺邊。至於景德，二百五十餘年，（平叙中不可無此振厲。）契丹始講和好，德明亦受約束，而天下銷鋒灌燧，無鷄鳴犬吠之警，以迄於今。故於是時，遂封泰山，禪社首，薦告功德，以明示萬世不祧之廟，所以爲帝真宗。

仁宗皇帝寬仁慈恕，虚心納諫，慎注措，謹規矩，早朝晏退，無一日之懈。在位日久，明於群臣之賢不肖忠邪，選用政事之臣，委任責成。然公聽並觀，以周知其情僞，其用舍之際，一稽於衆，故任事者亦皆警懼，否輒罷免，世以謂得馭臣之體。春秋未高，援立有德，傳付惟允，故傳天下之日，不陳一兵、不宿一士，以戒非常，而上下晏然，殆古所未有。其豈弟之行，足以附衆者，非家施而人悦之也。積之以誠心，民皆有父之尊，有母之親，故棄群臣之日，天下聞之，路祭巷哭，人人感動噓欷。（歷叙宋興以來諸帝，而於仁宗獨推揚其德澤入人之深，使讀者有餘思焉。）其得人之深，未有知其所由然者，故皇祖之廟，爲帝仁宗。

英宗皇帝聰明睿知，言動以禮，上帝眷相，天命所集，而稱疾遜避，至於累月。自踐東朝，淵默恭慎，無所言議施爲，而天下傳頌稱説，德號彰聞。及正南面，勤勞庶政，每延見三事，省決萬機，必諮詢舊章，考求古義，聞者惕然，皆知其志在有爲。雖早遺天下，成功盛烈，未及宣究，而明識大略，足以克配前人之休，故皇考之廟，爲宋英宗。

陛下聖神文武，可謂有不世出之天姿；仁孝恭儉，可謂有君人之大德。憫自晚周、秦漢以來，世主率皆不能獨見於衆人之表，其政治所出，大抵踵襲卑近，因於世俗而已。於是慨然以上追唐虞三代荒絶之迹、修列先王法度之政，爲其任在己，可謂有出於數千載之大志。變易因循，號令必信，使海内觀聽，莫不奮起，群下遵職，以後爲羞，可謂有能行之效。今斟酌損益，革弊興壞，制作法度之事，日以大備，非因陋就寡、拘牽常見之世所能及也。繼一祖四宗之緒，推而大之，可謂至矣。（并一祖四宗作一束，用推原法。）

蓋前世或不能附其民者，刑與賦役之政暴也。宋興以來，所用者鞭朴之刑，然猶詳審反覆，至於緩既縱之誅，重誤入之辟，蓋未嘗用一暴刑也。田或二十而税一，然歲時省察，數議寬減之宜，下蠲除之令，蓋未嘗加一暴賦也。民或老死不知力役，然猶憂憐惻怛，常謹復除之科，急擅興之禁，蓋未常興一暴役也。所以附民者如此。（四段鋪叙，各自結束。）前世或失其操柄者，天下之勢，或在於外戚，或在於近習，或在於大臣。宋興以來，戚里宦臣，曰將曰相，未嘗得以擅事也。所以謹其操柄者如此。而況輯師旅於内，天下不得私尺兵一卒之用；卑藩服於外，天下不得專尺土一民之力。其自處之勢如此。至於畏天事神，仁民愛物之際，未嘗有須臾懈也。其憂勞者又如此。蓋不能附其民，而至於失其操柄，又怠且忽，此前世之所以危且亂也。（又總上四項，作收束。）民附於下，操柄謹於上，處勢甚便，而加之以憂勞，此今之所以治且安也。

故人主之尊，意諭色授，而六服震動；（又用縱筆。）言傳號涣，而萬里奔走。山巖窟穴之民，不待期會，而時輸歲送，以供其職者，惟恐在後；航浮索引之國，非有發召，而籯齎橐負，以致其贄者，惟恐不及。西北之戎，投弓縱馬，相與祇服而戲豫；東南之夷，正冠束衽，相與挾册而吟誦。至於六府順叙，百嘉鬯遂，凡在天地之内，含氣之屬，皆裕如也。蓋遠莫懿於三代，近莫盛於漢唐，然或四三世，或一二世，而天下之變，不可勝道也。豈有若今五世六聖，百有二十餘年，自通邑大都，至於荒陬海聚，無變容動色之慮萌於其心，無援枹擊柝之戒接於其耳目。臣故曰，生民以來，未有如大宋之隆也。（總關前代本朝，至此作大收束。）

竊觀於《詩》，（領起。）其在《風》《雅》。陳太王、王季、文王致王迹之所由，與武王之所以繼代，而成之興，則美有《假樂》《鳧鷖》，戒有《公劉》《泂酌》。其所言者，蓋農夫女工、築室治田、師旅祭祀、飲屍受福、委曲之常務。至於《兔罝》之武夫，行修於隱，《無羊》之牧人，愛及微物，無不稱紀。所以論功德者，由小以及大，其詳如此。後嗣所以昭先人之功，當世之臣子，所以歸美其上，非徒薦告鬼神、覺悟黎庶而已也。《書》稱『勸之以九歌，俾勿壞』，蓋歌其善者，所以興其嚮慕興起之意，防其怠廢難久之情，養之於聽，而成之於心。其於勸帝者之功美，昭法戒於將來，聖人之所以列之於經，垂爲世教也。

今大宋祖宗，興造功業，猶太王、王季、文王。陛下承之以德，猶武王、成王。而群臣之於考次論撰，列之簡册，被之金石，以通神明，昭法戒者，闕而不圖，此學士大夫之過也。蓋周之德盛於文、武，而《雅》《頌》之作，皆在成王之世。今以時考之，則祖宗神靈，固有待於陛下。臣誠不自揆，輒冒言其大體。至於尋類取稱，本隱以之顯，使莫不究悉，則今文學之臣，充於有位，惟陛下之所使。至若周之積仁累善，至成王、周公，爲最盛之時，而《洞酌》言皇天『親有德、饗有道』，所以爲成王之戒。（引古進規。）蓋履極盛之勢，而動之以戒懼者，明之至、知之盡也。如此者，非周獨然，唐虞至治之極也，其君臣相飭，曰：『兢兢業業，一日二日萬幾。』則處至治之極，而保之以祇慎，唐虞之所同也。

今陛下履祖宗之基，廣太平之祚，而世世治安，三代所不及，則宋興以來，全盛之時，實在今日。陛下仰探皇天所以『親有德、饗有道』之意，而奉之以寅畏，俯念一日二日萬幾之不可以不察，（結出規戒，得周公、召公進言之遺，非《封禪》《美新》可比。）而處之以兢兢，使休光美實，日新歲益，閎遠崇侈，循之無窮，至千万世永有法則，此陛下之素所蓄積。臣愚區區愛君之心，誠不自揆，欲以庶幾詩人之義也，惟陛下之所擇。

儲同人云：前美後戒，奏疏中獨樹一格，其深厚逼匡、劉，而又廓而大之。此宋文之極盛，歐、蘇所不能爲也。

原本經術，氣質醇厚，宜下筆時，不知有劉向，無論韓愈也。

同是點竄二典、塗改《雅》《頌》，而韓則奇峭，曾則温醇，各造其極。

長篇文字，最易筋慵肉緩。文中節節關鎖，層層提挈，重規叠矩，脈絡關通，絶無慵緩之病。學者宜究心焉。

福州上執政書

鞏頓首再拜，上書某官：竊以先王之迹，去今遠矣，其可概見者尚存於《詩》。（領全意。）《詩》存先王養士之法，所以撫循待遇之者，恩意可謂備矣。故其長育天下之材，使之成就，則如蘿蒿之在大陵，無有不遂。其賓而接之，出於懇誠，則如《鹿鳴》之相呼召，其聲音非自外至也。其燕之，則有飲食之具；樂之，則有琴瑟之音。將其厚意，則有幣帛箱篚之贈；要其大旨，則未嘗不在於得其歡心。其人材既衆，列於庶位，則如《棫樸》之盛，得而薪之。其以爲使臣，則寵其往也，必以禮樂，使其光華皇皇於遠近；勞其來也，則既知其功，又本其情而叙其勤。（漸次近題。）其以爲將率，則於其行也，既送遣之，又識薇蕨之始生，而恐其歸時之晚；及其還也，既休息之，又追念其悄悄之憂，而及於僕夫之瘁。當此之時，后妃之於內助，又知臣下之勤勞，其憂思之深，至於山脊、石砠、僕馬之間；而志意之一，至於雖采卷耳，而心不在焉。蓋先王之世，待天下士，其勤且詳如此。（總一筆。）故稱周之士也貴，又稱周之士也肆，而《天保》亦稱『君能下下，以成其政；臣能歸美，以報其上』。其君臣上下相與之際如此，可謂至矣。（束筆。）

所謂必本其情而叙其勤者，（抽出此句，見前所徵引，注意自此。）在《四牡》之三章曰：『王事靡盬，不遑將父。』四章曰：『王事靡盬，不遑將母。』而其卒章則曰：『豈不懷歸？是用作歌，將母來諗。』釋者以謂：『諗，告也。君勞使臣，叙述其情，曰：豈不誠思歸乎？故作此詩之歌，以養父母之志，來告其君也。』既休息之，而又追叙其情如此。繇是觀之，上之所以接下，未嘗不恐失其養父母之心；下之所以事上，有養父母之心，未嘗不以告也。（儲云：將古書引出自己情事，又將自己情事附入古書。）其勞使臣之辭則然，而推至於戍役之人，亦勞之以『王事靡盬，憂我父母』，則先王之政，即人之心，莫大於此也。及其後世，或任使不均，或苦於征役，而不得養其父母，（又反説一層，文勢彌紆餘曲折。）則有《北山》之感，《鴇羽》之嗟；或行役不已，而父母兄弟離散，則有《陟岵》之思。詩人皆推其意，見於《國風》，所謂『發乎情，止乎禮義』者也。

伏惟吾君有出於數千載之大志，方興先王之治，以上繼三代。吾相於時，皆同德合謀，則所以待天下之士者，豈易於古？士之出於是時者，豈有不得盡其志邪？鞏獨何人，幸遇兹日。

鞏少之時，尚不敢飾其固陋之質，以干當世之用。今齒髮日衰，聰明日耗，令其至愚，固不敢有徼進之心，况其少有知邪？轉走五郡，蓋十年矣，未嘗敢有半言片辭，求去邦域之任，而冀陪朝廷之儀。此鞏之所以自處，竊計已在聽察之日久矣。今輒以其區區之腹心，敢布於下執事者，誠以鞏年六十，老母年八十有八，老母寓食京師，而鞏守閩越，仲弟守南越。二越者，天下之遠處也。於著令，有一人仕於此二邦者，同居之親，當遠仕者，皆得不行。鞏固不敢爲不肖之身，求自比於是也。顧以道里之阻，既不可御老母而南，則非獨省晨昏，承顔色，不得效其犬馬之愚。至於書問往還，蓋以萬里，非累月逾時不通。此白首之母子，所以義不可以苟安，恩不可以苟止者也。

方去歲之春，有此邦之命，鞏敢以情告於朝，而詔報不許。屬閩有盜賊之事，因不敢繼請。及去秋到職，閩之餘盜，或數十百爲曹伍者，往往蚊聚於山谷。桀黠能動衆爲魁首者，又以十數，相望於州縣。閩之室閭莫能寧，而遠近聞者，亦莫不疑且駭也。州屬邑，又有出於饑旱之後。鞏於此時，又不敢以私計自陳。其於寇孽，屬前日之屢敗，士氣既奪，而吏亦無可屬者。其於經營，既不敢以輕動迫之，又不敢以少縱玩之。一則諭以招納，一則戒以剪除。既而其悔悟者自相執拘以歸，其不變者亦爲士吏之所係獲。其魁首則或靡而致之，或殲而去之。自冬至春，遠近皆定。亭無枹鼓之警，里有室家之樂。士氣始奮，而人和始洽。至於風雨時若，田出自倍。今野行海涉，不待朋儔。市粟四來，價減什七。此皆吾君吾相，至仁元澤，覆冒所及。故寇旱之餘，曾未期歲，既安且富，至於如此。鞏與斯民，與蒙其幸。方地數千里，既無一事，繫官於此，又已彌年，則可以將母之心，告於吾君、吾相，未有易於此時也。（守官之勤，乞養之切，一并合攏。）

伏惟推古之所以待士之詳，（總收。）思勞歸之詩，本士大夫之情，而及於其親，逮之以即乎人心之政，或還之闕下，或處以閑曹，或引之近畿，屬以一郡，使得諧其就養之心，慰其高年之母。則仁治之行，豈獨昏愚得蒙賜於今日，其流風餘法，傳之永久。後世之士，且將賴此。以無《北山》之怨，《鴇羽》之譏，《陟岵》之歎，蓋行之甚易，爲德於士類者甚廣。惟留意而圖之。不宣。

（并以感動天下後世。）

本《風》《雅》以陳情，紆餘往復，藴藉深厚，匡、劉遺風也。

寄歐陽舍人書

鞏頓首再拜舍人先生：去秋人還，蒙賜書及所撰先大父墓碑銘。反復觀誦，感與慚并。

夫銘志之著於世，義近於史，而亦有與史異者。蓋史之於善惡，無所不書，而銘者，蓋古之人有功德材行志義之美者，懼後世之不知，則必銘而見之。或納於廟，或存於墓，一也。苟其人之惡，則於銘乎何有？此其所以與史異也。其辭之作，所以使死者無有所憾，生者得致其嚴。而善人喜於見傳，則勇於自立；惡人無有所紀，則以愧而懼。至於通材達識，義烈節士，嘉言善狀，皆見於篇，則足爲後法。警勸之道，非近乎史，其將安近？（已上論志銘之體。）

及世之衰，人之子孫者，一欲褒揚其親，而不本乎理。（專意也。）故雖惡人，皆務勒銘以夸後世。立言者既莫之拒而不爲，又以其子孫之所請也，書其惡焉，則人情之所不得，於是乎銘始不實。後之作銘者，當觀其人。苟託之非人，則書之非公與是，則不足以行世而傳後。（此論作志銘之難其人。）故千百年來，公卿大夫，至於里巷之士，莫不有銘，而傳者蓋少。其故非他，託之非人，書之非公與是故也。

然則孰爲其人，而能盡公與是歟？非畜道德而能文章者，無以爲也。蓋有道德者之於惡人，則不受而銘之，於衆人則能辨焉。而人之行，有情善而迹非，有意姦而外淑，有善惡相懸，而不可以實指，有實大於名，有名侈於實。猶之用人，非畜道德者，惡能辨之不惑，議之不徇？不惑不徇，則公且是矣。而其辭之不工，則世猶不傳。於是又在其文章兼勝焉。故曰非畜道德而能文章者，無以爲也。豈非然哉？（逐層引到歐公。）

然畜道德而能文章者，雖或並世而有，亦或數十年或一二百年而有之。其傳之難如此，其遇之難又如此。若先生之道德文章，固所謂數百年而有者也。先祖之言行卓卓。幸遇而得銘其公與是，其傳世行後無疑也。（收得住。）而世之學者，每觀傳記所書古人之事，至其所可感，則往往衋然不知涕之流落也，（又放開。）況其子孫也哉？況鞏也哉？其追晞祖德，而思所以傳之之繇，則知先生推一賜於鞏，而及其三世。其感與報，宜若何而圖之？

抑又思若鞏之淺薄滯拙，而先生進之；先祖之屯蹶否塞以死，而先生顯之。則世之魁閎豪杰不世出之士，其誰不願進於門？潛遁幽抑之士，其誰不有望於世？善誰不爲，而惡誰不愧以懼？爲人之父祖者，孰不欲教其子孫？爲人之子孫者，孰不欲寵榮其父祖？此數美者，一歸於先生（一語勒住，奔流赴壑。）。既拜賜之辱，且敢進其所以然。所諭世族之次，敢不承教而加詳焉。愧甚，不宣。

茅鹿門云：此書紆徑百折，而感慨嗚咽之氣、博大幽深之識，溢於言外。較之蘇長公《謝張太保撰先人墓碣書》特勝。

銘近於史。而今人之作，每不逮古人，須俟諸畜道德而能文章者。逐層牽引，如春蠶吐絲，春山出雲，不使人覽而易盡。

與孫司封書

運使司封閣下：竊聞儂智高未反時，已奪邕邑地而有之，爲吏者不能禦，因不以告。皇祐三年，邕有白氣起廷中，江水横溢，司户孔宗旦以爲兵象，策智高必反，以書告其將陳拱。拱不聽，宗旦言不已。拱怒，詆之曰：『司户狂邪！』四年，智高出横山，略其寨人，因其倉庫而大賑之。宗旦又告曰：『事急矣，不可以不戒。』拱又不從。凡宗旦之於拱，以書告者七，以口告者多至不可數。（此料事之明。）度拱終不可得意，即載其家走桂州，曰：『吾有官守不得去，吾親毋爲與死此。』（此又帶叙其孝，不使其親俱死於賊，尤人所難。）既行之二日，智高果反，城中皆應之。宗旦猶力守南門，爲書召鄰兵，欲拒之。城亡，智高得宗旦，喜，欲用之。宗旦怒曰：『賊！汝今立死矣，吾豈可污邪！』駡不絕口。智高度終不可下，乃殺之。（此死事之忠。）

當其初，使宗旦言不廢，則邕之禍必不發；發而吾有以待之，則必無事。使獨有此一善，固不可不旌，况其死節堂堂如是，而其事未白於天下。（將言而不死者襯托。）比見朝廷所寵贈南兵以來仗節死難之臣，宗旦乃獨不與，此非所謂『曲突徙薪無恩澤，焦頭爛額爲上客』邪？使宗旦初無一言，但賊至而能死不去，固不可以無賞。（又將死而不言者襯托。）盖先事以爲備，全城而保民者，宜責之陳拱，非宗旦事也。今猥令與陳拱同戮，既遺其言，又負其節。爲天下者，賞善而罰惡；爲君子者，樂道人之善，樂成人之美，豈當如是邪？

凡南方之事，卒至於破十餘州，覆軍殺將，喪元元之命，竭山海之財者，非其變發於隱伏，而起於倉卒也。內外上下有職事者，初莫不知，或隱而不言，或忽而不備，苟且偷託，以至於不可禦耳。（更以他人之不言、不備，反襯宗旦之料事死節，愈見其當褒贈，不可負其言與其節也。）有一人先能言者，又爲世所侵蔽，令與罪人同罰，則天下之事，其誰復言耶！聞宗旦非獨以書告陳拱，當時爲使者於廣東西者，宗旦皆歷告之。今彼既不能用，懼重爲己累，必不肯復言宗旦嘗告我也。（無微不到。）爲天下者，使萬事已理，天下已安，猶須力開言者之路，以防未至之患。况天下之事，其可憂者甚衆，而當世之患，莫大於人不能言與不肯言，而甚者或不敢言也。則宗旦之事，豈可不汲汲載之天下視聽，發揚褒大其人，以驚動當世耶！

宗旦喜學《易》，所爲注有可采者。（補出平日學問孝行，見其言非偶然幸中者。）家不能有書，而人或質問以《易》，則貫穿馳騁，至數十家，皆能言其意。事祖母盡心，貧幾不能自存，好議論，喜功名。鞏嘗與之接，故頗知之。則其所立，亦非一時偶然發也。世多非其在京東時不能自重，至爲世所指目，此固一眚，今其所立，亦可贖矣。

鞏初聞其死之事，未敢決然信也。前後得言者甚衆，又得其弟自言，而聞祖袁州在廣東亦爲之言，然後知其事，使雖有小差，（小有異同。）要其大概不誣也。況陳拱以下皆覆其家，而宗旦獨先以其親遁，則其有先知之效可知也。以其性之喜事，則其有先言之效亦可知也。以閣下好古力學，志樂天下之善，又方使南方，以賞罰善惡爲職，故敢以告。其亦何惜須臾之聽，尺紙之議，博問而極陳之，使其事白，固有補於天下，不獨一時爲宗旦發也。伏惟少留意焉。如有未合，願賜還答。不宣。

死節一層，知其將亂而先言又一層，大旨重在先言上。蓋知其將亂而早爲之圖，智高之禍可以不熾，其關係尤鉅也。與退之《與元侍御書》表揚甄濟父子事相類，而剴切則又過之。死封疆者與誤封疆者無甚分別，其何以立綱紀而作天下忠義之氣耶？子固之言，不獨爲宗旦一人發也。

戰國策目録序

劉向所定《戰國策》三十三篇，《崇文總目》稱十一篇者闕。臣訪之士大夫家，始盡得其書，正其誤謬而疑其不可考者，然後《戰國策》三十三篇復完。叙曰：

向叙此書，言周之先，明教化，修法度，所以大治；及其後，謀詐用，而仁義之路塞，所以大亂。其説既美矣，卒以謂此書，戰國之謀士度時君之所能行，不得不然，則可謂惑於流俗，而不篤於自信者也。（駁得正大。）夫孔、孟之時，（提孔、孟作主。）去周之初已數百歲，其舊法已亡，舊俗已熄久矣。二子乃獨明先王之道，以謂不可改者，豈將强天下之主以後世之不可爲哉？亦將因其所遇之時、所遭之變，而爲當世之法，使不失乎先王之意而已。二帝三王之治，其變固殊，其法固異，而其爲國家天下之意，本末先後未嘗不同也。二子之道，如是而已。蓋法者，所以適變也，不必盡同；道者，所以立本也，不可不一。此理之不易者也。（古人論作文，須有一段精采處。此數言乃精采處也。）故二子者守此，豈好爲異論哉？能勿苟而已矣。可謂不惑乎流俗，而篤於自信者也。

戰國之遊士則不然。不知道之可信，而樂於説之易合。其設心注意，偷爲一切之計而已。故論詐之便而諱其敗，言戰之善而蔽其患。其相率而爲之者，莫不有利焉而不勝其害也，有得焉而不勝其失也。（指陳戰國流弊，言言透切，此處士橫議、充塞仁義之尤也。）卒至蘇秦、商鞅、孫臏、吴起、李斯之徒，以亡其身，而諸侯及秦用之者亦滅其國。其爲世之大禍明矣，而俗猶莫之寤也。惟先王之道，因時適變，爲法不同，而考之無疵，用之無弊。故古之聖賢，未有以此而易彼也。（儲云：叫轉先王，收歸孔孟，何等章法。）

或曰：邪説之害正也，宜放而絶之，則此書之不泯，其可乎？對曰：君子之禁邪説也，固將明其説於天下，使當世之人皆知其説之不可從，然後以禁則齊；使後世之人皆知其説之不可爲，然後以戒則明。豈必滅其籍哉？放而絶之，莫善於是。是以孟子之書，有爲神農之言者，有爲墨子之言者，皆著而非之。至於此書之作，則上總春秋，下至楚漢之起，二百四十五年之間，載其行事，固不可得而廢也。

此書有高誘注者二十一篇，或曰二十二篇。《崇文總目》存者八篇，今存者十篇。

尊孔、孟以折群言，所謂言不離乎道德者耶。後段謂存其書，正使人知其邪僻而不爲所亂，如大禹鑄鼎象物，使民知神姦，然後不逢不若也。論策士之害，不煩言而已透。

列女傳目録序

劉向所叙《列女傳》凡八篇，事具《漢書》向列傳。而《隋書》及《崇文總目》皆稱向《列女傳》十五篇，曹大家注。以《頌義》考之，蓋大家所注，離其七篇爲十四，與《頌義》凡十五篇。而益以陳嬰母及東海以來凡十六事，非向書本然也。蓋向舊書之亡久矣。嘉祐中，集賢校理蘇頌始以《頌義》爲篇次，復定其書爲八篇，與十五篇者並藏於館閣。而《隋書》以《頌義》爲劉歆作，與向列傳不合。今驗《頌義》之文，蓋向之自叙。又《藝文志》有向《列女傳頌圖》，明非歆作也。自唐之亂，古書之在者少矣。而《唐志》録《列女傳》凡十六家，至大家注十五篇者亦無録，然其書今在。則古書之或有録而亡，或無録而在者，亦衆矣，非可惜哉。今校讎其八篇及其十五篇者已定，可繕寫。

初，漢承秦之敝，風俗已大壞矣。而成帝後宫，趙、衛之屬尤自放。向以謂王政必自内始，故列古女善惡，所以致興亡者，以戒天子，此向述作之大意也。（揭出作傳本旨。）其言大任之娠文王也，目不視惡色，耳不聽淫聲，口不出敖言，又以謂古之人胎教者皆如此。夫能正其視聽言動者，此大人之事，而有道者之所畏也。顧令天下之女子能之，何其盛也。以臣所聞，蓋爲之師傅保姆之助、《詩》《書》圖史之戒、珩璜琚瑀之節、威儀動作之度，其教之者雖有此具，然古之君子，未嘗不以身化也。（歸本修身，此探原之論。）故《家人》之義，歸於反身；『二南』之業，本於文王。夫豈自外至哉？世皆知文王之所以興，能得内助，而不知其所以然者。蓋本於文王之躬化，故内則后妃有《關雎》之行，外則群臣有『二南』之美，與之相成。其推而及遠，則商辛之昏俗、江漢之小國、兔罝之野人，莫不好善而不自知，此所謂身修，故國家天下治者也。（《大學》條目與《二南》

印証，説《詩》最爲融洽。）後世自學問之士，多徇於外物而不安其守，其家室既不見可法，故競於邪侈，豈獨無相成之道哉？（不但不能正身以正家，反以家自累其身，古學不明，至於如此。）士之苟於自恕，顧利冒耻而不知反己者，往往以家自累故也。故曰：『身不行道，不行於妻子。』信哉！如此人者，非素處顯也，然去『二南』之風，亦已遠矣，況於南鄉天下之主哉？向之所述，勸戒之意可謂篤矣。

然向號博極群書，而此傳稱《詩·芣苢》《柏舟》《大車》之類，與今序《詩》者之説尤乖異，蓋不可考。至於《式微》之一篇，又以謂二人之作，豈其所取者博，故不能無失歟？其言象計謀殺舜，及舜所以自脱者，頗合於《孟子》。然此傳或有之，而《孟子》所不道者，蓋亦不足道也。（餘波。）凡後世諸儒之言經傳者固多如此，覽者採其有補而擇其是非可也。故爲之序論，以發其端云。

朱子公：《關雎》雖若專美太姒，而實深見文王之德。《序》者徒見其詞而不察其意，遂一以后妃爲主，而不復知有文王，固已失之矣。至於化行國中，三分天下，亦皆以爲后妃之所致，則禮樂征伐，皆出婦人之手，而文王徒擁虚器以爲寄生之君也。其失甚矣。惟南豐曾氏之言，竊謂庶幾得之。

原本《家人卦》。《大學》聖經，齊家本於修身意，較之漢儒，學術又醇乎醇矣。而文之淵茂，不減中壘。

陳書目録序

《陳書》六本紀、三十列傳，凡三十六篇，唐散騎常侍姚思廉撰。

始，思廉父察，梁、陳之史官也，録二代之事，未就而陳亡。隋文帝見察，甚重之，每就察訪梁、陳故事。察因以所論裁，每一篇成，輒奏之，而文帝亦遣虞世基，就察求其書，又未就而察死。察之將死，屬思廉以繼其業。唐興武德五年，高祖以自魏至宋二百餘歲，世統數更，史事故逸，乃詔論次。而思廉遂受詔爲《陳書》，久之，猶不就。貞觀三年，遂詔論撰於秘書内省。十年正月壬子，始上之。

觀察等之爲此書，歷三世，傳父子，更數十歲，而後乃成，盖其難如此。然及其既成，與宋、魏、梁等書，世亦傳之者少，故學者於其行事之迹，亦罕得而詳之也。其書亦以罕傳，則自秘府所藏，往往脱誤。嘉祐六年八月，始詔校讎，使可鏤版行之天下。而臣等言梁、陳等書缺，獨館閣所藏，恐不足以定著，願詔京師及州縣藏書之家，使悉上之。先皇帝爲下其事，至七年冬，稍稍始集。臣等以相校，至八年七月，《陳書》三十六篇者始校定，可傳之學者。其疑者亦不敢稍損益，特各疏於篇末。其書舊無目，列傳名氏多闕謬，因别爲目録一篇，使覽者得詳焉。

夫陳之爲陳，盖偷爲一切之計，非有先王經紀禮義風俗之美、制治之法，可章示後世。然而兼權尚計，明於任使，恭儉愛人，則其始之所以興；惑於邪臣，溺於嬖妾，忘患縱慾，則其終之所以亡。興亡之端，莫非自己致者。（綜括一代之成敗興壞，不過數言。）至於有所因造，以爲號令、威刑、職官、州郡之制，雖其事已淺，然亦各施於一時，皆學者之所不可不考也。而當時之士，爭奪詐僞，苟得偷合之徒，尚不得不列以爲世戒，而況於壞亂之中、倉皇之際，士之安貧樂義、取舍去就，不爲患禍勢利動其心者，亦不絶於其間。（如《孝行传》殷不害、謝貞、司馬暠之類。）若此人乎，可謂篤於善矣。（風神。）盖古人之所思見而不可得，《風雨》之詩所爲作者也，安可使之泯泯，不少概見於天下哉？則陳之史，其可廢乎？

盖此書成之既難，其後又久不顯。及宋興已百年，古文遺事靡不畢講，始得盛行於天下，列於學者。其傳之之難又如此，豈非遭遇固自有時也哉！

綜舉成敗興壞，一代政刑法制之詳，而於安貧樂義，不苟去就之士，獨致思焉。一唱三歎，能移我情。此文之以神韻胜者也。

禮閣新儀目録序

《禮閣新儀》三十篇，韋公肅撰，記開元以後至元和之變禮。史館秘閣及臣書皆三十篇，集賢院書二十篇，以參相校讎，史館秘閣及臣書多復重，其篇少者八，集賢院書獨具。然臣書有目録一篇，以考其次序，蓋此書本三十篇，則集賢院書雖具，然其篇次亦亂。既正其脱謬，因定著從目録，而《禮閣新儀》三十篇復完。

夫禮者，其本在於養人之性，而其用在於言動視聽之間。（本劉向語。）使人之言動視聽一於禮，則安有放其邪心，而窮於外物哉？不放其邪心，不窮於外物，則禍亂可息，而財用可充。其立意微，其爲法遠矣。故設其器、制其物、爲其數、立其文，以待其有事者，皆人之起居出入、吉凶哀樂之具，所謂其用在乎言動視聽之間者也。然而古今之變不同，而俗之便習亦異，則法制度數，其久而不能無弊者，勢固然也。故爲禮者，其始莫不宜於當世，而其後多失而難遵，亦其理然也。失則必改制，以求其當。故羲農以來，至於三代，禮未嘗同也。後世去三代蓋千有餘歲，其所遭之變，所習之便不同，固已遠矣。而議者不原聖人制作之方，乃爲設其器，制其物，爲其數，立其文，以待其有事，而爲其起居出入、吉凶哀樂之具者，當一一以追先王之迹，然後禮可得而興也。（此即魯兩生不從叔孫通制禮意。）至其説之不可求，其制之不可考，或不宜於人，不合於用，則寧至於漠然而不敢爲，使人之言動視聽之間，蕩然莫之爲節，至患夫爲罪者之不止，則繁於爲法以禦之。故法至於不勝其繁，而犯者亦至於不勝其衆，豈不惑哉？（此即《漢・禮樂志》所謂『敢於殺人，不敢於生人』也。）

蓋上世聖人，有爲耒耜者或不爲宫室，爲舟車者或不爲棺椁，豈其智不足爲哉？以謂人之所未病者，不必改也。至於後聖有爲宫室者，不以土處爲不可變也，爲棺椁者不以葛溝爲不可易也，（《法言》：裹葛藟以葬。）豈好爲相反哉？以爲人之所既病者，不可因也。又至於後聖，則有設兩觀，而更采椽之質，攻文梓，而易瓦棺之素，豈不能從儉哉？以謂人情之所好，能爲之節而不能變也。由是觀之，古今之變不同，而俗之便習亦異，則亦屢變其法以宜之，何必一一以追先王之迹哉？其要在於養民之性、防民之欲者，本末先後，能合乎先王之意而已。此制作之方也。（劉向云『禮以養人爲本』，即是此意。）

故瓦樽之尚，而薄酒之用，太羹之先，而庶羞之飽，一以爲貴本，一以爲親用，則知有聖人作，而爲後世之禮者，必貴俎豆而今之器用不廢也，先弁冕而今之衣服不禁也。其推之皆然，然後其所改易更革，不至於拂天下之勢，駭天下之情，而固已合乎先王之意矣。是以羲農以來至於三代，禮未嘗同，而制作之如此者未嘗異也。後世不惟其如此，而或至於不敢爲，或爲之者特出於其勢之不可得已，故苟簡而不能備，希闊而不常行，又不過用之於上，而未有加之於民者也。故其禮本在於養人之性，而其用在於言動視聽之間者，歷千餘歲，民未嘗得接於耳目，況於服習而安之者乎？至其陷於罪戾，則繁於爲法以禦之，其亦不仁也哉！（反復前意。）

此書所紀，雖其事已淺，然凡世之記禮者亦皆有所本，而一時之得失具焉。昔孔子於告朔，愛其禮之存，況於一代之典籍哉？則其書不得不貴，故爲之定著，以俟夫論禮者考而擇焉。

即『所損益可知也』意。見歷朝之禮，貴因時制宜，不必過執先王，至於拘迂而難行，如三代以後議復行井田封建也。通篇大旨，以『禮以養人爲本』作主，而紆徐往復，抑揚唱歎，荊川所謂一意翻作數層者耶？南宋文往往本此。

能補出三綱五常萬古不變一層，更見立言無罅漏處。

先大夫集後序

公所爲書，號《仙鳧羽翼》者三十卷，《西陲要紀》者十卷，《清邊前要》五十卷，《廣中台志》八十卷，《爲臣要紀》三卷，《四聲韻》五卷，總一百七十八卷，皆刊行於世。今類次詩賦書奏一百二十二篇，又自爲十卷，藏於家。

方五代之際，儒學既擯焉，後生小子，治術業於閭巷，文多淺近。是時公雖少，所學已皆知治亂得失興壞之理，其爲文閎深雋美，而長於諷諭，今類次樂府已下是也。

宋既平天下，公始出仕。當此之時，太祖、太宗已綱紀大法矣，公於是勇言當世之得失。（通篇骨子。）其在朝廷，疾當事者不忠，（此段虛寫，統括大意。）故凡言天下之要，必本天子憂憐百姓，勞心萬事之意，而推大臣從官執事之人，觀望懷姦，不稱天子屬任之心，故治久未洽。至其難言，則人有所不敢言者。（承『勇言得失』而暢言之。）雖屢不合而出，而所言益切，不以利害禍福動其意也。

始，公尤見奇於太宗，自光禄寺丞、越州監酒税召見，以爲直史館，遂爲兩浙轉運使。未久，而真宗即位，益以材見知。初試以知制誥，及西兵起，又以爲自陜以西經略判官。而公嘗切論大臣，當時皆不悦，故不果用。然真宗終感其言，故爲泉州。未盡一歲，拜蘇州。五日，又爲揚州。將復召之也，而公於是時又上書，語斥大臣尤切，故卒以齟齬終。（惟勇言得失，故得君因此，忤大臣亦因此。）

公之言，其大者，以自唐之衰，民窮久矣，海内既集，天子方修法度，而用事者尚多煩碎，治財利之臣又益急，公獨以謂宜遵簡易，罷管榷，以與民休息，塞天下望。祥符初，四方争言符應，天子因之，遂用事泰山，祠汾陰，而道家之説亦滋甚，自京師至四方，皆大治宫觀。公益諍，以謂天命不可專任，宜絀姦臣，修人事，反復至數百千言。（前用虚叙，此用實征。）嗚呼！公之盡忠，天子之受盡言，何必古人。此非傳之所謂主聖臣直者乎？何其盛也！何其盛也！（隨咏歎隨束。）公在兩浙，奏罷苛税二百三十餘條。在京西，又與三司争論，免民租，釋逋負之在民者。蓋公之所試如此。所試者大，其庶幾矣。

公所嘗言甚衆，其在上前及書亡者，蓋不得而集。其或從或否，而後常可思者，與歷官行事，廬陵歐陽公已銘公之碑特詳焉，此故不論，論其不盡載者。公卒以齟齬終，（遥接。）其功行或不得在史氏記，藉令記之，當時好公者少，史其果可信歟？後有君子欲推而考之，讀公之碑與其書，及余小子之序其意者，具見其表裏，其於虚實之論可核矣。

公卒，乃贈諫議大夫。姓曾氏，諱某，（名致堯。）南豐人。序其書者，公之孫鞏也。

惟勇言得失，故遭逢明勝，極知遇之隆。而卒以齟齬終，見直道之難行於時也。闡揚先人，使讀者忠孝之心，油然興起。

范貫之《奏議集》序

尚書户部郎中、直龍圖閣范公貫之之奏議，凡若干篇，其子世京集爲十卷，而屬予序之。

蓋自至和已後十餘年間，公常以言事任職。自天子、大臣，至於群下，自掖庭至於四方幽隱，一有得失善惡，關於政理，公無不極意反復，爲上力言，或矯拂情欲，或切劘計慮，或辨别忠佞而處其進退。章有一再或至於十餘上，事有陰争獨陳，或悉引諫官御史，合議肆言。仁宗常虚心采納，爲之變命令，更廢舉，近或立從，遠或越月逾時，或至於其後，卒從聽用。

蓋當是時，仁宗在位歲久，熟於人事之情僞，與群臣之能否，方以仁厚清静，休養元元，至於是非與奪，則一歸之公議，而不自用也。其所引拔以言爲職者，如公皆一時之選。而公與同時之士，亦皆樂得其言，不曲從苟止。故天下之情，因得畢聞於上，而事之害理者常不果行。至於奇衺恣睢，有爲之者，亦輒敗悔。故當此之時，常委事七八大臣，而朝政無大闕失，群臣奉法遵職，海内乂安。夫因人而不自用者，天也。仁宗之所以其仁如天，至於享國四十餘年，能承太平之業者，由是而已。後世得公之遺文，而論其世，見其上下之際相成如此，必將低回感慕，有不可及之歎，然後知其時之難得。則公言之不没，豈獨見其志，所以明先帝之盛德於無窮也。（歸重得體。）

公爲人温良慈恕，其從政寬易愛人。及在朝廷，危言正色，人有所不能及也。凡同時與公有言責者，後多至大官，而公獨早卒。公諱師道，其世次、州里、歷官、行事，有今資政殿學士趙公抃爲公之墓誌銘云。

儲同人云：宋至熙寧而公議廢斥，無一足存，揚厲仁宗，義猶魚藻。

范公之忠直，仁宗朝之太平無事，能受直言，一齊傳出，有生枯雙管俱下之妙。行文典重紆餘，則又公所獨擅。

唐宋八家文讀本卷二十八

曾鞏子固著
後學沈德潛確士評點

送江任序

均之爲吏，（句領二層。）或中州之人，用於荒邊側境、山區海聚之間，蠻夷異域之處；或燕荊越蜀、海外萬里之人，用於中州，以至四遐之鄉，相易而往。其山行水涉沙莽之馳，往往則風霜冰雪、瘴霧之毒之所侵加，蛟龍虺蜴、虎豹之群之所抵觸，衝波急洑、隤崖落石之所覆壓。其進也，莫不籯糧舉藥，選舟易馬，刀兵曹伍而後動，戒朝奔夜，變更寒暑而後至。（造句。）至則宮廬器械、被服飲食之具、土風氣候之宜，與夫人民謡俗、語言習尚之務，其變難遵，而其情難得也，則多愁居惕處，歎息而思歸。及其久也，所習已安，所蔽已解，則歲月有期，可引而去矣。（所以不得民情。）故不得專一精思修治具，以宣布天子及下之仁，而爲後世可守之法也。

或九州之人，各用於其土，不在西封，在東境。（與上一段語語反對。）士不必勤，舟車輿馬不必力，而已傳其都邑，坐其堂奥。道途所次，升降之倦，衝冒之虞，無有接於其形，動於其慮。至則耳目口鼻百體之所養，如不出乎其家；父兄六親故舊之人，朝夕相見，如不出乎其里。山川之形，土田市井、風謡習俗辭説之變，利害得失善惡之條貫，非其童子之所聞，則其少長之所遊覽；非其自得，則其鄉之先生老者之所告也。所居已安，所有事之宜，皆已習熟，如此能專慮致職，以宣上恩，而修百姓之急。其施爲先後，不待旁諮久察，而與奪損益之機，已斷於胸中矣。豈累夫孤客遠寓之憂，而以苟且決事哉！（回應前文。）

臨川江君任，爲洪之豐城，此兩縣者，牛羊之牧相交，樹木果蔬、五穀之壟相入也。所謂九州之人，各用於其土者，孰近於此？既已得其所處之樂，而厭聞飫聽其人民之事，而江君又有聰明敏給之材、廉潔之行以行其政，（只補一二語。）吾知其不去圖書講論之適、賓客之好，而所爲有餘矣。蓋縣之治，則民自得於大山深谷之中，而州以無爲於上。吾將見西江之幕府，無南向而慮者矣。於其行，遂書以送之。（政成意淡淡説，不入俗調。）

儲同人云：吏治莫盛於漢，而漢法尤合於人情，以郡人典郡守者，不可勝數也。唐、宋亦然。至明始竊竊以私疑之，越省命官，猜防愈深，吏治愈不古若矣，奚益耶？

雖兩段分説，然一賓一主，正意只在後段。蓋江君勢既處於易，則宣上德意，以利澤下民，其責有不得辭者也。勉勵之旨，自在言外。茅鹿門謂古來未有此調，子固自出機軸，良然。

送李材叔知柳州序

談者謂南越偏且遠，其風氣與中州異。故官者皆不欲久居，往往車船未行，輒已屈指計歸日。又咸小其官，以爲不足事。其逆自爲慮如此，故其至皆傾摇懈弛其憂且勤之心〔一〕。其習俗從古而爾，不然，何自越與中國通已千餘年，而名能撫循其民者，不過數人邪！故越與閩、蜀，始俱爲夷，閩、蜀皆已變，而越獨尚陋，豈其俗不可更與？蓋吏者莫致其治教之意也。噫！亦其民之不幸也已。

彼不知由京師而之越，水陸之道皆安行，非若閩溪、峽江、蜀棧之不測。（破『偏遠』之説。）則均之吏於遠，此非獨優歟？其風氣吾所諳之，與中州亦不甚異，起居不違其節，未嘗有疾。苟違節，雖中州，寧能不生疾邪！其物産之美，果有荔子、龍眼、蕉、柑、橄欖，花有素馨、山丹、含笑之屬，食有海之百物、累歲之酒醋，皆絶於天下。（破『風土與中州異』之説。）人少鬥訟，喜嬉樂。吏者惟其無久居之心，故謂之不可。如其有久居之心，奚不可邪！

〔一〕其憂且勤之心，元刻本《元豐類稿》作『無憂且勤之心』，則此句應標點爲『故其至皆傾摇懈弛，無憂且勤之心』。

古之人爲一鄉一縣，其德義惠愛，尚足以薰蒸漸澤，今大者專一州，豈當小其官而不事邪？（破『小其官』之説。）今其得吾説而思之，人咸有久居之心，又不小其官，爲越人滌其陋俗而驅於治，（主意。）居閩、蜀上，無不幸之歎，其事出千餘年之表，則其美之巨細可知也。然非其材之穎然邁於衆人者不能也。（此又一層。）

官於南者多矣，予知其材之穎然邁於衆人、能行吾説者，李材叔而已。材叔又與其兄公翊仕同年，同用薦者爲縣，入秘書省，爲著作佐郎。今材叔爲柳州，公翊爲象州，皆同時，材又相若也。則二州交相致其政，其施之速、勢之便，可勝道也夫！其越人之幸也夫！其可賀也夫！

遞説三層，即俗情以破其見，既以寬之，實已勉之也。氣清調逸，此南豐一體，近時學曾文者多尚之。

宜黄縣學記

古之人，自家至於天子之國皆有學，自幼至於長，未嘗去於學之中。（起法嚴整。）學有《詩》《書》六藝、弦歌洗爵、俯仰之容、升降之節，以習其心體、耳目、手足之舉措；（此就禮節威儀言之。）又有祭祀、鄉社、養老之禮，以習其恭讓；進材、論德、出兵、授捷之法，以習其從事。師友以解其惑，勸懲以勉其進，戒其不率。其所以爲具如此，而其大要，則務使人人學其性，不獨防其邪僻放肆也。（挈作記要領。）雖有剛柔緩急之異，皆可以進之於中，而無過、不及。（此就氣質識力言之。）使其識之明，氣之充於其心，則用之於進退語默之際，而無不得其宜；（一層，有體。）臨之以禍福死生之故，而無足動其意者。爲天下之士，而所以養其身之備如此，則又使知天地事物之變、古今治亂之理，至於損益廢置、先後終始之要，無所不知。（此就才分事爲言之。）其在堂户之上，而四海九州之業、萬世之策皆得，及出而履天下之任，列百官之中，則隨所施爲，無不可者。（一層，有用。）何則？其素所學問然也。

盖凡人之起居、飲食、動作之小事，至於修身爲國家、天下之大體，皆自學出，而無斯須去於教也。其動於視聽四支者，必使其洽於内；其謹於初者，必使其要於終。馴之以自然，而待之以積久。噫！何其至也。故其俗之成，則刑罰措；其材之成，則三公百官得其士。其爲法之永，則中材可以守；其入人之深，則雖更衰世而不亂。（以上言興學之得。）爲教之極至此，鼓舞天下，而人不知其從之，豈用力也哉！

及三代衰，聖人之制作盡壞，千餘年之間，學有存者，亦非古法。（以下言廢學之失。）人之體性之舉動，唯其所自肆，而臨政治人之方，固不素講。士有聰明朴茂之質，而無教養之漸，（體不立。）則其材之不成固然。盖以不學未成之材，而爲天下之吏，（用不行。）又承衰弊之後，而治不教之民，嗚呼！仁政之所以不行，盗賊刑罰之所以積，其不以此也歟！

宋興幾百年矣。慶曆三年，天子圖當世之務，而以學爲先，於是天下之學乃得立。而方此之時，撫州之宜黄，猶不能有學。士之學者，皆相率而寓於州，以群聚講習。其明年，天下之學復廢，士亦皆散去，而春秋釋奠之事，以著於令，則常以廟祀孔氏，廟廢不復理。皇祐元年，會令李君詳至，始議立學。而縣之士某某，與其徒，皆自以謂得發憤於此，莫不相勵而趨爲之。故其材不賦而羨，匠不發而多。其成也，積屋之區若干，而門序正位，講藝之堂、栖士之舍皆足。積器之數若干，而祀飲寢食之用皆具。其像，孔子而下，從祭之士皆備。其書，經史百氏、翰林子墨之文章，無外求者。其相基會作之本末，總爲日若干而已，何其周且速也！（東住。）當四方學廢之初，有司之議，固以謂學者人情之所不樂。及觀此學之作，在其廢學數年之後，唯其令之一唱，而四境之内，響應而圖之，如恐不及。（即此見性善。）則夫言人之情不樂於學者，其果然也歟？（每段於收句着神。）

宜黄之學者，固多良士。而李君之爲令，威行愛立，訟清事舉，其政又良也。夫及良令之時，而順其慕學發憤之俗，作爲宫室教肄之所，以至圖書器用之須，莫不皆有，以養其良材之士。雖古之去今遠矣，然聖人之典籍皆在，其言可考，其法可求，使其相與學而明之，禮樂節文之詳，固有所不得爲者。（禮樂百年後興，故云。）若夫正心修身，爲國家天下之大務，則在其進之而已。使一人之行修移之於一家，一家之行修移之於鄉鄰族黨，則一縣之風俗成，人材出矣。教化之行，道德之歸，非遠人也，可不勉歟！（總收。）縣之士來請曰：『願有記。』故記之。十二月某日也。

先叙古人之建學，次序後代之廢學，後叙宜黄之立學，末叙勉勵士子之進學。雖未推闡天命人心之奥、五常百行之原，然漢代以來，能見及此者罕矣。行文不用間架，每段收住處，含藴無窮，後惟朱子之文肖其神味。王遵巖學曾，不勉有行迹在也。

撫州顔魯公祠堂記

贈司徒魯郡顔公，諱真卿，事唐爲太子太師，與其從父兄杲卿，皆有大節以死。至今，雖小夫婦人，皆知公之爲烈也。

初，公以忤楊國忠，斥爲平原太守，策安禄山必反，爲之備。（歷數公之被斥。）禄山既舉兵，與常山太守杲卿伐其後，賊之不能直窺潼關，以公與杲卿撓其勢也。在肅宗時，數正言，宰相不悦，斥去之。又爲御史唐旻所構，連輒斥。李輔國遷太上皇居西宫，公首率百官請問起居，又輒斥。代宗時，與元載争論是非，載欲有所壅蔽，公極論之，又輒斥。楊炎、盧杞既相德宗，益惡公所爲，連斥之，猶不滿意，李希烈陷汝州，杞即以公使希烈。希烈初慚其言，後卒縊公以死。是時公年七十有七矣。

天寶之際，久不見兵。（提起發論。）禄山既反，天下莫不震動。公獨以區區平原，遂折其鋒。四方聞之，争奮而起。唐卒以振者，公爲之倡也。當公之開土門，同日歸公者十七郡，得兵二十餘萬。由此觀之，苟順且誠，天下從之矣。自此至公歿，垂三十年，小人繼續任政，天下日入於弊，大盜繼起，天子輒出避之。唐之在朝臣，多畏怯觀望。能居其間，一忤於世，失所而不自悔者，寡矣。至於再三忤於世，失所而不自悔者，蓋未有也。若至於起且仆，以至於七八，遂死而不自悔者，則天下一人而已，若公是也。

公之學問文章，往往雜於神仙浮屠之説，不皆合於理。（分寸古人，不肯一概許人。）及其奮然自立，能至於此者，蓋天性然也。故公之能處其死，不足以觀公之大。何則？及至於勢窮，義有不得不死，（如召忽、荀息之類。）雖中人可勉焉，況公之自信也歟？維厲忤大姦，顛跌撼頓，至於七八，而終始不以死生禍福爲秋毫顧慮，非篤於道者不能如此。（頓挫處淋漓激壯。）此足以觀公之大也。

夫世之治亂不同，而士之去就亦異。（開宕。）若伯夷之清、伊尹之任、孔子之時，彼各有義。夫既自比於古之任者矣，乃欲睠顧回隱，以市於世，其可乎？故孔子惡鄙夫不可以事君，而多殺身以成仁者。若公，非孔子所謂仁者歟。（斷得定。）

今天子至和三年，尚書都官郎中知撫州聶君厚載，尚書屯田員外郎通判撫州林君慥，相與慕公之烈，以公之嘗爲此邦也，遂爲堂而祠之。既成，二君過予之家而告之曰：『願有述。』夫公之赫赫不可蓋者，固不繫於祠之有無，蓋人之向往之不足者，非祠則無以致其志也，聞其烈足以感人，況拜其祠而親炙之者歟？今州縣之政，非法令所及者，世不復議。二君獨能追公之節，尊而事之，以風示當世，爲法令之所不及，是可謂有志者也。

不獨以死重公，而以公之歷忤權姦、連斥不悔，以至於死處，層層發議，與論孔宗旦事相同。其文筆端莊，李王孫所云『骨重神寒天廟器』者耶！

公之伐安禄山，是其大節，故入手兩番領清，折入歷忤權姦，最有法度。

論人當觀其大。公既爲忠臣，爲仁人，雖雜於神仙浮屠氏言，亦無礙，且亦不必爲之諱也。近世論人者，以王文成爲禪學，至比於無父無君，而其生平之忠貞義勇，俱不計焉，果足爲知人論世之識也歟？

越州趙公救菑記

名抃，熙寧三年以參政出。

熙寧八年夏，吴越大旱。九月，資政殿大學士、右諫議大夫知越州趙公，前民之未饑，（此先事之備。）爲書問屬縣：菑所被者幾鄉，民能自食者有幾，當廪於官者幾人，溝防構築可僦民使治之者幾所，庫錢倉粟可發者幾何，富人可募出粟者幾家，僧道士食之羨粟書於籍者其幾具存，使各書以對，而謹其備。

州縣吏録民之孤老疾弱、不能自食者二萬一千九百餘人以告。（作文振裘挈領法。）故事：歲廪窮人，當給粟三千石而止。公斂富人所輸及僧道士食之羨者，得粟四萬八千餘石，佐其費。

使自十月朔，人受粟日一升，幼小半之。憂其衆相蹂也，使受粟者男女異日，而人受二日之食。憂其且流亡也，於城市郊野爲給粟之所，凡五十有七，使各以便受之，而告以去其家者勿給。計官爲不足用也，取吏之不在職而寓於境者，給其食而任以事。不能自食者，有是具也。能自食者，爲之告富人，無得閉糴。（不能自食與能自食者，分得極清。）又爲之出官粟，得五萬二千餘石，平其價予民。爲糴粟之所，凡十有八，使糴者自便，如受粟。又僦民完城四千一百丈，爲工三萬八千，計其傭與錢，又與粟再倍之。（凶歲修作，范文正公治浙亦用此法。）民取息錢者，告富人縱予之，而待熟，官爲責其償。棄男女者，使人得收養之。

明年春，大疫，爲病坊，處疾病之無歸者。募僧二人，屬以視醫藥飲食，令無失所恃。凡死者，使在處隨收瘞之。法：廪窮人，盡三月當止。是歲盡五月止。而事有非便文者，公一以自任，不以煩其屬。有上請者，或便宜多輒行。公於此時，早夜憊心力不少懈，事鉅細必躬親。給病者藥食，多出私錢。民不幸罹旱疫，得免於轉死，雖死，得無失斂埋，皆公力也。

是時，旱疫被於吴越，民饑饉疾癘，死者殆半，菑未有鉅於此也。天子東向憂勞，州縣推布上恩，人人盡其力。公所拊循，民尤以爲得其依歸。所以經營綏輯先後始終之際，委曲纖悉，無不備者。其施雖在越，其仁足以示天下；其事雖行於一時，其法足以傳後。蓋菑沴之行，治世不能使之無，而能爲之備。民病而後圖之，與夫先事而爲計者，則有間矣；（應起手『前民之未饑』一段意。）不習而有爲，與夫素得之者，則有間矣。予故采於越，得公所推行，樂爲之識其詳，豈獨以慰越人之思，將使吏之有志於民者，不幸而遇歲之災，推公之所已試，其科條可不待頃而具，則公之澤豈小且近乎！

公元豐二年，以大學士加太子少保致仕，家於衢。其直道正行在於朝廷、豈弟之實在於身者，此不著。（趙公生平，虛補一二語。）著其荒政可師者，以爲《越州趙公救菑記》云。

救荒之法，井井有條，不但可行於一方一時，實天下萬世之利也。清獻實政，得此文傳出，後之爲政者，可倣而行之。經濟賴文章以傳，不得視爲兩事。

思政堂記

尚書祠部員外郎、集賢校理太原王君爲池州之明年，治其後堂北向，而命之曰思政之堂，（本子產『政如農功，日夜思之』等語。）謂其出政於南向之堂，而思之於此也。其冬，予客過池，而屬予記之。

初，君之治此堂，得公之餘錢，以易其舊腐壞斷，既完以固，不窘寒暑。闢而即之，則舊圃之勝，凉臺清池，遊息之亭，微步之徑，皆在其前；平畦淺檻，佳花美木，竹林香草之植，皆在其左右。君於是退處其中，并心一意，用其日夜之思者，不敢忘其政，則君之治民之意勤矣乎！

夫接於人無窮，而使人善惑者，事也；推移無常，而不可以拘者，時也；其應無方，而不可以易者，理也。（因時以折衷於理，千古爲政之要不越乎此。）知時之變而因之，見必然之理而循之，則事者雖無窮而易應也，雖善惑而易治也。故所與由之，必人之所安也；所與違之，必人之所厭也。（人心同然，即理之所在。）如此者，未有不始於思，然後得於己。得於己，故謂之德。正己而治人，故謂政。夫政者，豈止於治文書、督賦斂、斷獄訟而已乎？（近日之政，専務此三事。正己治人之意，久不講矣。讀此，爲之慨然。）然及其已得矣，則無思也；已化矣，則亦豈止於政哉！古君子之治，未嘗有易此者也。

今君之學，於書無所不讀，而尤深於《春秋》，其挺然獨見，破去前惑，人有所不及也。來爲是邦，施用素學，以修其政，既得以休其暇日，乃自以爲不足，麗思之於此。雖今之吏不得以盡行其志，然迹君之勤如此，則池之人，其不有蒙其澤者乎？故予爲之書。

三思後行，越畔之思也；不出位之思，循理之思也。遇事之來，因時之變，以求當於必然之理，其於爲政也，蓋庶幾矣。清峭遒折，轉近半山。近日望溪方氏，宗法此種，已足跨越一時。

墨池記

臨川之城東，有地隱然而高，以臨於溪，曰新城。新城之上，有池窪然而方以長，曰王羲之之墨池者，荀伯子《臨川記》云也。羲之嘗慕張芝，臨池學書，池水盡黑，此爲其故迹，豈信然邪？

方羲之之不可强以仕，而嘗極東方，出滄海，以娱其意於山水之間，豈其徜徉肆恣，而又嘗自休於此邪？羲之之書晚乃善，則其所能，蓋亦以精力自致者，非天成也。然後世未有能及者，豈其學不如彼邪？則學固豈可以少哉！况欲深造道德者邪？（小中見大，可以暗藏，可以説破。此則説破道德意，不以一格拘也。）

墨池之上，今爲州學舍。教授王君盛恐其不章也，書『晉王右軍墨池』之六字於楹間以揭之，又告於鞏曰：『願有記。』推王君之心，豈愛人之善，雖一能不以廢，而因以及乎其迹邪？其亦欲推其事以勉其學者耶？夫人之有一能，而使後人尚之如此，况仁人莊士之遺風餘思，被於來世者何如哉！（唱歎。）

用意或在題中，或出題外，令人徘徊賞之。

道山亭記

閩故隸周者七，（閩子孫分爲七種，故曰七閩。）至秦開其地，列於中國，始並爲閩中郡。自粤之太末，與吴之豫章，爲其通路。

其路在閩者，陸出則阸於兩山之間，山相屬無間斷，累數驛乃一得平地，小爲縣，大爲州，然其四顧亦山也。其途或逆坂如緣絙，或垂崖如一髮，或側徑鉤出於不測之溪上，皆石芒峭發，擇然後可投步。負戴者雖其土人，猶側足然後能進。非其土人，罕不蹶也。其溪行，則水皆自高瀉下，石錯出其間，如林立，如士騎滿野，千里下上，不見其首尾。水行其隙間，或衡縮蟉糅，（直也。）或逆走旁射，其狀若蚓結，若蟲鏤，其旋若輪，其激若矢。舟泝沿者，投便利，失毫分，輒破溺。雖其土長川居之人，非生而習水事者，不敢以舟楫自任也。其水陸之險如此。漢嘗處其衆江淮之間而虛其地，（武帝徙其民處江淮之間。）蓋以其狹多阻，豈虛也哉？（頓住。）

福州治侯官，於閩爲土中，所謂閩中也。其地於閩爲最平以廣，四出之山皆遠，而長江在其南，大海在其東，其城之內外皆途，旁有溝，溝通潮汐，舟載者晝夜屬於門庭。麓多傑木，而匠多良能，人以屋室鉅麗相矜，雖下貧必豐其居，而佛、老子之徒，其宮又特盛。城之中三山，西曰閩山，東曰九僊山，北曰粤王山，三山者鼎趾立。其附山，蓋佛、老子之宮以數十百，其瓌詭殊絶之狀，蓋已盡人力。

光禄卿、直昭文館程公爲是州，得閩山嶔崟之際，爲亭於其處，其山川之勝，城邑之大，宫室之榮，不下簟席而盡於四矚。程公以謂在江海之上，爲登覽之觀，可比於道家所謂蓬萊、方丈、瀛州之山，故名之曰道山之亭。（疏明『道山』二字。）閩以險且遠，故仕者常憚往，程公能因其地之善，以寓其耳目之樂，非獨忘其遠且險，又將抗其思於埃壒之外，其志壯哉！程公於是州以治行聞，既新其城，又新其學，而其餘功又及於此。蓋其歲滿就更廣州，拜諫議大夫，又拜給事中、集賢殿修撰，今爲越州，字公闢，名師孟云。

建一亭無甚關係，故只就山川險遠上着筆，此做枯寂題法，於無出色處求出色也。前水、陸二段，何減韓、柳。

分寧縣雲峰院記

分寧人勤生而嗇施，薄義而喜争，其土俗然也。（先提後應。）自府來抵其縣五百里，在山谷窮處。其人修農桑之務，率數口之家，留一人守舍行饁，其外盡在田。田離下磽瘠，隨所宜雜植五穀，無廢壤。女婦蠶杼，無懈人。茶鹽蜜紙竹箭材葦之貨，無有纖鉅，治咸盡其身力。其勤如此。（勤生。）富者兼田千畝，廩實藏錢，至累歲不發，然視捐一錢，可以易死，寧死無所捐。其於施何如也？（嗇施。）其間利害不能以稊米，父子、兄弟、夫婦，相去若弈棋然。於其親固然，於義厚薄可知也。（薄義。）長少挨坐里閭，相講語以法律。意向小戾，則相告訐，結黨詐張，事關節以動視聽。甚者畫刻金木爲章印，摹文書以紿吏，立縣庭下，變僞一日千出，雖笞扑徙死交迹，不以屬心。其喜争訟，豈比他州縣哉？（喜争。）民雖勤而習如是，漸涵入骨髓，故賢令長佐吏比肩，常病其未易治教使移也。（俗之不可易如此。）

雲峰院在縣極西界，無籍圖，不知自何時立。景德三年，邑僧道常治其院而侈之。門閎靚深，殿寢言言。栖客之廬，齋庖庫庾，序列兩傍。浮圖所用鐃鼓魚螺鐘磬之編，百器備完。吾聞道常氣質偉然，雖索其學，其歸未能當於義，（『薄義』，語應有分寸。）然治生事不廢，其勤亦稱其土俗。（應『勤生』。）至有餘輒斥散之，不爲黍累計惜，樂淡泊無累，則又若能勝其嗇施喜争之心可知也。（應『嗇施』『喜争』。）或曰：使其人不汨溺其所學，其歸一當於義，則傑然視邑人者，必道常乎？此予未敢必也。（語能斟酌。）

慶曆三年九月，與其徒謀曰：『吾排蓬藋治是院，不自意成就如此。今老矣，恐泯泯無聲畀來人，相與圖文字，買石刻之，使永永與是院俱傳，可不可也？』咸曰然，推其徒了思來請記，遂來。予不讓，爲申其可言者寵嘉之，使刻示邑人，其有激也。（嘉浮屠，激衆人也。結出主意。）

若云浮屠可以式化邦人，有助風教，不徒道常有所不能，亦殊失吾儒立言之體矣。文只云勝於薄俗，借道常以激衆人，何等斟量盡善。

書魏鄭公傳

予觀太宗常屈己以從群臣之議，而魏鄭公之徒，喜遭其時，感知己之遇，事之大小，無不諫諍。雖其忠誠自至，亦得君而然也。則思唐之所以治，太宗之所以稱賢主，而前世之君不及者，其淵源皆出於此也。能知其有此者，以其書存也。（句是主。）及觀鄭公以諫諍事付史官，而太宗怒之，薄其恩禮，失終始之義，則未嘗不反覆嗟惜，恨其不思，而益知鄭公之賢焉。

夫君之使臣，與臣之事君者何？大公至正之道而已矣。大公至正之道，非滅人言以掩己過，取小亮以私其君，此其不可者也。又有甚不可者，夫以諫諍爲當掩，是以諫諍爲非美也，則後世誰復當諫諍乎？況前代之君有納諫之美，而後世不見，則非惟失一時之公，又將使後世之君，謂前代無諫諍之事，是啓其怠且忌矣。（逐層透入。）太宗末年，群下既知此意而不言，漸不知天下之得失。至於遼東之敗，而始恨鄭公不在世，未嘗知其悔之萌芽出於此也。

夫伊尹、周公何如人也？伊尹、周公之切諫其君者，其言至深，而其事至迫也。存之於書，未嘗掩焉。至今稱太甲、成王爲賢君，而伊尹、周公爲良相者，以其書可見也。（應句，叫起削稿之謬。）令當時削而棄之，成區區之小讓，則後世何所據依而諫，又何以知其賢且良歟？桀、紂、幽、厲、始皇之亡，則其臣之諫詞無見焉，非其史之遺，乃天下不敢言而然也。則諫諍之無傳，乃此數君之所以益暴其惡於後世而已矣。

或曰：《春秋》之法，爲尊親賢者諱，與此戾矣。夫《春秋》之所諱者，惡也，納諫豈惡乎？

然則焚稿者非歟？曰：焚稿者誰歟？（《漢書》孔光削稿，非焚稿也。）非伊尹、周公爲之也，近世取區區之小亮者爲之耳，其事又未是也。何則？以焚其稿爲掩君之過，而使後世傳之，則是使後世不見稿之是非，而必其過常在於君，美常在於己也，豈愛其君之謂歟？（此更說得透。）孔光之去其稿之所言，其在正邪，未可知也，而焚之而惑後世，庸詎之非謀己之姦計乎？

或曰：造辟而言，詭辭而出，異乎此。曰：此非聖人之所曾言也。令萬一有是理，亦謂君臣之間，議論之際，不欲漏其言於一時之人耳，豈杜其告萬世也。（機事不密則害成，亦須知之。）噫！以誠信待己而事其君，而不欺乎萬世者，鄭公也。益知其賢云，豈非然哉！豈非然哉！

賢魏鄭公以破熒稿者之謬，此借題立論法。其博辨英偉，又曾文中之變者。

唐宋八家文讀本卷二十九

王安石介甫著
後學沈德潛確士評點

上仁宗皇帝言事書

臣愚不肖，蒙恩備使一路，今又蒙恩召還闕廷，有所任屬，而當以使事歸報陛下。不自知其所以稱職，而敢緣使事之所及，冒言天下之事，伏惟陛下詳思而擇其中，幸甚。

臣竊觀陛下有恭儉之德，有聰明睿智之才，夙興夜寐，無一日之懈，聲色狗馬、觀遊玩好之事，無纖介之蔽，而仁民愛物之意，孚於天下。而又公選天下之所願以爲輔相者，屬之以事，而不貳於讒邪傾巧之臣。此雖二帝三王之用心，不過如此而已。宜其家給人足，天下大治。而效不至於此，顧內則不能無以社稷爲憂，外則不能無懼於夷狄，天下之財力日以困窮，而風俗日以衰壞，四方有志之士，諰諰然常恐天下之久不安。此其故何也？患在不知法度故也。（一層。）

今朝廷法嚴令具，無所不有，而臣以謂無法度者，何哉？方今之法度，多不合乎先王之政故也。（二層。）

孟子曰：『有仁心仁聞，而澤不加於百姓者，爲政不法於先王之道故也。』以孟子之說，觀方今之失，正在於此而已。夫以今之世去先王之世遠，所遭之變、所遇之勢不一，而欲一一修先王之政，雖甚愚者，猶知其難也。然臣以謂今之失，患在不法先王之政者，以謂當法其意而已。（三層。）

夫二帝三王，相去蓋千有餘載，一治一亂，其盛衰之時具矣。其所遭之變、所遇之勢，亦各不同，其施設之方亦皆殊，而其爲天下國家之意，本末先後，未嘗不同也。臣故曰當法其意而已。法其意，則吾所改易更革，不至乎傾駭天下之耳目，囂天下之口，而固已合乎先王之政矣。（已上言法度不可不知，而所以知法度者，在乎法先王之意。）

雖然，以方今之勢揆之，陛下雖欲改易更革天下之事，合於先王之意，其勢必不能也。陛下有恭儉之德，有聰明睿智之才，有仁民愛物之意，誠加之意，則何爲而不成，何欲而不得？然而臣顧以謂陛下雖欲改易更革天下之事，合於先王之意，其勢必不能者，何也？以方今天下之人才不足故也。（法度不立，由於人才不足。）

臣嘗試竊觀天下在位之人，未有乏於此時者也。夫人才乏於上，則有沉廢伏匿在下，而不爲當時所知者矣。臣又求之於閭巷草野之間，而亦未見其多焉，豈非陶冶而成之者非其道而然乎？（人才不足，由於陶冶非道。）臣以謂方今在位之人才不足者，以臣使事之所及則可知矣。今以一路數千里之間，能推行朝廷之法令，知其所緩急，而一切能使民以修其職事者甚少，而不才苟簡貪鄙之人，至不可勝數。其能講先王之意，以合當時之變者，蓋闔郡之間，往往而絶也。朝廷每一令下，其意雖善，在位者猶不能推行，使膏澤加於民，而吏輒緣之爲姦，以擾百姓。臣故曰：在位之人才不足，而草野閭巷之間，亦未見其多也。

夫人才不足，則陛下雖欲改易更革天下之事，以合先王之意，大臣雖有能當陛下之意，而欲領此者，九州之大，四海之遠，孰能稱陛下之指，以一二推行此，而人人蒙其施者乎？臣故曰其勢必未能也。

孟子曰『徒法不能以自行』，非此之謂乎？然則方今之急，在於人才而已。誠能使天下之才衆多，然後在位之才，可以擇其人而取足焉。在位者得其才矣，然後稍視時勢之可否，而因人情之患苦，變更天下之弊法，以趨先王之意，甚易也。今之天下，亦先王之天下。先王之時，人才嘗衆矣，何至於今而獨不足乎？故曰：陶冶而成之者，非其道故也。

商之時，天下嘗大亂矣。（儲云：已上層層出落提繳，一起一伏，自難自解，以統冒通篇。最得局，最得勢，自是大家妙境。此處將入實際，又援商、周二証以引之。）在位貪毒禍敗，皆非其人。

及文王之起，而天下之才嘗少矣。當是時，文王能陶冶天下之士，而使之皆有士君子之才，然後隨其才之所有而官使之。《詩》曰：『豈弟君子，遐不作人。』此之謂也。及其成也，微賤兔罝之人，猶莫不好德，《兔罝》之詩是也，又况於在位之人乎？夫文王惟能如此，故以征則服，以守則治。《詩》曰：『奉璋峨峨，髦士攸宜。』又曰：『周王於邁，六師及之。』言文王所用，文武各得其才，而無廢事也。

及至夷、厲之亂，天下之才又嘗少矣。至宣王之起，所與圖天下之事者，仲山甫而已。故詩人歎之曰：『德輶如毛，維仲山甫舉之，愛莫助之。』蓋閔人士之少，而山甫之無助也。宣王能用仲山甫，推其類以新美天下之士，而後人才復衆。於是内修政事，外討不庭，而復有文、武之境土。故詩人美之曰：『薄言采芑，於彼新田，於此菑畝。』言宣王能新美天下之士，使之有可用之才，如农夫新美其田而使之有可采之芑也。由此觀之，人之才，未嘗不自人主陶冶而成之者也。（已上言欲舉行法度，不可不陶冶人才。）

所謂陶冶而成之者，何也？亦教之、養之、取之、任之有其道而已。（提綱。）（先用提綱，以下分應。有條不紊，方是大家文字。）

所謂教之之道，何也？（儲云：從陶冶人才，分别出教、養、取、任四件。教只一義，養中三義，取中二義，任中四義。從一本生幹，幹生枝；枝由於幹，幹由於一本。議論愈煩多，格局愈整齊。讀者識得此法，方可作長文大篇。）古者天子諸侯，自國至於鄉黨，皆有學，博置教導之官，而嚴其選。朝廷禮樂刑政之事皆在於學，士所觀而習者，皆先王之法言德行治天下之意，其材亦可以爲天下國家之用。苟不可以爲天下國家之用，則不教也；苟可以爲天下國家之用者，則無不在於學。此教之之道也。（已上申言教之之道。）

所謂養之之道，何也？（目中之綱，又分出三段。）饒之以財，約之以禮，裁之以法也。

何謂饒之以財？人之情，不足於財，則貪鄙苟得，無所不至。先王知其如此，故其制禄，自庶人之在官者，其禄已足以代其耕矣。由此等而上之，每有加焉，使其足以養廉耻，而離於貪鄙之行。猶以爲未也，又推其禄以及其子孫，謂之世禄。使其生也，既於父子、兄弟、妻子之養，婚姻、朋友之接，皆無憾矣；其死也，又於子孫無不足之憂焉。

何謂約之以禮？人情足於財，而無禮以節之，則又放僻邪侈，無所不至。（即《孟子》『易其田疇』章前第二節意。）先王知其如此，故爲之制度。婚喪、祭養、燕享之事，服食、器用之物，皆以命數爲之節，而齊之以律度量衡之法。其命可以爲之，而財不足以具，則弗具也；其財可以具，而命不得爲之者，不使有銖兩分寸之加焉。

何謂裁之以法？先王於天下之士，（又蒙上二條説。）教之以道藝矣，不帥教，則待之以屏棄遠方、終身不齒之法。約之以禮矣，不循禮，則待之以流、殺之法。《王制》曰：『變衣服者，其君流。』《酒誥》曰：『厥或誥曰：「群飲，汝勿佚。盡執拘以歸於周，予其殺。」』夫群飲、變衣服，小罪也；流、殺，大刑也。加小罪以大刑，先王所以忍而不疑者，以爲不如是，不足以一天下之俗而成吾治。（儲云：此處稍露本相。）夫約之以禮，裁之以法，天下所以服從無抵冒者，又非獨其禁嚴而治察之所能致也，盖亦以吾至誠懇惻之心，力行而爲之倡。凡在左右通貴之人，皆順上之欲而服行之，有一不帥者，法之加必自此始。（此亦申、商、韓之術。）夫上以至誠行之，而貴者知避上之所惡矣，則天下之不罰而止者衆矣。故曰：此養之之道也。（已上申言養之之道。）

所謂取之之道者，何也？先王之取人也，必於鄉黨，必於庠序，使衆人推其所謂賢能，書之以告於上而察之。誠賢能也，然後隨其德之大小、才之高下而官使之。所謂察之者，非專用耳目之聰明，而聽私於一人之口也。欲審知其德問以行，欲審知其才問以言，得其言行，則試之以事。所謂察之者，試之以事是也。雖堯之用舜，亦不過如此而已，又況其下乎？若夫九州之大，四海之遠，萬官億醜之賤，所須士大夫之才則衆矣，有天下者，又不可以一一自察之也，又不可以偏屬於一人，而使之於一日二日之間，考試其行能而進退之也。蓋吾已能察其才行之大者以爲大官矣，因使之取其類，以持久試之，而考其能者以告於上，而後以爵命、禄秩予之而已。此取之之道也。（已上申言取之之道。）

所謂任之之道者，何也？人之才德，高下厚薄不同，其所任有宜有不宜。先王知其如此，故知農者以爲后稷，（使之當。）知工者以爲共工。其德厚而才高者以爲之長，德薄而才下者以爲之佐屬。又以久於其職，（處之久。）則上狃習而知其事，下服馴而安其教，賢者則其功可以至於成，不肖者則其罪可以至於著，故久其任而待之以考績之法。夫如此，故智能才力之士，則得盡其智以赴功，而不患其事之不終、其功之不就也。偷惰苟且之人，雖欲取容于一時，而顧戮辱在其後，安敢不勉乎？若夫無能之人，固知辭避而去矣，居職任事之日久，不勝任之罪，不可以幸而免故也。彼且不敢冒而知辭避矣，尚何有比周、讒諂、争進之人乎？（又蒙上説。）取之既已詳，使之既已當，處之既已久，至其任之也又專焉，而不一一以法束縛之，而使之得行其意，堯、舜之所以理百官而熙衆工者，以此而已。《書》曰：『三載考績，三考，黜陟幽明。』此之謂也。然堯、舜之時，其所黜者則聞之矣，蓋四凶是也。其所陟者，則皋陶、稷、契，皆終身一官而不徙，蓋其所謂陟者，特加之爵命禄賜而已耳。（漢代守令，或爵至關内侯。）此任之之道也。（已上申言任之之道。）

夫教之、養之、取之、任之之道如此，而當時人君又能與其大臣，悉其耳目心力，至誠惻怛，思念而行之。（總束上文。）此其人臣之所以無疑，而於天下國家之事，無所欲爲而不得也。（已上四段正説，已下四段反説。）

方今州縣雖有學，取墻壁具而已，非有教導之官，長育人才之事也。（前四段一一立案，此四段一一映發。）唯太學有教導之官，而亦未嘗嚴其選。朝廷禮樂刑政之事，未嘗在於學。學者亦漠然自以禮樂刑政爲有司之事，而非已所當知也。學者之所教，講説章句而已。講説章句，固非古者教人之道也。近歲乃始教之以課試之文章。夫課試之文章，非博誦强學、窮日之力則不能及。其能工也，大則不足以用天下國家，（名言，道盡病痛。）小則不足以爲天下國家之用。（名言。）故雖白首於庠序，窮日之力，以帥上之教，及使之從政，則茫然不知其方者，皆是也。

蓋今之教者，非特不能成人之材而已，又從而困苦毁壞之，使不得成材者，何也？夫人之才，成於專而毁於雜。故先王之處民才，處工於官府，處農於畎畝，處商賈於肆，而處士於庠序，使各專其業，而不見異物，懼異物之足以害其業也。所謂士者，又非特使之不得見異物而已，一取之以先王之道，而百家諸子之異説，皆屏之而莫敢習者焉。

今士之所宜學者，天下國家之用也。今悉使置之不教，而教之以課試之文章，使其耗精疲神，窮日之力以從事於此。及其任之以官也，則又悉使置之，而責之以天下國家之事。夫古之人以朝夕專其業於天下國家之事，而猶才有能有不能，今乃移其精神，奪其日力，以朝夕從事於無補之學，（明祖八股文試士以來，正坐此病，所以人才日下，而國家不收用人之益。）及其任之以事，然後卒然責之以爲天下國家之用，宜其才之足以有爲者少矣。臣故曰：非特不能成人之才，又從而困苦毁壞之，使不得成才也。

又有甚害者。（此又開出一層。）先王之時，士之所學者，文武之道也。士之才，有可以爲公卿大夫，有可以爲士，其才之大小、宜不宜則有矣，至於武事，則隨其才之大小，未有不學者也。故其大者，居則爲六官之卿，出則爲六軍之將也。其次，則比閭、族黨之師，亦皆卒伍、師旅之師也。故邊疆宿衛，皆得士大夫爲之，而小人不得姦其任。（儲云：漢、唐猶參用士大夫。）

今之學者，以爲文武異事，吾知治文事而已，至於邊疆宿衛之任，則推而屬之於卒伍，往往天下奸悍無賴之人。苟其才行足自託於鄉里者，亦未有肯去親戚而從召募者也。邊疆宿衛，此乃天下之重任，而人主之所當慎重者也。故古者教士以射御爲急，其他技能，則視其人才之所宜而後教之，其才之所不能，則不强也。至於射，則爲男子之事。人之生有疾則已，苟無疾，未有去射而不學者也。在庠序之間，固當從事於射也。有賓客之事則以射，有祭祀之事則以射，別士之行同能偶則以射，於禮樂之事，未嘗不寓以射，而射亦未嘗不在於禮樂祭祀之間也。《易》曰：『弧矢之利，以威天下。』先王豈以射爲可以習揖讓之儀而已乎？固以爲射者武事之尤大，而威天下、守國家之具也。（舉一射而六韜三略俱在其中。）居則以是習禮樂，出則以是從戰伐，士既朝夕從事於此，而能者衆，則邊疆宿衛之任，皆可以擇而取也。夫士嘗學先王之道，其行義嘗見推於鄉黨矣，然後因其才，而託之以邊疆宿衛之事，此古之人君所以推干戈以屬之人，而無内外之虞也。今乃以守天下之重任，人主所當至慎之選，推而屬之姦悍無賴、才行不足以託於鄉里之人，此方今所以諰諰然常抱邊疆之憂，而虞宿衛之不足恃以爲安也。今孰不知邊疆宿衛之士，不足恃以爲安哉？顧以爲天下學士以執兵爲耻，而亦未有能騎射行陣之事者，則非召募之卒伍，孰能任其事者乎？夫不嚴其教、高其選，則士之以執兵爲耻，而未嘗有能騎射行陣之事，固其理也。凡此皆教之非其道故也。（已上教之不以其道。）

方今制禄，大抵皆薄。自非朝廷侍從之列，食口稍衆，未有不兼農商之利，而能充其養者也。其下州縣之吏，一月所得，多者錢八九千，少者四五千，以守選、待除、守闕通之，蓋六七年而後得三年之禄，計一月所得，乃實不能四五千，少者乃實不能及三四千而已。雖厮養之給，亦窘於此矣。而其養生、喪死、婚姻、葬送之事，皆當於此。

夫出中人之上者，雖窮而不失爲君子，出中人之下者，雖泰而不失爲小人。唯中人不然，窮則爲小人，泰則爲君子。計天下之士，出中人之上下者，千百而無十一，窮而爲小人、泰而爲君子者，則天下皆是也。先王以爲衆不可以力勝也，故制行不以己，而以中人爲制，所以因其欲而利道之，以爲中人之所能守，則其志可以行乎天下，而推之後世。以今之制禄而欲士之無毁廉恥，蓋中人之所不能也。（此弊尤中今日。）

故今官大者，往往交賂遺、營貲産，以負貪污之毁；官小者，販鬻乞丐，无所不爲。夫士已嘗毁廉恥，以負累於世矣，則其偷惰取容之意起，而矜奮自强之心息，則職業安得而不弛，治道何從而興乎？又况委法受賂、侵牟百姓者，往往而是也。此所謂不能饒之以財也。婚喪、奉養、服食、器用之物，皆無制度以爲之節，而天下以奢爲榮，以儉爲恥。（近日風俗之壞尤甚，患在無節度以限制之。）苟其財之可以具，則無所爲而不得，有司既不禁，而人又以此爲榮；苟其財不足，而不能自稱於流俗，則其婚喪之際，往往得罪於族人親姻，而人以爲恥矣。故富者貪而不知止，貧者則强勉其不足，以追之，此士之所以重困，而廉恥之心毁也。凡此所謂不能約之以禮也。

方今陛下躬行儉約以率天下，此左右通貴之臣所親見。然而其閨門之内，奢靡無節，犯上之所惡，以傷天下之教者，有已甚者矣，未聞朝廷有所放絀，以示天下。昔周之人，拘群飲而被之以殺刑者，（一事兩引。）以爲酒之末流生害，有至於死者衆矣，故重禁其禍之所自生。重禁禍之所自生，故其施刑極省，而人之抵於禍敗者少矣。今朝廷之法所尤重者，獨貪吏耳，重禁貪吏而輕奢靡之法，此所謂禁其末而弛其本。然而世之識者，以爲方今官冗，而縣官財用已不足以供之，其亦蔽於理矣。今之入官誠冗矣，然而前世置員蓋甚少，而賦禄又如此之薄，則財用之所不足，蓋亦有説矣。吏禄豈足計哉？臣於財利固未嘗學，然竊觀前世治財之大略矣。蓋因天下之力以生天下之財，取天下之財以供天下之費，自古治世，未嘗以不足爲天下之公患也。患在治財無其道耳。今天下不見兵革之具，而元元安土樂業，人致己力，以生天下之財，然而公私常以困窮爲患者，殆以理財未得其道，而有司不能度世之宜而通其變耳。誠能理財以其道而通其變，臣雖愚，固知增吏禄不足以傷經費也。（制置三司條例司，其禍已胎於此。）方今法嚴令具，所以羅天下之士，可謂密矣，然而亦嘗教之以道藝，而有不帥教之刑以待之乎？亦嘗約之以制度，而有不循理之刑以待之乎？亦嘗任之以職事，而有不任事之刑以待之乎？夫不先教之以道藝，誠不可以誅其不帥教；不先約之以制度，誠不可以誅其不循理；不先任之以職事，誠不可以誅其不任事。此三者，先王之法所尤急也，今皆不可得誅，而薄物細故、非害治之急者，爲之法禁。（古今同患。）月異而歲不同，爲吏者至於不可勝記，又況能一一避之而无犯者乎？此法令所以玩而不行，小人有幸而免者，君子有不幸而及者焉。此所謂不能裁之以刑也。凡此皆治之非其道也。

（已上養之不以其道。）

方今取士，强記博誦，而略通於文辭，謂之茂才異等、賢良方正。茂才異等、賢良方正者，公卿之選也。記不必强，誦不必博，略通於文辭，而又嘗學詩賦，則謂之進士。進士之高者，亦公卿之選也。夫此二科，所得之技能，不足以爲公卿，不待論而後可知。而世之議者，乃以爲吾常以此取天下之士，而才之可以爲公卿者，常出於此，不必法古之取人而後得士也。其亦蔽於理矣。

先王之时，盡所以取人之道，猶懼賢者之難進，而不肖者之雜於其間也。今悉廢先王所以取士之道，而驅天下之才士，悉使爲賢良、進士，則士之才可以爲公卿者，固宜爲賢良、進士，而賢良、進士，亦固宜有時而得才之可以爲公卿者也。（天風浪浪，海山蒼蒼，極曲折排蕩之妙。）然而不肖者苟能雕蟲篆刻之學，以此進至乎公卿；才之可以爲公卿者，困於無補之學，而以此絀死於嵓野，蓋十八九矣。

夫古之人有天下者，其所以慎擇者，公卿而已。公卿既得其人，因使推其類，以聚於朝廷，則百司庶物，無不得其人也。今使不肖之人幸而至乎公卿，因得推其類聚之朝廷，此朝廷所以多不肖之人，而雖有賢智，往往困於無助，不得行其意也。（倘見近代取人之病，激昂又當何如？）且公卿之不肖，既推其類以聚於朝廷；朝廷之不肖，又推其類以備四方之任使；四方之任使者，又各推其不肖以布於州郡，則雖有同罪舉官之科，豈足恃哉？適足以爲不肖者之資而已。

其次九經、五經、學究、明法之科，朝廷固已嘗患其無用於世，而稍責之以大義矣，然大義之所得，未有以賢於故也。今朝廷又開明經之選，以進經術之士，然明經之所取，亦記誦而略通於文辭者，則得之矣。彼通先王之意，而可以施於天下國家之用者，顧未必得與於此選也。

其次則恩澤子弟，庠序不教之以道藝，官司不考問其才能，父兄不保任其行義，而朝廷輒以官予之，而任之以事。武王數紂之罪，則曰『官人以世』。夫官人以世，而不詳其才行，此乃紂之所以亂亡之道，而治世之所無也。

又其次曰流外。朝廷固已擠之於廉恥之外，而限其進取之路矣。顧屬之以州縣之事，使之臨士民之上，豈所謂以賢治不肖者乎？以臣使事之所及，一路數千里之間，州縣之吏，出於流外者往往而有，可屬任以事者，殆無二三，而當防閑其姦者，皆是也。蓋古者有賢不肖之分，而無流品之别，故孔子之聖而嘗爲季氏吏，蓋雖爲吏而亦不害其爲公卿。及後世有流品之别，則凡在流外者，其所成立，固嘗自置於廉恥之外，而無高人之意矣。（東坡、欒城蓋屢言之。）夫以近世風俗之流靡，自雖士大夫之才，勢足以進取，而朝廷嘗奬之以禮義者，晚節末路，往往怵而爲姦，况又其素所成立，無高人之意，而朝廷固已擠之於廉恥之外，限其進取者乎？其臨人親職，放僻邪侈，固其理也。至於邊疆宿衛之選，則臣固已言其失矣。凡此皆取之非其道也。（已上言取之不以其道。）

方今取之既不以其道，至於任之又不問其德之所宜，而問其出身之後先，不論其才之稱否，而論其歷任之多少。（古者，兵、農、禮、樂。終身只任一官，且有世其子孫者。後世以一人歷任六官之事，宜其人人能，實人人不能，於是不得不任之吏胥，而作姦犯課紛紛矣。）以文學進者，且使之治財；已使之治財矣，又轉而使之典獄；已使之典獄矣，又轉而使之治禮。是則一人之身而責之以百官之所能備，宜其人才之難爲也。

夫責人以其所難爲，則人之能爲者少矣。人之能爲者少，則相率而不爲。故使之典禮，未嘗以不知禮爲憂，以今之典禮者未嘗學禮故也；使之典獄，未嘗以不知獄爲恥，以今之典獄者未嘗學獄故也。天下之人，亦已漸漬於失教，被服於成俗，見朝廷有所任使，非其資序，則相議而訕之，至於任使之不當其才，未嘗有非之者也。且在位者數徙，則不得久於其官，故上不能狃習而知其事，下不肯服馴而安其教，賢者則其功不可以及於成，不肖者則其罪不可以至於著。若夫迎新將故之勞，緣絶簿書之弊，固其害之小者，不足悉數也。

設官大抵皆當久於其任，（抽出。）而至於所部者遠，所任者重，則尤宜久於其官，而後可以責其有爲。而方今尤不得久於其官，往往數日輒遷之矣。取之既已不詳，使之既已不當，處之既已不久。至於任之則又不專，而又一一以法束縛之，不得行其意，臣故知當今在位多非其人，稍假借之權，而不一一以法束縛之，則放恣而無不爲。雖然，在位非其人而恃法以爲治，自古及今，未有能治者也。即使在位皆得其人矣，而一一以法束縛之，不使之得行其意，亦自古及今，未有能治者也。夫取之既已不詳，使之既已不當，處之既已不久，任之又不專，而一一以法束縛之，故雖賢者在位，能者在職，與不肖而無能者殆無以異。夫如此，故朝廷明知其賢能足以任事，苟非其資序則不以任事而輒進之，雖進之，士猶不服也；明知其無能而不肖，苟非有罪，爲任事者所劾，不敢以其不勝任而輒退之，雖退之，士猶不服也。彼誠不肖無能，然而士不服者何也？以所謂賢能者任其事，與不肖而無能者，亦無以異故也。（文法又變。）臣前以謂不能任人以職事而無不任事之刑以待之者，蓋謂此也。（已上言任之不以其道。）

夫教之、養之、取之、任之，有一非其道，則足以敗天下之人才，（總束前文。）又況兼此四者而有之，則在位不才、苟簡、貪鄙之人，至於不可勝數，而草野閭巷之間，亦少可任之才，固不足怪。《詩》曰：『國雖靡止，或聖或否。民雖靡膴，或哲或謀，或肅或艾。如彼泉流，無淪胥以敗。』此之謂也。

夫在位之人才不足矣，而閭巷草野之間，亦少可用之才，則豈特行先王之政而不得也，社稷之託，封疆之守，陛下其能久以天幸爲常，而無一旦之憂乎？蓋漢之張角，三十六方同日而起，所在郡國，莫能發其謀；唐之黄巢，横行天下，而所至將吏，無敢與之抗者。漢、唐之所以亡，禍自此始。唐既亡矣，陵夷以至五代，而武夫用事，賢者伏匿消沮而不見，在位無復有知君臣之義、上下之禮者也。當是之時，變置社稷，蓋甚於弈棋之易，而元元肝腦塗地，幸而不轉死於溝壑者無幾耳。夫人才不足，其患蓋如此。而方今公卿大夫，莫肯爲陛下長慮後顧，爲宗廟萬世計，臣竊惑之。昔晉武帝趣過目前，而不爲子孫長遠之謀，當時在位亦皆偷合苟容，而風俗蕩然，棄禮義，捐法制，上下同失，莫以爲非。有識固知其將必亂矣，而其後果海内大擾，中國列於夷狄者二百餘年。

伏惟三廟祖宗神靈所以付屬陛下，固將爲萬世血食，而大庇元元於無窮也。臣願陛下鑒漢、唐、五代之所以亂亡，懲晉武苟且因循之禍，明詔大臣，思所以陶成天下之才，慮之以謀，計之以數，爲之以漸，期爲合于當世之變，而無負於先王之意，則天下之人才不勝用矣。（儲云：古之法、今之弊已説盡，後又以五事要之，見法古去弊，必用此爲本領也。文始不窮，謀數果斷。後荆公要結神廟，亦不出於此。）人才不勝用，則陛下何求而不得，何欲而不成哉？（收卷前文提綱，四正四反，又生出下文五事。）

夫慮之以謀，計之以數，爲之以漸，則成天下之才甚易也。臣始讀《孟子》，見孟子言王政之易行，心則以爲誠然。及見與慎子論齊魯之地，以爲先王之制國，大抵不過百里者，以爲今有王者起，則凡諸侯之地，或千里，或五百里，皆將損之至於數十百里而後止。於是疑孟子雖賢，其仁智足以一天下，亦安能毋劫之以兵革，而使數百千里之强國，一旦肯損其地之十八九，比於先王之諸侯？至其後，觀漢武帝用主父偃之策，令諸侯王地悉得推恩封其子弟，而漢親臨定其號名，輒別屬漢。於是諸侯王之子弟，各有分土，而勢强地大者，卒以分析弱小，然後知慮之以謀、計之以數、爲之以漸，則大者固可使小，强者固可使弱，而不至乎傾駭變亂敗傷之釁。孟子之言不爲過，又況今欲改易更革，其勢非若孟子所爲之難也。臣故曰：慮之以謀，計之以數，爲之以漸，則其爲甚易也。

然先王之爲天下，不患人之不爲，而患人之不能；不患人之不能，而患己之不勉。何謂不患人之不爲而患人之不能？人之情所願得者，善行、美名、尊爵、厚利也，而先王能操之以臨天下之士。天下之士有能遵之以治者，則悉以其所願得者以與之。士不能則已矣，苟能則孰肯舍其所願得，而不自勉以爲才？故曰不患人之不爲，患人之不能。

何謂不患人之不能，而患己之不勉？先王之法，所以待人者盡美，自非下愚不可移之才，未有不能赴者也。然而不謀之以至誠惻怛之心，力行而先之，未有能以至誠惻怛之心，力行而應之者也。故曰不患人之不能，而患己之不勉。陛下誠有意乎成天下之才，則臣願陛下勉之而已。（生出『勉之』一層。）

臣又觀朝廷異時欲有所施爲變革，其始計利害未嘗不熟也，顧有一流俗僥幸之人，不悦而非之，則遂止而不敢爲。（儲云：此段是要結主上處。）法度立，則人無獨蒙其幸者，故先王之政雖足以利天下，而當其承弊壞之後，僥幸之時，其創法立制，未嘗不艱難也。以其創法立制，而天下僥幸之人亦順説以趨之，無有齟齬，則先王之法至今存而不廢矣。惟其創法立制之艱難，而僥幸之人不肯順悦而趨之，故古之人欲有所爲，未嘗不先之以征誅而後得其意。

《詩》曰：『是伐是肆，是絶是忽，四方以無拂。』此言文王先征誅，而後得意於天下也。（此商鞅立信于徙木、立威于棄灰之意。今飾以文王、孔子，而藏過刑名之學，此介甫所以姦也。）夫先王欲立法度，以變衰壞之俗，而成人之才，雖有征誅之難，猶忍而爲之，以爲不若是，不可以有爲也。及至孔子，以匹夫遊諸侯，所至則使其君臣捐所習，逆所順，强所劣，憧憧如也，卒困于排逐。然孔子亦終不爲之變，以爲不如是不可以有爲，此其所守，蓋與文王同意。夫在上之聖人莫如文王，在下之聖人莫如孔子，而欲有所施爲變革，則其事蓋如此矣。

今有天下之勢，居先王之位，創立法制，非有征誅之難也；雖有僥幸之人不悦而非之，固不勝天下順悦之人衆也。然而一有流俗僥幸不悦之言，則遂止而不敢爲者，惑也。陛下誠有意乎成天下之才，則臣又願斷之而已。（又生出『斷』字，以作歸宿。）夫慮之以謀，計之以數，爲之以漸，而又勉之以成，斷之以果，然而猶不能成天下之才，則以臣所聞蓋未有也。（收得盡。）

然臣之所稱，流俗之所不講，而今之議者，以謂迂闊而熟爛者也。（已下總見己説之可行。）竊觀近世士大夫所欲悉心力耳目以補助朝廷者有矣。彼其意，非一切利害則以爲當世所不能行者。士大夫既以此希世，而朝廷所取於天下之士，亦不過如此。至於大倫大法，禮義之際，先王之所力學而守者，蓋不及也。一有及此，則群聚而笑之，以爲迂闊。今朝廷悉心於一切之利害，有司法令於刀筆之間，非一日也，然其效可觀矣。則夫所謂迂闊而熟爛者，惟陛下亦可以少留神而察之矣。昔唐太宗貞觀之初，人人異論，如封德彝之徒，皆以爲非雜用秦、漢之政，不足以爲天下。能以先王之事開太宗者，魏文貞公一人爾。其所施設，雖未能盡當先王之意，抑其大略，可謂合矣。故能以數年之間，而天下幾致刑措，中國安寧，蠻夷順服，自三王以來，未有如此盛時也。唐太宗之初，天下之俗，猶今之世也。魏文貞公之言，固當時所謂迂闊而熟爛者也，然其效如此。賈誼曰：『今或言德教之不如法令，胡不引商、周、秦、漢以觀之？』然則唐太宗之事，亦足以觀矣。（以獨任聳動之。）

臣幸以職事歸報陛下，不自知其駑下無以稱職，而敢及國家之大體者，以臣承陛下任使而當歸報。竊謂在位之人才不足，而無以稱朝廷任使之意，（結穴。）而朝廷所以任使天下之士者，或非其理，而士不得盡其才，此亦臣使事之所及，而陛下之所宜先聞者也。釋此一言，而毛舉利害之一二，以污陛下之聰明，而終無補於世，則非臣所以事陛下惓惓之義也。伏惟陛下詳思而擇其中，天下幸甚。

儲同人云：荆川此書，只是要改制變法，大肆更張耳。胸中有无數見解，無數話頭，却尋出『人才不足』四字統之。架堂立柱，將胸中所欲言者，盡數納入，隨機大發。故議論愈多，頭緒愈整，由其以一綫貫千條也。

陶冶人才，以行先王之政，此立言大意也。前提出教之、養之、取之、任之四綱。先用正説以申之，又用反説以行之，總束前文，又生出慮之以謀、計之以數、爲之以漸三項，又轉出勉之、斷之以作歸宿，末又勸人主排衆議以行己説。他日變更成法以毒禍天下，隱兆於此矣。然其行文部勒有方，如大將將數十萬兵而不亂，中間絲聯繩牽，提挈起伏，照應收繳，動嫻法則，極長篇之能事。紀綱頽靡以後，固須振攝一番。介甫特執拗太過，未免矯枉而戾乎人情，所以紛更兆禍耳。若謂其言全無足取，恐未必然。

進戒疏

臣某昧死再拜，上疏皇帝陛下：臣竊以爲陛下既終亮陰，考之於經，則群臣進戒之時，而臣待罪近司，職當先事有言者也。

竊聞孔子論爲邦，先放鄭聲，而後曰遠佞人；仲虺稱湯之德，先不邇聲色，不殖貨利，而後曰用人惟己。蓋以謂不淫耳目於聲色玩好之物，然後能精於用志；（與程子經筵進講何異？）能精於用志，然後能明於見理；能明於見理，然後能知人；（近《通書》《正蒙》文字。）能知人，然後佞人可得而遠，忠臣良士與有道之君子，類進於時有以自竭，則法度之行、風俗之成，甚易也。若夫人主雖有過人之材，而不能早自戒於耳目之欲，至於過差以亂其心之所思，則用志不精；用志不精，則見理不明；見理不明，則邪説詖行，必窺間乘殆而作，則其至於危亂也，豈難哉！（前段正説，此又反説以足其義。）

伏惟陛下即位以來，未有聲色玩好之過聞於外，然孔子聖人之盛，尚自以爲七十而後敢縱心所欲也。今陛下以鼎盛之春秋，而享天下之大奉，所以惑移耳目者爲不少矣，則臣之所豫慮，而陛下之所深戒，宜在於此。天之生聖人之材甚吝，而人之值聖人之時甚難。（莊重悚聽。）天既以聖人之材付陛下，則人亦將望聖人之澤於此時。伏惟陛下自愛以成德，而自强以赴功，使後世不失聖人之名，而天下皆蒙陛下之澤，則豈非可願之事哉？臣愚不勝惓惓，唯陛下恕其狂妄，而幸賜省察。

頗得大臣格心之義，此孔子所謂不以人廢言也。文亦典要通明，不須枝葉。

原過

天有過乎？有之，陵歷鬬蝕是也。地有過乎？有之，崩弛竭塞是也。天、地舉有過，卒不累覆且載者何？善復常也。人介乎天地之間，則固不能無過，卒不害聖且賢者何？亦善復常也。故太甲思庸，（《太甲篇》『王惟庸罔念聞』，後思伊尹之言而改其庸。）孔子曰勿憚改過，揚雄貴遷善，皆是術也。

予之朋，有過而能悔，悔而能改，人則曰：『是向之從事云爾，今從事與向之從事弗類，非其性也，飾表以疑世也。』夫豈知言哉？天播五行於萬靈，人固備而有之。有而不思則失，思而不行則廢。一日咎前之非，沛然思而行之，是失而復得，廢而復舉也。顧曰非其性，是率天下而戕性也。且如人有財，見篡於盜，已而得之，曰『非夫人之財，向篡於盜矣』，可歟？不可也。（絶似蘇家父子。）財之在己，固不若性之爲己有也。（此一層更勘得足。）財失復得，曰非其財，且不可，性失復得，曰非其性，可乎？

即『无咎善補過』意，却説得異樣新穎。作文固貴務去陳言哉。

生平極怙過之人，而言補過以復其性，殊得聖人之旨。甚矣，言不足憑，而有言者不必有德也。

性情

性、情，一也。世有論者曰『性善情惡』，（此李翺說。）是徒識性情之名而不知性情之實也。喜、怒、哀、樂、好、惡、欲，未發於外而存於心，性也；喜、怒、哀、樂、好、惡、欲，發於外而見於行，情也。性者情之本，情者性之用。故吾曰性情一也。

彼曰性善，無他，是嘗讀孟子之書，而未嘗求孟子之意耳。彼曰性惡，無他，是有見於天下之以此七者而入於惡，而不知七者之出於性耳。故此七者，人生而有之，接於物而後動焉。動而當於理，則聖也、賢也；不當於理，則小人也。彼徒有見於情之發於外者爲外物之所累，而遂入於惡也，因曰情惡也，害性者情也，是曾不察於情之發於外而爲外物之所感，而遂入於善者乎？（論理只見一面，每每如此。）

蓋君子養性之善，故情亦善；（此申己說。）小人養性之惡，故情亦惡。故君子之所以爲君子，莫非情也；小人之所以爲小人，莫非情也。彼論之失者，以其求性於君子，求情於小人耳。是其所謂情者，莫非喜、怒、哀、樂、好、惡、欲也。舜之聖也，象喜亦喜；使舜當喜而不喜，豈足以爲舜乎？（快。）文王之聖也，王赫斯怒；當怒而不怒，則豈足以爲文王乎？（快。）舉此二者而明之，則其餘可知矣。如其廢情，則性雖善，何以自明哉？誠如今論者之說，無情者善，則是若木石者尚矣。（更快。）是以知性情之相須，猶弓矢之相待而用，若夫善惡，則猶中與不中也。（罕譬而喻。）

曰：然則性有惡乎？曰：孟子曰『養其大體爲大人，養其小體爲小人』，揚子曰『人之性善惡混』，（究竟信不過。）是知性可以爲惡也。

性即理也，情即性之動也。孟子即情善以驗性善，則情非惡可知矣。自李翺云『人之所以爲聖者，性也；其所以爲惡，則情也』，於是宋儒遂有性其情、情其性之説，而情遂歸於惡矣。此本《中庸》首章，及《孟子》『乃若其情』節以疏解駁辯之，其説乃不墜於雲霧。

唐宋八家文讀本卷三十

王安石介甫著
後學沈德潛確士評點

周公論

甚哉，荀卿之好妄也。載周公之言曰：（見《荀子》『堯問』篇。）『吾所執贄而見者十人，還贄而相見者三十人，（謙不敢當也。）貌執者百有餘人，（以禮貌相見也。或不暇，即與言請畢事而見者。）欲言而請畢事千有餘人。』是誠周公之所爲，則何周公之小也？

大聖人爲政於天下也，初若無爲於天下，而天下卒以無所不治者，其法誠修也。故三代之制，立庠於黨，立序於遂，立學于國，而盡其道以爲養賢教士之法，是士之賢雖未及用，而固無不見尊養者矣。此則周公待士之道也。誠若荀卿之言，則春申、孟嘗之行，亂世之事也，豈足爲周公乎？且聖世之士，各有其業，講道習藝，患日之不足，豈暇遊公卿之門哉？（上説待士，此又説士之自待言。）彼遊公卿之門、求公卿之禮者，皆戰國之奸民，而毛遂、侯嬴之徒也。荀卿生於亂世，不能考論先王之法，著之天下，而惑於亂世之俗，遂以爲聖世之事亦若是而已，亦已過也。且周公之所禮者大賢歟？則周公豈惟執贄見之而已，固當薦之天子而共天位也。如其不賢，不足與共天位，則周公如何其與之爲禮也？（正論。）

子産聽鄭國之政，以其乘輿濟人於溱、洧，孟子曰：『惠而不知爲政。』（此段回波游衍，以申前意。）蓋君子之爲政，立善法於天下則天下治，立善法於一國則一國治，如其不能立法，而欲人人悦之，則日亦不足矣。使周公知爲政，則宜立學校之法于天下矣，不知立學校，而徒能勞身以待天下之士，則不唯力有所不足，而勢亦有所不得也。（正論。）

或曰：『仰禄之士猶可驕，正身之士不可驕也。』（亦《荀子》引周公之言。）夫君子之不驕，雖暗室不敢自慢，豈爲其人之仰禄而可以驕乎？嗚呼！所謂君子者，貴其能不易乎世也。荀卿生於亂世，而遂以亂世之事量聖人，後世之士，尊荀卿以爲大儒而繼孟子者，吾不信矣。

爲正士者，不當遊公卿之門。而周公爲政，自當養士於學，薦賢於朝，不止日與士接，夸一時豪舉也。作翻案文字，須胸次有大頭腦、大把柄，乃能折服前人。

禮論

嗚呼，荀卿之不知禮也。其言曰『聖人化性而起僞』，吾是以知其不知禮也。（老泉本此。）知禮者，貴乎知禮之意，而荀卿盛稱其法度節奏之美，至於言化，則以爲僞也，亦烏知禮之意哉？

故禮始於天而成於人，知天而不知人則野，知人而不知天則僞。聖人惡其野而疾其僞，以是禮興焉。今荀卿以謂聖人之化性而起僞，則是不知天之過也。然彼亦有見而云爾。（先縱而後攻之。）凡爲禮者，必詘其放傲之心，逆其嗜慾之性。莫不欲逸而爲尊者勞，莫不欲得而爲長者讓，擎跽曲拳，以見其恭。夫民之於此，豈皆有樂之之心哉？（勞與讓，正是良知良能處。如此說，仍是荀卿矣。）患上之惡己，而隨之以刑也。故荀卿以爲特劫之法度之威，而爲之於外爾，此亦不思之過也。（就一『僞』字暢言之。）

夫斲木而爲之器，服馬而爲之駕，此非生而能者也，故必削之以斧斤，直之以繩墨，圓之以規而方之以矩，束聯膠漆之，而後器適於用焉。前之以銜勒之制，後之以鞭策之威，馳驟舒疾，無得自放，而一聽于人，而後馬適於駕焉。由是觀之，莫不劫之於外而服之以力者也。然聖人舍木而不爲器，舍馬而不爲駕者，固亦因其天資之材也。（就木與馬，見亦因其性之本有而用之。）今人生而有嚴父愛母之心，聖人因其性之欲而爲之制焉，故其制雖有以强人，而乃以順其性之欲也。聖人苟不爲之禮，則天下蓋將有慢其父而疾其母者矣。此亦可謂失其性也。得性者以爲僞，則失其性者乃可以爲真乎？此荀卿之所以爲不思也。

夫狙猿之形，非不若人也，欲繩之以尊卑而節之以揖讓，則彼有趨於深山大麓而走耳，雖畏之以威而馴之以化，其可服耶？以謂天性無是，而可以化之使僞耶，則狙猿亦可使爲禮矣。故曰禮始於天而成於人。天則無是而人欲爲之者，舉天下之物，吾蓋未之見也。

禮本於天，順乎性，一切委曲繁重之爲，皆聖人因其性之固有，而導之使還其天也。篇中攻去荀卿之説，借喻意透發正意，醒快絶倫。『刼之於外而服之以力』句，仍不無語病。聖人因之，非刼之也。

莊周論上

世之論莊子者不一，而學儒者曰：莊子之書，務詆孔子以信其邪説，要焚其書、廢其徒，而後可，其曲直固不足論也。學儒者之言如此，而好莊子之道者曰：莊子之德，不以萬物干其慮，而能信其道者也。彼非不知仁義也，以爲仁義小而不足行已；彼非不知禮樂也，以爲禮樂薄而不足化天下。故老子曰：『道失後德，德失後仁，仁失後義，義失後禮。』是知莊子非不達於仁義禮樂之意也。彼以爲仁義禮樂者，道之末也，故薄之云耳。夫儒者之言善也，然未嘗求莊子之意也；好莊子之言者，固知讀莊子之書也，然亦未嘗求莊子之意也。（將二説翻開。）

昔先王之澤，至莊子之時竭矣，天下之俗，譎詐大作，質朴並散，雖世之學士大夫，未有知貴己賤物之道者也。於是棄絶乎禮義之緒，奪攘乎利害之際，趨利而不以爲辱，殞身而不以爲怨，漸漬陷溺，以至乎不可救已。莊子病之，思其説以矯天下之弊，而歸之于正也。（矯弊是主意。）

其心過慮，以爲仁義禮樂，皆不足以正之，故同是非，齊彼我，一利害，則以足乎心爲得，此其所以矯天下之弊者也。

既以其説矯弊矣，又懼來世之遂實吾説，而不見天地之純、古人之大體也，於是又傷其心，於卒篇以自解。（曲曲傳出著書苦心。）故其篇曰：『《詩》以道志，《書》以道事，《禮》以道行，《樂》以道和，《易》以道陰陽，《春秋》以道名分。』由此而觀之，莊子豈不知聖人者哉？又曰：『譬如耳目鼻口，皆有所明，不能相通，猶百家衆技，皆有所長，時有所用。』（指百家之説言。）用是以明聖人之道，其全在彼而不在此，而亦自列其書於宋鈃、慎到、墨翟、老聃之徒，俱爲不該不徧一曲之士，蓋欲明吾之言有爲而作，非大道之全云耳。（其説更圓。）然則莊子豈非有意於天下之弊，而存聖人之道乎？

伯夷之清，柳下惠之和，皆有矯於天下者也。莊子用其心，亦二聖人之徒矣。（此介甫偏處。彼有『四聖人論』，連孔子亦指爲矯世之説。）然而莊子之言不得不爲邪説比者，蓋其矯之過矣。夫矯枉者，欲其直也，矯之過則歸於枉矣。莊子亦曰：『墨子之心則是也，墨子之行則非也。』推莊子之心以求其行，則獨何異於墨子哉？後之讀莊子者，善其爲書之心，（更圓。）非其爲書之説，則可謂善讀矣，此亦莊子之所願於後世之讀其書者也。今之讀者，挾莊以謾吾儒曰：莊子之道大哉，非儒之所能及知也。不知求其意，而以異於儒者爲貴，悲夫！

以莊子爲矯世立説，正中肯綮。立論不掃莊子，不傷聖道，筆筆折，面面圓，此極經營匠心之作。釋氏之徒，引以爲虚無之証；談養生者，又援其言，以爲長不死之方，去立言之旨遠矣。予有《讀〈莊子〉》篇，足以暢王氏之説，而不襲王氏，願以就正立言君子。

上田正言第一書名況。

正言執事：某五月還家，八月抵官。每欲介西北之郵，布一言，道區區之懷，輒以事廢。揚，東南之吭也。舟輿至自汴者，日十百數，因得問汴事與執事息耗甚詳。其間薦紳道執事介然立朝，無所跛倚，甚盛，甚盛！顧猶有疑執事者，雖某亦然。某之學也，執事誨之；進也，執事奬之。執事知某，不爲淺矣，有疑焉不以聞，何以償執事之知哉？

初，執事坐殿廡下，對方正策，指斥天下利害，奮不諱忌。（執定對策作把柄，以下攻擊無遺。）且曰：『願陛下行之，無使天下謂制科爲進取一塗耳。』方此時，窺執事意，豈若今所謂舉方正者獵取名位而已哉？蓋曰行其志云爾。今聯諫官朝夕耳目天子行事，即一切是非無不可言者。欲行其志，宜莫若此時。國之疵、民之病亦多矣，執事亦抵職之日久矣。（即孟子激蚳鼃文法。）向之所謂病者，今或痼然若不可治矣；（小腫爲痤。）向之所謂病者，今或痼然若不可起矣。曾未聞執事建一言寤主上也，何向者指斥之切而今之疏也？豈向之利於言，而今之言不利耶？豈不免若今之所謂舉方正者，獵取名位而已邪？

人之疑執事者以此。（應轉入手『疑』字。）爲執事解者，或曰：『造辟而言，詭辭而出，疏賤之人，奚遽知其微哉？』是不然矣。《傳》所謂『造辟而言』者，乃其言則不可得而聞也，其言之效，則天下斯見之矣。今國之疵，民之病，有滋而無損焉，烏所謂言之效邪？復有爲執事解者，曰：『蓋造辟而言之矣，如不用何？』是又不然。臣之事君，三諫，不從，則去之，禮也。執事對策時，常用是著於篇。今言之而不從，亦當不翅三矣。雖惓惓之義，未能自去，孟子不云乎：『有言責者，不得其言則去。』盍亦辭其言責邪？執事不能自免于疑也，必矣。雖堅强之辯，不能爲執事解也。

乃如某之愚，則願執事不矜寵利，不憚誅責，一爲天下昌言，以寤主上，起民之病，治國之疵，蹇蹇一心，如對策時，則人之疑，不解自判矣。惟執事念之。如其不然，願賜教答。不宣。

與韓子《争臣論》、歐陽子《上范司諫書》同意，而彼則誾誾，此則侃侃，由所養不同也。入手據正言對策作案，以下層層翻剥，與孟子謂蚳鼃，據其請士師作案同例。古人文章，各有原本，但化其面目耳。

答韶州張殿臣書

某啓：伏蒙再賜書，示及先君韶州之政，爲吏民稱誦，至今不絶，傷今之士大夫不盡知，又恐史官不能記載，（伏。）以次前世良吏之後。此皆不肖之孤，言行不足信於天下，不能推揚先人之功緒餘烈，使人人得聞知之，所以夙夜愁痛、疚心疾首而不敢息者，以此也。

先人之存，某尚少，不得備聞爲政之迹。然嘗侍左右，尚能記誦教誨之餘。蓋先君所存，嘗欲大潤澤於天下，一物枯槁，以爲身羞。大者既不得試，已試乃其小者耳，小者又將泯没而無傳，則不肖之孤，罪大釁厚矣，尚何以自立於天地之間耶？閣下勤勤惻惻，以不傳爲念，非夫仁人君子，樂道人之善，安能以及此？

自三代之時，國各有史，而當時之史，多世其家，往往以身死職，不負其意。蓋其所傳，皆可考據。後既無諸侯之史，（無考究，一難。）而近世非尊爵盛位，雖雄奇俊烈，道德滿衍，不幸不爲朝廷所稱，輒不得見於史。（名位不顯，又一難。）而執筆者又雜出一時之貴人，（執筆非其人，又一難。）觀其在廷論議之時，人人得講其然不，尚或以忠爲邪，以異爲同，誅當前而不慄，訕在後而不羞，苟以饜其忿好之心而止耳。而况陰挾翰墨，以裁前人之善惡，（文帶風霜之氣。）疑可以貸褒，似可以附毁，往者不能訟當否，生者不得論曲直，賞罰謗譽，又不施其間。以彼其私，獨安能無欺於冥昧之間邪？善既不盡傳，而傳者又不可盡信如此。（二語雙鎖上文。）唯能言之君子，有大公至正之道，名實足以信後世者，耳目所遇，一以言載之，則遂以不朽於無窮耳。

伏惟閣下，於先人非有一日之雅，餘論所及，無黨私之嫌，苟以發潛德爲己事，務推所聞，告世之能言而足信者，使得論次以傳焉，則先君之不得列於史官，豈有恨哉？

從來史書之病，痛切言之。則未擅才、學、識三長，秉公正不欺之志者，未易言作史也。讀中一段，令人凜凜懷人禍鬼責之懼。

錢受之素推史才，然是非往往不公，况以淺學之人，挾自是之見，悻悻然遽操史筆耶？以云良史，恐未必然。

荆公父名益，官都官員外郎。

與趙卨書

某啓：議者多言遽欲開納西人，（即夏人。）則示之以弱，彼更倔强。以事情料之，殆不如此。以我衆大，當彼寡小，我尚疲弊厭兵，即彼偷欲得和可知。我深閉固距，使彼不得安息，則彼上下忿懼，并力一心，致死於我，此彼所以能倔强也。我明示開納，則彼孰敢違衆首議，欲爲倔强者？就令有敢如此，則彼舉國皆將德我而怨彼，孰肯爲之致死？此所以怒我而怠寇也。老子曰：『抗兵相加，愛者勝矣。』此之謂也。

至於開納之後，與之約和，乃不可遽，遽則彼將驕而易我。（此爲要着。澶淵以後，宋君臣惜不出此，所以歲幣日增，兵革不息。）蓋明示開納，所以怠其衆而紓吾患；徐與之議，所以示之難而堅其約。聖上恐龍圖未喻此指，故令以書具道前降指揮。如西人有文字，詞理恭順，即與收接聞奏。宜即明示界上，使我吏民與彼舉國皆知朝廷之意。

老謀深識，就此文何嘗執拗。

周禮義序

士弊於俗學久矣，聖上閔焉，以經術造之。（入手肅穆。）乃集儒臣，訓釋厥旨，將播之校學，而臣某實董《周官》。

惟道之在政事，其貴賤有位，其後先有序，其多寡有數，其遲數有時。制而用之存乎法，推而行之存乎人。其人足以任官，其官足以行法，莫盛乎成周之時；其法可施於後世，其文有見於載籍，莫具乎《周官》之書。蓋其因習以崇之，賡續以終之，至於後世，無以復加，則豈特文、武、周公之力哉？（周監二代，故法制盡善，言簡而該。）猶四時之運，陰陽積而成寒暑，非一日也。

自周之衰，以至於今，歷歲千數百矣。太平之遺迹，掃蕩幾盡，學者所見，無復全經。於是時也，乃欲訓而發之，臣誠不自揆，然知其難也。以訓而發之之爲難，則又以知夫立政造事，追而復之之爲難。（連用數轉，而不露轉折之迹，此老獨擅。）然竊觀聖上致法就功，取成於心，訓迪在位，有馮有翼，亹亹乎鄉六服承德之世矣。以所觀乎今，考所學乎古，所謂見而知之者，臣誠不自揆，安以爲庶兒焉，故遂昧冒自竭，而忘其材之弗及也。謹列其書爲二十有二卷，凡千餘萬言。上之御府，副在有司，以待制詔頒焉。謹序。

不用鋪排，簡而能莊。諸經序中，以此篇爲最。惜乎泥而用之，遂至於亂天下也。

愚嘗謂《周禮》本聖人殘缺之書，漢代劉歆之徒，綴而完之，以亂聖人之經者也。後人治經，當取其純粹，略其踳駁。乃安石棄其善者，而惟取泉府一言以行其私，有不爲天下禍者哉？愚向有《周禮考》一篇，備詳其説。

慈谿縣學記

天下不可一日而無政教，故學不可一日而亡於天下。古者井天下之田，而黨庠、遂序、國學之法立乎其中。（教必跟養來，古無不養而先教者。）鄉射飲酒、春秋合樂、養老勞農、尊賢使能、考藝選言之政，至於受成、獻馘、訊囚之事，無不出於學。於此養天下智仁、聖義、忠和之士，以至一偏之伎、一曲之學，無所不養。而又取士大夫之材行完潔，而其施設已嘗試於位而去者，以爲之師。釋奠、釋菜，以教不忘其學之所自，遷徙、逼逐，以勉其怠而除其惡，則士朝夕所見所聞，無非所以治天下國家之道，其服習必於仁義，而所學必皆盡其材。（本末內外，一一具舉。）一日取以備公卿大夫百執事之選，則其材行皆已素定；而士之備選者，其施設亦皆素所見聞而已，不待閱習而後能者也。古之在上者，事不慮而盡，功不爲而足，其要如此而已。此二帝、三王所以治天下國家而立學之本意也。

後世無井田之法，而學亦或存或廢。（古今對舉，一正一反，作文間架，每不出此。）大抵所以治天下國家者，不復皆出於學。而學之士，群居、族處，爲師弟子之位者，講章句、課文字而已。至其陵夷之久，則四方之學者，廢而爲廟，以祀孔子於天下，斲木摶土，如浮屠、道士法，爲王者象。州縣吏春秋帥其屬釋奠於其堂，而學士者或不預焉。蓋廟之作，出於學廢，而近世之法然也。

今天子即位若干年，頗修法度，而革近世之不然者。當此之時，學稍稍立於天下矣，猶曰州之士滿二百人，乃得立學。於是慈谿之士，不得有學，而爲孔子廟如故，廟又壞不治。今劉君在中言於州，使民出錢，將修而作之，未及爲而去。時慶曆某年也。後林君肇至，則曰：『古之所以爲學者，吾不得而見，而法者吾不可以無循也。雖然，吾之人民於此，不可以無教。』即因民錢，作孔子廟，如今之所云，而治其四旁爲學舍，講堂其中，帥縣之子弟，起先生杜君醇爲之師，而興於學。噫！林君其有道者耶！夫吏者，無變今之法，而不失古之實，此有道者之所能也。林君之爲，其幾於此矣。

林君固賢令，而慈谿小邑，無珍産淫貨，以來四方遊販之民，田桑之美有以自足，無水旱之憂也。無遊販之民，故其俗一而不雜；有以自足，故人慎刑而易治。而吾所見其邑之士，亦多美茂之材，易成也。杜君者，越之隱君子，其學行宜爲人師者也。夫以小邑得賢令，又得宜爲人師者爲之師，而以修醇一易治之俗，而進美茂易成之材，雖拘於法，限於勢，不得盡如古之所爲，吾固信其教化之將行，而風俗之成也。（一氣收卷。此種清拔處，轉近漢人。）

夫教化可以美風俗，雖然，必久而後至於善。而今之吏，其勢不能以久也。吾雖喜且幸其將行，而又憂夫來者之不能繼也，於是本其意以告來者。

論所以立學處，詳明醇備，與《宜黄學記》相同。而曾温厚，此則清峭，並爲名作。

桂州新城記

儂智高反南方，出入十有二州。十有二州之守吏，或死或不死，而無一人能守其州者。豈其材皆不足歟？蓋夫城郭之不設，甲兵之不戒，雖有智勇，猶不能以勝一日之變也。惟天子亦以爲任其罪者不獨守吏，故特推恩褒廣死節，而一切貸其失職。於是遂推選士大夫所論以爲能者，付之經略，而今尚書户部侍郎余公靖當廣西焉。

寇平之明年，蠻越接和，乃出城桂州。其方六里，其木、甓、瓦、石之材，以枚數之，至四百萬有奇。用人之力，以工數之，至一十餘萬。凡所以守之具，無一求而有不給者焉。以至和元年八月始作，而以二年之六月成。夫其爲役亦大矣。蓋公之信於民也久，而費之欲以衛其材，勞之欲以休其力，以故爲是有大費與大勞，而人莫或以爲勤也。

古者君臣、父子、夫婦、兄弟、朋友之禮失，則夷狄横而窺中國。（從禮教説入，是盤上一層。）方是時，中國非無城郭也，卒於陵夷、毁頓、陷滅而不救。然則城郭者，先王有之，而非所以恃而爲存也。及至喟然覺悟，興起舊政，則城郭之修也，又嘗不敢以爲後。（此見地利之當守，是正位。）蓋有其患而圖之無其具，有其具而守之非其人，有其人而治之無其法，能以久存而無敗者，皆未之聞也。故文王之興也，有四夷之難，則城於朔方，而以南仲；宣王之起也，有諸侯之患，則城於東方，而以仲山甫。此二臣之德，協於其君，於爲國之本末與其所先後，可謂知之矣。慮之以悄悄之勞而發赫赫之名，承之以翼翼之勤而續明明之功，卒所以攘夷狄而中國以全安者，蓋其君臣如此而守衛之有其具也。（兩層並收。）

今余公亦以文武之材，當明天子承平日久、欲補弊立廢之時，鎮撫一方，修捍其民，其勤於今，與周之有南仲、仲山甫蓋等矣，是宜有紀也。故其將吏相與謀而來取文，將刻之城隅，而以告後之人焉。

修治城郭，乃設險守國之道。文更推進一層，見禮實無形之城郭，固爲守國之本；而禮教既修，又當設有形之險以爲捍衛，兩者不容偏廢也。中一段湛深經術，而迴斡無痕，臨川文中，極典重醇厚之作。

芝閣記

祥符時，封泰山以文天下之平，四方以芝來告者萬數。其大吏，則天子賜書以寵嘉之；小吏若民，輒錫金帛。方是時，希世有力之大臣，窮搜而遠采，山農野老攀緣徂杙，以上至不測之高，下至澗溪壑谷，分崩裂絶，幽窮隱伏，人迹之所不通，往往求焉。而芝出於九州、四海之間，蓋幾於盡矣。

至今上即位，謙讓不德。自大臣不敢言封禪，詔有司以祥瑞告者皆勿納。於是神奇之産，銷藏委翳於蒿藜榛莽之間，而山農野老不復知其爲瑞也。（與上段反照。）則知因一時之好惡，而能成天下之風俗，况於行先王之治哉？（推開。）

太丘陳君，學文而好奇。芝生於庭，能識其爲芝，惜其可獻而莫售也，故閣於其居之東偏，因取而藏之，蓋其好奇如此。噫！芝一也，或貴於天子，或貴於士，或辱於凡民，夫豈不以時乎哉？士之有道，固不役志於貴賤，而卒所以貴賤者，何以異哉？此予之所以歎也。

李厚庵云：與《墨池》同一機軸，蓋曾、王極有相似者。峭而折，用意多在題外。

遊褒禪山記

褒禪山，亦謂之華山，唐浮圖慧褒始舍於其址，而卒葬之，以故其後名之曰『褒禪』。今所謂慧空禪院者，褒之廬冢也。距其縣東五里，所謂華山洞者，以其乃華山之陽名之也。距洞百餘步，有碑仆道，其文漫滅，獨其爲文猶可識，曰花山。今言『華』如『華實』之『華』者，蓋音謬也。

其下平曠，有泉側出，而記遊者甚衆，所謂前洞也。由山以上五六里，有穴窈然，入之甚寒，問其深，則其好遊者不能窮也，謂之後洞。余與四人擁火以入，入之愈深，其進愈難，而其見愈奇。有怠而欲出者，曰：『不出，火且盡。』遂與之俱出。蓋予所至，比好遊者尚不能十一，然視其左右，來而記之者已少。蓋其又深，則其至又加少矣。（理愈深，則造者愈少，親歷甘苦者知之。）方是時，予之力尚足以入，火尚足以明也。既其出，則或咎其欲出者，而予亦悔其隨之，而不得極夫遊之樂也。（此功虧一簣之失。）

於是予有歎焉。古人之觀於天地、山川、草木、蟲魚、鳥獸，往往有得，以其求思之深而無不在也。夫夷以近，則遊者衆；險以遠，則至者少。而世之奇偉瑰怪非常之觀，常在於險遠，而人之所罕至焉。故非有志者不能至也；（一層。）有志矣，不隨以止也，然力不足者，亦不能至也；（二層。）有志與力，而又不隨以怠，至於幽暗昏惑而無物以相之，亦不能至也。（三層。）然力足以至焉，於人爲可譏，而在己爲有悔；盡吾志也而不能至者，可以無悔矣，其孰能譏之乎？此予之所得也。（此欲從未由境界，化不可爲俟之而已。）

余於仆碑，又以悲夫古書之不存，後世之謬其傳而莫能名者，何可勝道也哉！此所以學者不可以不深思而慎取之也。（一點『學』字。）

四人者，廬陵蕭君圭君玉，長樂王回深父，余弟安國平父、安上純父。

至和元年七月某日，臨川王某記。

有志有力，而又有物以相之，其終不能至者，則亦無如何也。借題發意，文人之常，然必説破正旨。此只于言外遇之，又是一格。

用筆最折。

揚州龍興講院記

予少時，客遊金陵，浮屠慧禮者從予遊。予既吏淮南，而慧禮得龍興佛舍，與其徒日講其師之説。嘗出而過焉，庳屋數十椽，上破而旁穿，側出而視後，則榛棘出人，不見垣端。（形容。）指以語予曰：『吾將除此而宫之。雖然，其成也，不以私，吾後必求時之能行吾道者付之。（此念甚正。）願記以示後之人，使不得私焉。』當是時，禮方丐食飲以卒日，視其居枵然。余特戲曰：『姑成之，吾記無難者。』後四年，來曰：『昔之所欲爲，凡百二十楹，賴州人蔣氏之力，既皆成，盍有述焉？』（不記修造，是省筆。）噫！何其能也。

蓋慧禮者，予知之，其行謹潔，學博而才敏，而又卒之以不私，宜成此不難也。今夫衣冠而學者，必曰自孔氏。孔氏之道易行也，非有苦身窘形、離性禁慾，若彼之難也。而士之行可一鄉、才足一官者常少，而浮屠之寺廟被四海，則彼其所謂材者，寧獨禮耶？以彼之材，由此之道，去至難而就甚易，宜其能也。（望其去釋而入聖道，此大概言，不粘住慧禮一人也。）嗚呼！失之此而彼得焉，其有以也夫！

後段見儒者不能行聖人之道，而浮圖能行其師説，用意在題外也。一頓一折，耐人領取。此最是介甫擅長。

讀《孟嘗君傳》

世皆稱孟嘗君能得士，士以故歸之，而卒賴其力以脱於虎豹之秦。嗟乎！孟嘗君特鷄鳴狗盗之雄耳，豈足以言得士？（斷。）不然，擅齊之强，得一士焉，宜可以南面而制秦，尚何取鷄鳴狗盗之力哉？（掉。）夫鷄鳴狗盗之出其門，此士之所以不至也。（此轉更不可測。）

語語轉，筆筆緊，千秋絶調。

讀《孔子世家》

太史公叙帝王則曰『本紀』，公侯傳國則曰『世家』，公卿特起則曰『列傳』，此其例也。其列孔子爲世家，奚其進退無所據邪？孔子，旅人也，栖栖衰季之世，無尺土之柄，此列之以傳宜矣，曷爲世家哉？豈以仲尼躬將聖之資，其教化之盛，舄奕萬世，故爲之世家以抗之？又非極摯之論也。夫仲尼之才，帝王可也，何特公侯哉？仲尼之道，世天下可也，何特世其家哉？處之世家，仲尼之道，不從而大；置之列傳，仲尼之道，不從而小。（斷語簡而嚴。）而遷也自亂其例，所謂多所抵牾者也。（起例而自紊其例，所以可議。）

自是正論。聖人之道，不藉推崇而重也。

給事中孔公墓誌銘

宋故朝請大夫、給事中、知鄆州軍州事，兼管内河堤勸農、同群牧使、上護軍、魯郡開國侯、食邑一千六百户，實封二百户，賜紫金魚袋孔公者，尚書工部侍郎、贈尚書吏部侍郎諱勖之子，兖州曲阜縣令、襲封文宣公、贈兵部尚書諱仁玉之孫，兖州泗水縣主簿諱光嗣之曾孫，而孔子之四十五世孫也。

其仕當今天子天聖、寶元之間，以剛毅諒直名聞天下。（四字，孔公一生本領。）嘗知諫院矣，上書請明肅太后歸政天子，而廷奏樞密使曹利用、尚御藥羅崇勳罪狀。當是時，崇勳操權利，與士大夫爲市，而利用悍强不遜，内外憚之。嘗爲御史中丞矣，皇后郭氏廢，引諫官、御史伏閤以争，又求見上，皆不許，而固争之，得罪然後已。蓋公事君之大節如此。此其所以名聞天下，而士大夫多以公不終於大位爲天下惜者也。（結『名聞天下。』）

公諱道輔，字厚濟。初以進士釋褐，補寧州軍事推官，年少耳，然斷獄議事，已能使老吏憚驚。遂遷大理寺丞，知兗州仙源縣事，又有能名。其後嘗直史館，待制龍圖閣，判三司理文憑由司、登聞檢院、吏部流内銓，糾察在京刑獄，知許、徐、兗、鄆、泰五州，留守南京。而兗、鄆、御史中丞皆再至。所至官治，數以争職不阿，或絀或遷，而公持一節以終身，蓋未嘗自詘也。

其在兗州也，近臣有獻詩百篇者，執政請除龍圖閣直學士，上曰：『是詩雖多，不如孔某一言。』乃以公爲龍圖閣直學士。於是人度公爲上所思，且不久於外矣。未幾，果復召以爲中丞，而宰相（必吕夷簡。）使人説公稍折節以待遷，公乃告以不能。於是又度公且不得久居中，而公果出。

初，開封府吏馮士元坐獄，語連大臣數人，故移其獄。御史劾士元罪止于杖，又多更赦。公見上，上固怪士元以小吏與大臣交私污朝廷，而所坐如此，而執政又以謂公爲大臣道地，故出知鄆州。公以寶元二年如鄆，道得疾，以十二月壬申卒於滑州之韋城驛，享年五十四。其後詔追郭皇后位號，而近臣有爲上言公明肅太后時事者，上亦記公平生所爲，故特贈公尚書工部侍郎。

公夫人金城郡君尚氏，尚書都官員外郎諱賓之女。生二男子，曰淘，今爲尚書屯田員外郎；曰宗翰，今爲太常博士，皆有行治世其家。累贈公金紫光禄大夫、尚書兵部侍郎，而以嘉祐七年十月壬寅，葬公孔子墓之西南百步。

公廉於財，樂振施，遇故人子恩厚尤篤，而尤不好鬼神機祥事。在寧州，道士治真武像，有蛇穿其前，數出近人，人傳以爲神。州將欲視驗以聞，故率其屬往拜之，而蛇果出。公即舉笏擊蛇殺之，自州將以下皆大驚，已而又皆大服。（作傳志，須叙瑣屑軼事，然不得轉以此作主文，只借作餘波，具見布置之妙。）公由此始知名。然余觀公數處朝廷大議，視禍福无所擇，其智勇有過人者，勝一蛇之妖，何足道哉。世多以此稱公者，故余亦不得而略也。銘曰：

維皇好直，是錫公休。序行納銘，爲識諸幽。

展也孔公，維志之求。行有險夷，不改其輈。權强所忌，讒諂所讎。考終厥位，寵禄優優。

請太后還政，及争郭皇后之廢，皆大節所關，故特詳之。後出知五州，皆用虚叙。天子受知後，屢見抑於執政，故隱約其詞。而末以軼事作收，位置極佳，用筆亦復清剛簡貴。

泰州海陵縣主簿許君墓誌銘

君諱平，字秉之，姓許氏。余嘗譜其世家，所謂今泰州海陵縣主簿者也。君既與兄元相友愛稱天下，而自少卓犖不羈，善辨説，與其兄俱以智略爲當世大人所器。（『智略』是一篇之主。）寶元時，朝廷開方略之選，以招天下異能之士，而陝西大帥范文正公、鄭文肅公，争以君所爲書以薦，於是得召試，爲太廟齋郎，已而選泰州海陵縣主簿。貴人多薦君有大才，可試以事，不宜棄之州縣。君亦常慨然自許，（伏下『辯』與『謀』云云。）欲有所爲，然終不得一用其智能以卒。噫，其可哀也已。

士固有離世異俗，獨行其意，駡譏、笑侮、困辱而不悔。（以怪奇瑰偉者之不諧於俗，反襯許君，此是客位。）彼皆無衆人之求，而有所待於後世者也，其齟齬固宜。若夫智謀功名之士，窺時俯仰，以赴勢物之會而輒不遇者，乃亦不可勝數。辯足以移萬物而窮于用説之時，謀足以奪三軍而辱於右武之國，此又何説哉？（命實爲之，謂之何哉。）嗟乎！彼有所待而不遇者，其知之矣。

君年五十九，以嘉祐某年某月某甲子葬真州之揚子縣甘露鄉某所之原。夫人李氏。子男：瓌，不仕；璋，真州司户參軍；琦，太廟齋郎；琳，進士。女子五人，已嫁二人：進士周奉先，泰州泰興縣令陶舜元。（銘不讓韓。）銘曰：

有拔而起之，莫擠而止之。嗚呼許君，而已於斯，誰或使之。

中間藏過一『命』字。鬱屈瑰奇，空中發論，志銘中别開一體。

祭范潁州文

嗚呼我公，一世之師。由初迄終，名節無疵。

明肅之盛，身危志殖。瑶華失位，又隨以斥。（公諫郭后之廢而貶。）治功亟聞，尹帝之都。閉姦興良，稚子歌呼。赫赫之家，萬首俯趨。（指吕夷簡。）獨繩其私，以走江湖。（出知饒州。）士争留公，蹈禍不慄。有危其辭，謁與俱出。（歐公以下俱謫。）風俗之衰，駭正怡邪。蹇蹇我初，人以疑嗟。力行不回，慕者興起。（指公風節言。）儒先酉酉，以節相侈。

公之在貶，愈勇爲忠。稽前引古，誼不營躬。外更三州，（饒、潤、睦三州。）施有餘澤。如釃河江，以灌尋尺。宿贓自解，不以刑加。猾盜涵仁，終老無邪。講藝弦歌，慕來千里。溝川障澤，田桑有喜。戎孽猘狂，敢嚙我疆。（叙西夏。）鑄印刻符，公屏一方。取將於伍，後常名顯。（指狄青。）收士至佐，維邦之彦。（孫復、尹洙。）聲之所加，虜不敢瀕。以其餘威，走敵完鄰。昔也始至，瘡痍滿道。藥之養之，内外完好。既其無爲，飲酒笑歌。百城晏眠，吏士委蛇。

上嘉曰材，以副樞密。稽首辭讓，至於六七。遂參宰相，釐我典常。扶賢贊傑，亂冗除荒。（指公所上十事。）（『亂冗除荒』謂治也，與除荒相對。）官更於朝，士變於鄉。百治具修，偷墮勉强。彼閼不遂，歸侍帝側。卒屏於外，身屯道塞。（復出爲陝西四路安撫使，復知杭、青、潁三州。）謂宜耇老，尚有以爲。神乎孰忍，使至於斯。盖公之才，猶不盡試。肆其經綸，功孰與計？自公之貴，廐庫逾空。（作義田、贍窮族及忠宣助麥舟事，俱括於此。此歐公碑文所未及也。）和其色辭，傲訐以容。化於婦妾，不靡珠玉。翼翼公子，弊綈惡粟。閔死憐窮，惟是之奢。孤女以嫁，男成厥家。孰堙於深？（謂碑銘。）孰鍥乎厚？其傳其詳，以法永久。碩人今亡，邦國之憂。矧鄙不肖，辱公知尤。承凶萬里，不往而留。涕哭馳辭，以贊醪羞。

祭文有叙生平者，有叙兩人交情者。此叙文正公生平，即可作墓志看。

祭歐陽文忠公文

夫事有人力之可致，猶不可期，况乎天理之溟溟，又安可得而推？（起四語泛泛。）惟公生有聞於當時，死有傳於後世，苟能如此足矣，而亦又何悲？如公器質之深厚，智識之高遠，而輔以學術之精微，故充於文章，見於議論，豪健俊偉，怪巧瑰琦。其積於中者，浩如江河之停蓄；其發於外者，爛如日星之光輝。（表其文章。）其清音幽韻，凄如飄風急雨之驟至；其雄辭閎辯，快如輕車駿馬之奔馳。世之學者，無問乎識與不識，而讀其文，則其人可知。

嗚呼，自公仕宦四十年，上下往復，感世路之崎嶇。雖屯邅困躓，竄斥流離，而終不可掩者，以其公議之是非。（氣節。）既壓復起，遂顯於世，果敢之氣，剛正之節，至晚而不衰。方仁宗皇帝臨朝之末年，顧念後事，謂如公者，可寄以社稷之安危。及夫發謀決策，從容指顧，立定大計，謂千載而一時。（指立英宗言。）功名成就，不居而去。（功成引退。）其出處進退，又庶乎英魄靈氣，不隨異物腐散，而長在乎箕山之側，與潁水之湄。然天下之無賢不肖，且猶爲涕泣而歔欷，而况朝士大夫，平昔遊從，又予心之所向慕而瞻依。

嗚呼，盛衰興廢之理，自古如此，而臨風想望不能忘情者，念公之不可復見，而其誰與歸？

一氣奔馳，不可控抑。

此即介甫詆爲『在一國則亂一國，在天下則亂天下』者也，而祭文又推服如此，豈由中之言耶？特其文可與子瞻篇並傳。

傷仲永

金谿民方仲永，世隸耕。仲永生五年，未嘗識書具，忽啼求之。父異焉，借旁近與之，即書詩四句，并自爲其名。其詩以養父母、收族爲意，傳一鄉秀才觀之。自是指物作詩立就，其文理皆有可觀者。邑人奇之，稍稍賓客其父，或以錢幣乞之。父利其然也，日扳仲永環謁於邑人，不使學。（受病在此。）

余聞之也久，明道中，從先人還家，於舅家見之，十二三矣。令作詩，不能稱前時之聞。又七年，還自揚州，復到舅家，問焉。曰：『泯然衆人矣。』

王子曰：仲永之通悟，受之天也。其受之天也，賢於材人遠矣，卒之爲衆人，則其受於人者不至也。（注重此語。）彼其受之天也，如此其賢也，不受之人，且爲衆人。（一頓一折，一折一意。）今夫不受之天，固衆人，又不受之人，得爲衆人而已耶！（又開一意，并爲中材以下警醒。）

勸學之語，婉轉切至。傷仲永，不獨爲仲永也。聰明子弟，宜懸爲座右箴銘。